中关园

北大老宿舍纪事

张晓岚 陈其 陈端 等编著

北京大学出版社

中关园

人才荟萃的百花园

张世英 题
二〇一三年十月廿六

目录

由中关园所想到的(代序) 　　　　　　　　　　　沈克琦　1

一 渐远的背影

追忆钱锺书伯伯的点滴往事	吴　同	9
忆国学大师张岱年	张晓岚	12
我认识的当代著名哲学家洪谦教授	洪啸吟	15
一段忘不掉的经历	黄志勤	24
回忆父亲程民德二三事	程卫平	33
芳邻 ——记徐光宪先生	吕孟军	41
我的父亲胡世华	胡永千	45
童年往事	朱　裹	56
蜡炬成灰泪始干 ——怀念我的父亲吴兴华	吴　同	73
重访中关园　再忆旧事	汪　建	78
西南联大学生抗日从军亲历记 ——黄枬森忆1944—1945年参加青年军往事	黄　丹	90
邻居赵伯伯	徐　冰	98
怀念赵宝煦伯伯	陈蓓华	101
怀念爸爸	尹北雁	103
我所知道的中关园	吴小如	115
回忆父亲在中关园的日子	林　明	117
回忆父亲罗荣渠先生	罗　曙　罗　晓	128
回忆我的父亲闵庆全	闵　燕	143

怀念我的父亲陈信德	陈昭宜	149
父亲像座山	张若英	163
怀念父亲李欧先生	李宗仪　李宗伦　李建	166
父爱	江　凡	186
桃李满天下	陈　端	190
回忆翁祖雄、林美惠先生和我的左邻右舍	陈　选	192
记我们的父亲母亲	陈　端　陈　其	204
习练书法　身心舒畅	黄　丹	235
关于陈玉龙伯伯书法作品的回忆	张晓岚	238
中关园童年印象和我的父亲母亲	张晓岚	240

二　难忘的故园

归	陈　端	255
童年记忆二三事	杨　选	256
中关园记事	罗　曙	260
中关园情思	陈　其	264
谈谈中关园	刘兴衢	268
曾在中关园居住的体育人才	孙东恢	271
童年中关园那点事	江　凡	273
中关园的小桃园	黄惠群	282

三　我的同龄人

怀念中关园旧友吴照	廖福园	287
忆中关园生活	商孟可	290
中关园的三人缘	范伯玲	304
蔡明，我对你了解得太晚了	黄　萱	314
中关园人在莫斯科	陈　端	317

四 中关园人文景观

司徒雷登与中关园墓地　　　　　　　　　　　　林　明　321
中关园建设考和中关园平面图　　　　　　　　　李　钢　329
附录一：1967年的中关园卫星图　　　　　　　　　　　341
附录二：中关园老照片　　　　　　　　　　　　　　　342

五 诗情画意

郭兴业　沈正华　王建军　关颖颖
赵　晴　商孟群　金　凡　廖福园　　　　　　　　　　349

魂牵中关园（跋）　　　　　　　　　　　　　　陈　端　355
编后记　　　　　　　　　　　　　　　　张晓岚　陈　其　358

由中关园所想到的（代序）

沈克琦 | 北京大学原副校长、物理系教授

自从 1952 年北京大学从沙滩迁往美丽的燕园，中关园就和北大的发展息息相关，同时也和我们这一代及下一代人的生活、事业与友情息息相关。近日，"我们的中关园"网站的负责人之一、西南联大校友、我的同龄人张世英先生的公子张晓岚要我为中关园的下一代所撰写的回忆父辈的文集作序。是否接受这个命题作文？我怀着忐忑的心情思考了好几天。作为历史的见证者和亲历者，我有责任和义务接受任务；但面对厚重的历史和下一代的殷切期待，自己年老体弱的身躯和理科的背景，又让我被心有余而力不足的担忧所困扰。幸有小女沈正华的不断催促和鼎力相助，我才草成此文，主要是想借此机会谈一点建议，以及我所了解的一些历史情况。

60 年光阴荏苒，当年意气风发的我们已进入耄耋之年，我们的一些同辈已作古；当年总角之年的孩童，如今已经年过花甲，不少已离开工作岗位，安度晚年。和我们的国家一样，当年的孩子们经历了 20 世纪 50 年代的幸福时光，随之而来的困难时期，"文化革命"的疾风暴雨，上山下乡的艰苦锻炼，改革开放后的努力拼搏，以及成家立业、下海经商、出国深造……无论是挣扎在社会的底层，还是一路拼搏攀登事业的巅峰，他们大都保持着平常心态，处荣辱而不惊；无论是对长辈还是小辈，他们都满怀仁爱之心，讲奉献而无悔。老一代的晚年因他们而幸福安详，下一代的成长因他们而洒满阳光。

从宏观上看，所处的时代、所受的教育、所处的环境决定了一个人的成长

和成才，从微观上看，生活的家庭、读书的学校、结交的伙伴决定了一个人的人品和人格。中关园在他们心目中远远超出一个地理名称、一片居民小区，而是和他们幸福的童年紧紧相连，和儿时的伙伴密不可分，和北大的众多名师连在一起。中关园既见证了他们自己的成长历程，也见证了父辈的坎坷艰辛。在2010年付梓的《我们的中关园》2卷本中，孩子们回忆幸福的童年、儿时的伙伴、尊敬的老师、居住的环境……写人、写景、叙事、状物，真实生动、朴实无华。此后，他们又决定要发掘那些封存已久的记忆，重点写写自己的长辈。这一过程于某些人而言，是伴随着痛苦甚至泪水完成的；但对全体书写者而言，它更是一个体味人间亲情、展现父辈情操、彼此深入了解的过程。截止到2012年9月底，共收到36位北大人及北大子弟撰写的43篇回忆文章，这些文章主要分成三组：主要记述老一代的"渐远的背影"，回顾中关园生活的"难忘的故园"以及记述儿时伙伴的"我的同龄人"。撰稿人中不乏旅居海外多年的游子，心头那份挥之不去的中关园情结和对长辈的无限怀恋使他们心潮澎湃，笔下流淌出一篇篇感人至深的回忆文章，让一位位长者、逝者的形象在我们的脑海中鲜活起来。他们高尚的人品、渊博的学识、执着的追求、无疆的大爱在每位读者的心中得以传递。我虽然没有悉数阅读这些文章，但也受到后辈精神的感召，决定谈一些看法并介绍一些我所知道的中关园的历史情况，与大家共享。

中关园是北大的一部分，中关园的孩子们是在北大这一个大环境中成长的，北大的精神对他们有一定的影响。北大是20世纪初叶我国新文化运动的发源地，新文化运动的实质是一场思想启蒙运动。当时，蔡元培、胡适、陈独秀、鲁迅等人高举民主和科学的旗帜，秉承独立的精神、自由的思想，治学、育人、著文、立说、结社，他们为我国社会的进步和发展作出巨大的贡献，先辈们的思想和行动形成了北大的优良传统。近来为大家广为称颂的西南联大的辉煌成就是北大、清华、南开三校的大师们在民主和科学精神的指引下创造的，尽管在以阶级斗争为纲的时代，这种精神一度受到打击，但北大师生思想上一直受其感召，行动中始终努力践行。我想后辈在追思往事中应该注意发掘先辈的这种精神，并加以传扬，为社会的进步和发展作出自己的贡献，以慰先辈在天之灵。

另外，我就中关园的历史提供如下一些情况：

1. 院系调整

政务院 1951 年 10 月 30 日第 113 次政务会议批准的高等学校院系调整方案中提出：北京大学工学院、燕京大学工科方面各系并入清华大学，清华大学成为多科性的工业高等学校，校名不变。清华大学的文、理、法三学院及燕京大学的文、理、法方面各系并入北京大学，北京大学成为综合性大学。燕京大学校名撤销。

这一调整方案后来有所改变，如：法学院仅政治经济学专业调入新北大，成为经济学系，政治系、法律系调入新建的北京政法学院；地质系调入新成立的北京地质学院；社会系调入中央民族学院……院系调整后新北大共设 12 个系、7 个专修科、2 个医预科、2 个华侨先修班、2 个东欧留学生班、1 个工农速成中学。

北大以燕京大学的校园为新校址。由于燕大学校规模小，全校校舍仅 8 万 m^2，调入新北大的除北大、清华有关学科外，还有北师大、辅仁等校的部分学科，因此修建教学楼、教职工及学生宿舍等成为当务之急。为此成立了清华大学、北京大学、燕京大学三校调整建筑计划委员会，主任梁思成（清华大学），副主任张龙翔（北京大学）。

2. 中关园教工宿舍的设计及建造

1952 年 1 月 8 日，三校调整建筑计划委员会将三校调整建筑经费概算及建筑计划草案上报教育部三校调整组，其中北京大学部分包括在燕大东面征地建设教职工住宅。按照上报的草案，中关园将新建 70 m^2 住房 90 所，50 m^2 住房 90 所，35 m^2 住房 100 所，20 m^2 住房 30 所，家属房面积共计 1.49 万 m^2，实际施工时户型和套数均有更改。

中关园住宅基本建成后，曾邀请一批北大、清华的教师参观，大家提议最大面积 75m^2 对于人口较多的家庭而言还是太小，应适当增加面积。于是决定将已建好的 50m^2 房屋两套并一套，最终将 50m^2 的住房减少了 40 套，改为 20 套 100m^2 的。在 1952 年底完成的中关园新建教职员工宿舍总面积为 1.8548 万 m^2，包括：100m^2 一套者 20 户，75m^2 一套者 96 户，50m^2 一套者 64 户，35m^2 一套者 72 户，24m^2 一套者 30 户；公寓一座，包括两栋楼房和一个公共食堂。[1] 综上所述，沟东、沟西共计建成平房 282 套，加上一公寓的 43 套住房，合计 325 套住房。一公寓紧邻食堂，各户没有建厨房。35m² 以上的住房都有厨房和厕所，24m² 的住房没有厕所，另建公共厕所。

设计中的问题。设计之初考虑采用火墙取暖，因此中关园大部分户型厨房中都砌有大灶，有烟道通向起居室用于采暖的火墙，房顶上有砖砌的烟囱，后门外盖有储煤的小棚。校内大饭厅东侧新建的学生宿舍 1—15 斋（"文革"后陆续被拆除）也采取火墙取暖。取暖用的是阳泉煤，燃烧时火力充足。但不久因发现火墙上出现裂缝，怕煤气泄漏造成安全隐患，于是宣布全校停用火墙，改为煤炉取暖，一律加烟囱。中关园宿舍厨房中的大灶随后也被各家拆除。

生活辅助设施。为方便北大员工的生活起居，中关园中建了幼儿园、商店（合作社）、工会活动室（可借阅图书）等。32 路公交车原来是从海淀大街直接通到西门，然后去颐和园。当时未开东南门，去西门须经成府，入东门，穿燕园，居住在中关园的人搭乘公交车很不方便，后来才在中关村设了公交车站。

后续的基础建设。1954—1955 年期间，先后建成了二、三公寓，面积比一公寓大，全部有厨房，而且采取公用锅炉解决取暖问题。因一公寓很长时间没有厨房，各家不能完全依靠食堂解决吃饭、喝水问题，只好在楼梯口支起煤饼炉，既不方便又不安全，"文革"后才对一公寓进行扩建改造，在北侧增加了厨房。

3. 教工宿舍住房分配

除了新建的中关园宿舍（包括一公寓）外，全部燕京大学的教工宿舍都作为房源参与分配。

单身教工宿舍。除燕大原有的单身教工宿舍外，还将未名湖西北燕大男生宿舍改为教职工单身宿舍，湖滨的这七座建筑（从西向东排列）依次被更名为：才、德、兼、备、体、健、全斋。后来有人提出不应将"才"放在"德"前面，于是二字调整顺序，则斋名也随之修改。当时各斋均有一部电话，全部靠接线员手工接线，"兼斋"和"健斋"难以区分，于是"兼斋"被更名为"均斋"。

---

[1] 见 1952 年 12 月底北大总务处起草的《北京大学校园面积房屋设备使用情况调查分析》报告，收入《北京大学纪事（1898—1997）》上册，王学珍等主编，北京大学出版社，1998 年，第 468 页。

教工家属宿舍。原来燕京大学的教工宿舍分布在燕南园、燕东园、镜春园、朗润园[1]、蔚秀园、佟府、勺园、农园等处,还有不少教工分散居住在成府街(包括蒋家胡同、喜洋胡同、书铺胡同、槐树街等)和海淀镇(冰窖、军机处等),这些房子产权均归燕京大学所有。院系调整后,以上各处的住房和新建的中关园平房及一公寓一并作为待分配的家属宿舍房源。

住房分配原则。在三校调整建筑计划委员会的领导下,首先制定了家属房的分配原则——分房时须考虑职称、资历及家庭人口等因素。先按职称排队,职称相同再按资历排。夫妇二人均有副教授以上职称的,考虑到他们备课需要两个书房,适当增加面积(如化学系傅鹰、哲学系任继愈、物理系谢义炳等);家庭人口多的也适当增加面积(如生物系陈阅增)。当时房源相对宽裕,大家也比较谦让,因而分房没有出现多少困难。还有一些教授按资历本应在燕南园或燕东园居住,但他们自己选择住中关园,如:物理系的王竹溪和化学系的张青莲。另外,一条不成文的规定是分房时同系的教员尽可能安排就近居住。因此,许多老一辈因同行所结下的友谊,由于是近邻,也自然而然地延续到下一代。那时具体分配工作由沈克琦(北大)、胡祖炽(清华)和于效谦(燕大)三人负责,我们曾把全部房屋察看一遍,最后的分配方案由筹委会办公室文重审定。当时房租的确定也十分简单,一律按每平方米每月 0.10 元计算。

4.中关园名称的由来

中关园所在的地方属中官村[2]范围,当年二公寓前一个小平房上钉着写有"中官邨"三字的小木牌。另有一地图,有老村民住房的号码及分布情况,大部分在新北大范围之内,一部分在与北大毗邻的科学院范围内。图内还有一处标有"中关"二字。这一片新家属区建成后,须为之命名。我本人曾参加由校务委员会主席汤用彤副校长主持的会议,会上负责基建的同志介绍了上述有关情况,最终汤用彤先生拍板定名为"中关园",此名一直沿用至今。当时中科院也在这一带建房,负责基建的机构时称"西郊办公室"。北大称中关园后,他们

---

[1] 朗润园那一组颇有气派的房屋系光绪帝之弟载涛所有,为燕京大学租用。新北大成立时继续租用。1953年北大出资购入而成为北大房产,承泽园也在那时购入,原系张伯驹所有。两处共花费20亿5000万元(旧币),币制改革时1万元旧币折合1元新币。

[2] 中官:一种解释是古代官名,但亦有宦官之意。沿袭此名,显然不当。

随之采用"中关村"地区的称呼。

5. 从城内往西郊的搬迁

1952年9月16日起,迁校工作正式开始。之前北大的数、理、化、俄语、东语、西语六个系的图书期刊和仪器设备已先从城内搬往燕园。清华部分仪器设备运来,图书期刊全被留下(因北大、燕大两校图书期刊合在一起已足够使用)。

10月4日,院系调整后的新北大在燕园东操场举行开学典礼。10月6日起总办事处开始在新北大办公楼办公,原北京大学筹委会及筹委会办公室即日起结束工作。在开学后的一段时间内,因学生宿舍尚未全部竣工,有些学生就在东操场的第一体育馆内打地铺,直到10月18日,学生才全部由城内迁到城外,尚有部分教师没搬家。10月20日旧生开始上课,11月8日新生开始上课。当年教师的搬家由学校统一安排,各家只需收拾好自己简单的行李,学校派车拉到燕大即可,比现在搬家省事多了。原来租用学校的家具也可随行李一起搬过来继续使用。

我家1952年10月搬到中关园沟东234号,1958年夏天又搬到沟西78号居住。1968年"文革"中,物理系的造反派看中了我家的房子,强迫我们对调,于是全家被迫迁出中关园。屈指算来,我们在中关园度过了16年美好的时光。在这里,三个孩子从学龄前儿童成长为中学生,最后全部上山下乡。闲暇时翻开老相册,看到不同历史时期的全家照,仿佛又回到了中关园,有一种时光倒流的感觉。

沈克琦、张星夫妇在西南联大建校七十五周年纪念大会上

一 渐远的背影

追忆钱锺书伯伯的点滴往事

吴同 | 钱锺书（1910—1998），中国社会科学院研究员，曾在北京大学文学研究所工作，20世纪50年代住中关园平房26号。
作者吴同，北京大学西语系教授吴兴华之女，20世纪50—60年代住中关园平房6号。

冬去春来，花落花开，转眼钱锺书伯伯已经走了十多年了。依照其遗愿，不建墓碑，骨灰无存。一代国学大师、"文化昆仑"就这样离开了，潇洒如浮云。

幼时在中关园，钱伯伯是我家座上客之一。他们一家经常于傍晚在小树林一带散步，途经我家门前，钱伯伯常会驻足，让妻女先行离去。每次钱伯伯来访，都会在父亲的书房中坐上一两个小时，天南地北、中外古今地聊上一阵。两人同为江浙人，年龄相差近十二岁，实为忘年之交。他们的友情始于40年代，其时正逢钱伯伯的《谈艺录》问世，在文学界掀起巨澜，可谓"一石激起千层浪"。然而此书属"阳春白雪"之作，因之曲高和寡，知音甚少。我父亲当时为燕京大学西语系一年轻教授，读了《谈艺录》后，父亲写信给钱伯伯提了一些意见。父亲的意见全部为钱伯伯采纳，随之对《谈艺录》作了部分修改。两人长达二十载的友谊自此开始，父亲也被冠以"小钱锺书"之称。这一友情在其后的漫长岁月里如不尽而来的滚滚长江，川流不息，奔腾向前，经历了"反右"及"文革"的严酷考验而历久不衰。

树大易招风，才高易招妒，古来如此。钱伯伯1998年去世后，关于他的文章如雪片漫天飞舞，褒贬不一。虽以赞扬者居多，但也有一些人批评钱伯伯恃才傲物，更有少数人对其学术成就提出质疑。我绝对不敢评价钱伯伯的学术造诣，因为深知自己才疏学浅，渺小如沧海一粟，而钱伯伯就是那一望无际的浩瀚大海。不过对于钱伯伯之秉性为人，我是亲眼目睹、亲身经历过的。

在我印象中，钱伯伯属于那种锋芒毕露之人，喜怒形于色，爱憎极分明。他眼中容不得半点沙粒，对于看不惯的人与事，钱伯伯绝不掩饰自己的感觉，说起话来不留情面，言辞尖锐，也因此得罪了一些人，其中不乏享有盛誉的知名学者。不过对于自己的亲朋故旧，钱伯伯总是充满深情，古道热肠。我永远不会忘记"文革"初期我父亲含冤辞世后，钱伯伯、钱伯母对我们母女解囊相助，恩深似海，永世难忘。

我母亲是钱伯伯在社科院文学所多年的同事。虽然父亲与钱伯伯过从甚密，但母亲与其交往并不多。"文革"开始后，"横扫一切牛鬼蛇神"，连我母亲这一"名不见经传"的无名小卒也未幸免。她的工资被扣发，每月只能领32元生活费，我们一家生活顿时陷入困境，拮据万分。那时她每天与钱伯伯等多名"反动学术权威"一起在社科院大院里劳动。钱伯伯几次趁看管人员不注意时悄悄对母亲说："蔚英，生活上有困难尽管告诉我，千万别客气。"寥寥数语使母亲难以自制，泪如泉涌。其时钱伯伯自己也是"泥菩萨过河，自身难保"，却还惦记着我们一家。虽然母亲一再说生活没问题，钱伯伯一家仍多次"雪中送炭"，帮助我家渡过了"文革"时期生活上的难关。也使我们在那个世态炎凉的年代尝到了人间温暖，看到了黑暗中的一丝曙光。

社科院从河南信阳的五七干校返京后，我家有幸与钱伯伯、钱伯母成为紧邻。他们是我所见过的最志同道合的伉俪之一，几十年相濡以沫，珠联璧合，真正是"心有灵犀一点通"。当时他们已经闭门谢客，断绝了与外界来往，终日埋首学术，潜心钻研。邻居们曾多次目睹小轿车来接钱伯伯赴会或赴宴，但均被他婉拒。他家也不乏"名流贵客"光临，这些人虽位高权重，也常常免不了吃闭门羹。钱伯伯秉性高洁，不改书生本色，拒绝逢迎权贵，厌恶官场应酬，处处显示了其"出污泥而不染"的铮铮傲骨。有人说他处世圆滑，因之在历次残酷的政治运动中得以过关，这是不真实且不公平的。

我那时仍在天寒地冻的北国风雪荒原接受"再教育"。每逢回京探亲登门拜望，他们都如见到久别重逢的女儿般高兴，立即放下手头书卷，与我聊天，问寒问暖，深情厚谊，溢于言表。钱伯伯经常与我谈及父亲，为其生不逢时、英年早逝而惋惜不已。记得钱伯伯曾说父亲是他的"钟子期"，慨叹"钟期既逝，奏流水为何人"。言谈话语中饱含着这位一代鸿儒对昔日友人的款款深情。

钱伯伯一生惜时如金,古稀之年笔耕不辍,于1979年出版了巨著《管锥编》。此书被誉为其漫长文学生涯中的顶峰之作。他送了一套给我,并题了字。虽然此书于我有如天书不解其中一二,却珍贵无比。睹物思人,每当看到此书,对钱伯伯一家的感激之情就会油然而生。

故人在何方,
魂魄入梦乡。
夜深忽惊起,
泪洒千万行。

昨晚梦见钱伯伯,半夜醒来。心潮起伏,思绪万千,泪湿衣襟,久久不能成眠。从来不会写诗的我,第一次写下一首小诗来表达多年思念故人的心路历程。每年12月19日,我都会默默地祭奠钱伯伯。对于我来说,他不仅是一位才华盖世、誉满全球的伟大学人,更是一位品格高洁、情深义重的忠厚长者。他那浓重的江浙口音,"不思量,自难忘",每每清晰悦耳,时时余音环绕……

钱锺书于中关园平房26号门前

忆国学大师张岱年

张晓岚 | 张岱年（1909—2004），北京大学哲学系教授，20世纪50年代住中关园平房16号，80—90年代住中关园48公寓。
作者张晓岚，北京大学哲学系教授张世英之子。

2010年春节长假，全家去武夷山游览，很有收获，不虚此行。

武夷山风景秀美，奇峰峭拔、秀水潆洄，可以与同为丹霞地貌的桂林风光相媲美。当你从九曲溪上游沿江漂流而下时，不仅可以饱览沿江的奇峰、异石、碧水等自然风光，而且可以从船夫的谈笑中了解当地的人文风情。

最为可贵的是，风景区内有宋代朱熹创办的武夷书院（后更名为紫阳书院），朱熹在武夷山居住并讲学五十多年（其中外出为官数年）。我们一进朱熹园，就看到书院遗址的正殿两边有北大教授张岱年先生的楹联"致广大尽精微综罗百代，尊德性道问学体用兼赅"，感到特别亲切。张岱年老先生是我爸爸张世英在北京大学哲学系多年的老同事，他比我爸爸长12岁，是我爸爸的老前辈，我爸爸很尊敬他，两家又是北大宿舍区中关园的老邻居，我爸虽是研究西方哲学的，但对中国的古典很有兴趣，有时也到他家去请教一些中国哲学史的问题。听我爸说，张岱年老先生的书房里，满桌满椅甚至满床都堆满了书。我爸曾经小声问他：您夫人也不替您收拾一下？他笑而不答。张老先生生活很简朴，年过80，冬天里还经常穿件旧的长大衣，提着一个旧布袋到附近菜场买菜。我爸问他："怎么未见您夫人去过菜场？"张老微笑着回答说："旧社会是男尊女卑，现在是新社会，我们家要来一个颠倒！"那天在武夷山，我爸见到张老的楹联时又提到了张老的这段佳话，我们都哈哈大笑。我说："不知讲'存天理，去人欲'的朱熹如何看待今天啊！"我爸听了我的话接着说："其实，朱

张岱年（右1）、张世英（中）等人一起参加会议

熹不是个单纯的道学先生，他还是很讲情欲的，他甚至提出过'人欲中自有天理'的命题。他把天理与情欲结合起来，因此，他也是个大诗人，有很高的审美境界。他最有名的诗：'半亩方塘一鉴开，天光云影共徘徊。问渠哪得清如许？为有源头活水来。'这是大家都背得烂熟的。此外，他还有很多山水诗。他爱游历山水，对仕途并无多大兴趣，甚至有'不作尘中思'的隐士风格。'予生千载后，尚友千载前。每寻高士传，独叹渊明贤。'简直是一位陶渊明式的田园诗人！哪有一点官方哲学家的气味？是后世统治者为了统治的需要，利用他，片面宣传他，才把他的形象抹黑了。"我问我爸："张岱年先生也是这样看待朱熹的吗？"我爸回答说："这正是张岱年先生的观点。他私下就对我说过：后世把朱熹讲得太片面了！张岱年先生为人木讷，但大智若愚，思想深刻。他的这副楹联也写得好，精辟地概括了朱熹做学问的特点。上联出自《宋元学案·晦翁学案》，下联的最后四个字与上联最后四字，对仗稍欠工整。朱熹确实如张岱年先生所说，不仅重德性，而且重学术研究。"爸爸还要我们学习张岱年先生，看人、看事，都不要只听一面之辞。爸爸说："尊重'他人'的独立性和个性，

正是我所奉行的哲学。"最后，我爸让我给他照了一张照片，说他正在写一本书，其中有一章谈朱熹，将来就把这张照片放在上面。武夷山风景区内，有如此人文景观，真是增色不少，既看风景，又学历史、文化，相得益彰。武夷山之游给我们带来张岱年先生的回忆，尤其给了我很多启发。

游武夷山归来，受益良多，祖国的名山大川给人以美的享受，而蕴藏其中的历史、文化和人文精神则给我们以更多教益。

原载《福建理论学习》2010年第6期

我认识的当代著名哲学家洪谦教授

洪啸吟 | 洪谦（1909—1992），北京大学哲学系教授，曾住中关园二公寓。作者洪啸吟，洪谦教授之侄。

洪谦是当代著名哲学家，是唯一来自东方国家的维也纳学派成员，维也纳学派的逻辑经验论哲学在中国的传播者，他在现代中国哲学的发展过程中，产生了无可替代的重要影响。

洪谦原名洪宝瑜，字瘦石，生于1909年，兄弟五人，他排行老二。祖居徽州歙县南乡三阳坑，那是一个典型徽州村庄，粉墙黛瓦，山清水秀，美丽典雅。林语堂将它与瑞士乡村相比，郁达夫路过时曾有诗歌吟咏其美。只是可惜现在已面目全非了。父名洪惟敬，字守斋，在北京菜市口有茶店名洪裕茂，在福州闽江边有茶厂名洪德裕茶庄，窨制花茶，曾任北京茶叶商会主席。他诚信敦厚，十分孝顺，在乡中声誉极好，是清朝天官（财政部长）王茂荫（马克思资本论中提到的唯一中国人）外孙。洪谦祖母曾将洪谦和一方姓人家指腹为婚，洪谦父笃孝不敢违母命，包办了洪谦婚姻。洪谦抗命离家出走，由此产生了一场家庭悲剧。

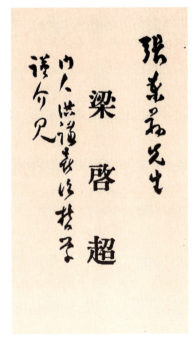

梁启超介绍洪谦见张东荪的名片

洪谦少时曾在福州求学，故有时误传他为福建人。洪谦少时即有才气，八九岁时即可与大人讲三国，十四五岁时他在《福建日报》登了一篇用文言文写的关于王阳明哲学的文章，康有为对此文很感兴趣，遂邀作者相见，洪谦在老师陪同下于杭州花港观鱼的一处房子里见了康有为，康见他是一个小孩，很惊讶，遂屏退洪谦的老师单独和他谈话，康觉得此孩子确实不凡，便在一张名片上写了给梁启超的短信，介绍给梁启超。康很欣赏洪谦的才气，但觉他有孤傲的倾向，建议他改名为洪谦，有让他自警之意。洪谦在上海见到了梁启超，那时梁正在办少年班，进行面试以后，确信洪谦有不凡的才气，考虑到他对王阳明有兴趣，后便带他去日本帝国大学，做阳明学权威宇野哲人的学生。因病，半年后回国，在清华大学国学研究院少年班学习半年，受到梁启超无微不至的关心、严格教导和熏陶。在一次聚会上，梁启超当着许多知名人士指着带在身边的孩子说，此子必是将来国家栋梁之材，并收洪谦为自己的关门弟子。在梁的安排下，1927年他获安徽省半官费留学，在家中全力支持下，得以赴德留学。梁启超先是推荐他去德国耶拿随1908年诺贝尔文学奖得主倭铿学习精神哲学，但他到达德国时，得知倭铿已经去世，他即在耶拿大学学习物理、数学和哲学。学习期间他对爱因斯坦的相对论发生极大兴趣，一年后考取柏林大学天文系，攻读天文物理，在那里听了莱辛巴哈的课，莱辛巴哈提醒他要重视石里克的著作。在一次讨论会上，洪谦作了一个简短发言，被在会场上的石里克赏识。由于他对哲学兴趣很大，石里克遂让他到维也纳大学学习哲学，石里克对年仅19岁的洪谦爱护有加，如同他家的成员，石里克家中为洪谦设有一专用的书桌。

石里克是维也纳学派的创始人，是量子论创始人普朗克的学生，他根据爱因斯坦相对论等现代物理学新成果，对时间、空间这类概念进行了新的哲学总结，正是在这样的基础上，建立了哲学的维也纳学派。在石里克之前，哲学与自然科学之间的联系极少，相对论和量子论的巨大进展对于当代哲学竟没有产生影响，石里克改变了这种情况。维也纳学派是随自然科学最新发展而改变形态的哲学。成为石里克的学生，这对探索现代理性的洪谦来说是如鱼得水。1934年洪谦获博士学位，洪谦的博士论文《现代物理学中的因果性问题》得到测不准关系的提出者海森伯的高度赞扬。这篇论文从物理学的进展出发，从哲学高度探讨了因果关系，在当时是一项开拓性工作，具有理论和现实意义。参加他的博士论文答辩的有玻尔等大物理学家和大数学家，答辩十分严格也很有趣，据说玻尔深抽一口烟向天吐出一圈圈的烟雾，然后问有何物理、哲学意义。洪谦曾将这本厚厚的论文从德国寄回老家，作为纪念，也作为汇报，家中一直珍藏着，可惜在"文革"中被当作"四旧"抄没了。

洪谦和石里克关系十分亲密，他对石里克非常

作者与洪谦教授合影

尊敬，石里克的画像挂在他的卧室，即使"文革"时期也未取下。获得博士学位后，洪谦仍在维也纳大学工作，自1930年参与了维也纳学派的各种活动，直至1936石里克被枪杀。一般人认为石里克为一疯子学生所杀，但洪谦认为他是为希特勒所杀，疯子杀石里克是烟雾。石里克被杀后不仅亲人有危险，作为石里克的亲密助手也有危险。石里克女儿将一包石里克的手稿和照片等交给洪谦，让他赶忙带回国。这些材料在洪谦再次访问英国时交还给了石里克家人。

1937年洪谦回到北京和家人相聚，并在清华大学和北京大学哲学系讲课。由于抗战爆发家人大部分回了徽州。洪谦先去了武汉，在那里和周恩来、郭沫若有很多联络。由于特务跟踪，不堪其扰，他遂移至贵阳，在以蒋介石为校长的贵阳医学院文学部工作。在那里他和何玉贞结婚。婚后他们辗转到重庆，然后又到昆明西南联大任教。抗战胜利后，1945年8月受英国文化委员会之聘，他与陈寅恪、邵循正等一同去了英国，在牛津大学新学院任研究员。

在40年代，洪谦的学术活动非常活跃，著作颇丰，特别是系统介绍了维也纳学派的科学观、哲学观和世界观，他所著《维也纳学派哲学》至今是国内认识维也纳学派的经典，同时他发扬分析哲学的批判精神，批判了传统的形而上学、康德的先天论、现象论和精神科学派、马赫的实证论哲学，和国内冯友兰的新理学开展过论战。他和冯友兰的论战，是逻辑论和新理学的一次公开交锋，是中国当代哲学史上一次有趣的辩论。

洪谦于1947年回国，先在中山大学后在武汉大学哲学系任教授兼主任。1949年蒋介石逃往台湾前夕，国民党给洪谦送来了去台机票，但洪谦选择留在

大陆。他于1951年受张东荪和陆志韦邀请任燕京大学哲学系主任，1952年院系调整改任北京大学教授兼外国哲学史教研室主任，1965年任外国哲学研究所所长。1949年以后的政治气候使洪谦无法对维也纳学派哲学进行系统研究和介绍，因为维也纳学派哲学是被列宁称为"反动哲学"的马赫主义流派，是被禁止宣扬的。洪谦头上戴有一顶大帽子，即"马赫主义在中国的代表人物"。其实洪谦和马赫并没有什么联系，只是石里克是维也纳大学继马赫开始（1895年）的某哲学讲座的一个主持人（1922年），当然，维也纳学派的理论源头可以追溯到马赫。在1958年以前，洪谦还有一些著作如《哲学简史》《卡尔纳普的物理主义批判》《康德的星云假说的哲学意义——读"哲学通史与天体理论"的一些理解》《介绍马赫的哲学思想》，在大鸣大放号召下，他在人民日报发表了《应该重视西方哲学史的研究》和《不要害怕唯心主义》两篇文章。他的文章在1957—1958年间自然受到批判，并曾收到高层领导人的口信，不允许他以自己的名字发表有关维也纳学派哲学的文章，从此他停笔封口了。但为了哲学教学，他还是编译了"西方古典哲学原著选辑"中的《古希腊罗马哲学》《西方现代资产阶级哲学论著选辑》，至今它们仍是哲学的基本学习材料。

"文革"期间，在劫难逃，他被扣上"资产阶级反动学术权威"的帽子，受到抄家和批判，所幸受到高层领导的指名保护，而且1957年以来少有著作，一些著作造反派也看不懂，所以没有受到揪斗，也没有被下放劳改，而是受命翻译马赫的《感觉的分析》。有的人说他之所以受到保护是一些国际知名科学家写信给中国领导人，表示对他安全的关心，才有此待遇。我看不尽然。他在"文革"期间受命翻译马赫的《感觉的分析》，不是北大军代表的安排，而是高层领导为了解马赫思想而下的任务。尽管他没有受到揪斗，但仍常有红卫兵和外调的人员骚扰和无理纠缠。受到侮辱，他非常痛心，甚至有轻生的想法。"文革"期间他的思想变化很大，尽管他的学术思想是所谓"反动"的，但他爱国，对国家命运表现出很大热情，希望一个合理、美好的新中国，不料这个国家却被"四人帮"一伙搅成了法西斯国家。

"四人帮"倒台以后，我国进入了改革开放的新时期，洪谦又重新焕发了学术研究青春。从70年代末到1992年逝世，他担任了北大教授兼外国哲学研究所所长，中国社科院哲学研究所研究员和学术委员会委员，英国牛津大学客座研究员，东京大学客座教授，中国现代外国哲学研究会名誉理事长，中英暑期哲学学院名誉院长，开展了广泛的国际学术交流。除了经常接见来访的哲学家外，还多次出国访问，包括奥地利、英国、日本，1984年他荣获了奥地利维也纳大学荣誉博士称号。此段时间是他第二个创作高峰期，他主编出版了《逻辑经验主义》二卷本，发表了十余篇论文。这些工作受到国际哲学界的高度评价。可惜天不假人以更多时日，1992年洪谦在北京逝世。他逝世后，《人民日报》和英国三大主流媒体《泰晤士报》《卫报》《独立报》都发表了讣告，这表明了他在国内外的巨大声望。

作为20世纪思想学术界的重量级人物之一，洪谦确实是非常与众不同的，其突出之处在于：

一、学贯中西，精通文理。洪谦在徽州这块东南邹鲁之乡长大，那里不仅养育了他，也养育出胡适、陶行知、吴承仕等大家。洪谦和他们不仅是同乡而且有的有远亲关系。和他们一样，洪谦早年得到了很好的传统教育，因此他在十四五岁时就写出让康、梁赞赏的文章就不足为奇了。但这种传统并未约束他对自然科学和西方哲学的执着追寻，他不仅是具有一般数学物理知识，而且是精通是专家。他在自然科学，特别是物理学和数学方面的知识，我这个清华大学化学教授也难望其项背。在家中我们称他的著作为天书。一些哲学家如冯友兰也承认看不懂维也纳学派哲学著作。维也纳学派哲学是科学哲学，学派的成员既是哲学家也是大科学家，如石里克是普朗克的学生，也是光学专家，汉恩是数学家，弗兰克是物理学家，海森伯是洪谦博士论文的审稿人，玻尔参加了他的论文答辩。没有足够的自然科学根基是难于和他们对话的。洪谦精通德语和英语，他的德文水平国内很少有人能与其匹敌，这使他可以真正读懂西方哲学原著，他曾校正多处马恩著作的翻译错误。学好门槛很高的维也纳学派哲学，必须要有深厚的自然科学基础。因此洪谦主张学哲学的人要学透自然科学，要真正将外语学好。正是因为如此，洪谦的学生不仅可从事人文科学工作，也可从事自然科学研究工作，特别是计算机研究工作。

二、独立的思想和人格。洪谦是石里克的忠实弟子和追随者，在哈勒与洪谦的访谈中，洪谦说："石里克很喜欢我，我们之间关系亲密。可以说，他成了我心中的偶像。凡是他说的，我都照办。因此在一段相当长的时间里我丧失了独立性。后来我在他的《箴言》里读到了这样一句话：'追随别人的人，大多依赖别人。'这使我感到遗憾。"洪谦从此坚持着学术研究独立性和批判精神，从不人云亦云，也不随波逐流。1949年以后一次次的运动，整得许多人丧失了道德勇气和人格力量，不断地批判自己，贬低自己，甚至批判自己一直尊重的师长来保全自己。但洪谦从不屈服于任何权威和压力而改变自己的观点,他不否认自己是一个逻辑经验论者(也即属"反动哲学"马赫哲学的范围)。甘阳文章说:"在1949年以后的中国大陆思想学术重镇中,没有接受思想改造的,洪谦或许是唯一的一人。"是否唯一很难说,但这确道出了洪谦之与众不同。洪谦也是试图改造自己以适应新的环境的,1949年后他在给弟弟洪璞庵(宝琛)的信中说道:"我现在北大哲学系工作,但过去所学的是资产阶级的一套,现在还得学习才能教书。"这说明他是愿意重新学习、接受改造的。他之所以不能放弃自己的学术思想,全盘接收马克思主义,并不在于政治,而是在于学术,那是因为马克思主义哲学不能说服他放弃自己的基本哲学立场。洪谦的不同寻常之处就在于,他坚持自己的学术立场不但是四十余年如一日,而且是公开的、坦诚相见的。他的这种立场之"顽固",不但哲学界中人所共知,而且中共高层领导人都是知道的。实际上,洪谦并不反对马克思主义。也许洪谦的生前好友,美国马克思主义哲学家科恩的一段叙述可以帮助我们了解洪谦坚持自己"资产阶级"立场的原因。科恩比较了辩证唯物论与逻辑经验论,指出二者有共同点,就是自然主义和人道主义,它们都拒绝超自然的说明和种种先验的说法,都希望依靠科学和理性,建立一个合理、美好的社会——社会主义社会。但他们也各有所长,辩证唯物论重视对人类社会作历史、具体的分析,重视变革社会的实践,而逻辑经验论奠基于研究自然秩序的物理论,重视静态的、形式的逻辑推理,二者都是当代思潮的重要部分,可以互相补充互相启迪。也许这就是为什么洪谦不放弃自己哲学思想,而坚持作逻辑经验主义者的深层原因。他在一个远非完美的世界保持自己的独立和干净的灵魂,在国内像他这样的知识分子不是绝无仅有,也是实在难得。

三、异类的赤子之心。很多人认为洪谦是个异类:是"反动学术权威"而未受到大的冲击,是马赫主义的代表,《人民日报》的讣告上称其为"洪谦同志"。甘阳在一篇文章上写道,毛泽东提议建立一个专门研究西方现代思想的机构(北京大学外国哲学研究所)时,点名非洪谦出任所长不可,并派胡乔木亲自登门拜访洪先生转达毛本人的邀请。有人对此非常怀疑,据我所知胡乔木登门确有其事,胡乔木、胡绳等本来就和洪谦很熟,是否毛指派不能确定。但无论如何,洪谦的待遇为什么这么"高",确令人狐疑费解。有网上文字说:悠悠千载,中国知识分子的命运真是很难说,犹如抽签,是随机的,你根本不知道等待着的是怎样一种命运。洪谦们可说是抽了个上上签,老舍们可怜抽了个下下签。当然洪谦的命运绝不是随机得到的,一定有其根源。

洪谦的"待遇"应该是和他在哲学以外的事有关,让我们先看吴宓先生的一则关于洪谦的日记:

一九三七年(民国二十六年)七月十五日星期四(在北平清华大学)
夕5－6洪谦来,同散步。洪君以国人泄泄沓沓,隐忍苟活,屈辱退让,丝毫不图抵抗,使日本不费力而坐取华北。如斯丧亡,万国腾笑,历史无其先例,且直为西洋人士所不能了解者。故洪君深为愤激痛苦,宓亦具同情。按西洋古者如 Troy 与 Carthage 之亡,皆历久苦战,即中国宋、明之亡,争战支持,以及亡后图谋恢复之往迹,皆绝异中国今日之情形。中国之科学技术物质经济固不如人,而中国人之道德精神尤为卑下,此乃致命之伤。非于人之精神及行为,全得改良,决不能望国家民族之不亡。遑言复兴?宓又按真理亦即正情。中国一般人既虚伪,又残酷,洪君深为痛恨,亦由居西洋(德国)久。即今赞同洪君者,其人亦极少也。

一个爱国青年的形象跃然纸上。在洪谦看来,哲学始终与人类命运息息相关,若不能时时关注人类命运,与恶势力抗争,勇敢地维护人类的正义,就不算一个真正的科学家。他时常以具有伟大人格的科学家、哲学家爱因斯坦、罗素等人为榜样。这样一个洪谦,在国民党统治时代,自然对当时黑暗腐败社会痛恨至极,他向往一个合理、美好的社会主义,因此他支持共产党,许多共产党高级人士是他的朋友,他在德国留学时和共产党员廖承志、王炳南、章文晋、江隆基等是好朋友,办过进步刊物《洪波报》。1945年董必武、陈家康参加完联合国大会绕道伦敦回国,在伦敦,洪谦组织了一次非常成功的演讲会欢迎二位到来。在国内内战期间,英国政府对中国共产党了解不够,对中国的政策犹豫不定,洪谦以他独特的身份在英国高层进行大量的解释工作,高度赞扬共产党和毛泽东的领导,极大地影响了英国政府对中国共产党及未来中华人民共和国的态度和决策。由于这些活动,国民党政府吊销了洪谦在国内的家人已办好去英国与其团聚的护照。但也许正是洪谦这个具有西方思想的中国人的活动,促进英国政府打消了顾虑,首先和中华人民共和国建立了外交关系,在西方世界对华的封锁链条中打开了一个大缺口。洪谦也因此受到中英两国高层领导的敬重。洪谦的本性是低调的，大概没有人知道这一事实，我是在"文革"期间，听到洪谦不经意间提到了有关事实。我想这样大的贡献他自己从不提及，只有领导清楚，而且 1949 年后洪谦只做学问，不参与政治，保持了沉默，由此洪谦得到的"礼遇"也就不足为奇了。不过这种礼遇却使人感到心酸。

四、低调的"傲慢"。以一个中国人的身份，而成为西方 20 世纪哲学主流学派的核心成员之一，洪谦几乎是唯一的一人。事实上，到 70 年代末中国大陆重新开放门户时，洪谦已是"西方"声势浩大的分析哲学和科学哲学中资格最老的元老之一，受到国际哲学界的尊敬。在国内有许多国家领导人是他的朋友、同学或学生。但他为人谦虚谨慎，做事低调，从不愿意宣扬和出头露面，因此他尽管有极高的国际知名度，但国内却鲜有人知道他。洪谦最喜欢的格言是"我知我无所知"，所以他总是孜孜不倦地探求。但洪谦也有另一面，即被人称之为"傲慢"的一面，他正气凛然，疾恶如仇，不逢迎权贵。他不善当官，也不愿当官，1951 年在去燕京大学之前，曾让他接替洪深的对外文委主任一职，但他还是宁愿做清贫的教授。他对一些冠以哲学的大块文章从不恭维，认为那不是哲学而是政治。

如今洪谦虽已驾鹤仙去，而音容宛在：颀长的身体，既有儒家的儒雅，也有英国绅士的翩翩风度，并不摆架子，甚是可敬可爱，以至有时有些顽童的天真，特别是遇到有趣事情时，他会哈哈大笑得前仰后合。他说话时仍带着一点老家三阳的口音。他不问政治，但听说家乡安徽饿死了人，仍然拍案而起，慷慨激昂地去找领导理论，险些惹来大祸。他看来平和但有时又很急躁。他处事认真，一丝不苟，公私分明，从不用公家物品私用。国外客人来访，吃饭是自掏腰包。我和他说有的费用是可以从研究经费中报销的，但他总是摇头。生活朴实无华，伴他一生的一架打字机还是瑞士友人赠送的。洪谦逝世了，不仅是哲学界不可弥补的损失，像他那样外表和精神完美统一的魅力形象的消失，也同样是难以弥补的。洪谦走了，他不曾带走一片云彩，他拒绝开追悼会，他也不愿意写自传和宣扬他的成就。他默默地走了已经 17 年了。但他终生为之奋斗的逻辑经验论已经在中国大地有了根基。逻辑经验论对于中国的传统哲学和马克思主义的辩证唯物论有很强的互补性，倘能认真研究，自由争鸣，一定可大大提高我国民族的理论思维水平。若能如此，则洪谦当含笑于九泉了。

据悉，中国社科院哲学所、英国皇家哲学研究所、牛津大学现代中国研究中心、澳大利亚人文科学院和社会科学院联合主办的"中英澳暑期哲学学院"（原为"中英暑期哲学学院"），根据英方提议于2002年设立了"洪谦哲学论文奖"，奖励用英文写作的哲学论文，每年从参加评奖的论文中评出优秀论文，由暑期学院和布莱克威尔出版公司提供奖金与奖品。这是对洪谦合适的纪念吧。但可惜是英国人的提议。

2009年

1985年洪谦在北大中关园二公寓

一段忘不掉的经历

黄志勤 | 黄昆(1919—2005)，中科院院士、北京大学物理系教授。李爱扶（1926—2013），原名艾夫里斯，北京大学物理系高级工程师。20世纪50年代以后住中关园二公寓。
作者黄志勤，黄昆教授之子。

四十多年前的1971年夏天，我用自己的辛劳挣来了第一次回北京度假的机会。因为这样的经历不算太多，所以记住了不少。

离开北大荒农场之前，按一位老知青的建议，穿了一套洗得发白的工作服。他告诉我，这年头第一吃香的是军装，第二就是这工人阶级的服装。我一想有道理，出门在外，没有人认识咱们，况且兜里还揣着沈阳军区生产建设兵团红字头的介绍信呢，谁又能知道工作服里面装了个"臭老九"的后代。后来经历多了，又变老了，才知道人其实和动物差不多，大都希望通过改变自己的外形外貌去适应外部的环境。研究这个问题比较早的是达尔文，据说近来他的理论还更热门了。

有了护身服，我的行程开始了。我回家的路本来应该很简单，坐3个小时汽车到北安，再乘7到8个小时的火车到哈尔滨，然后换上去北京的火车就到了，充其量是两天时间。如果我选择这条简单的线路，今天就没有故事了。但是由于一个并不偶然的历史原因，我没有这么做，而是选择了一条麻烦的路线，因此才有下面的故事。

"文革大串连"时我小了一点，所以没有机会投身于那场轰轰烈烈的"革命播种运动"。不幸的是，后来不断地听到别人讲述"大串连"中那些动人的故事，我就总是在心里埋怨自己的父母，竟然在没有计划生育的年代里晚生了我两三年。我那时年轻，几乎没有什么计划，直到离开了农场才发现，嘿嘿，居然在从北大荒到北京的这一段路上我自己说了算。另外因为想给父母一个惊喜，走之前也没有告诉他们。这样不但路程上有自由，时间上也有自由。在去哈尔滨的火车上我开始盘算如何把"大串连"失去的机会补回来。

  北安到哈尔滨这一段火车的旅程大约是每个在北安附近下乡的知青难以忘却的。现在我已经不可能数清楚在农场的9年中有多少次乘火车往返于哈尔滨和北安之间。但是几乎从最开始，就有了往南走比往北走心情好的感觉。那是第一次在这条线上往南走，过度兴奋，离开农场前有几天没有睡好觉，导致在北安一上火车就开始发烧。我在火车上一边使劲儿喝水发汗，一边盘算着我"大串连"的计划。等我的脑子随着向哈尔滨行驶的火车轮子一起转动时，我才知道做这样的一个计划并非一件容易的事情。首先，我的手里没有地图，更没有GPS的手机，而且我从来也没有机会在学校里学习地理，脑子里只有几个大城市粗略的位置。我在老式日伪时期的火车硬木座位上开始筹划"大串连"时，除了地理知识影响了我，还想到了另一个问题：我对于在人生地不熟的城市如何寻找旅店没有任何经验，在目的地举目无亲，到了那里以后怎么办呢？虽然由于这两个问题的困扰我有些紧张，但是还是觉得这次"大串连"的机会难得，不能轻易放弃。经过了长时间的思考，我忽然想到我有个堂哥，毕业于北京化工学院，"文革"中分配到丹东工作。而且记得他说，他可以坐船到天津，再乘火车回北京，我决定去丹东看他！

  在我谋划我的旅行的时候，比较难决定的问题是我只有二十多天的假期。如果我的"大串连"占用的时间太多，我在北京的时间就会太少。对于我来说，在北京好好地多玩些日子也很重要。我既要"大串连"，多去几个地方，又要在最短的时间完成它。这样我觉得去丹东不错，我的"大串连"将包括哈尔滨、丹东、天津。而最重要的是，我是从丹东坐船到天津的。虽然很多人"串连"过，但是他们大多是挤火车，有机会坐船的很少。如果我的"串连"包括坐船，那当然让我很得意，在曾经"串连"过的人面前能够直着腰板说话。

  到了哈尔滨，我的发汗很见效，烧已经退了，人也精神了，下了车就直奔售票处。因为实在是对于自己的地理知识没有十足的把握，我在墙上找到了一张交通图，而且发现当时的铁路还有联运服务。我看到丹东确实在海边上，但是没有标出海上的航线，我觉得需要问一问。售票窗口外面排队买票的人不多，几个从蓝灰色衣服领口长出来的脑袋无精打采地望着前面的窗口。窗口里面坐着一个穿制服的中年妇女，慢慢悠悠地接待着这些买票的同类。当轮到我的时候,她毫无声调的回答让我不知所措:"现在没有从丹东到天津的船。"虽然这个回答让我有些失望,但我并没有立即放弃我的计划,而是离开了窗口回到那张交通图前仔细地研究其他的路线,当我在那张交通图上发现从大连可以坐船去天津,我毫不犹豫地回到了售票窗口。那时大概没有多少人旅游,人们到一个地方去总是有明确的目的。中年妇女奇怪地看着我,似乎不可理解我如何可以在短短的几分钟之内放弃丹东而改去大连,似乎去大连和丹东对于我来说没有什么差别。当她告诉我大连有船去天津,我马上买下了去大连的车票。

买到车票以后,我有几个小时欣赏我"大串连"第一站的风光。可能是在农场待得久了,也可能是鲜明的俄罗斯风格的建筑物,我觉得哈尔滨很美。另一个很深的印象是那些红色的房顶和用黄色油漆装点墙壁的房子,这些建筑风格和我从小熟悉的北京完全不同,我从来没有想到建筑可以有如此大的差别。这个第一站,后来变成了我人生重要的一站。

从哈尔滨到大连的旅途让我疲惫,只是记得从沈阳到大连的一段有些很漂亮的风景,大约在中午时分,我到了大连。那时的大连比哈尔滨穷多了,几乎没有白面食品,我在火车站买了个玉米面的大饼子就奔向码头。在这里,我的"大串连"梦几乎被彻底摧毁,卖船票的工作人员用他那勉强愿意搭理我的语调告诉我一个几乎让我瘫倒的消息:"去天津的船7天一班,上一班昨天发的。"我几乎不相信我的耳朵,记得我当时真想自己打自己的耳光,我骂自己,怎么从来没有考虑到船不一定天天有呢。

在最初的打击过后,我开始冷静下来。首先我不可能在大连浪费我宝贵的7天,其次我实在不愿意再坐十几个小时火车回沈阳。嘴里叨咕着"车到山前必有路",开始在候船大厅里看航运时刻表。本来从大连出发的船也不多,记得除了去天津还有青岛和上海。由于以前从来没有想到过往南方走,所以根本没有发现居然有一趟去上海的船下午3点开船。我看了看墙上的大钟,还有不到一个小时就要开船了。我的脑子飞快地盘算着,比较回沈阳去北京和去上海回北京所需的时间。当我发现经上海回北京也就多花两三天的时间,我实在是抵御不住"乘船去上海"的诱惑,三步并作两步来到了售票口。

又是在哈尔滨车站中年妇女的眼神:这个小工人怎么突然从天津改道上海了。他的眼神对我没有任何伤害,但是他那平淡而且是有气无力的回答又几乎让我晕倒:"票早就卖完了。"我当时的状态是可以想象的,十分沮丧,站在卖票的窗口前不知如何是好。我在想,今天山前可能真是没有路了,只能回头。突然,一个中年男子急匆匆地冲了过来,人还没有站稳,他发出的声音已经让我的耳膜感到了不适,但是那种不适飞快地在我的大脑中变成了一个明亮的信号:这个人要退票!窗口里又流出来那有气无力的声音:"去哪的票?""上海的,就是这趟船。"中年男子急不可待地马上回答。耳朵不适的感觉没有了,而且反应出奇地快,没有任何思维夹杂在里面,我的嘴已经使周围的空气强烈地振动了。中年人的脸立即从那个无力的发声源转向了我:"你要票吗?""要!""太好了!三等舱……"我已经记不准船票的价钱了,有个印象是10到15元之间,我在狂喜中冲向码头。码头就在候船厅外面不远,当我到了登船跳板前面的时候,离开船只剩不到半个小时,好在检票员还百无聊赖地坐在那里,我顺利地通过了跳板,双脚站到了船的甲板上。即使到了今天,如果有人问起,我总是说我去过大连,但是我脑子里的大连就是那个卖大饼子的站前广场和陈旧的码头,这是我"大串连"的第二站。我历经了小小的曲折之后,终于开始了去南方"串连"的旅途。虽然以后的人生中有很多次坐海轮,而且大多是几万吨级的,但是第一次坐上几千吨的海轮还是很兴奋。记得很清楚,那次坐的三等舱是6个人一间,圆形的窗户在海平面上面。舱内其他的几个人大多是各式各样的公出,大部分时间都在打牌和睡觉。用当时的标准,船上的伙食确属上乘,还有我多少年都没有吃到的鱼。我最喜欢的是在甲板上看蓝蓝的大海,享受8月温暖海风的吹拂。在农场两年的劳作以后,这样的海上航行更是珍贵无比。我记得航程是两天两夜,忘不了的是航程的最后七八个小时。那天上午,海风和海浪越来越大,轮船左右摇摆,舱内游艺厅里的桌椅随着船的摆动在地板上滑动,很多人开始呕吐。我在舱里也感到了不适,就跑到甲板上。在甲板上,一个海员告诉我台风要来了,如果我们的船继续航行,所有的乘客都会晕船。让我感到庆幸的是下一趟从大连出发的船已经停开了。

上海给人印象最深的是外滩,简直是耳目一新。没有毛主席的领导,人们居然可以把一个城市建造得如此壮观。站在外滩,我好像第一次比较清楚地想到,原来不光是新中国有好东西、有十大建筑,旧中国竟然也有好东西,新中国以前的历史上也有好东西。当然,又过了好几年,我慢慢地,而且越来越懂得了宣传是个很厉害的东西,那个年代的经历告诉我们,宣传常常导致愚昧。

人的记忆力是一个很奇怪的东西,即便几个人共同参与同一个事件,往往记住了不同的细节,我上海之行记住了一件微不足道的小事。我住的小旅店给了我一条毛巾被，一双拖鞋和一把扇子，交了两块钱以后，一个人就把我领到一个大屋子里，指了指一张铺着凉席的床和一旁冲凉的屋子就走了。很多年以后去上海，我还常常饶有兴趣地问别人：你知道我第一次来上海住的"酒店"多少钱一晚上吗？

我不知道得寸进尺是不是人的一种本性。当我来到上海火车站准备买去北京的火车票时，发现"天堂"杭州近在咫尺。我又一次没有控制住自己的欲望，把"大串连"的范围扩大到了杭州。我乘半夜的火车在清早来到了杭州，在"天堂"里，我实实在在地利用一天时间走马观花。

杭州成了这次旅游的最南端，当晚，我乘火车于清晨两点多到了南京，趁着夜色来到了南京长江大桥。几天的奔波搞得我很疲倦，躺在热乎乎的引桥上睡到天大亮。在南京我有一天的时间，决定去参拜一下中国共和的先驱。我沿着一条通往中山陵的梧桐大道走了大约四十多分钟。那时大道的两边没有任何高楼大厦，尽是江南的农田和一些农舍，三四个和我岁数差不多的青年在距离我百十来米一直伴随着我到了中山陵。对他们有印象是因为他们一路上打打闹闹、欢声笑语，很是热闹。

爬完了中山陵数以百计的台阶，参拜了中山先生的陵墓，顺着一条小路来到有名的灵谷塔。在灵谷塔顶居高而下地欣赏了风景以后，我很想知道塔的高度。在下塔的时候，我便记住了一共有多少台阶，在塔底下又用手丈量了一下台阶的高度。有了这些数据，我找到了离塔不远而又没有人的一处阴凉坐下来休息，顺便计算塔的高度。在我手里拿着一根树枝，低头在计算塔高的时候，突然感到身边来了几个人。一惊之下，我抬头看到3个和我岁数差不多的小伙子就站在我身旁，几乎把我围了起来。我本能地从地上跳了起来，心想这下子坏了，这几个人要抢我。就在我们互相打量的时候，其中一个长着南方脸的人开口了："你是哪的？"我稍微放松了一点，因为他没有说"把钱拿出来"。我想了一想，毕竟寡不敌众，还算客气地回答："有什么关系吗？"他没有回答我："你为什么一个人在这坐着？"我有点明白，好像我的行动有些鬼祟，而且由于天热，工人阶级的衣服已经放进了背包。但是我越发觉得他们不是要抢我："不可以吗？"虽然有点硬，但是语调很平和。"我们要看看你的证件。"还是那个南方脸。我想到了我兜里的"红字头"，胆子壮了一些："你们是谁？""民兵！"这次好像南方脸的嘴没有动。大概是没有搞过武斗，对民兵的印象不太坏，也知道他们不是要抢我，所以反问道："你们有证件吗？""我们没带。"南方脸继续保持他的领导地位。"那我凭什么相信你们？""你可以和我们去民兵指挥部。"南方脸向后扬了扬右手，大拇指朝脑袋后面伸了出去。"在哪里，多远？""就在你走来的路上，大约走半个小时。"这次那张脸朝右肩膀的方向转动了一下。啊哈，我突然明白了，他们就是一直在我后面打打闹闹的那几个。这时我也想起来从灵谷塔上往下走，在一个楼梯转弯的地方注意到有个人盯着我，就是这个长着南方脸的人，他们大概是看我一路上形迹可疑。我已经不害怕了："那么远，我为什么要跟你们走？"那张南方脸涨得有点发红："必须有证件，不然就和我们去指挥部。"我一点也不紧张了，口气中带着一丝戏谑："我做错了什么事儿吗？"另一个瘦一点的，站在南方脸左后面，两手叉着腰，沉不住气了："你在来的路上和谁交谈？"喔，他们以为我问路是和别人接头，可能都是些特务和坏蛋。我心里好笑，这活我干过，在农场的时候，一次天就要黑了，我们几个人在路上走，碰上一个问路的，我们回答了以后就回驻地了。到了驻地，有通知说今天有特务路过我们这，大家马上怀疑那个问路的，还竟然朝他离去的方向追了一阵子，理由是当地人不可能问路。想到这，我开始嬉皮笑脸地和他们对付起来。后来他们有点急了，我也觉得不能搞得太过了。就把"红字头"从兜里掏了出来，打开给他们看。那是我第一次体会"红字头"的效力，即便几十年后的今天，中国人还是对"红字头"有一种特有的崇敬，我觉得一点也不难理解。他们看到了"红字头"，马上变得很客气，好像我们已经是朋友了。以后我又有幸去了好几次南京，觉得南京的确是一个很有意思的城市，它毕竟算是十朝古都。但是那次"串连"改道南京造就了一个人生的奇遇，我旅途的一个高潮就发生在我离开南京以后。我在天黑以后登上了南京开往北京的火车，南京到北京的"硬板"比北安到哈尔滨的老式硬板要高级一些，上面包了一层绿色的人造革，下面还塞了些海绵。因为年轻，坐上了那成九十度角的硬板座位，立即进入梦乡。第二天清早醒来，火车还在往前走，我觉得胃里空空的，很饿，拿上我装着工作服的背包，起身去了餐车。

当我在餐车里低着头狼吞虎咽早饭时，突然听到有人叫："庆六！"嘿，绝了，居然庆六也能重名啊，我不由自主地扭头想看看那个庆六长什么样，目光落在一张似曾相识的脸上，而且声音就是从他的嘴里发出来的。当我们的目光对在一起时，疑问已经没有了，我就是那个庆六。几乎是在同一时间，很多人抬起头，转过头，更多的声音里有"庆六"这两个字，我从震惊中清醒，认出了一些熟悉的面孔,他们大都是父母在北大物理系的同事。我是一个对于大人事情混混沌沌的孩子,小时候关于父母的记忆大概两三行文字就足以描述完毕,他们的同事能搞个脸熟已经不错了。这一刻听到的大多是:"嘿,庆六你怎么在这呀?""庆六,你来这干嘛呀?""哎呀,真是庆六吗?长这么大了,不敢认了。"这辈子就过了这么一把明星瘾,那真是很痛苦的一件事情。最初的混乱之后,双方在友好的气氛中介绍各自的形势和任务。他们是从北大鲤鱼洲那个"人间地狱"往北京那个"人间天堂"转移的路上,"上帝"考虑到了他们这两年遭受的苦难,专门为他们包了两节车厢。当然了,还考虑到他们的劫数未尽,没有给他们包卧铺车厢,只是和我这样的兵团战士一样的硬座。另一个恩赐是兵团战士要自己买票,他们是免费的。

记不清我们是怎么吃完早饭的,他们建议我不要回到自己的座位,而是到他们的包厢里和他们一起回北京。来到了包厢,看到了更多熟悉的面孔,其中有一些孩提时乃至下乡好友的父母,那种惊喜和兴奋是难以用语言形容的。在刚刚进入车厢的时候,我的明星生涯达到了顶峰,然后我们开始讲述各自的命运。他们问了我不少农场生活,那些有孩子在农场的叔叔阿姨自然问了我许多更加细腻的问题。我突然发现,两年不见,我在他们眼里的地位好像已经提高了不少。他们好像不再是对一个在他们面前长大的孩子说话,而是大人和大人的对话。这大概因为我和他们一样,现在也是自食其力的人了;也可能他们在鲤鱼洲长期被那些毫无良知的军宣队欺负,已经忘记了如何行使长辈的权威;也可能他们觉得我们都是在修理地球,彼此差别很小;也许……我的这些长辈们在他们从鲤鱼洲举家迁回北京的时候真是一贫如洗。还有让我吃惊的是,他们的毛巾和衣服就像被黄色染料染过一样,黄色成了整个车厢的主色调。值得一提的,也是我印象最深的是好友黄亮的父亲,他曾经是孩子们崇拜的偶像,身体健壮、浑身肌肉、酷爱运动,是北大的运动健将。在车上的他,皮肤被鲤鱼洲的太阳晒得黑红黑红的,而且由于消瘦,胳膊上的肌肉比以前更明显了。他用那充满浑厚男人气又夹杂着南方味的口音,给我讲了不少鲤鱼洲的故事。讲到鲤鱼洲酷热的夏天,他还指着他脖子下面那一大片痱子让我看。在那以前,我一直以为痱子是婴儿的专利,没有想到黄伯伯竟然也长了那玩意儿,很恐怖。很久以后,看到关于鲤鱼洲干校的回忆,自己又在武汉生活了几年,才知道鲤鱼洲的冬天和夏天都要比北方的更令人难以忍受。后来我到了他们的年龄,曾确确实实地想过:如果我现在在鲤鱼洲像他们那样被逼着劳作,大概是活不下去了。

那是十分美好的一天。我发现这些大人好像小孩子一样兴奋,他们毫不掩饰他们对于回到北京以后生活的憧憬。他们真是迫不及待地要回到北京,回到曾经是而且又将变成是他们的家的地方。他们好像已经知道又要开始"招生"了,又可以回到他们梦寐以求的教学生活中去了。在火车上,他们似乎已经忘记了他们遭受过的苦难,一切都是将要见到的"光明"。我被他们的幸福感染着,觉得他们不是我小时候印象中的长辈。

火车又行进了大约十个小时,喇叭里响起了《伟大的祖国》的旋律,我们在北京刚刚要开始降临的夜幕中驶进了北京站。几辆北大的客车已经在站外等候,人群兴高采烈地上了车。大家都在看北京的大街,看大街上的行人,看车窗外的一切,好像一切都是那么新鲜。大约是一个小时以后,汽车从北大南门缓缓地驶入,我们开始听到了欢迎的锣鼓声,看到了红旗,看到了在大饭厅外街道上等待的人群。我能感到一种兴奋的暖流在车厢里颤抖,人们已经坐不住了。车停了,叔叔阿姨们要我先下去,我说:"不,不,这是欢迎你们的,我下去算是怎么回事儿呀。"我知道,我一生的明星机会已经用完,轮到他们了。我等到所有的人都下车以后,在黑暗中溜了下去。人们的注意力早就被已经下去的明星们带走了,没有人看到我,没有人注意我,我背着工人阶级的服装,在夜色中悄悄地朝北大南门走去。我的心也很不平静。熟悉的街道,熟悉的树

黄昆、李爱扶夫妇在北大中关园二公寓家中

木，熟悉的路灯，一切都是那么熟悉，那么亲切。只有当一个人在这里长大，又离开多年以后才会有这种感觉，一种十分特殊的感觉。它让我感到兴奋、亲切、感慨、惆怅，是一种只能体会，只能感觉，不能言传的感觉。

我在昏暗的路灯下走进了中关园二公寓的红漆大门，慢慢地踩着那些熟悉的台阶来到了两年没有迈进过的家门。门没有锁，我推门而入，期待着惊喜。穿过短短的过道，从敞开的门看到了父亲，两年没有见到的父亲，像我小时候看到的一样，他坐在那里，烟雾缭绕。他已经听到了开门的声音，有所期待的脸上露出了笑容："你真的回来了。"我兴奋、困惑，怎么好像他知道我要回来？"你妈找你去了。"我更加吃惊了："你们知道我回来了？"心里想不可能，我是从南京来的呀。"前几天，你妈听兵团的人来信说你请了假要回来，我们等了两天没见到人。我说一定是搞错了。"他顿了一下，好像发现了什么："你怎么不坐？"又顿了一下，接着说："抽烟吗？"有些突如其来，我老实地说："嗯，抽。"他顺手递过来一支。我先是有点不知所措，没有想到两年的变化如此之大，但是还是接了过来。点上了火，屋子里烟雾更浓了。"你妈今天去接鲤鱼洲回来的人，后来突然兴冲冲地跑回来，说是你和他们一起回来了。"他又吸了一口烟，继续着："我笑她，说你在北边，鲤鱼洲在南边，怎么可能呢？她准是又搞错了。"他在笑，笑得很开心："你妈说：'他们说和你一起坐火车回来的，要下汽车的时候还和他们在一起呢。'我不信你妈的，她就又跑了。"又深深地吸了一口："你还真是回来了。怎么从南方来的？"门响了，我妈回来了，我能看出她很激动，终于看到了两年没有见面的儿子。这几天关于儿子的消息几乎可以说是扑朔迷离得让母亲揪心。不像现在，我总是喜欢抱一抱我可爱的老妈妈。那时是革命年代，父母和孩子之间也应当是革命感情。妈妈只是喜形于色，眼睛瞧着我坐到了一旁的床上，然后静静地看着我们父子俩喷云吐雾。

回忆父亲程民德二三事

程卫平 | 程民德（1917—1998），中科院院士、北京大学数学系教授，1952年至20世纪80年代住中关园平房，后迁入北大蓝旗营宿舍。
作者程卫平，程民德教授之子。

光阴似箭。转眼间，敬爱的父亲已经离开我们将近十四年了。这些年来，父亲的音容笑貌时时在我的睡梦中萦回，仿佛他还在台灯下批改论文，还在酒席上高谈阔论，还在与母亲一道过重阳节同登香山，还在帮为法洗澡，还在与我下棋……然而一觉醒来，方知是梦。这里想谈一两件父亲的轶事，以示纪念。

留学

1990年冬，我通过了雅思（IELTS）考试，获得了公派去英国留学的资格。临行前我无意中问到当年父亲是如何留学的。父亲略微思考了一下，轻描淡写地说道："1946年陈建功先生将我推荐给北大数学系江泽涵先生，江先生毫无门户之见，热情地收留了我。到北大不久，碰上一个留美李氏奖学金考试，我临时恶补了一下英语就参加了考试，结果竟然考中了。后来在江先生和陈省身先生帮助下进入了普林斯顿大学。"然后父亲话锋一转，勉励我要好好利用这个机会到

程民德教授摄于1994年

国外多学习一些真本领。

去年年底，我夫人应邀参加北大信息科学技术学院为离退休人员组织的聚餐会。席间，一位老教授悄悄把我夫人拉到一边说道："最近我偶然看到夏志清写的一本书里提到你家老先生当年考取李氏奖学金的情况，太不容易了，要知道整个北大理科只有一个名额呀！"夫人记下了那本书的名字，回家告诉了我。

那本书是《谈文艺 忆师友》，夏志清著，上海书店出版社出版。在该书的第16页上有如下一段话："胡适之校长上任不久，消息即传出来，纽约华侨企业巨子李国钦先生答应给北大三个留美奖学金，文、法、理科各一名。北大全校资浅的教员（包括讲师、助教在内）都可以参加竞选，主要条件是当场考一篇英文作文，另交一篇英文书写的论文近作，由校方资深教授审读。……这些资浅教员在联大吃苦多少年，重返北大，通货膨胀，收入更少，想去美国深造的当然大有人在。……最后决选，文科得奖人是我，法科是经济系的孙穗铮，理科是数学系的程民德。评选委员会是哪几位教授，我也不清楚。总之，得奖人名发表后，文科方面，至少有十多位讲师、教员联袂到校长室去抗议，夏志清是什么人，怎么可以把这份奖由他领去？胡校长虽然也讨厌我是教会学校出身，做事倒是公平的，没有否决评选委员会的决定。"在该书的20页又写道："早在五四时期北大即已送学生出国留学了。到了1946年，辅导学生出国留学的办事处一定有的，否则与我同届的两位李氏奖金得主，数学系的程民德怎么会去普林斯登，经济系的孙穗铮怎么会去安那堡密西根大学？当然他们有其老师、同事们帮忙。"

夏志清于1921年生于上海浦东，原籍江苏吴县，1942年毕业于上海沪江大学英文系。1946年9月他随长兄夏济安到北大英文系任助教，教英文写作课。父亲也是1946年9月开始在北大数学系教书。两人到北大工作的时间都不长，却同时考中了李氏奖学金，不能不说是个意外之事。难怪许多教员要去校长室抗议，这就好像北大两个珍贵的留美奖学金名额被两个从外地来的"北漂"夺走了一样。好在这两位原籍苏州的中奖者后来的发展都不错——父亲于1949年获普林斯顿大学数学系博士学位，成为著名数学家；夏志清先生于1951年获耶鲁大学英文系博士学位，成为著名的中国文学评论家，这两个名额还算是适得其所。

1946年暑假，父亲从贵州湄潭将母亲和襁褓中的哥哥送到母亲的江西老家，只身赴北大任教。父亲原计划在北大工作一段日子，打下一定基础之后，再把母子俩接到北平来。可计划赶不上变化，父亲考中李氏奖学金后又要开始准备赴美留学。由于李氏奖学金数额有限（只提供两年全额奖学金），经与母亲商量，父亲决定只身赴美留学。于是，从 1946 年暑假到 1950 年父亲学成回国，近四年中，父母仅靠鸿雁互通信息。痴情的母亲将父亲在这段时期的每封书信都保存在自己的私密小皮箱中，以便随时翻看。这一保存就是 20 年，直到"文革"爆发，这些书信被父亲的专案组悉数抄走为止。这些书信给父亲带来的麻烦容后再提。

1947 年初春，父亲到达普林斯顿，开始了紧张的学习和研究生活。普林斯顿大学位于美国新泽西州的普林斯顿小镇，是美国著名的私立研究型大学，八所常春藤盟校之一。该校以重质量、重研究、重理论的传统享誉世界。普大坚持学术至上原则，至今，学校没有开设社会上最热门的学科：法学、商学和医学，这与习俗追求以及社会时尚完全不同。普大的任何一个专业在全美大学都是名列前茅，她的数学、哲学和物理系更是闻名遐迩。父亲进入普大数学系后，投身到著名数学家博赫纳（S. Bochner）门下，开始学习、研究当时刚刚显示出强大生命力的多元调和分析。在校期间，父亲几乎不参加任何课外活动，全身心地投入到了艰深的数学研究。正是在普林斯顿，父亲养成了"开夜车"的习惯，为了抓住一个稍纵即逝的思路，他经常通宵达旦地连续工作。父亲曾讲过一个险些酿成火灾的故事。一天晚饭后，父亲用电炉煮上一壶咖啡，准备用来熬夜时提神。这时同楼的几个中国学生拉父亲到隔壁房间去探讨一个刁钻的数学问题，几个人七嘴八舌，不知不觉一小时过去了。父亲猛然想起电炉上还煮着咖啡，赶紧跑回自己的房间。推开门一看，只见咖啡早已烧干，满屋浓烟煳味儿，呛得人喘不过气来。父亲赶忙拔下电炉插销，打开门窗，用水浇灭烧着的地毯和地板。残局收拾完后，他发现地毯烧了一个大洞，地板也烧煳了一块，这要被房东知道不仅要赔偿损失还会被解除租约。父亲无比郁闷。这时一个中国留学生灵机一动，计上心来。他让父亲把地毯转个 180 度，把破损的一头换到床底下，完好的一头正好盖住烧煳的地板，房间顿时变得完好如初。结果直到父亲回国，房东也没发现这个破绽。

几分耕耘，几分收获。仅仅用了两年时间，父亲就在多元调和分析方面完成了近十篇高水平论文，其中 3 篇发表在世界顶级数学杂志 *Annals of Mathematics*（《数学年刊》）上，获得了博士学位。*Annals of Mathematics* 是国际公认的顶尖数学期刊，编委均为国际著名数学家，对论文的选择非常严格，

1946年摄于景山东街理学院数学系办公室南,后排立者左四程民德、左五庄圻泰、左六江泽涵、左九廖山涛、左十五关肇直

要求刊出的文章必须有重要突破性成果。据说每篇接收的论文均由 5 名世界一流同行专家背靠背审阅,采取一票否决制。父亲从 1947 年春季便开始在 *Duke Mathematics* 等著名数学杂志上发表论文,开始以北京大学身份,后来以普林斯顿大学身份,而且每篇论文都注明受李氏基金资助。父亲先后于 1948 年 3 月、5 月和 1949 年 1 月单独署名向《数学年刊》投寄了三篇论文,均被接受,并分别发表在该刊第 50 卷 1949 年第 2 期、第 50 卷 1949 年第 4 期和第 52 卷 1950 年第 2 期上。父亲的博士论文《多重三角级数球形求和的唯一性》,被认为是多重傅氏级数方面的一个非常重要的奠基性工作,直到 20 世纪 80 年代还不断在文献中被人引用。获得博士学位后,父亲继续在普大做博士后研究。这期间他曾受教于世界著名数学家阿廷(E. Artin)和谢瓦莱(C. Chevalley)等,并获金质钥匙纪念章和学术团体名誉奖等。1949 年秋,父亲听到新中国成立的消息。三年多来一直思念妻儿的父亲决定终止在普大的博士后研究,放弃美国优厚的学术和生活条件,接受清华大学的聘书,择期回国。

1950 年 1 月,父亲登上回归祖国的轮船。在船上,父亲与举家回国的华

1950年摄于归国客轮，站立者左二华罗庚，左三程民德

罗庚先生不期而遇。华先生是清华的名教授，父亲是清华新聘的副教授，两人又同是搞数学研究的，自然一见如故，有许多共同的话题。无巧不成书，1980年，这两位30年前同船回国的数学家又以中国数学家访美代表团正副团长的身份一起再次踏上了美国国土。访美期间，父亲专程前往休斯敦莱斯大学（University of Rice）拜访了已在那里退休的恩师博赫纳教授。初见面时，博赫纳教授看着父亲端详了半天，摇摇头，表示不认识。而当父亲在一张纸上写出自己留学时的英文名字"Min-Teh Cheng"时（父亲1980年访美时的姓名用的是汉语拼音Cheng Min-de），博赫纳教授马上面带笑容地说："当然记得，你是我最好的学生之一。"那天，博赫纳教授亲自主持了父亲的学术报告会，父亲在会上做了"经典调和分析在中国的发展概况"的报告。会后，师生共进午餐，畅叙别情，度过了充实而温馨的一天。遗憾的是，博赫纳教授1982年5月即在休斯敦病逝，终年83岁。

20世纪70年代中期，父亲的冤案彻底平反。记得那是冬至前后的一个下午，父亲用自行车驮回两大提包物品。晚饭后，父亲当着全家人面把那些物品一股脑全倒在火炉旁。原来那是父亲被隔离时写的交代材料和"文革"时被抄走的物品。父亲首先把所有的交代材料填入火炉。随后，父亲拿起一沓信纸对我说："你看看你妈妈有多蠢，把我在留学期间写给她的所有信件都保留了下来，让专案组可抓住我的把柄了。""什么把柄？"我好奇地问道。"还不是一些解放前的称呼，比如，蒋总统、李代总统、胡适校长、民国政府什么的，只要信上有这些内容，就都被专案组用红笔勾出，让我交代当时的动机和立场。我真是百口莫辩啊。"父亲忿忿地说道。我随意拿起一封信件翻看。那是一种特殊的不含信纸的信件，信的内容就写在信封的背面，信写好后，按虚线折叠好就成为一封信。这种信件重量很轻，属最便宜的航空邮件。父亲为了在有限空间写下尽可能多的内容，信件是用最细的钢笔，用蝇头小楷写成。我正看得上瘾，父亲一把将信夺走，扔进了炉膛。就这样，父亲一边责怪着母亲，一边把母亲保存的所有信件付之一炬。接着，父亲又把留美带回的一些证书、相册、照片等物品统统塞进炉子。那天晚上，我家洋铁炉子的外壳有几处都被烧红了，室内温度比平时起码提高了五度。当时父亲这样做似乎要彻底销毁"罪证"，同过去的历史彻底告别，但是，历史是可以烧掉的吗？妻子对丈夫的恩爱和思念是可以烧掉的吗？父亲当年真是做了一件大蠢事。当然，这一切都是"文革"造的孽。

酒趣

父亲在浙江大学数学系本科毕业后，成为陈建功先生招收的首名研究生。陈先生是现代著名数学家，也是浙江大学有名的"酒仙"。他午餐、晚餐必酒，无论平战均无例外。抗战时期，不管在随校西迁的艰苦跋涉中，还是在躲避日军轰炸的防空洞里，他都随身携带一个小扁酒瓶，以便随时呷一口酒提神。陈先生好酒的习惯还感染了学生，以至于在当时的浙江大学数学系有这样一种说法，不会喝酒就不准毕业。父亲作为陈先生的研究生，在贵州湄潭又与陈先生相邻而居，陪导师喝酒自然成为家常便饭。由此父亲也养成了一生好酒的习惯。

父亲平生最爱喝茅台酒。"文革"前，父亲时时会买回几瓶茅台放到家里珍藏和享用。然而父亲喝过的最好茅台是在抗战胜利后的一次婚宴上喝到的。

这个故事是二舅到北京探亲时讲给我的。他说："你父亲在贵州湄潭的浙大毕业后，一边在陈建功先生指导下攻读研究生一边给陈先生当助教。当助教免不了要上习题课，解答同学的各种问题。当时班上有一位姓华的学生上陈先生的数学分析课非常吃力，期中和期末考试连续不及格，如果暑假过后补考再不及格就会被留级。暑假期间这个学生找到你父亲要求个别辅导。你父亲首先告诉他学习数学的要领，然后耐心解答他的各种疑难问题。经过几次辅导，这个

程民德在给宾客敬酒

学生对基本概念的理解越来越深刻,思路越来越清晰,遇到难题也能开动脑筋自己解决了。后来他顺利通过了补考,并由差等生逐渐变成了优等生。抗战胜利后不久的一天,陈先生和你父亲同时收到刚毕业的华姓学生的婚宴请柬,请他们去仁怀县茅台镇参加婚礼。到了茅台镇你父亲才知道华姓学生的父亲是镇上一家大酒坊的老板。在婚宴上,华老板兴高采烈地说:'今天,我们家可以说是三喜临门:一喜是犬子大婚;二喜是犬子大学毕业;三喜是抗战胜利。我决定开启一坛本酒坊的镇库之宝——窖藏三百年的陈年老酒,以示庆贺。'随后,几位伙计抬出一坛封缸老酒,再分装成若干小罐,给每桌上了一罐。顿时,浓郁的酒香充满了宴会大厅。陈先生和你父亲一边品酒,一边对华老板不住地夸赞。华老板见两位先生是识酒之人,便吩咐手下给两位先生各封装两罐带走。你父亲如获至宝,将这两罐陈年茅台珍藏了起来。1946年暑假,你父亲送你母亲和你哥哥回江西老家去见从未谋面的岳父才带上了那两罐茅台。不料在火车上其中的一罐被拥挤的旅客碰碎了。浓烈的酒香顷刻在车厢中飘散开来。一个酒徒闻到酒香从临近车厢找到碎罐处,竟然趴在地上吸吮起地板上和碎罐残片上的酒液来,边吸边说:'好酒,好酒,简直是琼浆玉液啊!'到樟树镇老家后,你父亲把那罐仅存的陈年茅台作为见面礼送到你外公手中。在送别你父亲到北大履新的晚宴上,你外公打开了那罐茅台,我也分得了一小杯,饮入口

渐远的背影

中，真是满口生香，回味无穷啊。"

后来我找机会把二舅讲的故事给父亲复述了一遍。父亲听了笑着说："总体上是有那么回事，但你二舅是学中文的，讲起故事来不免有些添油加醋。比如人家华老板明明说的是'窖藏上百年'，到他那儿怎么就变成'窖藏三百年'了呢。再有，那个酒徒趴在地上吸吮酒液不假，但并没有说过什么话呀。"

"文革"爆发后，父亲在北大首当其冲被打成第一批"黑帮"，正餐必酒的生活习惯就此终止。记得"清理阶级队伍"临近尾声的一天，专案组首次允许父亲回家度周末。父亲兴冲冲回到家里，端详着有点陌生的屋室摆设，询问着每个家庭成员的近况。吃完母亲精心准备的晚餐，父亲忽发奇想给我派了个任务，就是把家里所有的空茅台酒瓶找出来。于是我床底下、煤屋里、各处犄角旮旯一通翻腾，居然找出十几个沾满灰尘的空茅台酒瓶。父亲首先把没盖儿的酒瓶挑出来放到一边，然后叫母亲把有盖儿的空酒瓶统统擦洗干净。随后他找出一个八钱的小酒杯，一个一个地拧开空酒瓶，往酒杯里倒残存的酒根儿。屋里渐渐弥漫起一股久违的茅台酒香气。还别说，所有的空瓶倒完，他居然倒出多半杯"混合茅台"。父亲不用任何下酒菜，小口抿着这半杯茅台，足足花了半小时才把那点儿酒喝光，那种极其享受的神态我至今难忘。

改革开放之后，随着茅台酒的价格不断攀升以及假茅台酒的日益泛滥，父亲对他的"平生最爱"逐渐变得敬而远之。有一段时间二锅头成了父亲的"新宠"。他觉得这种酒清香纯正，酒质醇厚，回味悠长，喝着挺舒服。于是他一买就是一箱，再泡上枸杞、灵芝、红花等中药做成药酒，慢慢享用。再后来，父亲的心脏病犯得越来越频繁，每年都有几个月要在医院度过。住院期间，医生再三劝告他要戒烟戒酒，起初他还有点儿不以为然，认为喝点酒有助于开胃和睡眠。但随着病情的逐渐加重，他明白该同他的一生嗜好说告别了。

经历了又一次长期住院，父亲回到家中。他一改回家就要小酌一杯的习惯，仍坚持着医院要求的清淡饮食。一天，父亲让我帮忙把家里酒柜中的藏酒统统取出来，然后他一一除去外包装，在餐桌上以茅台酒为中心，按照对称的原则摆成一个阵列。这时，酒柜里还剩下一瓶学生送的洋酒无法配对。父亲拿着那瓶酒琢磨了半天，一会儿摆上去，一会儿拿下来，最后还是把它放到了阵列的一侧。摆好后，父亲选了个角度，给这些藏酒照了张合影，从此父亲在任何场合滴酒不沾。

2012年

芳邻
——记徐光宪先生

吕孟军 | 徐光宪（1920— ），中科院院士，北京大学化学系教授。高小霞（1919—1998），中科院院士，北京大学化学系教授。20世纪五六十年代住中关园276号平房，"文革"后，住中关园69号平房。
作者吕孟军，北京大学中文系教授吕乃岩之次女。

近日，悠然无事的我想找本闲书看看，于是面对书柜寻看，看到徐光宪伯伯亲笔签名送给我的《润物细无声——徐光宪教授八秩华诞志庆集》，是那么亲切。徐光宪先生的生日是1920年11月7日，也就是说再过几天的今年2010年11月7日是徐先生九十华诞。我觉得应该写点什么，为徐先生九十华诞庆贺，因为青少年时期，我家曾与徐先生一家为邻，更因为我和徐先生的女儿徐燕既是邻居，又是青少年时代，小学中学都同校同级的同学、闺友。

翻看《志庆集》，徐光宪伯伯和家人的相片依次映入眼帘，看到年轻的、风华正茂的徐光宪伯伯和高小霞阿姨以及年轻纯朴可爱的徐燕姐妹，感到是那么的亲切、熟悉。顿时，往事如涟漪，在脑海中层层泛起……

20世纪50年代，北京大学为教职员工及家属在校外中关园建了一排排红砖平房。每排房基本上都是两户人家，但户型不同，有大有小。每排房子前后左右间距约五米至十米不等。因为院落空疏，各家都用树枝或竹枝筑成矮小的篱笆院墙，在院内或种草栽花，或移树植果。那时的北大中关园真是"新晴原野旷，极目无氛垢"，一派田园风光。

幼儿园时，我长托住宿，很少回家。直到离开幼儿园，上了小学，才有了位于中关园的家，邻居就是徐光宪伯伯和高小霞阿姨。这一排房只有我们两户人家，共用一个电表，电表在我家。记得当时不知什么原因经常停电，幸亏有邻家徐伯伯。记得第一次停电时就是徐伯伯到我家来查看电表，原来是保险丝断了，徐伯伯很快接上。以至后来又有几次停电，我们小孩儿就会异口同声地说："徐燕的爸爸一会儿准来。"果然，徐伯伯拿着手电和工具，踏在高凳上，几分钟就将保险丝接好，屋内立刻重见光明。

现在回想此事觉得很惭愧，接保险丝，多容易的事呀，我父母居然不懂也不会。徐伯伯呢，很是客气，从来都是二话不说，接好线就回家。其实徐伯伯当时完全可以和我家大人说，这个很容易，以后再停电时，你们可以如何如何。但每次停电徐伯伯都亲力亲为。这件事给我留下了极深的长久的记忆，但在日后的几十年里从来没有说起过。

2009年1月，在中央电视台"新闻联播"节目中，看到徐光宪伯伯获得2008年度国家最高科学技术奖时，我兴奋地对女儿说，小时候我家和徐先生家是邻居，徐先生是我的好朋友徐燕的爸爸。于是讲到徐先生是留美的博士、大教授，一点架子都没有，我们两家曾同住一排房，曾共用一个电表，徐先生如何接保险丝……女儿看着我滔滔不绝地讲述，一脸的茫然，她哪里懂得，在我的讲述中饱含着对昔日同徐家为邻、与徐燕为友的无限怀恋与追想。

高阿姨在她写的《家在北大》一文中，对中关园她家的院子有这样的描写："我家门外和大家一样也筑起一道短篱笆，种起各色花草。其中一树月季，春天竟开了100多朵黄红色大花，引得路人常驻足观赏。"是的，徐伯伯高阿姨家不仅有缤纷的月季，灿黄的连翘，还有藤枝盘绕的葡萄架以及高大挺拔的核桃树。每到春夏季节，这些花木竞相开放，争奇斗艳，恍惚间，"蜂蝶纷纷过墙去，却疑春色在邻家"。但给我印象最深的还是徐家姥姥栽种的草莓，姥姥把草莓种在了邻近我家的地方。草莓是匍匐茎植物，枝叶都趴在地上爬着生长，而且草莓的蔓生性很强，不知何时，枝蔓就串到我家院内，并且结出果实。小孩子的我们，看到长在自家院内的草莓，就当仁不让地摘吃了。记得蔓生过来的草莓至少有四分之一或五分之一。姥姥显然是看到了串长到我家的草莓，她是完全可以迈过篱笆采摘的(篱笆很矮，在膝盖以下)，但是姥姥从来没有过来过，也从来没有提过此事，更没有挖掘，每年都任由我们摘采。我想，心地善良的姥姥就是想让邻家的孩子同享草莓的鲜甜。真真是芳邻呀，不仅有芳菲的花草，更有芳香的心灵。

如今，处处高楼林立，家家房门紧锁，户户戒备森严，相邻咫尺却老死不相往来。昔日"屋上春鸠鸣，村边杏花白"的恬静的中关园不再；当然，共用一个电表，共享一畦草莓的芳邻也不再了。

徐光宪、高小霞夫妇全家照

和徐伯伯家为邻大约有八九年的时间。之后，随着岁月的动荡，徐伯伯家开始了不断地搬迁。徐家从中关园沟东搬到中关园沟西，又搬到中关村，又搬到蔚秀园，又搬到朗润园，直到现在的蓝旗营。虽然早已不是邻居，但由于和徐燕的这层关系，徐先生的每个家我都去过，直到2002年2月去徐伯伯蓝旗营的家。这时相隔已近二十年，徐燕去美国多年，高阿姨也已过世。

去之前先给徐伯伯打了一个电话，徐伯伯还清晰地记得我，并欣然同意我前去看望。其实，徐先生完全可以找各种借口婉拒，因为我仅仅是"曾经"的邻居，又是晚辈，充其量不过是他女儿徐燕的同学，是一介一事无成的小民，但徐先生的人格魅力正在于此。徐伯伯不仅没拒绝我，还慈祥、谦和、热情地接待我并与我交谈，陪我一同看了过去和现在的许多相片，自然要谈到高阿姨和徐燕姐妹，还谈到一些相互都知道的北大的人和事，期间还和徐伯伯合影数张。在徐伯伯家逗留约两个小时，临走时，徐伯伯送给我这本《润物细无声——徐光宪教授八秩华诞志庆集》，并亲笔题字、盖章，使我深受感动。

当今社会，有许多著名的这个"家"那个"家"，虽然功成名就，但其人生或多或少都有不尽如人意的地方，或婚姻不够完美，或家庭不够幸福，或学术不够端正，或人品带有瑕疵。但徐光宪先生的人生足够完美。徐先生有纯粹的爱情，他和高小霞先生志同道合、相濡以沫、始终如一、鹣鲽情深；他德高望重、沉醉学术、精进一生、厥功甚伟；他更有一个淑质英才、志坚行苦、事业有成的优秀女儿徐燕。

徐先生的人生虽然有坎坷、有艰辛、有风雨，但是正是经历了这些坎坷、艰辛，风雨之后的彩虹才愈加光鲜、夺目，徐先生的人生正是这样：纯粹、完美、无瑕、光彩耀人。

值此徐光宪伯伯九十华诞之际，谨以此文恭祝徐伯伯健康长寿、平安幸福！并深切缅怀高小霞阿姨。

2010 年

我的父亲胡世华

胡永千 | 胡世华（1912—1998），中科院院士、数学所研究员，曾任北京大学哲学系教授，20世纪50年代住中关园平房269号。
作者胡永千，胡世华教授之子。

我的父亲胡世华，1912年1月出生于上海，祖籍浙江湖州。

1927年之前他读小学时，家里请有国文先生教他读圣贤书。后来转入南洋模范中、小学住校，1927年春，奶奶携父亲姊弟4人迁至北京。暑期父亲考入北京崇实中学初中一年级，两个月后即跳到二年级。课余家中仍请有语文老师，后经他要求而改请补英语和数学的老师。崇实是一所教会学校，学习生活单调枯燥，每日必做"礼拜"，故父亲于1928年夏考入天津南开初中三年级。在此受到姜公伟老师新思想的影响，开始喜欢国文课，并由姜推荐，读了鲁迅、巴金、郭沫若、丁玲等的进步文艺作品。这种环境使他感到自己颇似出笼之鸟，任意飞翔。他对左翼作家寄予无限同情，也曾梦想成为一名左翼作家。

父亲从小喜爱数学。在小学里，这是一种朦胧的向往，到了中学，逐渐增加了理性的成分。1929年父亲跳一级考入南开大学预科一年级（相当于普通高中二年级）。当时南开大学预科分甲（文科）、乙（理科）两组，他因喜欢数学而进入乙组。预科两年毕业后升入南开大学本科。在南开，他与陈振汉、郭永怀等几位同学成立了一个学习小组，取名"微社"，主要切磋一些英语上遇到的问题。在上大学期间，他从申又枨、张申府和金岳霖三位老师那里得到数理逻辑和数学基础方面的知识。

"九一八"事变后，天津爆发了学生运动，组织学生赴南京请愿，要求蒋介石抗日。校内师生组织的文艺活动、读书会及一些课外组织都有他一份，这些活动促使他产生了要求得到理论和解释的迫切愿望。正是这种愿望使他在不能进数学系（若读数学系则需要再读4年，我爷爷不同意）的情况下考入北京大学哲学系二年级。在北大受到汤用彤、金岳霖、张崧年、郑昕、贺麟、邓以蛰诸先生的教诲，他们做学问的态度，对他的一生起着深远的影响。这里有一段插曲：1934年日军对冀察伪政权施加压力，日本飞机常在天空盘旋示威，形势很紧张。一日敌机临空，北大红楼已停课，只有汤用彤的课还在进行。校工毛景华非常着急，请师生下楼暂避，但汤却很镇静地说："如果炸弹下来，避到下面也是压死，一点用也没有。"并转过头说："我们讲下去。"汤声色不动地讲了课中最精彩的一段。汤先生对学术笃爱以至上课时浑然忘却外界存在的精神深深地刻入父亲的心里。

由于金岳霖、张崧年、郑昕的影响和鼓励，父亲在北大听了江泽涵、赵松的课，读了不少数学书。金、张、郑三位的思想并不相同，但他们都强调数学对哲学研究的重要性。父亲于1935年在北大哲学系毕业后又听了一年以前未曾听过的数学课。

在南开和北大的学习期间，父亲结识的陈强业、杜毓沄、李尔重等同学参加革命较早，父亲在他们的影响下有了进步要求。他们建议：父亲还是在学识上下工夫为好，对批判那种反马克思主义的哲学更有利，于是确定了他走上从事学术研究的道路。

当时在国内"毕业就是失业"的情况下，父亲决定自费出国学习。1936年父亲和母亲于婚后三个月经西伯利亚到达奥地利维也纳。他原来准备师从施利克教授攻读数理逻辑，但他抵达维也纳之前，施利克被人枪杀，于是他在维也纳大学听了一学期数学和哲学课。后根据洪谦先生的建议，于1937年春去德国敏斯特西威廉大学师从肖尔慈教授攻读数理逻辑。1938年，肖尔慈和柯特两教授就开始指导他撰写博士论文，1939年夏通过了题为《伪布尔代数及拓扑基础》的博士论文。

抗日战争开始，北平沦陷，父母与家人失去联系，经济来源断绝。虽得到一份为东方学生设置的助学金120马克，但仍然入不敷出，生活艰难。此时第二次世界大战已经开始，他们决定回国。1940年6月初由法国马赛出发，由法国军舰护送出直布罗陀海峡，历时八个多月的颠簸困苦，终于在1941年春节之后返回北平家中。此时北平户口查得很紧，每户门上都须钉一木牌，注明该户主从事的职业，无职业者横遭查讯，父亲只能借口有病暂避纠缠，同时暗下与友人联系，设法进入内地。7月份，母亲生下哥哥后两个月，将哥哥托交奶奶，即随父亲经上海、香港、曲江辗转到达广东坪石，应中山大学之聘，任教于数学天文系，自此开始了他的教学生涯。挤在一间上下透风的6平方米小屋内，一张方桌、一张两屉桌、一副铺板、一盏油灯、两只横倒的木箱作为书架和橱柜，这是全部生活家当。在中山大学，父亲结识了核物理学家卢鹤绂夫妇，开始是讲微积分。数理逻辑课在那个年代还很鲜见，因而时有外系学生或教师前来咨询，他都热情接待。他认为应该尽可能地引起国人对这门学科的认识和关注，这在父亲一生的工作中是贯彻始终的。

1943年春，父亲转到重庆中央大学哲学系任教，住在沙坪坝，生活条件较坪石略有好转，房间有了窗户，有了电灯。

1944年11月，在沙坪坝的宿舍里母亲在父亲布置的烛光中生下了我（当时没有电，父亲就买了十几支蜡烛，放在房间的四周）。我出生后不久，有一次父亲在课堂上对班上的学生们说："我夫人生孩子了，同学们有没有不要的破旧衣服给孩子做尿布。"下一次上课的时候，父亲走进教室，就看见讲台上放着一堆旧衣服，这算不算索贿啊？

1945年春，父亲患胆囊炎住院。秋季为补贴家用，他在重庆中央工业专科学校电机系兼课。除此之外，他脑子里考虑的只有数学的研究，有时会半夜突然起床写下些什么。

抗战胜利后的1946年春，父亲奉老师汤用彤之命回到母校北京大学哲学系任教。当时奶奶家中已濒临断炊，父亲虽然是教授，但与抗战前的教授待遇无法相比，通货膨胀，每月收入的纸币不少，但还不如在银行工作的茶房。他原以为回北大后从此可以结束动荡生活，安心埋头做学问，焉知时局不稳。这时通过老友陈强业结识了当时地下党的崔月犁。

沈崇事件、东北流亡学生被镇压的流血事件以及反饥饿、反迫害运动等的现实斗争震动了他，他渴望自己也能参加实际工作，并能去解放区，而崔月犁则认为不必急于去解放区。这期间父亲读了不少崔带给他的书，秋天还介绍佘涤清同志住在家里。老佘早出晚归，经常与父亲彻夜长谈，使他对共产党有了一些认识。这样，解放区没去成，北平就解放了。

1949年3月父亲和母亲怀着欣喜的心情，步行至前门欢迎解放军入城，这一年他参加了民盟。母亲于4月考入华北大学学习，毕业后又考入俄语专科学校（北京外语学院前身）。从此夫妇俩各有了自己的单位，各自忙着自己的工

50年代卢鹤绂、胡世华在北大中关园269号

1956年胡世华在莫斯科参加会议

作,很少有机会在一起。这阶段,父亲忙于思想改造,参加土改、"三反""五反",兼任政治课教员,主讲新民主主义论,突击俄语等等,另一方面则为我国开拓数理逻辑和培养计算机方面的专业人才而奔波。

1950—1953年,他同时任北大哲学系教授和中国科学院数学所研究员、数理逻辑研究室主任。1953年起完全转到数学研究所。

1956年,父亲为具有相当专业知识的教员和数学所的研究人员在北大举办数理逻辑高级讨论班,与北大王宪钧教授共同主持。参加人员轮流报告所读文献,再由父亲和王伯伯讲解关键问题。1958—1963年连续在数理逻辑研究室办读书讨论班,由全国各高校派教员参加,为期两年到三年,结束后仍回原单位。在北大数学系办了数理逻辑专业,在中国科学技术大学应用数学系办了工程逻辑专业,这班学生几乎全都调入计算技术研究所九室,是计算机软件研究和制作的骨干力量。

这时他只有五十多岁,虽身体不好,但仍把全部精力都倾注于研究和培养青年一代的身上。他强调基础理论研究的重要性，要求青年学子必须打好理论基础。他的这种做法，当时不易被一些青年所接受，他们认为他是在拖他们的后腿，浪费他们的青春。记得有一位那时的青年同志后来说："胡先生当年讲的话，我们 10 年后才明白。"他当年的心情是迫切希望青年一代迅速成长，但在当时他"脱离"了群众。

十年动乱磨炼了他，他也进过"牛棚"、挂过黑牌、戴过高帽、游过街、挨过打，"乘"过"飞机"。劳动之外有写不完的交代和检查，批斗当然得随揪随到。他在审讯中坚守机密，被认为是顽固不化。

1969 年 6 月 17 日，经国防科委工、军宣队宣布："定胡世华为反动学术权威，一批二用。"因此，1970 年父亲是以"候补五七战士"的名分随革命群众一起去了五七干校。先是插秧、种稻等，后被封为"猪倌儿"，便与猪同住，煮猪食、运猪食、喂猪。据说，猪长得很不错，他还因此得到过夸奖。这是父亲对事情的一贯做法，只要他去做，就全身心投入，对养猪也不例外。

1971 年他患了美尼尔氏症，1976 年地震期间胆囊炎重犯，住传染病医院达四五个月之久。1977 年夏的一天，晨起就头痛，继而呕吐并抽风。此后多年都有"一过性失去记忆"的症状，频繁时一日可达三四次之多，意识恢复需要两个多小时，然后昏睡，所幸犯病常在夜间或午睡时。自此头痛、头晕伴随了他整个后半生，严重影响工作，但他不愿意让外人知道。

1972 年 3 月 25 日，国防科委曾通知中国科学院计算技术研究所撤销 1969 年 6 月 17 日经国防科委工、军宣队总指挥部批准，由驻所工、军宣队宣布的结论。但该所"在所内未正式公开宣布，也未通知本人"。后经所核心小组复查讨论了 6 年 7 个月，终于在 1978 年 11 月 4 日公开宣布撤销这一结论，彻底平反，恢复名誉。之后，父亲开始招收研究生，并于 1978 年开始筹建计算机学院。他对此院寄予很大希望，因而对办院方针、教学计划、课程设置等等都进行详尽讨论，事情异常繁琐。哥哥是北京工业大学电机系毕业的，被分配到山东，他对计算机很有兴趣，并自学有成。听说父亲当了计算机学院院长，认为调回北京绝无问题，岂知拒绝他的正是父亲。

1980 年父亲当选为中国科学院院士，并担任计算机科学组的组长。

1981 年 9 月父亲开始写日记，他在日记中写道："现在的想法是：先尽可能地多做具体的专业性的研究工作，发表一批论文，写一本《递归算法论——计算机科学的数学理论基础》，这一工程大致完成后，我就可以一篇一

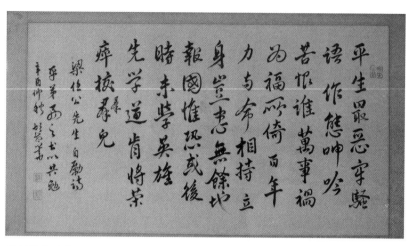

胡世华书法作品

篇地写关于计算机和数学的文章，然后再汇集成书。我想我的余生所能做的学术工作也就是这些了。但是，问题还不那样简单。"然而他却忘了，自己那时已年届古稀。

9月间，父亲曾写了一首诗：

> 落叶秋风飘，远云苍穹高。
> 黄昏恋暮色，积虑上眉梢。
> 故旧今无几，新秀有余骄。
> 极目旷无际，登临不胜高。

看来，他确实已经感到对许多事情力不从心。

1982年4月，父亲又作了一阕词：

西江月·自况

> 平生厌听斥责，喜闻泉语琴音。
> 运筹玩易务求精，为善能仁崇信。
> 落花流水春去，年华不待河清。
> 登楼无愧望零丁，襟怀莹晶堪镜。

这阕词成为父亲的自我回顾和自我评价，表达了他当时的心情。"运筹玩易"表示计算机与数学，"易"谓易经，比喻数学。上阕末句是爷爷写给父亲的对联中语："惟善以为宝，能仁是吾师"。上阕讲他自己的感情、理智和道德标准，下阕是对余生的态度和心情。河清是指"黄河尚有澄清时"，年过七旬，不能等待河清。每日登18层高楼，是为了锻炼身体。晚上登楼下望万家灯火。"零丁"泛指芸芸众生，自问无愧立身于天地之间。末句呼应首句，尽管受了斥责，也未必自己无可受责，却是襟怀光明磊落的！

1988年是父亲研究工作的最后一年，他要把自1981年以来所研究的问题，在8月下旬过敏性鼻炎犯病之前完成。母亲劝他不能着急，他则说："没有时间了，否则就来不及了！"就在无人协助之下，独自密集地工作了四五个月，计算、证明、查资料、抄写等全部由他一人独力完成，写成三篇文章后就病倒了，确诊为"帕金森氏综合症"。

父亲在病中，从未忘记他的研究工作，并关心着这方面的发展，依旧渴望再继续干下去。他坚信，他的这项研究一旦成功，对此后数学方面的研究将会起重大作用。是否果真如此，需待后人证实。最后卧床不起的几年中，父亲依然"手不释卷"。上眼睑下垂，则用胶条吊起来阅读，实际也只能坚持二三十分钟，读给他听也是如此。母亲曾对我说：你爸爸他可惜了，他脑子里有好多奇思妙想呢，他想做的事太多了，无奈已经是心有余而力不足。"文革"后的研究生几乎都在国外，之前的，都可称之谓"老"同志了，或年近古稀，或年逾古稀。而且他们自己手头工作都超负荷，对他的祈望，也实在是无能为力。此时他的心情全都反映在"自述"中：

> 数学与物质世界有紧密而广泛的联系，这一点决定了数学绝不能只是符号的游戏，数学文化的进步是信息时代科学技术发展的基础。在今天这个信息时代，由于计算机的运用，需要数学更加自觉和更加广泛地渗透到科学技术的一切领域中去，"数学工作"的含义将发生变化。我致力于研究和发展数理逻辑和数学基础，对此怀有真诚和执著的感情，深信自己所从事和坚持的事业是正确的，是一定能够实现的。因此，在受到"学术批判"和"文化大革命"那样的逆境中，我固然无暇顾及于此，但是在事情过去之后，我依然义无反顾地在本来

金岳霖（坐），胡世华、沈有鼎、周礼全、王宪均（后排自左至右）

就薄弱，而又停顿了多年的基础上重新奋起，继续前进。这是我寄希望于后学的。

父亲的远见

父亲在维也纳求学期间，便看到了数理逻辑广阔的应用前景，1941 年他在学校中作过一个讲演。1943 年，又在此基础上发表了题为《论人造的语言》的论文，其中有这样的叙述："……人在用了这工具（指数理逻辑）之后，把推论的能力扩充得异常之大，也可以说人们由于这一方面的研究使人的理性无限地扩大了。人在用了望远镜与显微镜，可以见到人目力所不能见的东西。同样，用了数理逻辑所发展出的推论工具，可以想自然人的头脑所不能想的东西，可以达到人的自然的理性所不能达到的境界。到现在，天文学与生物学离了望远镜与显微镜就不可能进行研究。我想，假如学术得以正常地发展，再过若干年，科学研究也将不能离开数理逻辑。……知识将不能少它，正像天文学不能少望远镜一样，因为它是一种非常重要的工具，增强人的智慧的工具。"

父亲预见到，以数理逻辑为基础的计算机将有无限的发展空间。1956 年，在中国科学史上第一个学科发展规划中，父亲以图灵破译德军密码的案例，阐述了数理逻辑对计算机产生的重要作用，成为我国第一位强调要把数理逻辑和计算机研究结合起来的学者。

当年，父亲对计算机的发展曾有不少创造性的预见：高速计算机、逻辑机、计算机推理等等。这在今天已是家常便饭、不足为奇的事，但在20世纪60年代初，则被认为是异想天开、天方夜谭。为此，父亲受到不少冷嘲热讽，比如有的同事调侃他说："老胡啊，你这不是'胡说'吗！"他却不以为意，有机会就解释他的想法，并写了一些文章。

我看过一篇父亲1956年写的科普文章《电子计算机及一些有关的理论问题》，在这篇文章中，父亲向读者描述了许多计算机的应用前景，比如：天气预报、机器翻译、下棋、自动控制、企业管理、财务管理、自动化银行、自动化图书馆、高级神经网络、战争中的电子对抗、国防科学中的战略专用计算机等等。当时，我国的第一台电子计算机尚未诞生，而现在其中很多项应用已经成为现实。

我的堂弟胡永凯，20世纪60年代，在上海美术电影制片厂工作，父亲曾跟他说，动画将来要用计算机来做。他当时非常吃惊，百思不得其解。看看如今的计算机动画影片，回忆父亲当年所说，他特别钦佩父亲。

20世纪70年代初，我不止一次听到父亲和同事或同行谈论办软件工厂的事，然而直到1975年国内还有人在批判"软件工厂"，说"软件工厂"是为资产阶级服务的、反动的。父亲花了不少工夫解释软件工厂的含义、作用和意义。那年，美国的微软已经成立，并且迅速成为全球最大的软件工厂。可是被称为中国微软的中软总公司，则是到了1990年才成立，整整晚了15年。

父亲的宽容

父亲是宽容的。他在"学术批判"和"文化大革命"中受到很多不公正的对待，运动过后他从不忌恨他人，也很少再谈这些事情。有一次父亲的一位学生在病中探望他时，向他表示忏悔，父亲打断了那位学生的话，淡淡地说了一句："这是个时代的问题，这种时代已经过去了。"后来父亲把这件事告诉了我们，并认为这位学生的态度是真诚的。

家里的父亲

小时候，在家里父亲比较严肃、内向，很少和孩子进行交流。经常看见他在那里思考问题，往往吃饭的时候也不例外。有的时候，大家边吃饭边聊天，他会完全没听见我们在说什么，不定什么时候却忽然好奇地问上一句："你们聊什么呢？"而当家里来朋友或同事的时候，父亲则是另外一个人，谈笑风生。

父亲很少过问我和哥哥在学校的表现以及每次考试的分数。他认为，学习不是逼出来，自己开窍了就会知道努力下工夫。

父亲支持孩子的兴趣爱好。我哥哥喜欢无线电，父母便会给哥哥更多的零花钱让他买工具。后来，哥哥亲手制作的七个管的无线电收音机陪全家人度过了三年困难时期。

兴趣广泛的父亲

虽然父亲整日忙于工作，但他并不是一个纯粹的书呆子，他有着广泛的兴趣爱好。父亲喜欢唱歌和玩乐器：会拉二胡、弹琵琶、弹钢琴，是一个多面手。他喜欢古典音乐，特别是交响乐，当年曾从德国带回来好几本78转的交响乐唱片，如贝多芬的第九交响乐等。受父亲的影响，我和哥哥也喜欢古典音乐，但是我更爱听施特劳斯家族那种风格的乐曲。

他喜欢国粹京剧，特别是花脸行当，当年家中曾珍藏着老一代京剧名伶裘盛戎的唱片，还有更老一代的侯喜瑞、金少山的唱片，如《铡美案》《盗御马》《姚期》等。父亲不但爱听，闲暇之时自己也会唱上两嗓子，有时还在单位的春节联欢会上来上一段，很有点儿裘派净角韵味。

父亲热爱书法，学的是王羲之和王献之，他曾多次说："汉魏有钟张之绝，晋末有二王之妙。"受父亲的影响，哥哥也练习过一段时间的书法，不过，他学的是《泰山金刚经》。

父亲还喜欢围棋，家中存有一套吴清源著的棋书和一些线装的围棋古谱，如清代国手范西屏、施襄夏的"当湖十局"等。"文革"前，他有时和老朋友下上两盘。"文革"中的1972—1974年这段时间，父亲有时也和我或哥哥下。开始父亲让我八子，我连赢三盘，可以减一子。最后我们不让子对下各有输赢。"文革"结束以后，他因忙于工作，再也没有时间和精力下围棋，我也就不再下了。

父亲的梦想

应该说"学术得以正常地发展",是每一位投身科学事业的学者所盼望的事。然而,在相当长的一段时间里,这只是梦想。1957年,父亲发表了一篇题为《数理逻辑的基本特征与科学意义》的论文,文中讲到他当时的心情:"现在,当我们人民自己掌握了政权,发展科学已经载入我国宪法,并且列入我们伟大的党的总纲之中了。应该说,我们所曾梦想的'学术得以正常发展'已经具备了十分充分的条件了"。

可是,很快"反右"把一大批知识分子打成"右派"。在这个运动中,父亲虽然没有成为"右派",但在50年代末开始的"学术批判"中,父亲受到粗暴的不公平的对待,写了大量的检查。父亲在"学术批判"中所受的种种委屈,他选择了独自默默承受,却一点也没有向家人倾诉。在承受重大压力的情况下,父亲没有终止自己的研究工作,仍坚持自己的学术观点不改。1960年,他发表了3篇很重要的论文《递归算法论》(Ⅰ、Ⅱ、Ⅲ),这些文章已成为递归算法理论的经典之作。

父亲对于发展数理逻辑和推动数理逻辑与计算机科学技术结合,提出过很多想法,做了许多努力。可惜由于种种原因,加上十年"文化大革命",未能贯彻。从1971年起,父亲的身体就开始一年不如一年了,"学术得以正常地发展"仍然只能是一个梦想。

1998年2月间,父亲患咳嗽住院治疗,实际咳嗽并不重,只因病魔缠身将近十年,精力已经耗尽,虽经大夫多方用药,却未能奏效,终因肺部感染、呼吸衰竭于4月11日晨怀着无限的遗憾,带着他美好的梦想走了。

童年往事

朱襄 | 朱德熙（1920—1992），北京大学中文系教授，20世纪50—90年代住中关园三公寓。
作者朱襄，朱德熙教授之女。

回忆童年，就是回忆父亲

"门上挂着个蓝皮鞋啊，沙里洪巴哎哟哎，有钱没钱请进来啊，沙里洪巴哎哟哎……"小时候，父亲总是唱着这首简单的小小的民歌哄我睡觉，父亲把皮鞋的颜色，换唱成许许多多的颜色：红色、绿色、灰色、黑色、白色、黄色……于是，在父亲低沉、重复的哼唱中，在五彩缤纷颜色的漩涡中，我沉沉甜甜地睡去了。

长大后才知道，原来的歌词是"哪里来的骆驼队呀，沙里洪巴哎哟哎，拉萨来的骆驼队呀，沙里洪巴哎哟哎。"不知是父亲改的歌词，还是另有高人所改，使这首民歌，变成小孩子喜欢又易懂的催眠曲。

后来我也唱着这首小小的歌曲，哄着我的女儿睡觉，五十多年过去了，如今，我又唱着这首小小的歌，哄着我的外孙睡觉，我一遍遍地哼唱着，也一遍遍地想起小时的情景。

我想念父亲。

父亲·母亲

我家大姐二妹小弟三人，我居中。父亲教书，桃李天下，文章魁首。母亲

朱德熙夫妇50年代摄于保加利亚索菲亚

在家操持家务，家中处处光可鉴人，饭香菜美自不必说，且容貌端庄秀丽。母亲的美来自外婆，家里有一张外婆50岁左右的老照片，往后梳的发髻乌黑油亮，大眼睛，双眼皮，高鼻梁，还有一个大酒窝，外婆的个子很高，因皮肤微黑，年轻时被人称为"黑凤凰"。母亲随外婆，也因皮肤微黑，父亲的学生们背后偷称为"黑牡丹"，夫妻和美，其乐融融。

母亲自小家境小康，在云南昆明经营瓷器生意的外祖父，为母亲订了一门娃娃亲。母亲上高中时，在西南联大念书的父亲因丧父家道中落，应聘到母亲家为其弟做家庭教师，两人一见钟情，母亲抵死不认娃娃亲，演出了一场富家女爱上穷学生的浪漫爱情剧，外祖父激烈反对，未果。在外婆的支持下，父亲母亲终结良缘。小时候常听人说，父母是天造地设的一对儿才子佳人，想父亲应是拂袖吟诗，母亲在旁红袖添香研墨伴读，但从小我记事起，父亲整日在书房俯案写作，母亲为一家人买菜，做饭，洗刷打扫，忙忙碌碌，丝毫不见才子佳人的浪漫，他们却在书房、厨房中度过了极致的和谐的不平凡的47年。

美轮美奂的童年

我家在1955年搬进了位于中关村的北京大学的宿舍——中关园，中关园是北大教职员宿舍八大园中的一园，另有蔚秀园、朗润园、承泽园、燕南园、燕东园、畅春园、镜春园。园园景色秀美，绿树成荫，除中关园是随着中关村而定名外，其他园都是沿用晚清皇室贵胄别墅的名字至今。那时，中关村默默无闻，树多，人稀，车少，还真像个"村儿"，中关园旁边的大马路，如今331路汽车走的大马路，还是炉灰渣儿铺就的土路。

那时的北京可不像现在似的灰头土脸，天，也高也蓝，水，也清也甜。从我们住的四层楼阳台上向西望去，蓝得发紫的天边，朵朵白云的下面，是浓浓的蓝绿色的西山，迤逦一溜儿摆了去。波涛般的绿树中，阳光下钻石般闪闪烁烁的是颐和园佛香阁和排云殿上的金顶琉璃瓦，稍远处玉泉山上的宝塔若隐若现。夏日，雷雨后，一道彩虹横跨在西山上，空气中弥漫着湿润的泥土和清香的青草的味道，如今，我们从前的家，已是被淹没在四周高楼大厦中一座即将拆除的破败四层小楼了。

我们住在三公寓，在中关园的西南角，楼房是苏联人在50年代设计的结实、实用的灰色四层楼楼房，绕楼四周是钻天的白杨树，其间有不计其数的桃、李、杏、枣、槐、柳、松、榆。春天，杏花未谢桃花开，桃花浓时柳絮飞，柳絮飘过槐花香。

园里住平房的人家，墙上爬满了碧绿的爬山虎，家家都有小花园，许多人家用月季、蔷薇编成了篱笆，葡萄架下，绿荫斑驳，朝南墙角里丛丛绿竹，竹叶飒飒，西番莲、马蹄莲、美人蕉、榆叶梅、玉簪花、丁香花、迎春花、喇叭花、胭脂花点缀其中，春天，房子像是坐落在花海中。

小时去上学，要穿过中关园（小学校原来在现在的北大图书馆的位置，后来移至从前的王家花园，正对着清华大学西门），路两边都是大柳树，走过去，绿云拂面，一路上看不完的一片粉红雪白鹅黄嫩绿，蝴蝶翩翩，香气袭人，直觉是走在仙境中。

往北走，过了二公寓，左手有一片生物系的试验田，种满了各种植物，右边小山埂上蜿蜒着一排高高的槐树，挂满了一串串白色槐花，闻着一鼻子槐花香气，出了中关园西北小门，马路两旁高高的钻天杨，洒下一路绿荫，右边浅浅的一片洼地，种满了鬼子姜，又密又高又绿，风儿吹过，一起悉悉刷刷地摆动。路对面是密匝匝绿森森好大一片果园,开花时节,粉气氤氲,一条清清的小溪从成府的东校门前的小石桥下,穿过果园,一直流到原先的中关村马路旁的一条大沟里。东校门口有一家小小的饭馆义和居,里面只有几张小桌子,青砖墁地,光线昏暗,记得父亲带我去吃过那里的古老肉,并说做得不错。

楼的西边有很多高大的柳树和杨树,树下有一片小桃树林,傍晚,我和楼里的一群孩子,经常在那儿玩"我们要求一个人"的游戏。简单的曲调——5535165,613535321,翻来覆去就是那么两句,但我们拖着长长的童音,扯着嗓子,可以唱上几十遍,玩儿上几十遍。直到天黑了,听到父亲扒着窗边喊:"小妹,回家啦!"才恋恋不舍地往回走。

夏日,在楼下小山坡上,我们忙着捕捉草丛里飞溅起数不清的蚂蚱、蛐蛐和螳螂,螳螂晶莹翠绿的大肚子,尾巴尖却有一抹红色,模样很漂亮,长长的脖子,像个高贵的公主,后来才知道,她是很残忍的昆虫。

中午,阳光蒸发的阵阵热浪,让人昏昏欲睡,蝉儿单调的"知了……知了……"声,正叫得聒噪,大人们在午睡,我却跑到楼下空无一人的小山坡上,趴在一个人都抱不拢的歪脖大柳树上,细心地寻找知了壳,有时会看见一个脱了一半壳儿的知了,看着它从紧紧的壳中挤出来,觉得褪壳儿一定是一件很难受的事,抓了满满两手的知了壳回家,第二天扔掉再去找。

拔老棒将,是我们秋天最喜欢的游戏(画于2003年)

楼下邵循正先生的女儿邵瑜比我大两岁，经常带着我和一帮小小孩儿去圆明园，那时荒凉寂静的圆明园里，种了很多水稻，除了农夫，几乎看不见行人的踪迹，我们在稻田里捞了很多小蝌蚪，用小瓶子提了回家，看它们抖动着小尾巴，游来游去，过了两天，伤心地看着它们死去，便不愿再把它们带回来了。我们在未名湖旁大柳树下阴凉的石舫上，一坐半天，什么也不做，看着倒映在湖里的美丽水塔，绿色的树，绿色的湖，绿色的风，周围静极了，像是到了童话"小红花"里那个神奇的被变了形的妖怪住的地方，也是这么美，也是这么静。

暑假到了，我们几乎天天都泡在颐和园里，爬山，游泳，划船。荷花开了，昆明湖上一湖的荷香，蜻蜓飞过来，透明的绿纱翅，大大的黑眼睛，停在荷叶上不动了，掬起一捧水，撩到荷叶上，蜻蜓飞走了，只剩下晶莹的水珠在荷叶上滚来滚去，煞是好看，我和班里一个叫刘昌厚的小女孩坐在谐趣园的屋顶上，看着下面的荷塘和回廊，画写生，名为写生，更多的时间我们在屋顶上跳来爬去。我们走遍颐和园的每个角落，无数次穿过写着"赤城霞起，紫气东来"的小城楼，无数次地爬上佛香阁，铜亭，后山。西北角鲜有人迹哗哗流水的水闸，西堤边破败的荒院，北宫门到南湖岛，知春堂到玉带桥，都是我们的天堂，颐和园像是我们这些北大孩子家里的后花园。

晚上，我们躺在北大五四操场跳远用的凉爽干净的沙坑里，看着深邃宝蓝色的天空，在闪闪烁烁密密麻麻的银河旁，寻找金星和北斗星。

入秋，满眼赤橙黄绿的树木和飘零的落叶，我们又忙着捡树叶，拔老棒将，一种北京孩子很喜欢的游戏。在临湖轩开满睡莲幽静小池塘后面的小山坡上，捡一片片槭树（可能是槭树）的种子，两个小小的翅膀形的叶片，里面有两颗圆圆的豆豆，拿回家吵了吃，清香可口，只是豆豆外面有一层皮，很涩。

父亲带我们去五四广场放风筝，风筝被树枝刮住了，挂在树上，眼巴巴地看着风筝的尾巴在风中飘着，却飞不起来，也拿不下来，父亲看着我失望的表情，笑着说："放风筝，放风筝，就是要把它放了啊！"我一步三回头地看着孤零零的风筝留在了高高的树上。

秋风扫下了落叶，染得地面一片金黄，我和小朋友用竹耙子搂树叶，把树叶撮成一堆，用火烧了，清凉的空气里，弥漫着浓浓的烧焦的树叶的味道。当我们从楼上看见从门头沟拉煤进京的骆驼队，就飞奔下楼，骆驼队沿着中关村的大马路缓缓地走着，"叮咚叮咚"的驼铃声，引去了一帮孩子，扬起了一路灰尘。

冬天，未名湖和昆明湖冻上了厚厚的冰，我会蹲在冰上往下看很久，晶莹透亮淡绿色的冰湖里，透着无限的神秘，里面真有一个雪女王吗？我们在冰上从颐和园的龙王庙一直走到佛香阁山脚下的排云殿，觉得像是行走在《西游记》里结了冰的通天河的上面，穿着塑料底布棉鞋的脚冻得生疼。父亲给我们买了一双冰鞋，我经常穿着那双冰鞋在家里的水泥地上练功，但到了冰上，却怎么也挪不开脚。

那时的北大，书香阵阵，学子翩翩，清幽沉静，那时的颐和园，行人寥寥，野趣横生，古韵悠长，我们多么幸运，能在世界上最美的大学，能在世界上最美的皇家花园中间长大，我们多么幸运，曾经一睹北大、颐和园真正的容颜。

那时北京的冬天寒冷清静又安谧。

母亲的厨房

自小在云南昆明长大的母亲，在 1946 年随父亲搬来北京后，几乎每天都在怀念着昆明的翠湖、大观楼，西山下的滇池，下着小雨的石板路，飘着幽香的缅桂花，文明街的青辣椒炒干巴菌，炸得嫩黄的乳扇，看着不冒气儿可是滚烫的过桥米线，以至于我自小在五十多年前就详知了如今炙手可热的云南风情。相比之下，母亲每天都唠叨着北京毫无绿色的冬天，狂吼的西北风，可怕的黄沙，干燥的气候，单调的菜蔬，她虽然不停地唠叨着，却不是头不梳衣不整地坐在那里怨天尤人，她唠叨着且不停地行动着，竭尽所能地在家里为父亲和我们创造了一个伊甸园，母亲把家里打点得漂漂亮亮。

家里的厨房很大，母亲请人用砖把铁皮煤饼炉围砌起来，外面贴上白瓷砖，油盐酱醋的瓶瓶罐罐放在上面，用起来很方便。冬天炒好的菜放在上面，很长时间不会冷掉。又让木匠打了一个橱柜，漆成白色，里面是父亲喜爱的景德镇青花瓷器，角落里放了一个木制土冰箱，夏天，送冰的工人会把从冰窖取出的大块的冰送到家里，有时家里没人，等家人回来时，冰块儿已化为一摊水沿着楼道流下去了。冰窖就在往动物园方向的中关村车站的旁边。冬天，工人们把颐和园昆明湖里的冰凿开撬起来，存入冰窖。冰窖散布在北京城各处，在西城德胜门附近，至今还有一胡同名为"冰窖胡同"。

窗户下有一个储存煤饼的水泥池子，上面铺了两大块木板，变成很实用的工作台，切菜，剁肉，揉面，宽敞舒服，窗外高高的白杨树是养眼的好风景。木头方桌上，除了吃饭，母亲总是摆有好吃的零食：夏时粉红色沙瓤的西红柿；一掰两半儿，核儿就掉出来的水蜜桃；碧绿色顶花带刺，一口咬下去嘎巴脆的小黄瓜；秋风一起，又香又面的糖炒栗子就上市了；绿皮红心的水萝卜，是物美价廉的水果，记得母亲带我进城，在西直门高大凉爽的门洞里，有很多卖水萝卜的小贩，母亲经常会买两个带回家；入冬，放在窗外的冻柿子，拿进来，待化未化时，用小勺刮了吃，像冰淇淋一样，毫不逊色于如今美国哈根达斯的冰淇淋；一根根象牙白的关东糖，在没有巧克力的时代，是孩子们最喜欢的糖果；越嚼越香的脆枣儿——大红枣儿捅去核儿后，用炭火烤成，香，脆，甜，糯；金黄色的白薯蜜干儿——白薯切成极薄的片儿，近乎透明，过油炸脆后，浇上麦芽糖汁儿。每天放学后，我就一直奔向这张桌子。而父亲也会从书房来到厨房，坐在桌旁，和我们一起津津有味儿地吃着，那真是最幸福的时光。

母亲做了白色的纱窗帘，微风吹起，窗帘轻拂，外面是高高的白杨树，树上是成群的鸟儿，带进屋内一片碧影森森，闪烁不定的光影儿和啾啾的鸟声。那时不光家里，楼道的窗户上母亲也做了白色的纱窗帘，大理石的扶手擦得锃亮。每个礼拜，母亲都会从四楼接上水管冲洗楼道，楼下历史系教授邵循正先

根据儿时回忆所画的家里的厨房，右边是木制的冰箱（画于2003年）

生的夫人，化学系教授汤佩松先生的夫人，也会出来一起打扫楼道。

早点时光是父亲最放松的时候。父亲起得很早，书房里总是烟雾缭绕，父亲抽香烟很凶，还不时地换着抽抽雪茄和烟斗，父亲经常在他放烟丝的铁皮小圆盒里，放进一些梨皮或苹果皮，说是抽起来味道更好。在书房工作两三个小时后，大家才起床。闻到母亲摊鸡蛋饼的香味儿，父亲不用人叫，走到厨房像个乖小孩儿，坐在桌旁，等着摊好的鸡蛋饼，加上母亲自制的奶酪，用变酸的牛奶煮开后，加上盐，纱布过滤，压紧，一天就可以吃了，松软的鸡蛋饼配上奶酪，绝妙好吃。这可是很久才有一次的美味儿。母亲站在那儿，为全家人摊饼，最后才坐下来吃早点。父亲吃完后，又最喜欢加糖的红茶，父亲和我们开玩笑，听我们讲各种琐事，这顿早点可以吃很久。吃完早点，父亲会捧着一杯极酽的绿茶回到书房，一直工作到吃午饭。

冬天的厨房，是全家人最喜欢的地方，因为有一个熊熊燃烧的煤炉，比有暖气的房间还暖和，外面北风呼啸，窗户上结满了冰花，厨房里却很温暖。吃完晚饭后，父亲有时也把工作搬到了厨房，父亲伏案写作，我在默写俄语单词，厨房里静悄悄的，只有燃烧的煤炉发出哔哔剥剥的声音。

父亲在书房里工作，我们从不去吵闹，但只要父亲坐在厨房里，家里就充满了欢笑，有一个冬天的傍晚，那天是我的生日，父亲进门后递给我一个大纸包，打开一看，是一大包金黄色的白薯蜜干儿，我高兴极了，要知道那是60年代啊。我和弟弟在厨房里吃着白薯片儿，父亲又递给我一本书，是新出版的小说《三家巷》，扉页上写着"送给小妹，爸爸"。那是唯一有父亲给我署名的书，却在"文革"中丢失了。

五音和谐

夏天，从早到晚，围绕楼房的白杨树，满树油绿闪亮的小叶片沙沙哑哑地在微风中翻舞，二、三公寓两座楼静静地卧在浓阴中，偶尔有一个人打一个很响的喷嚏，或是有人叫孩子回家吃饭的声音，在这慵懒的寂静中，显得格外清楚。当时最大的噪音恐怕就是从早到晚回荡在两座楼间叮叮咚咚的钢琴声了。这是大姐在练琴，她当时正一心投考中央音乐学院附中，每天枯燥的音阶练习，敲得大家听琴变色。

听着大姐的琴声，我坐在旁边儿画画儿，因为从小患有哮喘，经常是上气不接下气地呼噜着，用铅笔、水彩涂涂抹抹，就非常向往画一张油画，于是，背着母亲，去厨房偷来一点儿菜子油，加入水彩颜料，搅和搅和，兴致勃勃地画起来，刚画好，颇似油画，过了两天，油迹洇了开来，整张纸油嗒嗒，湿漉漉，还散发着一股菜子油的味道，如果画上两根油条，那真是形、色、香味俱全了，我得意地把这张名副其实的油画，用摁钉摁在墙上，雪白的墙上留下了一个永久的大大的油印子，随和的父母从没责骂过我。厨房和过道里贴满了我的图画，汪曾祺伯伯来了，背着手，驼着背，一路看进厨房。

　　母亲看我整天涂涂抹抹，就和汪曾祺伯伯商量，想给我请个老师学画，汪伯伯说，画画不用学，更不需要找老师，小时听母亲提起此事，觉得"汪伯伯误我也"。父亲有时看我画画儿，一时兴起，也拿过一张纸，用铅笔三勾两勾就画好了，大家凑过去看了，哈哈大笑，画的是我小时候坐在痰桶出恭的样子，神似，形似，后来我常想，父亲如果去作画，也会做出名堂来的。可惜我把父亲的几张遗画也都丢失了。

　　小我两岁的小弟，从小不大爱说话，他的手可不闲着，趁我们各忙着各的，就悄悄地把家里所能拆开的物件，一样样拆过去，一探究竟，小自手表、钟、锁，大到无线电、留声机、电视，后果不免常被母亲拎了耳朵，关进小房间，失去自由若干小时。父亲也有同好，家里的电器出了问题，父亲会饶有兴趣迫不及待地拆开"修理"，修理是良好的愿望，强烈的好奇欲是主要的目的，父亲关心的是，哪儿坏了？为什么会坏了？能不能修好，并不重要。

　　父亲在家里脾气随和又极其民主，结果是我家姐弟三人各行其道，天马行空不知天高地厚地长了去。闲时，父亲教会母亲唱昆曲，父亲在上大学时就会唱昆曲。母亲有一副好嗓子，父亲不仅能唱，还会吹箫，吹笛，当我们长大后，父母有了些闲暇，经常在书房里，一个吹，一个唱，如神仙伴侣。父亲想让我也学点儿昆曲，教我读过《与众曲谱》，我却觉得昆曲软糯嗲气，太无阳刚之气，京剧中一句"走青山，望白云，家乡何在"的豪气，是"姹紫嫣红开遍"没法儿比的。更何况那《游园惊梦》里的杜丽娘、柳梦梅，《思凡》里的小尼姑，怎比得上《击鼓骂曹》里的祢衡，《文昭关》里的伍子胥威武刚烈，名垂千古？所以学了一段《惊梦》的工尺谱，就擅自罢课，不想学了。父亲随我取舍，从不勉强，现在想想，有一流的大师教习优美源长的中国文化精粹，竟不知学，后悔晚矣。

　　我家五音和谐（我家正好五个人），一家人各有所好，互不干涉，乐在其中,陶陶然也。

父亲的书房

父亲的书房也是母亲一手打造,兰花土布做成的窗帘、沙发套、灯罩,配上雪白的墙壁,更显得窗明几亮。记得父亲曾用铁丝做成灯罩架,母亲在外面包上蓝花土布,成为一个漂亮的灯罩,放在现在,也是很时尚的装饰。休息时,父亲喜欢听着贝多芬的交响乐,带着我一起打扫书房,父亲在家具上面打上蜡后,再让我用干布用力来回擦拭,涩涩的蜡擦去后,深红褐色的木纹清晰锃亮,像玉石一样冰凉润滑。每次擦完,父亲都要用手摸着明式官帽椅弯曲的后背对我说:"你看,这个靠背做得多漂亮,这个弯度,怎么想出来的?"父亲对制作这把椅子的匠人,佩服得五体投地。

茶几上有一盆在北京很难养活的茶花,我想,这是父母的云南情结(父亲在昆明读的西南联大,母亲从小生长在昆明)。叶子像打了蜡,油润光滑。父亲经常兴致勃勃地往里面浇麻酱渣子,说是很好的肥料。在冬天,母亲又必买一

根据回忆所画父亲的书房,画错了一个地方,夏天是没有水仙花的,左下角是父亲50年代从保加利亚带回的吸尘器(画于2003年)

盆水仙花放在书房里，淡淡的花香混合着父亲抽的香烟味儿变成一种记忆，至今想一想，就能闻到。

父亲的书桌上永远凌乱地摊满了稿纸、书籍、糨糊瓶、剪刀，只有在客人来时会收拾一下，我经常看见父亲仔细地用剪刀剪下一小格一小格的稿纸，再抹上糨糊，粘贴到需要修改的地方。父亲工作时离不开绿茶和香烟，父亲是靠着极浓的绿茶和香烟，写出他的文章，小时，看见父亲夹着一根香烟，坐在书桌前凝神看着窗外时，我就不敢去打扰父亲，我知道，父亲在"做事"，"做事"就是去工作。"我要做点儿事"，"我还有点儿事要做"是父亲的口头语，也是父亲推掉很多家庭休闲活动的借口。记忆中，父亲几乎不睡觉，因为父亲永远是早起晚睡，整日伏案工作，父亲的衣服，都是右胳膊肘的地方先破，李容先生曾说："德熙的文章，是用血写出来的。"

父亲的书房里，客人不断。王瑶先生是常客，叼着大烟斗，操着一口山西话，和父亲对抽，满屋子烟雾缭绕，笑声不断。王伯伯经常是妙语连珠，语不惊人死不休。"文革"后有一次，王伯伯从家里走后，父亲对我说起王伯伯"不说白不说，说了也白说，白说也得说"的妙论，这在当时实在是大胆的实话，让我和父亲捧腹大笑。大姐经常在王伯伯走后，惟妙惟肖地模仿他的山西话，"现在盖的楼房，就像现代化养鸡场"，令全家人笑出眼泪来。

汪曾祺伯伯来了必和父亲喝上两盅，聊昆明，聊西南联大，聊高邮，聊京剧，聊昆曲，聊做菜，汪伯伯带着高邮口音，说起有个朋友对他说："有个对联写得实在好，上联是什么什么什么来着，哎呀，忘记了，下联是什么什么来着，哎呀？想不起来了。"上下联一个字没说出来，汪伯伯追问："那么横批呢？""横批是什么？什么来着……"还是一个字没说出来，引得父亲大笑，汪伯伯有着过人的记性，小时在高邮看见过的杂货店，在昆明吃过饭的小饭馆外面贴的对联，时隔几十年，一字不差都能背出来。父亲和汪伯伯在一起聊天时，看得出，对父亲来说是难得的放松和享受，汪伯伯对艺术敏锐、独到的充满才气的见解，总令父亲频频称是或开怀大笑。父亲经常在汪伯伯走后，笑着问我："汪伯伯了不起吧？""汪伯伯有意思吧？"溢美之情全挂在脸上。

80年代初期，汪伯伯曾送给我一幅画，尺幅不大，墨笔画的一头牛，画中的牛眼很大，因为我生肖属牛，看过的人都说很像我，我珍藏在书柜里，后来世事变迁，离家多年，父亲和汪伯伯也相继离世，再回来寻找，已不知所终，令我痛惜万分。

李荣先生到我家，几乎每次都是捧着一本书，用又尖又高的浙江温岭口音，和父亲讨论着学问，极度的近视，几乎要把书贴在眼前。

而林焘、杜荣先生伉俪是和父亲、母亲有同好的昆曲曲友，经常在一起吹笛子，拍曲子。林焘伯伯的相貌，和电影演员孙道临颇有几分相似，小时总想，俊朗的林伯伯，实在应该去演电影。

住在二楼的邵循正伯伯看起来不苟言笑，很木讷，有时晚上烟抽完了，他会跑上楼来向父亲借烟，顺便聊聊天。有一次我到他家去找他的女儿邵瑜，邵伯伯正好端了一碗汤从厨房出来，大概汤很烫，邵伯伯又怕汤洒了，挪着小碎步，嘴里不停地嚷着："小瑜啊，快来帮帮我。"当时年龄小，觉得有些滑稽，后来才知道，邵伯伯是才学八斗的历史学泰斗，熟谙英、法、德语，学过波斯文、蒙古文，又略通意大利语、俄语、突厥文、女真文、满文，并且是围棋高手，我也是在他家里第一次看见了围棋，那对围棋棋罐，古朴精美，在以后，我曾看见过价值不菲的紫檀的或玉石的围棋罐，但我觉得都没有印象中邵伯伯的罐子那么好看。

邵伯母待人和蔼可亲，我和他们的女儿邵瑜经常在一起玩耍，一天傍晚我在楼下疯跑，摔了一跤，膝盖血肉模糊，不敢回家，邵瑜带我回到她家，邵伯母仔细地用镊子钳出一粒粒嵌在肉里的炉灰渣儿（那时很多路是用炉灰渣铺的，是烧锅炉煤块燃烧后的残渣），涂上红药水，还再三嘱咐我不要洗澡。后来母亲告诉我，邵伯母出身名门，母亲经常夸赞邵伯母是有大家风范的大家闺秀。可惜"文革"中，邵伯伯只有73岁就郁郁去世了，我最后见到他，是在中关村31路车站，冬天，寒风中，邵伯伯围着围巾，穿了一件长大衣，步履蹒跚，邵伯伯患有哮喘，走得极慢，当时他家已被迫搬到东大地住，真不知邵伯伯是如何走完那段长长的路程。

杨周翰先生和王还先生，是我家的近邻，也是父亲在西南联大的老师和好友，他们让孩子们称父亲为"朱舅舅"。杨伯伯精通英、法、拉丁语，以一口标准地道的牛津大学英语而闻名学界。杨伯伯气质不凡，一件最普通的很旧的布料中山装，穿在杨伯伯身上，整齐挺括，从头到脚干干净净，利利落落，被母亲视为教育父亲的典范。如果，加上一根拐杖和礼帽，杨伯伯就活脱一个英国绅士的模样。杨伯母也是出身福建名门的大家闺秀，在外是北京语言学院外语系教授，在家里，织毛衣，纳鞋底，做衣服，煮饭烧菜，无所不能。我记得，杨伯母即使是到我家来小坐，也会带着毛线活儿，和父亲一边聊天，一边织毛衣。杨伯母还是游泳好手，可以轻松地横渡昆明湖，在昆明湖，杨伯母手把手教会了我游泳。

那时，我们两家经常一起出游。记得一次我和杨伯伯、杨伯母去颐和园游玩，回来时，32路汽车站有很多人，好不容易来了一辆车，大家一拥而上，完全没有了先来后到，杨伯母那天穿得很漂亮，白色的旗袍，白色的高跟皮鞋，只见她两手抓住中间车门两边的把手，愤怒地用身体挡住了人群，不许没排队的人上去，嘴里还高声喊着："不排队，就不能上！"局面混乱僵持不下，我不禁焦急地寻找杨伯伯在哪儿，却见杨伯伯低着头，已从另一个门上了车，找了个座儿坐下了，全然不顾太太的气愤与安危。夫妻之间性格的迥然不同，一瞬间表露无遗。

父亲几乎每天傍晚都要去杨伯伯家坐一会儿，聊聊天，喝喝茶，到吃饭时，我们就在阳台上喊："爸，回家吃饭啦！"过一会儿，就看见父亲背着手从二公寓拐角出现，顺着长满枣树和核桃树的小道走回家来，这已成了每日不成文的定规。

父亲的这些朋友都是满腹经纶，志趣相投，一杯清茶，一根香烟，别无所求，清谈聊天中激发出的智慧，才学，道德，实在是够很多人受用不尽的，可惜没有被记录下来，而年幼无知的我，无所用心，过耳也就忘了。

父亲的书房里经常是高朋满座，烟雾缭绕，记得任继愈先生的夫人冯钟芸先生，当我看见她缓缓地掏出香烟来抽，年幼的我很是惊异，那是我第一次看见女人抽烟，而那时我们受的教育，似乎只有女特务才会抽烟。

父亲的客厅里来过太多的客人，我的记忆中，吴组缃先生，潘启亮先生，李赋宁先生，也都是常客。更不用说父亲的学生们，也是经常登门，那时是父亲书房的鼎盛时期。

家里的父亲

父亲在学术上，较真儿，精密，严谨，一丝不苟，生活中却完全不一样了，和父亲在一起，是不会觉得枯燥的。

父亲骑着自行车去了商店，到了第二天，要用自行车的时候，发现车子不见了，全家人（包括父亲）都在纳闷时，中关园的片儿警，登门把车子送了回来了，父亲此时才想起来是自己把自行车忘在了中关园合作社的外面，原来心里一直想着一篇文章，竟把自行车忘记骑回来，走回来了。

父亲喜欢逛书店，也喜欢去五金店逛逛，60年代，我和父亲在海淀街里的五金店，父亲看见了一把硕大的改锥，父亲捧着那把改锥看了又看，像看一件艺术品，嘴里喃喃地说："做得真好！"那把改锥是出口转内销，在当时来说，确是改锥中的上品，父亲把那把大而无当、毫无用处的改锥买下带回了家，放在了他心爱的红木柜子抽屉里，从此它就一直静静地很安逸地躺在那里，颐养天年。不知为什么，这件小事已过去了五十多年，却记忆如初，如昨日发生，也许实在是不明白父亲为何要买那么大的一把改锥。

有一次，父亲应邀去中央党校大礼堂里讲课，听课人数不少，谁知他把这件事忘得干干净净，直到车子来接了，才想起来。事后，父亲告诉我："我讲了三个多小时，没有稿子。"

母亲晚上爱看电视，坐下来就不想动了，支使父亲，"德熙，顺便把杯子带过来"，"德熙，顺便把报纸带过来"。父亲小声对我说："我一点儿也不顺便！"

父亲看我在看赵树理的小说《三里湾》，走过来对我说："你妈妈是'常有理'，你姐姐是'惹不起'，你弟弟是'糊涂涂'。"我哈哈大笑，这些都是书里人物的绰号。父亲像小孩子干了坏事那样，揉了揉鼻子，得意地偷笑着，又去工作了。

受父母的影响，我和大姐都很爱唱歌，一天，家里只有我和父亲，父亲在书房写文章，怕打扰父亲，我关着门在客厅弹琴唱歌，一会儿，父亲忽然跑过来，很认真地对我说，听见我唱《渔光曲》最后一句唱错了，"爷爷留下的破渔网"句中，少唱了一个"1"，看了看歌谱，确是少了一个拐弯儿。

而在北大操场上，我第一次看见父亲在单杠上做了好多不可思议的漂亮动作，那时他已五十多岁了，旁边一个北大的老工人，也在旁观看，后来知道了父亲的岁数，跷着大拇指："了不起！"父亲高兴得哈哈大笑。

父亲曾对我说起，在50年代，差一点儿他就买了一辆摩托车，说话间，可以感觉父亲很是向往风驰电掣地驾驭一辆摩托车，多年后，在美国，年已七十的父亲还有心想去学开车，后来因为生病才作罢。

父亲只要不在工作状态，对任何事情都有兴趣，看到我在揉面，说起不知那拉面是如何做出来的，伸手拿过面团，依葫芦画瓢两手伸开，抖了两下，面团太软，中间一下断开了，父亲很不甘心地放下面团，连声说："不容易，不容易。"

父亲非常喜欢京戏和昆曲，父亲搜集了不少余叔岩、杨宝森、梅兰芳、孟小冬、马连良、言慧珠、俞振飞的唱片，父亲自己也爱唱京剧和昆曲，并会吹笛，吹箫。父亲也喜爱苏州评弹，记得在1964年全国地方戏汇演时，父亲很兴奋，带我去北大大礼堂看了苏州评弹，父亲特别欣赏评弹演员蒋月泉和朱慧珍，经常哼唱《庵堂认母》的片段，昆曲和评弹源远流长，父亲是苏州籍人，并在上海长大，欣赏评弹，并不奇怪。但父亲又极为欣赏陕西秦腔，让我很觉惊奇，父亲激动地对我说秦腔是了不起的艺术，秦腔在那时，知者甚少，捧者更少，父亲对京韵大鼓也赞不绝口。对中国音乐的热爱，使父亲对大姐学习钢琴不以为然，劝她不如改学二胡，但父亲不是仅仅喜爱中国音乐和艺术，同时，父亲也极喜欢听贝多芬和柴可夫斯基的交响乐，如喜爱齐白石、张大千的画作一样喜爱梵·高、高更、毕加索的油画，父亲对艺术是唯美、高境界、有见地地欣赏。

三个儿女中，人人都说父亲偏向我，我想与其说是偏向，不如说父亲更怜悯我。我从小多病，父母家族两边的疾病似乎都集中在我身上了，哮喘，血管性头痛，过敏性鼻炎，加上严重的食物和药物过敏。一犯起喘来，父亲就把我背到楼下，准备把我送到医院，但有时三轮车没来，我呼吸了新鲜空气，又好了一点儿，父亲又把我背回楼上。全年大病小病没完没了。而在考高中的紧张阶段，我的血管性头痛经常在课堂上发作。一年上不了几天学，就是去了学校，第一堂课还可以坐着，然后就要趴在课桌上了，病恹恹的，眼睛下永远是乌青的黑眼圈儿。几乎每年九月一号开学那天，别的孩子都高高兴兴上学去了，母亲却带着我坐着三轮车奔医院看急诊去了。这种怜爱使父亲对我的容忍和放纵，可冠天下溺爱孩子父亲之最。

我不喜欢数理化，上课不听讲，课本上画满了物理课老师的大麻子脸，写满了《水浒》中一百单八将英雄好汉的绰号，数学成绩每况愈下，更糟的是，我毫无卧薪尝胆，他日咸鱼翻身之抱负。父亲和我一样不着急，他从不像个长官似的命令我去冲锋陷阵。

那时，父亲经常带我们去天文馆的小电影院看电影，印象最深的是法国电影《红气球》，讲述一个小孩子和一只红气球的故事，父亲很喜欢这部无声电影，记得看完这部电影回家后，时间已经很晚，我发现数学作业还没做完，父亲就在旁边写好算式和得数，供我抄写，合作愉快，结果圆满。以后，这样的事，时有发生，有如此靠山，我自然无需努力，直到我上初二时，父亲觉得我数学差得太离谱了，决定在寒假里帮我补习数学，我最头痛的数学经父亲一讲，简单，有趣，奥妙无穷。寒假后开学，数学课对我来说，已变得不再可怕。但由于基础太差，直到如今，对于有志于学会计专业的人，总怀有一种仰慕心情。

父亲在大学一年级时，选的是物理专业，后在大学好友潘启亮的影响下，改读了中文，据说，祖母听说后，很是不悦。父亲的数学底子很好，父亲的书架上有很多高等数学的书籍，而且一直关注着世界领先国家的物理和数学的发展。他后来挑选研究生，都希望他们有一些高等数学基础，我不懂语法，偶尔看过父亲的语法书，没有点儿数学逻辑的头脑，实在看不下去。父亲的业余爱好是研究古文字，里面还是少不了数学逻辑。而父亲的英文也很好，在昆明上大学时就可以用英文和美国大兵聊天，记得后来在美国，父亲因病去斯坦福医院，他用英语和美国医生对话，父亲一口纯正的英式英语，令那个医生非常惊讶，立刻对父亲恭敬有加。有这样的学问和知识，父亲可以把任何复杂艰深的问题，用最简单的最艺术的语言讲述明白。

我完全无法适应当时学校的教育，有些老师的讲解丝毫没有逻辑和美感，而父亲可以带着我到一个陌生的宏观奇境，处处神奇，引起我无穷的好奇心，继而又循序渐进，进入神奇未知的细节，使我原本混沌的头脑，理解了有序的科学的美，而觉得其乐无穷，求知欲和自信心大增。即使是像抽象的"二进制"，父亲也把它讲解得极为通俗易懂，只是用简洁明了的语言，让我听得津津有味儿。

父亲去世后，父亲的学生告诉我，60年代，她在中文系上课时，只要是父亲的课，教室里挤满了人，包括很多外系的学生，椅子不够，暖气片上，窗台上也坐满了。到了开饭的时间，依旧非常安静，不像有的老师上课，未到吃饭时间，课堂里已是一片盆碗筷勺之声了。可惜我竟没有听过父亲一节课，待有这个念头时，我已近中年，而父亲出国在即，心想以后再说吧，但命运再也没有给我这个机会。

父亲学术的精深，父亲的睿智，父亲的幽默，父亲的亲和大度，父亲生活上的马大哈，父亲的童心，父亲对美的追求，使父亲具有无与伦比的人格魅力，家里人爱他，周围的人也都被他深深吸引。我们和父亲聊天，父亲更多的是聆听，时不时插上一两句幽默睿智的话语，和父亲在一起，每个人感觉都很舒服，我常想，那必然会使父亲有时会不舒服，但父亲很少表现或发泄这些不快，这是非常不容易的事情。

  在父亲的有意无意的影响下，我迷上了京剧中的老生戏，每天放学后，总要在父亲的书房里听一会儿余叔岩、杨宝森的唱段，父亲有空的话，也会坐在旁边，父亲把脚搭在前面的小茶几上，闭着眼，一手枕在脑后，一手打着拍子："走青山，望白云，家乡何在？"（《桑园寄子》），父亲嘴里哼唱着，听到兴起处，还不时小声嘀咕一句："真好！"父亲又爱唱《文昭关》："伍员在头上换儒巾，乔装改扮往东行，临潼会，曾举鼎，在万马营中显奇能，时来双挂明辅印，运去时衰住荒村……"这段《文昭关》时隔四十多年，我还可以唱出来，父亲那略带沙哑的嗓音似乎就在耳旁，尤其当父亲唱到："你是我子胥救命的恩人！"在唱谱中，"救命的"三个字音调突然低下去，父亲总是把头低下去，下巴颏紧紧地压下去，似乎不这样不足以表达词中救命之重义，伍子胥过昭关，"一夜之间须发皓然了……"这句念白，我当时不相信，有多大的急，也不可能一夜之间头发胡须全白了呀，"文革"中，父亲鬓角一小撮白发，一夜之间，变为两鬓花白，却使我知道了这句念白并非杜撰。

  所谓"少年不知愁滋味"，尽管那是一个物质匮乏的年代，但在精神上，父母给了我们最大的自由空间，15岁以前，我过得很快乐，我以为父亲也是快乐的，而父亲是一个从不善向家人吐露任何烦恼或发牢骚的人，他也是一个纯做学问的人，在五六十年代一出又一出的"革命"中，我现在才理解，父亲是无论如何不可能轻松快乐的，尽管他很想跟上这个时代。

原连载于2011年6月《北京晚报》

蜡炬成灰泪始干
——怀念我的父亲吴兴华

吴 同 | 吴兴华（1921—1966），北京大学西语系教授，原住中关园平房6号。作者吴同，吴兴华教授之女。

父亲离开我们已经47年了。那是血雨腥风的"文革"初期——1966年仲夏。当时铺天盖地而来的大字报已经糊满了我家宅院，我和妹妹终日提心吊胆，不敢越出门槛半步。8月2日清晨，我一如既往将父亲的自行车钥匙交给他，父亲心情分外沉重，拉着我的手说："小同，我准备请求系里允许我搬往校内宿舍，这样大字报可以随我去。"我听了不禁悲从中来，父亲的眼眶也湿润了。还未等我答话，父亲就匆匆离去。年幼的我做梦也想不到这即是我和父亲的永诀，从此人天两隔，再无见面之日。

据目击者事后讲述，那天父亲在北大校园内顶着烈日劳改时，被"红卫兵小将"强行灌入阴沟里的污水，中毒昏迷后又遭到这群暴徒棍棒相向，拳打脚踢，延误了送医时间，就此不治。就这样，我的父亲——才华卓绝、学贯中西的天才诗人、学者、翻译家，含冤离开了人世，年仅44岁。

往事回首忆慈父，旧地重游思儿时。几年前与友人重访风光旖旎的燕园，沿着似曾相识的未名湖畔漫步，不禁思绪万千。忆及幼年时，父亲常携我在此散步，一边欣赏湖光塔影，一边给我讲述许多有趣动听的故事，诸如"杨门女将""穆桂英挂帅""大破天门阵"等，我听得悠然神往。父亲在这些著名典故中加入了我的影子，我日常生活中种种琐事全在故事中重现，使我俨然成为历史上的女英雄。因为对这些故事沉迷至深，年纪稍长我又缠着父亲要看同名的京剧。父亲虽然是个手不释卷的人，但对我总是有求必应。自此，每逢星期六

吴兴华一家

下午,父亲就会放下手中工作,带我乘 31 路公共汽车前往平安里戏院看京剧。此情此景,恍如昨日。

父亲祖籍浙江杭州,生于杏花春雨的江南。爷爷为中医,但酷爱文史,家中藏书颇丰。听父亲家人讲,他自幼聪慧过人,自开始学步时起就与书本结下了不解之缘,常常一整天待在爷爷的书斋里,年仅 4 岁即无师自通地阅读《资治通鉴》。起先爷爷奶奶对此并未留意,还以为只是小孩子好奇而已。其后一个偶然的机会他们发现父亲不仅"过目成诵",而且悟力极高。5 岁入学后老师们也都惊叹其天赋,神童之誉不胫而走。少年时代的父亲手不释卷,博览群书,酷爱诗文,"读书破万卷,下笔如有神"。父亲未满 16 岁即发表长诗《森林的沉默》,轰动诗坛,并于同年被燕京大学西语系破格录取。

朱自清先生曾经说过:"清华园像散文,燕园像诗。"这个比喻实在很贴切。燕园的诗情画意及其倡导的"因真理得自由以服务"的学风几十年来孕育了一代又一代莘莘学子。初入这所蜚声中外的学府,父亲即崭露头角,显示出非凡的语言天赋。他原有的扎实基础是英文,随后又学法文、德文、意大利文,每学期均以最优成绩名列第一。父亲还利用余暇自修拉丁文及希腊文,也是一学便通,以惊人的进度达到了熟练的水平。父亲的燕京同窗,后任香港中文大学教授的宋淇伯伯有个绝妙的比喻,他说:自己和我父亲一起攻读,真像"虬髯客"遇到"真命天子"李世民一样,自叹不是他的对手。父亲曾与钱锺书先生对谈古诗源流，博学如钱先生者，对父亲的学识竟亦不禁叹服。出众的才华使父亲在年仅26岁时被燕京大学破格提升为副教授，31岁成为北大西语系英语教研室主任，两年后又被提升为副系主任。

"木秀于林，风必摧之"。父亲才华横溢，年轻有为，心怀坦荡，刚直不阿。在豺狼当道、小人得志的年代，也就难逃被划"右派"的命运。父亲被划为"右派"后，除了遭受内批外斗，也被取消了授课和发表论著的资格，然而仍有学者慕名而来，求教于父亲。父亲除校译朱生豪的《莎士比亚全集》外，还为杨宪益先生校订《儒林外史》，也为古希腊专家罗念生先生校对过不少文稿。此外，他还为李健吾先生翻译大量拉丁及希腊文戏剧理论，但那些译稿都在"文革"中不知去向。

提及翻译，使我联想起父亲在世时，家中四壁图书，而无一本词典。母亲说，父亲翻译时从不借助任何词典；无论是译莎士比亚，还是根据意大利原文译但丁的《神曲》，或是从希腊文翻译荷马史诗。父亲写作或翻译时也从不冥思苦想，只要提起笔来，即如行云流水，一气呵成，信手拈来，便成佳句，从不需另花时间对其文章或译稿加以润色。

父亲堪称"敏而好学"的典范，集天才勤奋于一身。他的学识可用"一日千里"来概括。正如所有名垂青史的伟大学者一样，父亲以"好学不倦"终其一生。无论是春风得意身为西语系副系主任，还是深陷泥潭头顶"右派"帽子，父亲始终分秒必争，手不释卷，每天至少读十本书，以至我的童年玩伴在几十年后仍对父亲"孜孜不倦"的风范记忆犹新。父亲有一目十行、过目不忘的天赋，令人叹为观止。他后期的作品与译著，例如：以柳宗元为题材的长篇历史小说《他死在柳州》，《神曲》译稿，以及数篇类似《读〈国朝常州骈体文录〉》的比较文学论文，比《吴兴华诗文集》中那些早期作品，更上一层楼，更趋精练及炉火纯青。只可惜这些后期作品多在"文革"中遗失，未能面世。

现在人们评论父亲，经常引用其燕大导师谢迪克(Harold Shedick)的话：吴兴华"是我在燕京教过的学生中才华最高的一位，足以和我在康乃尔大学教过的学生、文学批评家哈罗德·布鲁姆(耶鲁大学教授、美国文学批评大家)相匹敌"。这的确是很高的评价，但并不能概括父亲学识的全貌。谢迪克的赞誉仅仅反映了父亲在英美文学领域的深厚修养，而这只是其博大精深学识之一部分。

父亲深爱祖国，热爱中国传统文化。幼时常听父亲讲他最大的愿望就是将毕生学识奉献给中华民族，为丰富多彩、源远流长的中国文学史增添光辉的一页。

吴兴华（左一）、谢蔚英（右一）夫妇和吴同、吴同外婆50年代于中关园

然而天妒英才，玉树中摧，父亲壮志未酬，这也可谓是中国文坛的巨大损失。

父亲故世时，我是小学生，而今我已步入中年。然而，幼失慈父的锥心之痛至今仍刻骨铭心。年代的潮水是无法冲淡这一哀痛的，因为它渗入骨髓，溶入血液，刻入记忆。虽然我曾因是"右派子女"而饱受欺凌，历尽沧桑，在冰天雪地的北大荒度过青春岁月，但我内心深处一直以父亲为骄傲。他的一生多灾多难，横遭摧残，却仍旧取得了非凡的成就，与大名鼎鼎的陈寅恪、钱锺书同被誉为20世纪中国最有学养的知识分子的代表。虽然父亲的后期作品大多在"文革"中遗失，从几年前出版的《吴兴华诗文集》仍可看出父亲精湛的文才、渊博的学识、深邃的思想，也向世人介绍了这个天才诗人、学者、翻译家的创作生涯。在被淹没半个世纪后，父亲的名字终于重新浮出水面。这要感激父亲的燕京同窗好友，已故香港中文大学教授宋淇伯伯，誉满全球的美国哥伦比亚大学教授夏志清先生，北京社会科学院研究员、文学研究所所长张泉先生以及世纪出版集团上海人民出版社。没有他们的鼎力介绍，父亲遗留下的作品至今仍是藏之高阁、尘封土埋、乏人问津，他的名字也将一如黄鹤杳然。

"十年生死两茫茫"，其实又何止十年，我和父亲诀别转眼已经47年了。当年父亲含冤而殁，尸骨无存。每逢父亲忌日，我只有在他的遗像前放置一束洁白的花，以此表达女儿几十年来对慈父的绵绵思念。安息吧，我的父亲，女儿没有辜负您的期望。

父亲少年时曾写《励志诗》五首自勉，发表在《新语》杂志上，就以其中第一首作为父亲的写照吧：

> 三人并行必有我师资
> 百步以内，永不乏乔木
> 为何当澄心静观之时
> 终觉无多物足以寓目
> 志气太高而眼光太远
> 才力又深惧不能相赴
> 叶公之好龙只在庭壁
> 羊公的舞鹤唯博虚誉
> 进不必自炫才具秀美
> 蛾眉入室而众女争妒
> 退不必自悲国无人知
> 卞和刖足而美玉显露

2013 年

重访中关园　再忆旧事

汪　建 | 汪子嵩（1921—　），人民日报社高级编辑、北京大学原哲学系教授。
俞九生（1921—2010），北京阜外医院教授。20世纪50—60年代住中关园平房60号。
作者汪建，汪子嵩教授之女。

阔别47年，去年回家探亲时，借去看望当年中关园隔壁邻居黄伯伯黄妈妈的机会，我偕丈夫海曼重访中关园。实话说，20年前，海曼初次到北京时，姐夫开车带着我们，曾拜访过一次正在拆除中的几成废墟的中关园。当时"现代化的"北大化学楼好像已经矗立在了园子的西北角。姐夫充满自豪地介绍说，所有的旧园子将统统拆掉，盖高楼！我和姐姐则费劲地挖掘记忆，合作社、幼儿园、谁家的哪所房子、哪条路、哪棵树……其实面目已全非，加之记忆的空缺，我们一无所得。当时也没想到要照相，连照片也没有留下。

这次再去中关园，全是因为那些书，《我们的中关园》《中老胡同32号》《壶口残梦集》……诱发了我的怀旧之情。我们从北大东门对面，一座银行大楼南边的小路，走进记忆中的中关园。

我想告诉海曼，我上幼儿园时，正逢"大炼钢铁"，虽然小小年龄，也知道在通往幼儿园的煤渣路上，一路走一路寻找煤渣碎石里可能埋藏的生锈的铁钉，想为"大跃进"出把力。然而路早已没有。我要指给海曼，我当年去城里上学时每天的路径：早上多是经过小坟地和二公寓出中关园西南门，晚上回家则在中关村站下车后，先进科学院，沿着科学院宿舍楼向北走，再拐向东，走到好像是通中关园北门的那条纵贯南北的路南口，穿过一个小篱笆边门进入中关园。这次看到的一两座灰色旧楼房已经让我难以辨认是否为二公寓三公寓。没有了那一排排整齐的平房，没有了那片坟地，真不知哪是哪，倒是科学院宿舍楼似乎都在。我们在这群楼里穿来穿去,直到穿出东边一座门,走上一条商业街。由于与想象中的中关园接壤,如果我的方位感觉没弄错,这条街一定是当年响当当的福利楼所在地了。

记得"困难时期",家家凭粮票吃饭。我们家算好的,三个女孩子饭量都不大,所以还能吃饱。也住在中关园的杜秉正伯伯,当时他家有三个男孩子在家吃饭,即杜日映、杜天航、杜一清。三兄弟正在长身体,估计互不相让,杜妈妈只好在做饭前按照定量秤好斤两,为三个孩子分饭吃,免得打架。饭锅里没有油水,我父亲曾经用自家院子里种的蓖麻籽,榨出一点油用于炒菜。据说蓖麻籽不能吃,所以说是炒菜,其实只是让所炒之物免于粘锅。那时候,粮票之外还有一种可能,就是买高价食品。记得那时父亲虽然钱不多,却时不时会带全家星期天去福利楼打牙祭。想不到我却为此得到深刻教训,毕生难忘。我那时上二年级,都是在学校里吃中饭。饭菜当然有不少粗粮,哪里比得上福利楼。我可能嘴吃刁了,在学校不好吃的就剩下,随手放进课桌抽屉里。没想到有一天上课时,老师当着全班的面,呼我大名叫我站起,将我狠狠训斥一顿。原来,前一天放学后,班里同学打扫卫生时,发现我的抽屉里有一堆已发霉的剩饭。通过这番训斥,我才知道全国人民当时都在挨饿,我第一次意识到粮食的可贵。回想起来,二年级老师的一番话影响了我的一生。其积极的一面是,我从此不仅不再挑食,而且不能容忍他人浪费。其负面则是,我没能成为美食家,时至今日,我只要有吃的就高兴。姐姐妹妹都笑我,回到北京,不管吃什么,都说"好吃好吃"。当然也是因为多年在外,难得吃上家乡饭。

福利楼虽然不复存在,这次倒是惊喜地发现,新建的一条地铁4号线,从中关村直通和平门隔壁的宣武门!这条地铁如果早建40年,我就免了多少少年时早起晚归奔波的辛苦。

在见到黄伯伯和黄妈妈之后,黄家三姊妹很快又一起回访了我父亲,这一来一往不由地让大家想到一年前去世的我们的母亲。肯定是因为母亲在城里工作,平时难得在中关园露面,所以直到今天,大家都觉得与她不熟,希望我们姊妹写写她,这也是我在她去世后一直想做的。

我们的母亲俞九生

我们的父母虽不是青梅竹马,但上初中时就已相识。他们都是浙江人,父

汪子嵩、俞九生的结婚照

亲祖籍杭州，母亲老家诸暨。我们的外公俞烛时是五四时期北师大毕业生，当时正在省立杭州初级中学教数学。虽然我父亲在上数学课时，趁着俞先生的高度近视，常常偷读其他书籍，却看上了他的既漂亮又活泼开朗的女儿。当父亲在省立杭州高级中学读高中时，日本人已经逼近杭州，杭高被迫迁移到浙南丽水附近的碧湖，与其他学校合并为浙江联高，父亲在这里又遇到了母亲。正当他们开始相爱时，浙江联高又一次迫于日本的侵略铁蹄，解散了学校。两人本是假期省亲暂时分手，却因逃难，一别八年。据母亲后来的一位男同学回忆：1939年春母亲转学到绍兴中学读高中，他们学校当时已经搬到诸暨我外婆老家附近的枫桥镇花明前村。母亲和这位同学是前后座位，那位同学讲："她人非常好，正直、开朗、诚恳、热情、真诚。"当时他们班上女同学中只有母亲一个人敢和男生吵架。班上排独幕话剧《紫罗兰》，讲的是一个进步女孩爱国抗日的故事，母亲是主演，还向军事教官的老婆借了旗袍、高跟鞋和丝袜。

之后，父亲去了昆明西南联大学哲学；母亲则考上了同济大学医学院，去了四川李庄。大学期间，两人鸿书不断。等到再见面时，已是抗战结束，大学都已毕业。母亲随学校回到上海，父亲到上海找到她，续起了此后他们一生的姻缘。1948年，父亲在北大文科研究所，一边师从陈康教授读希腊哲学史研究生，一边在哲学系任助教，同时为地下党工作，准备迎接解放军进城。当解放军南下，打到长江边时，他担心与江南的联系会中断，立即赶到杭州完婚，让母亲赶乘渡江战役前从上海到天津的最后一班船北上，来到北京。

来到北京后，母亲通过父亲的关系，到解放军总后卫生部工作。她曾经参与为新中国的第一批飞行员配置营养餐，并担任过总后卫生部的文化教员。我们出生之后，母亲已在位于颐和园北面黑山扈的解放军胸科医院工作。这所医院后来集体转业搬到阜成门外，更名为北京阜外医院，仍以心血管及胸外科为专长。

在我的记忆里，母亲难得在家，总是在上下班的路上奔波。黑山扈的地理位置虽离中关园不算远，但是当年乘公共汽车要换几次车，而且越往远郊，发车的频率越低，花费的时间越长，以致母亲有时不能每天回家。后来搬到阜成门外，她的奔波也没得到减缓；甚至在我们搬家到建国门外以后，因为人口的增长，交通更加拥挤不堪，她的奔波仍旧不得改善。有一次还为挤车从车上摔下造成脑震荡，住进医院。为了她的辛劳，我曾经为她感到不公平：为什么工作单位分住房，一般只分给男职工，女职工很难有份？！

小时候，一到周末，母亲常会领我们去看电影看戏，这可能与她年轻时喜爱文艺有关。我还记得，在北京展览馆电影厅，看过普希金的《黑桃皇后》，歌剧拍成了电影。女高音的一张大嘴充满整个银幕，令我吃惊，但印象深刻。在北大大礼堂看京剧《孙悟空大闹天宫》，乐得我大笑不止，不管不顾周围其他观众。母亲还带我们去串门，在中关园二公寓的吕德申叔叔家，母亲怂恿我，向吕叔叔的妻子，也在中文系任教的李一华阿姨学习中文修辞。可惜我那时年幼贪玩，错过了学习机会，至今后悔。但是我后来能写点文章，仍然要归功于母亲。是她从小就要我写信，写给在杭州的外公外婆，写给在上海的姑妈姑爹。记得写信息是我的任务，由此得到锻炼。

1960年，我幼儿园毕业。在毕业典礼上，我在台上欢跳铃鼓舞，全然不知母亲半途跑离会场，躲回家里悄悄落泪，这是妹妹汪燕后来告诉我的。原来，此前不久父亲祸从天降，一夜之间由"红"变"白"。刚刚因"又红又专"被破格提升为副教授的他，由于一份"大跃进"真实情况的调查报告，突然受到不断升格的斗争批判，直至被开除党籍，下放劳改。母亲是因为父亲不能与全家一起看我的演出而伤心。母亲一生对政治不大开窍，这时却不得不面对一个完全政治性的重大抉择，是离开成为"右倾机会主义分子"的父亲，像为数不少的悲剧家庭一样离婚，还是背上"反党分子"家属的黑锅，以对丈夫和孩子们的挚爱来抗衡命运。也许母亲根本没有想这么多，也幸亏我们的生活环境是1960年，而且是在北京，以至于母亲能熬过来，我们相对少地受到身心伤害。如果是像我最近读到的杨继绳写的《墓碑——中国六十年代大饥荒纪实》的那些地区，或像冯骥才记录的《一百个人的十年》的那个时代，我们的遭遇恐怕就难以想象了。

中关园里左邻右舍对我们家的支持和帮助让我们永生不忘。当我跟着母亲住在她医院里三四个人一间房的集体宿舍时（我与她只能同睡一张床），母亲像托孤一样将姐姐汪愉托给隔壁黄伯伯黄妈妈平日照管，有好朋友黄丹做伴，她不孤单；跟我家前门对后门的张妈妈彭兰不顾政治漩涡里的世态炎凉，关心我家的寒暖，并传递消息，支持我父亲力争平反——这还是我们通过张晓岚的文章《听西南联大老人聊往事》才得知的。那篇文章，也应该收进我们的书。还有与我家隔沟相望的住在沟东的任继愈伯伯。母亲曾经在家里看到他在窗外我家院子旁边的小路上徘徊，欲进门探望而不能。任伯伯是我父亲的老师，但他们之间作为朋友的友谊一直持续到晚年。我们家搬到建国门外人民日报社宿舍以后，任伯伯时有来访，即使"文革"期间，也未中断。我曾经好奇地问过父亲，任伯伯来了，好像也没听见你们说什么话？父亲说，许多事情其实只要点几句，我们就都明白。我体会，他们之间的交流，既有对时事的消息沟通，也有对学问的探讨，也许可以用心有灵犀一点通来形容吧。

母亲当时在阜外医院的病理生化科工作。我记忆中，医院的走廊有一排排大玻璃柜，柜子里面有大大小小的玻璃瓶罐，福尔马林液体浸泡着解剖出来的各种人体器官。后来，母亲被调到院长办公室任吴英恺院长的学术秘书。据她讲，心里并不情愿，更想干临床，是父亲劝她服从党的安排。直到"文革"中期，她才得以回到临床，既出门诊，也管病房。"文革"结束，阜外医院派她去新西兰和美国学习流行病学。回来以后，医院成立流行病学研究室，她当上主任，定职称为教授。那时的她，积极投身高血压、肺心病的流行病研究，天天奔走于石景山首钢等工厂企业，调查跟踪病例，为制定符合中国国情的高血压指标辛勤工作，直至离休。

母亲是个细腻的人，既包括感情，也包括处事。有两件小事情，我始终不忘，并且认为它们对我有举足轻重的影响。一件是，有一次我跟着母亲走在中关园的土路上，她看到路中间一块较大的石块，立即有意识地将它踢到路边，并且告诉我，这是为了使别的行人不会被绊倒；另一件是，她始终注意纠正我们的行为举止，不能随地吐痰，不能在吃饭时边嚼边说，吃饭时要抿起嘴来嚼咽，不能出声，等等。我后来在德国生活，感触很多，体会到这些区区小事恰恰是文明和教养的体现。什么叫文明，注意自己的仪表举止本身就体现了文明。一个文明人其实就是既尊重自己又尊重他人的人。当一个社会向前发展的时候，文明程度都是相应在提高。除了物质上向富裕发展，基层人民也学习文明社会的生活习惯，以及德育美育，并且更上一层楼。而不是像我们所经历的"文革"那样，方向相反，越穷越光荣，越野蛮越革命。我们这一代在那个革文化革文明的命的时代走的是回头路，在外努力学会了骂人，在家对文明的一套变得看不顺眼。后来又赶上青春期对更年期,针尖对麦芒,母女的矛盾有增无减。直到我们成年后,才体会到了母亲的美丽和光彩。

这次去看望黄伯伯黄妈妈时,黄妈妈尽管病痛在身,仍端然而坐,衣着别致端庄,显出大家风范。这既是自尊,也表现了对客人的尊重。让我和海曼赞叹不已。到底是有文明有修养的中关园老一辈啊!

看到黄妈妈,也让我更加怀念母亲。愿她的在天之灵能继续陪伴着我们,关爱着我们。

中关园以后的事

在邓卓的父亲邓艾民伯伯等人的帮助下,父亲经过一再奔走申诉,终于得以"甄别",恢复了党籍。父亲接下来立即给中宣部周扬写信,申请调离北大。1963年,有一起公开的对哲学问题的学术讨论,源于《人民日报》发表的王若水谈"桌子的哲学"的文章。父亲也参与了讨论,发表了文章。那时我第一次问父亲什么叫"哲学",并且对"先有鸡还是先有蛋"的问题发生兴趣。记得邻居家的哲学系的伯伯们,因为直接与本行有关,都兴致勃勃地拿着报纸看,并且争论不休。今天为写这篇文章,我在 Google 里查到,父亲当年的观点与王若水一致。也许因此,王若水提议把父亲调到了人民日报社。

我们是1964年搬离中关园的。一张搬家之前的全家福,看得出父亲母亲都心情愉快,我们三姊妹更是快活。回想起来,多亏了母亲,保全了这个幸福的家。父亲后来也多次对我们说,因为妈妈保全了这个家,他感恩一辈子。

1964年汪子嵩一家离开中关园前合影

我们搬进人民日报社在建国门外豫王坟新建的宿舍楼。姐姐汪愉刚刚考上北大附中，只好为她安排住校；第二年我考进师大一附中，也是住校；妹妹汪燕则转学到豫王坟三小继续上学。这里得说说我们三姊妹的名字。父母曾经这样解释：愉儿是因为适逢解放之初，全民愉快；建儿是建设祖国之时所生；燕儿实属不大符合心愿的第三个女儿，真真讨"厌"！这个"厌"当然不能用作起名，而取谐音字"燕"来代之。成年后我才想到，其实汪愉的名字恰恰是父母的姓氏"汪"与"俞"以"心"相连，何其妙哉。汪燕更是父亲的掌上明珠，喜欢还来不及呢，谈何讨厌。我作为老二，承上启下，当然也没受过委屈。

父亲所到的人民日报社，虽然也是"思想战线"的是非之地，却是由有政治历史经验的老干部组成，思想水平不一般，反倒思想相对自由。即使"文化大革命"爆发，父亲也没有受到什么冲击。与众多的高级干部相比，他属于群众。父亲多次提到，幸亏及时离开北大，否则他能否活过"文革"，都很难说。如今看到《我们的中关园》里对"文革"中抄家打人的回忆，确实印证了他的话。

"文革"期间，我们没有作为"右派"或"臭老九"的子女被人唾弃，而是加入了红卫兵，跟着"大串连"的洪流，旅游各地。此事被北大的人所质疑，我是有所闻的。说来话长。我上小学五年级时，因为参加"东方红"的演出，是少先队员出场时的护旗手之一，曾经在中央人民广播电台少儿节目里，代表参加演出的少先队员讲过话。因此接到过多次来自各地少年儿童乃至海外华侨青年的来信。我曾经在给一个少数民族女青年的回信中，自称"出身不好"，因为我们的祖父是资本家。这封信凑巧被父亲看到，他立即告诉我，祖父的成分并不决定我们的出身，他自己年轻时就背叛家庭，由于对国民党的腐败不满而参加了革命。他是革命干部，我们的出身当然应该是革命干部。从此，我在那时盛行的问出身的情况下，认定出身革命干部家庭，汪愉、汪燕后来也能参军入伍。在那荒谬绝伦的时代，一个"出身"，真的可以成为护身符，也可以成为原罪之咒符。

我们搬家后，结识了新朋友。人民日报社记者部主任李千峰是刚刚从新疆"流放地"调回的老干部，他的4个女儿，除大梅已上国际关系学院是大学生，二梅、三梅、四梅与我们年龄相仿，能聊到一起。"文革"期间，我从她们家借到各种世界名著，从而"博览群书"。在那无学可上的日子里，巴尔扎克、斯丹达、雨果、托尔斯泰等等文学泰斗，以及《简·爱》《基督山恩仇记》《人猿泰山》等都成为教科书，伴随了我们的成长。人民日报社宿舍楼的隔壁，很快又有外交部建起了一群楼房，将我们团团围住。"文革"中，我们又与他们的子女相识。在这个大使那个参赞的家里听到留声机里放出的优美的西方古典音乐，认识了贝多芬、李斯特……弥补上我们文化教育方面的某些欠缺。这种百无聊赖中无意识的自补，与中关园内发小的经历相差无几，可见并不偶然。以至于我个人对于人性问题的认识，都能追源到那个人性丧失殆尽的年月，出于对知识的渴望而接触到的深刻地描写人性的伟大作品。《我们的中关园》上册里，黄庆六写的《中关园里童年的往事》道出了那个时代不可理喻的荒诞不经，很值得一读。

感谢那时我们周围的生活环境，即使"文革"期间，仍旧崇尚知识和美育。邻居胡阿姨，与父亲同在理论部工作，擅长吟诗作赋，两个女儿，一名倩兮，一名盼兮。报社的名人们，如理论家王若水，傅作义之女傅冬，原《大公报》著名记者高集，诗人袁鹰，一个个文质彬彬，以礼待人。记得"文革"初期，我所在的北京师大一附中高中的红卫兵到人民日报社，要求刊登他们的文章，为他们的"红色恐怖"正名，被报社接待人员一口回绝。有同学让我问个究竟，我去问父亲，父亲愤慨地说，什么"红色恐怖"，既然红色，就不应该恐怖！这也说明了当时《人民日报》的立场。后来阜外医院组建六二六医疗队，要求医务人员全家去青海支边，并发函到人民日报社调父亲同去。人民日报社负责人事的姚文阿姨，马上复函，回绝了阜外医院的要求。父亲受到人民日报社的保护也是我们的一大福气。

尽管如此，当年我们这一代人都没逃过上山下乡以及进工厂的命运。记得那时北大附中要让姐姐去陕西壶口插队，而师大一附中安排我去山西。母亲为我们担心，希望我们姐妹同行，以便互相照顾。我和姐姐汪愉买好木箱，准备同去陕西。正在准备当中，学校突然打来电话，说有进北京工厂的名额，要我去学校报到集合。从此我接受工人阶级再教育五年有余。从《壶口残梦集》里读到姐姐和姐夫的"插友"们的回忆，才得知当年陕北难以想象的贫穷、艰苦与饥饿。其中让我感触颇深的是邓卓写到的当地老乡"忆苦思甜"，与我们从小被灌输的苦与甜的时代定义正相反。同时我也分享到知青们对大自然原始状态的美好感受，例如张启疆描写的陕北腰鼓"壶口斗鼓惊鬼神"，不仅震惊鬼神，也令我惊心动魄。我没去陕北，在北京第二通用机械厂吃公粮，自然没有挨饿的经历，但是领略到精神上的饥荒。初进工厂，我的"小资产阶级自由主义"

还没得到改造，继续我行我素读杂书。一次因为在集体宿舍看斯诺写的《西行漫记》，被团委书记看到，批评我"偷看"坏书。估计在她单纯的大脑中，除了那唯一一套红书外，其他书籍皆属禁止之列。也许"归罪"于从小包括中关园熏陶出来的自由洒脱，我在工厂好不容易才入了团。后来有幸进了大学，当上工农兵学员，可入党一直没门。记得邓小平短期出山后又突然失宠，被批为中国的纳吉。我成心捣乱，请教谁是纳吉，被工宣队师傅一通教训，这么多年搞运动都不知道应该先表态站队！

《壶口残梦集》里，郑清诒在《我的所思所想》一文中，探讨当年知识青年上山下乡于国于民是善是恶，认真诚恳，与大多数过来人的"务实"大相径庭。他认为，尽管我们这一代人通过工农兵的经历，学会了种地，开机床，了解了老百姓的苦与乐，但是这些知识不能取代正规的文化学习。特别是正当大脑发育长知识的年龄，被剥夺了在学校受教育的机会，这无疑造成了一代人的缺陷。我想，与我们的中关园的父辈，甚至与我们的祖父辈相比，肯定不能用青出于蓝而胜于蓝来形容我们这代人。父辈们年轻时，即使适逢战乱，也还能继续求学，甚至参加全国统考，上大学的机会人人平等。他们在学校学到的知识，铺垫了日后学术研究的功底。而我们失去的美好年华，却不可能回头再来。

当然，我们的父辈遭受的损失绝对不比我们少。以我父亲为例，他一生喜

汪子嵩工作照

爱读书写文章，做事一丝不苟，从骨子里就是一个做学问的人。但是真正可惜的是，父亲没能像他所尊敬的先辈及同辈陈康、王浩那样，在平和环境里毕生献身学术。和他的许多师长、同事、朋友以及当年的学生一样，父亲的科学工作的大好年华被折腾在政治漩涡里。早年是历史的波澜把他推向政治，像当年很多热血青年一样，以抗日救国为使命，求民主，求和平，向往一个公正的社会，参加学生运动，加入共产党。但是他的理想，特别是受西南联大学术自由环境的熏陶，始终与他同时肩负的党务工作格格不入。1949年以后，他一面做校长马寅初的秘书，一面还是党委委员，在哲学系既任党总支副书记，又兼副系主任，担负教学任务。但那时哲学系的教学已是教条主义风行，唯马克思主义为真理。正如父亲后来在纪念冯定的文章中所述，他那时书生气十足，对在教育领域里发生的事情，包括他应该担负的任务，在努力去理解和实施的同时，又充满疑惑。这也导致了他逃不过受批挨整的命运。这个政治的"炼狱"，即使有"文革"后的思想解放，仍旧伴随着他。父亲是个重感情的人，每当回忆往事，他曾经作为党的干部有意无意做过的事，会引起他的内疚，这都出于他人性的善良。我们记得，"文革"刚刚结束，他当年的一个北大哲学系的学生来家里看望，这个学生1957年被打成"右派"，年纪轻轻，被送到北京郊区煤矿当矿工，二十几年后，人已四十有余，仍旧是矿工，孤身一人。父亲深感震撼，讲给我们听。对于我们三姊妹中的小妹汪燕，父亲也觉得很对不起。因为他去劳改，我们家一时四分五散，汪燕被送进托儿所全托。她当年的哭声，让父亲至今想起，仍感不安。

父亲鉴于自己在1949年后历次政治运动的亲身经历，更因为"文化大革命"的登峰造极，对给人民给国家造成极大灾害的"极左"理论深恶痛绝。"四人帮"一倒，"文化大革命"一结束，他得到机会，就全力以赴地参与了以胡耀邦直接领导、《人民日报》牵头的思想解放运动。记得那些时候，他四处组织稿件，四处作报告，阐述"实践是检验真理的标准"，就是要把那束缚捆绑国人几十年的绝对权威从思想理论上驳倒。当时的理论探讨是为思想解放服务的，有着很浓烈的政治目的。但由此他却找到了"回家"之路——即回到希腊哲学史的研究。那时已经年届60的父亲，开始与几位北大哲学系50年代的高材生携手编写《希腊哲学史》。因为崇尚古希腊的民主，他还应邀写了小册子《希腊的民主和科学精神》，对民主和个人、法制和人治等当时最敏感的问题，做了一些中国历史文化与古希腊社会的比较研究，可以说是这段时间的一件副产品。父

右起汪愉、汪子嵩、汪燕、汪建

亲真是有幸，能在希腊哲学这个领域里做研究。古希腊作为地球上科学与民主的发源地，使他既能做学问，又能在思想上得到认同。

《希腊哲学史》的编写，特别是在写作过程中，一步步摆脱阻碍研究希腊哲学的真谛的思想桎梏，让父亲重焕青春。这时，他才真正回到了一心一意做学问的自我。他与同行们反复切磋推敲古希腊哲学家某些概念的本意，精益求精；作为召集人的他，从写什么，怎样写，到主笔"亚里士多德的《形而上学》"，直到催稿、改稿、誊写，真是呕心沥血。初期阶段还没有电脑，父亲都是以他清秀的笔迹，用蓝色复写纸，每稿一式五份，分发到各位主笔和出版社。他的辛劳，一直在他身边的姐姐汪愉最清楚。也多亏了姐姐、姐夫，一有可能，就教父亲用电脑，并装上"汉王笔"，大大减轻了他的工作量。同时也要感谢妹妹妹夫经济上的支援，为父母创造了优美的工作和生活环境。

《希腊哲学史》一写写了30年。到2010年完稿出齐近五百万字的四卷五大本时，父亲已是近九十岁的人了。值得欣慰的是，与他终生相伴的我们亲爱的妈妈，虽然已经病重住在医院，但得知这个消息后，还能和我们一起分享这大功告成的喜悦。

同一年，北大哲学系为张世英伯伯、黄枬森伯伯和我父亲三位同庚老人做九十寿辰。三老在西南联大就是同学，他们既同行，又同龄，同样高寿，学问上又各有千秋，实属难得。我们三家当年在中关园住邻居，作为儿时的伙伴，三家的子女这时又聚在一起（唯我和张家小弟张晓崧缺席）。看到与会的照片，好让我羡慕。遗憾的是我工作脱不开身，错过了这次"历史性的聚会"。待来年，等我退休以后，相信我们还能欢聚，那时我肯定来。

西南联大学生抗日从军亲历记
——黄枬森忆1944—1945年参加青年军往事

黄 丹 | 黄枬森（1921—2013），北京大学哲学系教授，20世纪50年代至1982年住中关园平房59号，1982年后住中关园43公寓。
作者黄丹，黄枬森教授之长女。

在北京大学校园内西荷塘北侧的绿荫丛中，静静地矗立着一通黝黑的石碑——"国立西南联合大学纪念碑"。这通石碑是比照云南昆明西南联大旧址上的原碑以同石质1∶1复制的。石碑正面碑文的第一行注明："文学院院长冯友兰撰文，中国文学系教授闻一多篆额，中国文学系主任罗庸书丹。"接下来是冯友兰教授洋洋洒洒长达千余字的著名碑文。石碑背面是"国立西南联合大学抗战以来从军学生题名"，上面镌刻着抗日战争期间从军的834名学生的姓名，其中就有我父亲黄枬森的名字。

黄枬森教授

自从这通石碑1989年安放于此后，父亲就曾多次和亲友们一起来瞻仰过它。近日，我陪着年逾九旬的老父亲在北大校园散步，路过这通石碑时，他再次驻足细细观看，并且抚摸着石碑上斑驳的字迹，给我讲述了那一段陈年往事。

书生意气　挥斥方遒

1944年，二战到了最后的关键时期。苏军向德国步步进逼，英美军队在诺曼底登陆，法西斯德国已经是日薄西山，苟延残喘。在东亚战场，日本军队为了从太平洋顺利撤退，收缩兵力，力图打通京广线，在铁路沿线发动了清剿。日寇拿出垂死前的疯狂，一直打到了贵阳附近的独山，大西南为之震动。大后方的国民党政府在此时向学生们发出"十万知识青年从军"的号召。一时，"一寸河山一寸血，十万学生十万兵"的口号响彻校园。这时西南大后方的广大青年学生思想都动荡起来，无法再安心读书了。

父亲说，他那时是国立西南联合大学哲学系三年级学生。联大学生的思想比较活跃，接受了许多进步思想。共产党地下组织及其外围组织针对国民党的号召指出，国民党征兵的真正目的是为抗战胜利以后打内战做准备，提醒学生日本就快完了，不要上当。所以，昆明市内共产党力量比较弱的一些学校报名人数比较多，唯独西南联大学生不太踊跃，一个月的报名期限快到了，报名的只有二三十人。学校交待不了，就在报名截止的前一天召开了全校动员大会，请一些著名教授来动员。那天参加动员演说的教授有冯友兰、闻一多、潘光旦及其他教授。他们每人都讲了一二十分钟。这些教授威信很高，一下子全校就有三百多人报名。

在这些教授中，闻一多起的作用最大。他是最有名的民主教授，人品好，学问大，平时同学们就最爱听他的课和专题报告，认为他是不会为蒋介石说话的。他说，士大夫阶级（指知识分子）平时不流汗，战时不流血，只有工农大众平时流汗，战时流血，他特别指出现在国民党士兵不但在战场上拼命，与敌人血战，他们的生活也十分悲惨，吃不饱，穿不暖，备受军官的剥削与打骂。他认为知识分子参加到军队中能改变战士素质，改善工农士兵的待遇。何况大敌当前，男儿当挺身报国。许多人都被他说得动了心。

父亲和许多学生一样，对国民党还存在一定信任，又觉得共产党讲的很有可能，但他想，抗战胜利后虽然有打内战的可能性，但面临当时情况，哪能再在学校安心读书？孰轻孰重，实难抉择。但他又想，即使国民党要打内战，腿长在自己身上，到时候开溜就是了。打定这个主意，他毅然报名参军了。一起报名参军的联大同学同时也是父亲的四川自贡蜀光中学同学还有刘克果、缪灼华、刘镇身，以及哲学系殷福生、邵明镛、物理系鄢粲然等人。

1956年黄枬森、刘苏夫妇与女儿黄丹、黄频频、黄萱在北大中关园59号门前

投笔从戎　印度受训

据有关资料载：1944年中国正面战场在日本侵华部队为打通南北交通线的"一号作战"中遭到巨大挫折，引起社会各界强烈责难。政府当局把军事失败的原因说成是兵员身体素质和文化素质太差，于是发起知识青年从军运动。规定凡年龄为18—35岁、受过中等程度以上文化教育、身体健康的青年都可作为应征对象，服役期两年。

父亲于1945年初入伍后，与两百多名联大同学全部被编入了炮兵第207师，先暂时编入一营补给连，军衔为二等兵。不久，他们又被编入汽车兵第一团，准备前往印度受训。1945年2月，滇缅公路因战事而不能通车，所以只能乘飞机飞往目的地印度蓝姆迦（印地语Ramgarh，位于印度中部平原的哈尔邦兰溪县）。父亲说那是他第一次乘飞机，而且乘坐的是运输机。机舱里没有座位，人们都尽量站到窗边向外俯瞰。运输机发出巨大的轰鸣，伴随着清晨初生的朝阳，腾空而起进入云海。67年后的今天，父亲说当时的情景依然历历在目，不能忘怀。

飞机一直向西飞去，越过茂密的森林，飞过银白色的雪山，经过澜沧江和怒江时，机舱内的温度骤然降低，再向前，越过白雪皑皑的"驼峰"，又飞行了

3个小时,中午时分终于在印度汀江机场安全着陆。当他们走下飞机时,全身已冻得像冰块,两耳又痛又聋,互相讲话要大声喊才听得清楚。在汀江,他们重新进行了编队,父亲和联大同学被编入军事委员会汽车暂编第一团服务营第二连,还有部分联大同学编入第三连。

经过10天的露营生活,他们乘火车经过四昼夜的旅程,过平原,穿林莽,来到集训地蓝姆迦。蓝姆迦是一战时英国建造的临时性营房,用以关押意大利战俘。1942年后成为中国驻印军队的大本营和训练基地。

抵达基地后,稍事休整,父亲所在的服务营第二连就开始学习驾驶技术,以便使用美军援华的军用汽车,以备参加滇缅公路的军备运输。他们在基地接受初级驾驶训练一个月,然后进行军事训练,也大致有一个多月,后来迁移到雷多附近,又接受了一个多月的高级驾驶训练。

初级驾驶训练中,他们主要学习驾驶十轮大卡车(six-by-six),附带也学习了驾驶指挥车(commanding car,大小与今天的小面包车相当)和吉普车(jeep)。教官是一个美国人,通过翻译讲授汽车结构和驾驶的理论,特别强调避免发生驾驶事故。训练开始的第一课就是参观交通事故展览,观看了各种类型的事故的图片和说明。父亲说,美国教官关于错车的一句话至今他都还记得。教官说,在错车时,你的车速不仅是相对于地面的车速,还要加上来车的车速,错车时要特别当心。除教官外,每4人还有一个中国驾驶兵手把手教学员驾驶汽车,学员们称他为助教。讲课时间不多,绝大多数时间是4个人一辆车和一个助教学习驾驶技术,不久就能在大路上开车了。一个月下来,大学生们都能在大路上熟练地驾驶了。

蓝姆迦基地所在的印度中部平原,周围是起伏不平的丘陵荒漠地带,地多沙砾,不宜种植,却是野战演习和实际操练的理想场所。他们每天清晨5时就起床,常规军事训练后就是驾驶训练。晚8:30就寝,中间很少休息。军队的生活枯燥而单调,但很有规律。天气炎热,夜间蚊虫叮咬,休息不好,伙食也不好。但严格的管理、严明的军纪确实使学生们受到了锻炼,使得大家的意志力更加坚强,体魄也更加强壮了。大家只有一个信念,早些掌握驾驶技术,早日奔赴抗日的战场。经过艰苦的训练,服二连全体学员同时毕业,都拿到了驾驶证,破了这个汽车学校的纪录。

军事训练的情况却大不一样。初级驾驶训练结束后,第三连曾执行了到加尔各答运送物资的任务,父亲在第二连,无事可做,团部只好命令二连进行军事训练。军事训练无明确目标，每天都是练习那些队列动作，连射击也没有学习过，更不用说实弹射击了。印度天气十分炎热，学生们在大太阳底下操练都提不起劲儿来，动作迟缓，队列零乱。连长经常要允诺提前收操，大家才能振作精神，操练得整齐一点。每天操练时间实际上不多，空闲时间不少，远不如学汽车驾驶时紧张。英国当局和团部禁止中国士兵与印度居民来往，中国士兵只能在营地以内活动。这是一段悠闲和无聊的日子，大家只好在营房中看小说，打扑克，聊大天打发空闲时间。

一分民主　九分高压

汽车暂编第一团的团长名叫简立，早年就读于金陵大学，之后毕业于黄埔军校第六期和美国西点军校，当时的军衔是少将。父亲形容团长是戴眼镜能讲一口流利英语的儒将。同一般国民党军官比较起来，他表现得思想开明，爱护士兵，一改国民党军队中士兵备受欺压的状况，不允许那些乌七八糟的东西在他的部队中存在。他禁止体罚士兵，要求官兵一体，严格纪律。他要求经济民主公开，选出士兵委员会监督军饷的配给。上面发的粮食、罐头、蔬菜等食品都直接发给士兵代表组成的伙食委员会，发给每个士兵的9个卢比现金和香烟等都直接分到士兵手中，不经过军官之手，使军官无法克扣。这使得一些军官大为光火，因为他们中的一些人是出钱买的官，只想在士兵军饷中捞回来。

队伍到达蓝姆迦之初，团长对全团士兵讲话时就明确警告大家：你们怎么想都可以，我不管，但军队是政府的军队，不允许有反政府的议论和行为，希望大家注意自己的言行。因此大家都比较谨慎小心，不敢像在校时那样高谈阔论，议论国事。加以团长作风比较开明，大家对团部的许多措施比较满意。最初三四个月，全团便也相安无事。没想到，一个无心的动作，却引发了一次轩然大波。

1945年五四纪念活动中西南联大学生会发表了《国是宣言》，呼吁国共两党团结抗日，避免内战，希望政府发扬民主，改善人民生活。据联大同学后来说，他们寄了许多份宣言给联大士兵，看来都被检查部门扣下了，只有一封"漏网之鱼"被服二连的一位士兵收到了。大家没有感到其中有什么反政府言论，便漫不经心地传看起来。在这时，有个士兵说，传看太麻烦了，贴到墙上看吧。这份宣言贴到墙上后，大家便围观起来。这一下惊动了排长，他立刻将它撕下来交了上去，团长很快报告了上级部门，当天夜里，一队宪兵前来把收到宣言的那个士兵抓走了。士兵们感到"闯祸了"。他们派出代表找团长，说明没有人发表反政府言论，这个同学收到宣言，贴到墙上，不是故意的。团长态度还好，答应全力营救。可能经过审查，没有发现那个同学同共产党有什么联系，团长也起了一定作用，那个同学被关了十多天就放了出来，但不许他回本部队，据说调到其他部队当英语翻译去了。服二连原来全是联大学生，经过这件事后，部分联大学生被调到其他营或连，一些陕西院校的学生补充了进来，父亲仍然在二连。

这次事件后全团迁到雷多附近，接受高级汽车驾驶训练一个月。所谓高级训练主要是训练如何在战争状态下克服所遇到的地形、天气等困难条件而胜利完成运输任务，也训练一些初步修理技术。营地所在地十分偏僻，没有居民，不远处就是原始森林，道路状况本来十分复杂，又加以人工改造，形成了行车中各种典型困难地段。父亲至今印象深刻的有特别陡的坡、特别凹凸不平的路、沙地、水中道路、泥泞很深的土路，尤其令人提心吊胆的是在漆黑的夜里无灯行车，有时甚至要有一个人晃动着白布在前引路。不过这些困难被学生兵一一克服，胜利毕业。

在雷多，除驾驶训练外，也照样进行无聊的军事操练。整个说来，在雷多期间，学生兵们感到更加被孤立，更加与世隔绝，空气压抑，难以忍受。空闲时候，他们就跑到营地附近野游，或者在小河中游泳，或者用斧头砍树，借以发泄胸中郁闷之气。由于日本侵略军在太平洋战争中节节败退，由于中国军队滇西反攻取得大胜，学生兵也终于等到了回国之旅。

历尽艰辛　千里返国

1945 年 7 月，训练结束，汽车暂编第一团在团长简立少将和美军第四十七运输营营长克拉克中校共同率领下返国。他们分成 4 批驾军车沿着史迪威公路从印度经缅甸分批回国参战。父亲这一批有近百辆车，70 辆吉普车，十余辆大卡车。中国新手均开吉普车，大卡车主要由美国黑人士兵驾驶。

时值酷暑，有时烈日当空，一天找不到饮用水源，路边只有积了雨水的死水塘，不能饮用，常令人口唇开裂，头晕目眩；有时天降大雨，将衣被全部打湿，夜间无法宿营；待到天晴时，一天暴晒就能将泥泞的道路变得尘土飞扬，跟在后面的车几乎看不清前方道路；有时行进在崎岖不平的丘陵山地，再加上战争使道路变得面目全非，大部分桥梁也在日军撤退时被破坏，临时修路或绕路而行也是常事；夜间睡觉在帐篷里，没有蚊帐，整夜被蚊虫骚扰，有的人甚至感染上了疟疾，第二天清早又得驾车开拔。在这条中国战区唯一的后方补给线上，半个月的行程中，经普鲁里、杰沙、畹町、腊勐……过恒河、伊洛瓦底江、怒江、澜沧江……再到腾冲、保山、大理、楚雄，终于抵达昆明。1700公里的长途跋涉，山高水险，艰苦备尝，几次与死神擦身而过。父亲说，最险峻的是翻越怒山那一段，坡陡、弯多、路窄，还要保持车队队形，几米外就是几百米高的悬崖，一旦坠落下去，就得粉身碎骨。开车时，大家都小心翼翼，幸而沿途没有发生重大行车事故。父亲说，只听说三连有一辆吉普车由于急刹车，车子滚翻360°，好在是平地，车子依然挺立，毫无损伤，车中人员也安然无恙。

1940年黄枬森学生证照片

回到昆明，从军学生受到联大师生的热烈欢迎。1945年7月19日的《云南日报》发表专文称赞学生兵，还引用了美军克拉克中校盛赞学生兵的话："彼等为前所未见优良驾驶员，暨彼等有佳之守法精神、合作精神。"

部队住在昆明西郊等候分配任务。当时，日本战败已成定局，有人说有可能要去菲律宾，准备到日本本土登陆。但开拔的命令一直没有下来，大家都等得不耐烦了，父亲不愿终日无所事事，浪费青春，要求退伍回校复学，团部不允，那时正值昆明译员训练班招生，部队允许投考，考上了就可转去。父亲心想当翻译可以多学点英文，便去投考，被录取时，日本已经宣布投降了。父亲问训练班还办不办，回答说照样办，父亲便转到了训练班。一个月的学习很快结束，结束后训练班告知全体学员，部队不再需要翻译，全部遣散，或者返校复学，或者另谋职业。这个决定正合父亲心愿，他便回到了联大。没有转到译员训练班

1945年黄枬森在印度蓝姆伽的驾驶培训证

黄枬森全家照

的同学绝大部分也回到了学校,也可能有极少数人留在了部队。听说这支 10 万人的青年部队在抗日胜利后留下来的组成青年军,加入了孙立人的部队,开赴东北战场,参加内战。

联大从军学生可以说是满怀希望而来,一腔失望而归。父亲一直有上当受骗的感觉。后来在国立西南联大抗日从军纪念碑上列名的 834 人(包括参军当译员或做其他军事工作的人)绝大多数都积极参加了反内战、争民主的学生运动。后来这一批人在新中国的各种政治运动中都受到严格的政治审查,有的还在"极左"年代里受到不公正的对待,甚至遭到迫害。父亲一直在北京大学学习和工作,由于学校对学生参军抗日的情况比较了解,倒没有遇到太大麻烦,但父亲仍然不大愿意提起这段经历。

北京大学在改革开放后把立在昆明西南联大旧址的国立西南联合大学纪念碑以黑色大理石复制下来,安放在北大校园的绿荫碧水旁,无言地宣告联大学生的参军行为是抗日爱国行动,不仅给予了这段历史一个公正的评价,也还给了我父亲回望青春足迹时的一份荣誉感。

2012 年

邻居赵伯伯

徐 冰 | 赵宝煦（1922—2012），北京大学国际政治系教授，20世纪50—80年代住中关园平房63号。

作者徐冰，北京大学历史系原总支书记徐华民之子，曾住中关园平房56号。

赵宝煦先生比我父亲长三岁，我叫他赵伯伯。

我家和赵家是中关园的邻居。中关园是一排排的红砖平房，一排两家人。每家房前都有一个篱笆小院，从各家打理院子的风格，能看出主人的忙、闲和喜好。这些房子据说是50年代清华建筑系的某届学生的毕业设计，本来是计划只用五年的，但一用就用了近五十年。我家右邻是国政系的张汉清，张伯伯家，前排就是赵伯伯家，也是国政系的。当时一起玩的孩子家长是哪个专业的，没人在意。我后来已经上美院了，有一天，从新闻上看到赵宝煦先生被选为国际政治学会主席，才知道，赵伯伯的本行是政治学。

在这些大人中，我觉得最亲近的就是赵伯伯。每次他来我家与父亲谈完事后，就过来看我在做什么。我在画画，他就谈谈画的事；我在刻章，他就说说金石的事；看我在练大字，他就讲些书法的事。有几次谈得兴致来了，就把我带到他的书房看东西。他的书房相对我家的，是我和我哥睡觉的那间。不大，可书卷的温香气很浓。我还记得，进门左手边墙上挂着幅一尺见方的齐白石的荔枝，他见我一直看这幅画，就开始讲他为什么挂这幅画。我知道齐白石是大画家，在邻居家的墙上就挂着齐白石的画——我真是对赵伯伯太崇拜了。

有时赵伯伯来我家，会带一些书或画片来，有些是借给我的，有些是送给我的。他送给我的书里有《北方木刻》和《新中国版画集》，还有大众美术社印制的《新年画》。这些书后来从中关园带到农村又带到美院。

我有一段时间爱刻图章，给要好的同学差不多都刻遍了，但都是从图章店看来的那种领工资用的手章的风格。他看我刻了这么多，并没说什么，过几天就借给我一本线装的印谱，边翻边讲哪一方他更喜欢。从这以后，我刻的章开始有点金石的感觉了。有一天他拿来一块石料，请我为他刻一方印，"抱虚习作"四个字，墨稿他已经设计好了。我是第一次用这么好的石料，刻这么大的印。这对我真是一种鼓励。这方印的效果我现在还记得，由于太认真了，每个地方都注意涩刀的效果，反倒失去了节奏，丢了气象，成了与图章店不同的另一种装饰风。这方印现在想起来还有遗憾之感。

赵伯伯家屋后有三棵杨树，一棵比一棵小，听说是三个孩子赵晨、赵晴、赵阳入少先队时分别种下的。这三棵树的大小，正适合我们爬树上房玩耍之用。

我和赵阳是同年，幼儿园、小学、中学都在一个学校，有时分在一个班。但那时学校分男女界线，就是邻居在班上也不说话。反而不如与年龄差三轮的赵伯伯接触得多。这几家的孩子到"文革"时才接触多起来。一来是学校停课了，二来是被抄家给我们弄到一起了。我家是最早被抄的，没多久就是赵伯伯家，接着就是张伯伯家。那时的中关园，成天就是一拨一拨来抄家的人，有时在路上就会被红卫兵叫住："嘿！小孩，徐华民家在哪？"他们哪知道打听的就是我家。那时抄家是"地毯式"的，抄完这家抄那家，反正这一片差不多每家都有问题。我们这些孩子就被像赶鸭子似的，被赶着在几家来回地躲，抄到这家时我们就躲到那家，抄到那家时我们又转到另一家。等红卫兵确实走远了，我们再各回自家收拾残局。

赵伯伯家是被抄得多的，因为赵阳妈妈陈伯母是101中的教导主任，所以抄他家的有大学的红卫兵还有中学的，中学生抄起来更是无所顾忌。我记得有一次整个家被抄得"天翻地覆"，纸片、书籍、什物从屋里散开来。那次赵阳躲在我家，红卫兵走后，我陪她回去看看是什么情况。我踩过满地狼藉，没忘去赵伯伯书房，看齐白石的画是不是还在，墙上只有画框留下的陈年痕迹。

有一次赵阳抱了一堆东西来我家，往桌上一放说："我爸说，这些东西给你。"原来是一块木刻用的梨木板，一盒法国进口的版画油墨和其他一些小工具。墨盒打开来，有一股好闻的黄油的香味。这些东西像是放了很多年，让人联想到赵伯伯年轻时的社会激情。我用这块木板，刻了我的第一幅木刻，刻的是那幅毛主席戴军帽的侧面像。

我与赵伯伯有关的记忆，都是些琐事，却都是关于"艺""术"的——技巧的、纸张的、笔法的、墨色的、金石的、运刀的……这些，今天回想起来，真的是我童年生活中最美好的一部分。这些似乎是与北大那时的政治环境无关，与父辈这些人的命运无关的内容。

我现在是一个被国际艺术界关注并有影响的艺术家。被关注，是由于我为西方艺术圈带去了一点那里过去缺少的东西，它们是什么呢？是中国文化的智慧——是父辈们生活中的一举一动，他们接人待物的方式，他们对待命运的态度，他们对一方印章布局的看法，甚至他们说话的语气、轻重与节奏。这些，被"遗传"到下一代的血液中。可以说，赵伯伯是看着我长大的，在他眼里，这些中关园孩子中的每一个，到现在一定都变化很大。可在我们的眼里，他却没有改变，依然是那头白发，还是那么儒雅，温润谦和的语音中总带着孩子般的喜悦……有兴致地生活着。

我越来越觉得，寿者都是了不起的人，这可不是一般的知识、学问所能及的，他们身上必然带着一种常人看不见的能力——内心的释然与平静。他们生活于尘世、就在我们身边，但他们的身心却与自然的脉络与节奏息息相通，辑天长地久之气。这境界，那些隐居山林的修行者易，而生活在北大这环境里的人难。

中关园的第二代、著名画家徐冰笔下的中关园（1974年）

怀念赵宝煦伯伯

陈蓓华 | 赵宝煦教授介绍详见前文。
作者陈蓓华，北京大学东语系教授陈炎之女。

大概是小学三四年级时，我从一本青年励志的丛书中读到一篇令我印象深刻的文章，题目记不清了，却记住了作者赵宝煦的名字。直到小学毕业前后我才知道他竟然是我的同班同学赵晨的父亲，而且我们还是邻居。我见到赵伯伯的次数并不多，他给我留下的形象是温文儒雅、待人谦和。

父亲说，赵伯伯作为一位共产党的干部，从没有因为父亲被错划成"右派"而歧视过他和我们一家人，相反还和他结为好友。

"文革"结束从干校回来后，我妈从外交学院调到外语学院，每次要骑车行很远的路去上课，很辛苦。那时北大国政系需要有关知晓外交史的教师，在赵伯伯的帮助下我妈调到了北大国政系。后来恢复高考，弟弟陈钢本来是被北师大录取的，因招生办的人得知陈钢的母亲是北大国政系的教师，就把陈钢录取到了北大国政系，这也算间接地从赵伯伯那儿受益吧。

赵伯伯与我父亲的关系就更近了。赵伯伯是北大国际关系学院的资深教授和院领导，也是当代中国政治学的主要奠基人之一，他对北大的国际学术交流与合作事业作出了巨大贡献。他亲自带过一些留学生，其中有些人后来在国际舞台上很有成就。如：曾任巴勒斯坦驻华大使的穆斯塔法·萨法日尼先生就是赵伯伯带的博士生之一。赵伯伯邀请我父亲作为评委之一参加了他的博士论文答辩，据赵伯伯说："他的论文非常有价值，因为他的毕业论文材料在柬埔寨档案馆里找不到，在中东的档案馆里也找不到，有很多都是私人信件，他是很了不起的。现在他是阿拉伯联盟驻东亚巡回大使,同时他自己是阿拉伯联盟情报中心的负责人。"穆斯塔法为重启阿拉伯大使委员会和建立中国—阿拉伯国家合作论坛作出了贡献,为推动中巴和中阿友谊与合作发挥了重要作用。这是我在2008年北大出版社出版的《红楼飞雪:海外校友情忆北大(1947—2008)》中阅读到的,赵伯伯还为此书写了序。

1990年我父亲应邀参加加拿大多伦多大学举行的"第33届亚洲北非研究国际会议",在会上作"海上丝绸之路"的报告。赵伯伯得知后特意为父亲写了一封去美国哥伦比亚大学做学术报告的推荐信,这是赵伯伯为国际学术交流做的许许多多事情中的一件。而对我家来说,当时陈钢去美国不到3年还没回国探亲过,父母自然很想念他。有了哥伦比亚大学亚洲研究所的邀请信,使父亲除作报告外还有机会在美国纽约与陈钢夫妇欢聚,父亲自然对赵伯伯的相助十分感激。

赵伯伯和父亲平时还互赠书画,父亲90岁时赵伯伯还赠父亲一幅字画贺寿,此画现在父亲祖籍宁波博物馆中收藏。赵伯伯不仅在学术上极具大家风范,同时在书法、绘画上也很有造诣,是个才华横溢的学者。

我自己直接接触赵伯伯的唯一一次是1979年或1980年时在承泽园的父母家中。当时我刚从黑龙江建设兵团返城,在家中巧遇赵伯伯与父母谈话,打过招呼后,他和我聊了聊上山下乡的事,详情已不记得,当时只感到很温暖,很亲切。

以上是我对赵伯伯少之又少的记忆和了解,在印象中却又那么深刻难忘。我们的父辈学人,绝大多数已渐行渐远,离我们而去。他们求学时恰逢战乱,学成后又遭浩劫,但他们的治学精神、做人准则是现代学人所不及的,令我们敬仰。他们中许多人无论在科学技术领域还是在历史文化领域都为祖国作出了巨大贡献,赵伯伯就在其中。赵伯伯留给后人的优秀品德与智慧才华永存!

怀念爸爸

尹北雁 | 尹企卓（1919—1991），北大附中首任校长。徐稚芳（1932— ），北京大学外语学院教授。20世纪50年代至今，住中关园二、三公寓。作者尹北雁，尹企卓校长之女。

我的爸爸尹企卓已经去世21年了。每每想起他坎坷的一生，我总是很难过。想写对爸爸的怀念，几次拿起笔又放下。下面这张照片是1982年国庆时我给爸爸拍的，我一直摆在桌上，爸爸微笑地看着我。我要平静心情，写爸爸的故事。

爸爸1919年出生在辽宁锦县石山镇一个贫苦的家庭。祖父当过邮局职员，喜爱书法绘画，他尽量送爸爸就读好的学校。爸爸在锦州达成学校读完小学后，"九一八"事变，爸爸失学。为了不当亡国奴，爸爸跟随祖父流亡到关内。当时在淮阴生无定所，颠沛流离，祖父没有能力送爸爸进中学。流亡的经历中，爸爸接触过抗日联军和同盟军，受他们的影响，爸爸小小年纪就决心参军抗日，要打回老家去。13岁那年，爸爸给祖父留下一封信便悄悄离开家。从淮

1982年10月，尹企卓于家中

阴出发经南京向北到石家庄报名参军，但因年龄太小未能被军队招收。之后爸爸开始了他 6 年的流亡生涯。为了生活，他在南京、洛阳、杭州等地做过勤杂工，干过誊写校对、收发等工作。由于他年纪小，工作中常被人欺负。有时最低的工资都拿不到，每月领津贴费。因为不是正式的工作人员，稍有不慎，就会被解雇。吃苦受累他不怕，最让爸爸不能容忍的就是被称作"亡国奴"，他在当勤杂工时，老板笑他的东北口音，讽刺他是"亡国奴"，爸爸以离职表示了他的愤慨和抗议。他当时写下了这样的诗句：

    河山变色迫逃亡，国土敌侵愤断肠。
    难忘同胞蒙水火，更悲城镇毁兵慌。
    惜别故里辛颠沛，流落他乡苦倍尝。
    投笔誓复沦丧地，版图完璧灭强梁。

  在战乱的年代，爸爸没有随波逐流，没有沉沦。为了抗日救国的志向，他不气馁不放弃，珍惜任何学习机会。在南京励志社做后勤时，他利用业余时间到无线电传习所学习技术；在陆军军校当干事时，他学习报纸编辑；后来在南京中央军校当司书的同时，他上南京中华业余补习学校完成了中学学业。1937 年，爸爸先后进洛阳中央军校和汉中军校 14 期学习军事。西安事变后，爸爸开始注意共产党的抗日主张。在军校时，他接触到党的组织，秘密阅读进步书刊，进一步认识了党，也有了新的追求。1939 年初，爸爸只身一人从汉中去西安找到八路军办事处，请求批准去延安。他和来自各地的进步青年在组织的安排下，化装成国际卫生组织的志愿者，几经周折才通过了国民党在洛川等地的封锁线，来到延安。投奔延安是爸爸人生道路的一大转折，从此爸爸的生命有了新的开端。他立志把自己的一生献给党的事业，不管遇到什么挫折和打击，他没有动摇过他的信念。

    渭水腾翻雾满天，追求真理奔延安。
    征途怒绕拦人岗，险路激吟战火篇。
    突破关山行峭壁，拨开重锁胜胡顽。
    背囊甫卸围新伴，窑洞相逢吐笑颜。

  1939 年初，爸爸进入抗日军政大学学习，半年后转至抗大三分校第五期继续学习。次年，日寇飞机对延安空袭，爸爸到八路军特务团炮兵营，参加过多次保卫延安的战斗。他身上有枪伤、弹伤，由于当时医疗条件差，肩胛处的弹片在很深的伤口里，一直没能取出。爸爸所在的八路军后方留守兵团炮兵营驻扎在延安南边鄜县，那里有延安小江南之称，在那里开展剿匪和大生产运动。生产和战斗的间隙，爸爸当文化和军事技术教员，训练队伍，提高部队素质。他加入黄埔同学会和东北救亡会，一直争取上前线打鬼子。由于伤痛，爸爸没能如愿。但他带出的士兵很多随大队伍开赴抗战的最前线。1942年爸爸先是调到延安新文字干部学校当文化教员，后又到抗大俄文大队学习俄语。俄文大队先是改为军事学院俄语科，后来改为延安外国语学校（黑龙江大学和北京外国语大学的前身）。这几年爸爸也经历了延安整风运动。抗日战争胜利后，爸爸参加干部大队徒步行军去东北办学。一路上做群众工作，他把不少青年带进了革命队伍，送入解放军。爸爸先后在冀热辽围场县委、长春市青年学校、黑龙江克东县等地工作。1947年又到黑龙江省委宣传部、组织部以及省委工作大队任职，属东北民主联军总部。

激情就道放歌行。心怀延安冶炼情。
风卷黄涛奔塞北，雪扬白絮走长城。
清洁步履关山越，艰险征程矢的明。
哈埠兴学复外校，语文授业育群英。

1948年爸爸在东北民主联军总司令部附设的外国语学校任教员和干部。学校后改为哈尔滨外语专科学校，爸爸在教务处工作。新中国成立初期，由爸爸负责在京津沪等地招收录取了一大批优秀青年学生。学校是部队编制，高效率地为新中国培养了一批德才兼备的外语人才，这些同学毕业后，相继走上不同工作岗位。有教员、翻译、外交官等，一直是社会主义建设时期的骨干力量。哈外专后来发展扩大，成为黑龙江大学。在哈外专由部队转为地方时，爸爸脱下了军装。之后的近四十年，爸爸在学校为了党的教育事业，忠心耿耿地工作。

1949年后，爸爸为了更好地做学校教育工作，他要求到北京师范大学教师进修班学习。1953年结业后，爸爸调到北大，在校长办公室任副主任，这是他在北大的第一份工作。当时北大校长是马寅初，爸爸跟随江隆基副校长工作，陈玉龙伯伯和彭兰阿姨是爸爸在北大最早的同事。1954年我出生时家在临湖轩，1955年搬进中关园三公寓。至"文革"前，爸爸在俄语系、生产劳动处、教学行政处等多个部门以及党团组织担任过领导，主要是负责教务和行政工作，参加高校建设。社会主义革命和建设时期，政治运动一个接一个，北大师生参加政治运动，还参加各种生产劳动。爸爸是忠诚党的好干部，所有运动他当然是全都参加，但是他一直认为，在校学生的生产劳动和社会活动占时间比例大，会影响学生的学习进度和质量；教师社会活动和会议过多，会造成不合理安排教学和科研。他提出学校要以教学为主，要适当减轻教师的负担，以保证教师的教学和科研。那时爸爸就提出过有计划地培养中青年教师，以解决面临师资老化的问题。他提出要多培养懂业务的领导干部，提出教学行政管理人员同时应是教学工作者的建议并身体力行。1956年他参与筹建北大教育学研究室，编写《教育学讲义》。他负责教育学研究室至1964年，这期间爸爸把他看到的问题和研究解决的方法写进教育学讲授课程和他的论文中。对于学校管理最初的全盘学苏联、外行管理内行以致学校学委会调动不起搞学术的积极性，到后来的"反右"斗争扩大化、把知识分子全推向资产阶级等等，爸爸有他的看法，并在教育部组织讨论和贯彻"高校六十条"的会议上都有充分的论述。他研究高等教育理论，探讨改革高校工作和贯彻党的教育方针相结合，写文章在教育学的刊物上发表。这些文字在"文革"中都成了爸爸"执行修正主义教育路线"的"大罪状"。1958年爸爸负责教学行政处的工作，又任生产劳动处领导，他不但认真地做好任职的工作，兼职的部分也不含糊。

1960年按校长陆平"附小—附中—大学—研究生院"四级火箭培养人才的思路，筹办北大附中。北大在104中学旧址，开发合并重组，建设北大附中。爸爸是北大附中第一任校长。当时和爸爸一起工作的刘美德阿姨在回忆附中初期建校时说："不要以为尹校长只是挂名校长，他当时是北大教务长兼附中校长，附中的一切事情他都过问。他有长者风范，办学有经验，只是不出头。当时陆平校长要求教务长一个月汇报一次工作，就连附中数学竞赛得奖，北大领导都知道。43名来附中的北大老师，不少是尹校长一个个谈话动员来的。文科理科老师都很有特色，有教学经验。理科老师来得多，当时比清华附中的师资好。在很短的时间内，北大附中就跻身于北京优秀中学之列。尹校长要求北大来的老师与原104中的老师搞好关系，互相学习。所以当时老师虽分高初中，但教研室是一个，大家很团结。附中有问题，随时可以找尹校长解决。附中开学的第一年的冬天，没有取暖用煤，又是尹校长出面运来煤……他是北大的教务长，工作十分繁忙，但时时刻刻关心着附中。"

1961年北大在昌平十三陵天寿山下征地一千多亩，建理科新校，称作昌平200号。1963年数学力学系和无线电电子学系1300名师生搬到昌平，爸爸任200号昌平办事处主任。那时三年自然灾害刚过，国家大力压缩基建投资，200号的建设只完成了原规划的七分之一。爸爸和师生同吃同住同劳动，用仅有的资金完善一些科研所需的实验室、教室、阅览室和电话室等服务设施，环境的整理只能靠大家动手了。爸爸有着军人的作风，他用餐时不说话，一口气吃到完。他倒头就睡，睁眼就起，从不赖床。他收拾行装干净利索，自己能做的事决不劳驾别人。他走步有如行军，可以长时间保持一个节奏同一距离的步伐。我每到学校放假时，都去200号找爸爸，跟他过军事化生活，每天像他的小尾巴跟在他身后跑。他对我有要求有训练，养成的好习惯我延续至今，受益匪浅。他的作风也影响着身边的人，工人师傅们都说他们是老尹的兵，跟着爸爸美化校园。爸爸描写他和工人们一起修马路："去土填石，道机滚碾平荒地。灌青铺沥，百手同相济。汗溅车嘶，路展长虹起。凭群力，畅通千里，树笑行人喜。"他讲述和学生一起植树苗："嫩柳飘丝春日好，燕麓清明，劳动人行早。遍种轻松甘露少，高山送水苗儿保。美化都城任务巨，林覆群山，桧柏常年绿。日晒风吹毫不惧，齐心共植争荣誉。"多年的忙碌，爸爸无暇推敲词句，十几年没一首创作。当时，北大总校已有工作组进驻，开展"社教"运动。爸爸在200号，远离总校的喧哗干扰，这里相对清静。眼望拔地而起的新校舍，他又有了写诗的情趣，登在宣传板报上：

华屋广厦矗云天，绿草山花燕麓变。
坦路环围春枝嫩，东风送暖众人欢。
群峰拱抱绕田畴，聚集新园课业修。
进取尖端依壮志，红专大道亮千秋。

爸爸在北大频繁调动，能有时间固定在200号为高校建设做些具体工作是爸爸希望的。好景不长，1965年，他又去河北新乐参加"四清"工作队。这一年间他200号与新乐县两地跑，虽辛苦，但没卷入北大总校社教运动。1966年初，进北大的工作组已经忽左忽右地换第三批了，爸爸只有听报告时才回本校。可能是没把上面的精神带回200号，还是顶撞了工作组，当时的工作组组长曹轶欧点爸爸的名，说爸爸很固执很坏。

"文革"开始后,爸爸从200号回来,直接被隔离审查,进劳改大队监督劳动。接下去抄家、批斗、戴高帽、挂黑板、游街示众。这位"老运动员"经历了人生最黑暗的年代。"清理阶级队伍"时,他被造反派逼供信,要他承认莫须有的罪名。他们搞人身侮辱,极尽能事。看到他的老领导、老战友、同事、朋友不堪侮辱而离开人世,爸爸是非常难过的。小小年纪的我第一次为担心爸爸的安危而颤抖,怕爸爸也会离去。为了要爸爸承认他是被国民党派去延安的特务,经常是晚上被带走,拷打审问,凌晨押回来。后来爸爸说,当年在延安的整风运动中他也是被审查对象。质疑他一个黄埔军校毕业生,摆着在那边军队里做官飞黄腾达的前途不要而投奔延安,认为不可思议,怀疑他另有使命。虽然整风运动结束时,已给爸爸作了结论,在军校集体加入国民党属一般党派问题。但从此以后,他一直是历次政治运动审查和斗争的对象。"文革"中,又是为了这段历史,爸爸被打一次比一次严重。我永远也忘不掉爸爸被带回时的样子,他被两个造反派从楼下拖上来,浑身灰土,倒在地上起不来。衣服被撕破的地方露出大块的淤青和肿块。当时只是自己抹药治伤,爸爸左胸前痛了好久。"文革"后体检时 X 光透视发现他左边的两条肋骨上有断裂痕,没有接当然长得不好,但也愈合了。医生说,肋骨没刺伤内部器官真是万幸,可以想象爸爸当时忍受了多大的痛苦。

1969年,中央一级战备命令一下,把北大清华6000教职工及家属扔到江西鄱阳湖畔的鲤鱼洲去喂血吸虫。爸爸在鲤鱼洲还是专政对象,就连他写给女儿的信也得通过检查才能寄出。他参加了筑坝修田、种植水稻、监督劳动改造。不但要参加强体力劳动,还要受工宣队军代表等人的呵斥。也有小趣事:爸爸当年在部队时带过的警卫员和一些战士,后来随解放大军南下。不少人留在江西,有的在军区,有的当地方干部。他们得知爸爸到了江西,相约去鲤鱼洲看望。来了一车军人要找爸爸,当时的军代表一声吆喝叫出爸爸,面对身着破棉袄、腰系稻草绳的爸爸,来的军人齐刷刷地"立正""向首长——敬礼"!见爸爸如此处境他们也难过,带爸爸去了南昌,要爸爸别再回鲤鱼洲,但爸爸两天后还是回到鲤鱼洲销了假。送他回来的军人拍拍学校的军代表脑袋:"好好照顾我们老首长!"后来,宣传队的人对爸爸的态度客气了很多。夏天,爸爸看水泵,天气暴热,他就几小时坐在水里。也许是这个原因,爸爸回北京后,查出血液里含大量血吸虫卵。艰苦的环境,难熬的日子,爸爸还以他常有的乐观写出了这样的词:

围湖垦地鲤鱼洲,举步泥泞雨不休。
陋舍砖屋依手建,堤防土坝靠肩修。
耕锄苦夏骄阳虐,割打寒秋热汗流。
稻谷盈仓猪满圈,勤劳五体获双收。

1971年9月,北大五七干校开始撤回北京,爸爸是留守到最后一批才离开,鲤鱼洲两年建设成果交给当地政府。据说北大走后的第二年夏天,鄱阳湖发大水,大坝大堤全淹了,爸爸还庆幸北大早离开,没使人员受损。可爸爸自己的厄运还没结束。他回北大后,一直焦急地等待落实政策,要求工作。他在后勤战备连正值冬天,分配他去烧锅炉。他扶钎凿炉灰渣,被打歪的铁锤创击到头部,当时爸爸就昏死过去。我的心又一次颤抖,怕爸爸离去。还好经过抢救爸爸苏醒过来,脑震荡使他后来经常头疼。他在俄语系图书馆工作了一段时间,当时定性他为犯有严重错误、人民内部矛盾、可以批判使用的干部。爸爸1975年到北大大兴五七干校劳动养生畜,不管干什么,他都是既认真又勤快,力求最好。他们养猪非常成功,还登过报纸。"四人帮"倒台后,爸爸才得到公平对待。

1977年爸爸回到教务处任教务处副处长。他亲自负责北大恢复高考后招收第一届新生。他又回到高等教育研究室当主任,兼任北大高等教育研究会副理事长,1980年担任北大第一分校校长,1981年调北京外国语学院任常务副院长。那时正值改革开放初期,学校工作千头万绪,百废待兴。"文革"的流毒尚未肃清,种种困难摊在爸爸面前。爸爸以在北大工作经验为借鉴,以他惯有的热情,又一次任劳任怨地担起重任。他深入基层、诚恳待人、事事亲自动手。经过一段时间的努力,打开局面,使学校工作走上正轨,逐步迈开了改革开放的步伐,很快赢得了北外教职工的信任和尊重。爸爸不喜欢别人称他的职衔,大家都称他"老尹"。爸爸去北外时已经六十多岁,为了学院的发展扩大,很早就着手认真选拔优秀的懂业务的中青年干部,并推荐他们担任各级领导。多次出国考察的机会,爸爸让给了学院里新培养的业务骨干。65岁时,在爸爸的推荐下,院领导有了新的人选,爸爸主动要求离开领导岗位。1984年离休后,爸爸又主持北外校史编委会两年,任校史主编。北外的历史从1942年延安成立外语学校开始算,爸爸正好是那里最早的学生。爸爸联系采访了许多当年延安的老师、领导、同学和战友。根据大家的回忆，整理编写了北外校史，把新中国成立前没有文字记载的部分全部补上。1986年爸爸除了任中国高等教育学会理事、北京市高等教育研究会常务理事外，辞去其他所有职务。

爸爸在教育战线和高校建设中辛勤工作了近四十年。在北大28年他常身兼数职，调动频繁，但每到一个新岗位，他都能积极投入新环境，很快打开工作局面。有不少与他共同工作的同事写文章回忆他。北大的盛皿叔叔说："老尹是一位经历过戎马生涯，千锤百炼的老战士，他作风朴实，平易近人，无论年青年长，谁都愿意亲近他。他平时里话不多，却总是笑容可掬。对工作他一丝不苟，精益求精；对同志，他坦诚相处，关心备至；对下属，他严而不威，知人善任；对自己，则是严格要求，不骄不躁……老尹同志不管多忙都坚持读书学习，他强调相对迅速发展的知识科学，我们得不断学习不断接受新事物。精神到处文章有，学文深时意乃平。在日常的接触中，老尹同志正是以这种思想品德影响着我们。他那高而可攀、深而可知、严而可度、和蔼可亲、朴实无华的风范和形象树立在我们心中。"北外的王育颐叔叔说："老尹为人率真，秉性爽直，办事干脆利落，毫不拖泥带水。待人热情诚恳，从无疾言厉色。他的性格特点突出一个'真'字，一贯真诚待人、不讲假话、实事求是、不尚浮夸……老尹和北外的教职工相处融洽，那亦师亦友的情谊，难能可贵，弥足珍贵。"我想，爸爸的同事们对他的评价不为过。

我自小受爸爸喜爱，儿时的印象中，爸爸总是来去匆匆，就是在家也常有叔叔阿姨找爸爸谈工作。爸爸表情严肃时，我会静静地在一旁不打搅。只要他笑眯眯地叫"小北雁儿"，我就会欢天喜地地冲向他。他常给我和弟弟讲故事、民间传说、格林童话……我家不买小儿书，但并不觉得缺少或羡慕别的小朋友有小人书，就是因为爸爸很会讲，《宝莲灯》《哪吒》《卖火柴的小女孩》等等，我会被感动得流眼泪。爸爸还有许多的灯谜，猜谜语启发我们的智力。我认几个字后，发现家里有本千谜册，原来爸爸出的谜全在这里面。爸爸就说，那我现编个给你猜：一搓两头尖，日夜在身边。我想不出来，妈妈笑着说，爸爸是说你该洗澡了。爸爸还教我和弟弟唱歌，《小放牛》《卖报歌》，抗战时的歌他都会唱。当年在延安的歌曲，张口就来，歌词不忘。"文革"中，有一次他被打的原因竟然是造反派说他唱《大海航行靠舵手》走调！至此，再没听过爸爸唱歌。

上小学后，爸爸给我的第一本书是安徒生童话。他会提问题，叫我在故事里找答案，或他讲完故事让我复述。在附小，我们班老师常在下课前留几分钟，看哪位同学愿意上来给大家讲故事。我每次都举手，把自己从爸爸那里听来的故事讲给同学们听。家里书多，我很早就爱翻书看，上下集的《中国民间传说》两大本被我翻得不像样，《西游记》看不懂，就先挑爸爸讲过的"三打白骨精"看。《水浒》也是先看"武松打虎"，看"鲁智深倒拔垂杨柳"。书里繁体字不认识，爸爸拿出简体繁体对照本教我如何使用，刚出新华字典爸爸就买给我。后来"文革"他没机会，也没心情讲，妹妹不曾听过爸爸讲故事。

"文革"后期我工作了，每星期六下午回家，都会和爸爸聊。他的问题迟迟没解决，很压抑，就换成我给爸爸讲故事。讲我的读书心得，讲我在工厂的生活，讲社会上的新闻。

北大专案组搞外调的说爸爸没有入党介绍人，是假党员。爸爸的入党介绍人之一凌祖佑叔叔"文革"前在铁道部任职财务部。我上班的工厂是铁道部直属单位，有不少部机关下来的干部，我向他们打听到凌叔叔已经官复原职，就陪爸爸去找他，他说北大没人找过他调查，他也惊讶，都什么时候了，爸爸还在被怀疑。凌叔叔主动联系北大专案组，为爸爸证明。

我很清楚地记得有个星期六爸爸一进家门儿就叫："小北雁儿回来了吗？"听出爸爸心情好，我就藏在门后叫他找。"小北雁儿拿酒来，陪爸喝一杯！"原来爸爸彻底平反了。组织为他做了实事求是的结论，内容征得爸爸同意，放进他的档案，历次运动对爸爸做的错误结论完全撤出。还强调一点，将来就以此次结论为准，再不翻案。想想爸爸走过的路途，无私的奉献，而得到的是什么样的对待，折腾了多年才给出个结论，我不但难过，而且替爸爸不平。爸爸则给我详细讲有关他的人生故事，当时的历史背景和经历决定了他的人生观。他

尹企卓在旅途中

说，旧的历史已经翻过，重要的是面向未来。他说只要组织信赖，给他的工作他还会去做。我理解爸爸，尊重他的理想和追求。其实管他结论怎么写，我心中自有定论，他永远是我的好爸爸。

后来我选择的道路，爸爸并不赞同，但他还是送北雁南飞了。我女儿4岁时就读科学院幼儿园，她在二公寓爸妈那儿住了一年，她运气好，又有了我当年的待遇，爸爸给她讲故事，带她种花草，她替我陪爸爸去北外值班……女儿把在幼儿园学会的儿歌念给爸爸听，爸爸一字一句写下来寄给我。从那时起，爸爸在信里继续给我讲故事。

退休后，爸爸开始游历祖国的大好河山，每到一处，他都写诗填词，抒发情感。从他寄来的信里读他的诗词，我跟着他的步伐去西藏、新疆、内蒙古、贵州、海南、香港……两年间他写了三十多首风景诗，读来如同走进一个个精彩的画面：

观黄果树瀑布

深谷传音动地鸣，飞流猛泻碧潭惊。
水帘洞侧晶珠溅，山底溪头雪浪莹。
远望高空悬彩练，近听底岸响涛声。
凭栏恋看虹织锦，得识名瀑壮此行。

登张家界观景台

高台耸立险峰间，绝壁凭栏手触天。
石畔劲松迎远客，峡中幽谷笼轻烟。
黄狮寨绿围春树，罗汉岩丹映杜鹃。
目射四方呈异彩，白云绕住雾移山。

漓江行

迷蒙云雾伴舟行，拂面清风入画屏。
路转峰回腾骏马，江湾水曲跃鱼鹰。
今朝身入奇仙境，他日心驰古佳城。
妙景神山观不尽，绵峦倒影寄游情。

……

退休后，爸爸静下心情，整理思绪，他在诗词中，写下他对老战友、老同事的缅怀。比如，爸爸多年跟随江隆基校长工作，回想起在1966年江校长含冤早逝，爸爸怀着无限惋惜和悲痛的心情填词一首：

八声甘州·忆1954年春与江隆基等同志同登长城

看重峦叠嶂跃群龙，缘阶勇攀登。正关山日照，峰台错落，景丽情浓。挚友竞相携手，共语乐无穷。健步越天险，不惧高峰。

远眺京都形胜，掠燕园秀景，满校春风。育万丛桃李，讲授赋心声。忆江公，雄姿犹在，为孺子，一世苦耘耕。传今古，兴学伟业，功比长城。

1989年，爸爸到波士顿与弟弟一家欢聚，南鹰陪爸爸去了美国东海岸多个城市旅游。爸爸用27首诗记录了他的见闻和观感。和南鹰朝夕相处了四个月，爸爸在回国前写下：

渔家傲·叙天伦

佳节思亲年几度，飞鸿短简难倾诉。团聚剑桥朝暮晤，欢歌赋，天伦共叙融融处。

过海观涛同漫步，遨游千里河川渡。骨肉情深心相触。别离速，越洋重返神州路。

爸爸信里告诉我，从美国回来，他在台北转机，虽然他只能在候机楼里向外张望，但也算是脚踏实地站在台湾岛上了。这样算，他到过了中国全部省份，完成了他多年的一个心愿。爸爸另一个心愿是希望他自己能帮我们教育第三代，到哪一家住就帮哪家带小孩，希望海外的孩子们能学好中文。

爸爸急着回北京，是因为妹妹要生宝宝了。"文革"时爸爸无力保护他的小女儿，小海鸥吃了很多苦，也很胆小。妈妈当时在美国访学，爸爸就照顾妹妹坐月子，妹妹上班后，爸爸每天还看护海鸥的儿子繁中直到孩子一周岁。

1991年夏天，我为爸爸办理到菲旅游的手续，电话里告知爸爸。他当即写《寄女儿》："话音飞过万重山，语短情长响耳边。三代相思终得见，一朝欢聚定开颜。"两天后，我所住的城市附近的火山大爆发，家在重灾区的我自顾不暇，爸爸的行程只能推迟。救灾的日子里，爸爸一直有信给我，安慰鼓励我。我的回信很短，就写我也像爸爸一样坚强，好多事儿好多话，等爸爸来了再说。几个月后，我这里一切开始好转，旅行社已通知我，爸爸来菲的手续可以继续。

电话里，爸爸的笑声还在我耳边萦绕；国庆节新拍的照片上，爸爸开心地抱着小繁中，腰杆笔直。可是我的爸爸怎么了？没有一丝征兆，10月29日凌晨，爸爸在睡梦中永远闭上了他的眼睛，静静地、悄悄地没打扰任何人——他走了。

我向着北方哭喊，我亲爱的爸爸，你为什么走得如此匆忙，我有好多话要说，我还什么都没为你做呀！急返北京，我千万声呼唤，你不回答，紧紧抱住你，可你已在千里之外。冰冷的世界让我心颤欲碎，我有多不舍，可爸爸真的走了。

时光飞快地流逝，21年过去了，我对爸爸的思念依旧。他活在我和弟弟妹妹心间。用爸爸的精神，好好教育下一代，我们都做得很好，5个第三代都很独立，4个已参加工作。可以告慰爸爸了。如今，我已经开始教自己的外孙学中文，爸爸的生命在延续，爸爸的精神在传承。

1990年，爸爸写《古稀漫吟》，正是他一生的写照，就用这首诗结束爸爸的故事吧：

崎岖行路倍艰辛，南北流离大地亲。
华夏河山留印记，长城烽火炼丹心。
园丁耕作师情尽，仆役劬劳奉献殷。
风缓烛明托厚望，勃兴国脉振精神。

2012年

我所知道的中关园

吴小如 | 张岱年教授介绍详见前文。
吴小如(1922—2014)，北京大学原中文系、历史系教授，中央文史馆馆员。20世纪50—80年代住中关园平房81号。

拜读刘超先生《寂寞中关园》（载8月26日"笔会"），忍不住有些话要说。这篇文章是追忆已经逝世3年多的哲学大师张岱年先生的，而我是张老的学生，从20世纪40年代就从张老问业；同时我又是中关园的老住户，对中关园的寂寞与沧桑我应该有发言权。

1952年院系调整后，张岱年先生从清华园，我从现已属于北大校产的承泽园，先后都迁入新建好的中关园平房宿舍。那时的中关园有一条已经干涸了的小沟，虽无水而沟上的小桥犹存，因此园中住户依习惯分为沟东、沟西两大块。沟西的人家又以一块广场分为两片，广场北面称一组，南面称二组。当时张先生住在一组，我住二组。刘超先生文中所引的许多名教授，如朱光潜、翦伯赞、周一良诸先生，根本都没有住进中关园。只有钱锺书先生在文学研究所未划归社会科学院（当时只称科学院）之前住过中关园一组，而川岛先生则住在沟东迤南，与周祖谟先生是邻居。这些先生的家（包括不住在中关园的）我都去过。当然这些平房现在早已拆光了。

关于张岱年先生痛哭的事，我只耳闻过。但我却很明确地知道，当时梁漱溟先生并不在北大，而且似乎也不可能跑到北大来看张先生。

至于张岱年先生迁居的情况，刘文语焉不详，好像张先生一直住在一处固定的狭窄的地方。其实老先生搬过好几次家。"文革"开始，我们在中关园的平房宿舍一律把连体的两户人家改成三户，即每家勒令腾出两间房屋把隔墙打通，硬挤进一户来。这样一搞，原本居住面积已经不大的住房就更加狭隘了。于是岱年先生被迁到中关园二公寓靠西侧的一层楼的两间小屋，除了床就只能把藏书顶天立地地胡乱堆放着。我曾去看望过先生，真是"无立锥之地"。"文革"结束，岱年先生一度迁往蔚秀园所谓"新居"，也是极小的仅能容膝的两间小屋。直到20世纪80年代初，中关园公寓楼建成，老人才又迁回中关园48楼；而我则到1989年，由于校党委直接过问，才从科学院宿舍迁回中关园。2002年蓝旗营高层宿舍楼建成，张老以准院士资历被照顾再一次迁居，房间面积总算扩大得比较合理了，可是没有住到两年，先生和师母就都病逝了。我则由于缴纳不起近三十万的人民币，至今仍住在中关园的蜗居。这里寂寞则有之，整个中关园并没有空，只不过十之七八都是空巢老人而已。至于我和岱年先生的师生之谊，2004年曾写过一篇悼念老人的小文，这里不再重复。

原载2007年10月10日《文汇报》

回忆父亲在中关园的日子

林 明 | 林焘（1921—2006），北京大学中文系教授，20世纪50—80年代住中关园平房66号。
作者林明，林焘教授之子。

现在，"中关园"这个名字只是北京大学东校门外的一个公交车站名，有十几条公交路线经过这里，每天有无数乘客在"中关园"站上下，然而你要问起任何一个过路人："中关园在哪儿？"大多数人会对近在咫尺的中关园茫然不知，他们仅知"中关村"而不晓"中关园"，而不知由何人起名的"中关新园"，却被充作在中关园旧址上新建楼群大门的门牌。进入21世纪以来，"中关园"已逐渐淡化为一个历史符号，但是，中关园曾有的群星灿烂时代，已经成为曾在这里成长的每一个北大子弟心目中永久的记忆。

我们家是1952年9月第一批迁入北大中关园的住户。从刚上小学一年级，直至高中毕业，我的童年和少年时期都是在中关园度过的。在中关园十几年的生活，给我留下极其深刻印象。

父亲的学术一生

我的父亲林焘，1921年12月生于北京，原籍福建长乐，我的高祖父林天龄和曾祖父林开謩都是晚清翰林，都曾任高官，高祖父还做过同治皇帝的老师，曾祖父在辛亥革命以后辞官不出，隐居上海。我的祖父林是镇早年留学日本学习建筑，1917年回国以后应聘到北京负责城市道路和古建筑修缮工作，从此定居北京，曾祖父也从上海搬到北京。父亲生长在这样一个从福建出来的书香门第大家庭里，从小受到良好教育，在学龄前曾读过几年私塾，后来插班到小学二年级。从1931年到1939年，在北平著名的教会学校崇德中学（现北京三十一中）从小学部一直读到高中毕业。崇德中学是英国教会办的学校，据说除了国文课外，其他各科都用英语授课，所以父亲在崇德时就打下了扎实的英语基础。七七事变以后，北平沦陷，许多爱国青年纷纷离开北平到大后方求学，暂时不能离开的，也都报考日本人暂不能进入的燕京大学，1939年夏，父亲考入燕京大学国文系，在大二时，父亲每周都去俞平伯先生家上古文课，在面临选择文学和语言的专业问题上，父亲曾请教过俞先生，俞先生认为在当时政治环境下文学是很难有前途的，而与政治关系不大的语言学是近二三十年国外兴起的新学科，如果和中国传统的音韵学结合，一定会大有发展。父亲还向刚从法国回来、在燕大任国文系主任的语言学教授高名凯先生求教，高先生详细介绍了国外语言学发展动态，认为用国外现代语言学方法研究汉语是大有前途的。两位先生的教导给父亲很大启发，使父亲初步树立了一生奋斗方向。

1941年12月8日早晨，日军查封了燕京大学，师生被勒令离校。次年秋天燕大在四川成都复校。父亲等人历经数月艰辛长途跋涉，终于到达成都复学，适逢陈寅恪和李方桂两位学术大师来燕大讲课。陈先生开了"元白诗"和"唐史"两门课，父亲都去聆听了，并考试通过。1945年初父亲考取燕大研究生院，师从著名语言学家李方桂。当时日本人封锁了中国沿岸所有港口，对外

朱德熙(右1)、林焘(前排左2)等先生于中关园66号

通路只有靠"驼峰航线",要获得国外研究书籍是极其困难的,李先生只要收到此类资料,即使是剪辑散页,都如获至宝,拿来给父亲看,并要求写出读书笔记,碰到德文资料,李先生都逐句口译并随以讲评,由父亲认真笔录。在艰苦卓绝的条件下,父亲从李先生那里学到了一些现代方言调查的理论和方法。1948年,李方桂先生当选为中央研究院第一届院士。

1946年下半年,父母带着不满周岁的我回到北京,由于李方桂先生要赴美讲学,父亲的学业改由燕京大学校长、著名语言学家陆志韦指导,由于校长公务繁忙,我父亲常常在晚上或业余时间去陆先生家听课。当时国内时局动荡,物价飞涨,家庭生活困难,陆先生就让父亲做他的半日助教,并继续研究生学习,在陆先生的指导下,父亲完成了三十卷《经典释文》8000条异文的摘录,并按古韵分类剪贴,这是一项难度很大且繁琐枯燥的工作,陆先生反复教诲父亲,做学问就是要学会下这样的"笨"工夫。这时燕大正需要教"大一国文"的教师,教课内容都是文言文,从此父亲就开始了半个世纪的教学生涯,也住进了燕大的蔚秀园。新中国成立以后,陆志韦先生当选为中国科学院学部委员。

1952年,经过院系调整,父亲先是在高名凯先生领导的北大中文系语言学教研室讲授语法修辞,后来又转到王力先生领导的汉语教研室讲授现代汉语课,专业方向也从古代转向了现代。1955年,父亲被聘为副教授。20世纪

1952年底林焘、杜荣夫妇全家于中关园66号

林焘在家中指导学生

五六十年代，父亲致力于现代汉语规范和传统语音学的研究。"文革"后期，又重新讲授古代汉语，并参与王力先生主持编写的《古代汉语》和《古汉语常用字词典》。80年代初期，他在北大中文系主持恢复和建立了国内第一个具有现代意义的语音实验室，并作为访问学者数次赴美国、欧洲、日本和东南亚国家进行学术交流，其间曾在美国加州大学伯克莱分校做过长期访问学者。1984年，北大成立对外汉语教学中心（北大对外汉语教育学院的前身），父亲被聘为第一任主任，一直到1995年才离开这个岗位，任期长达11年，是我国对外汉语教学的开创者和奠基者之一。此时父亲虽然年届七十，但仍然退而不休，一方面仍担任博士生导师，另一方面从事一些语音学研究，参加境内外的学术交流活动，直至逝世前一个星期，仍主持了一个国际学术会议，并作了主题报告。

　　父亲在晚年时曾感叹地说，燕园雕刻了他的一生时光。比起其他人，他当年既没被调离北大，也没有遭遇到"反右"的厄运，尽管"文革"期间也不可避免地受到一些冲击，但他竟然能以羸弱身体活到21世纪，并最后坚持走到目前的成就高度，实在是有一些运气和机遇的成分。但我觉得，除了无法避免的大环境影响外，个人多方面的内在积极因素，其实也起到了非常重要甚至是决定性的作用。

父亲的"沙龙"

我们家搬到中关园66号以后,因66号位于中关园沟西的中心,紧靠小操场和电话亭,在外形相似的一大片灰瓦红砖平房中很容易辨认,这种有利位置,使我们家很自然地成为北大中文系汉语专业师生的一个课外交流场所,以现在的话来讲,就是一个小型学术沙龙。父亲任副教授时年仅34岁,在中文系学生和青年助教看来,他自然比那些德高望重的老教授要容易接近,不会让人感到敬畏。后来他的学生曾比喻说,在中文系师生关系中,"林先生起着一种承上启下的黏合剂作用"。

20世纪50年代至60年代初,中文系汉语专业的一些学生,包括研究生都是我们家的常客,比如陆俭明、王理嘉、王福堂、唐作藩、马真等人还是年轻大学生时,我就认识他们了,现在他们都成为在学术上知名的教授。时至今日,每年过春节,他们都要到燕南园看望我母亲,不忘当年师恩。当年中文系学生到我们家,主要是参加父亲和朱德熙伯伯(当时住在北大中关园三公寓)针对他们在学习中存在的问题而组织的课外学习、答疑解惑活动。当年我还只是一个小学生,对于这些活动内容当然是不懂的,每次看到那些学生来时,都坐满了不大的客厅,父亲给他们准备茶水,然后和朱伯伯一起给学生答疑或探讨问题,交流十分融洽,不时爆发一些争论声和笑声。父亲和朱伯伯当时作为中文系最年轻的两位副教授,与学生年龄相差不大,但学生们仍然尊称他们为"先生",而不是"老师",这不仅是因为他们是在传统教育体制下培养的知识分子,也是因为他们个人魅力、素养和志趣,以及对古今中外学问的融会贯通,令年轻学生们尊重和钦佩。这种亲密的师生关系,当年在北大校园中是很常见的。80年代,朱伯伯担任北大副校长和全国人大常务委员,父亲也出任北大对外汉语教学中心的第一任主任,并兼任中国语言学会理事等几种学会团体的职务。在学术方面,父亲和朱伯伯分别成为汉语语音领域和语法领域的主要学术带头人。最近我在北大图书馆偶然发现,由北大中文系编辑的《林焘文选》和《朱德熙文选》在书架上赫然并列在一起,似乎是冥冥之中的安排。

对于从事语言学研究的人来说,了解西方语言学的发展动态是很重要的,而50年代毕业留校的青年助教的主修外语是俄语,大多对英语并不是很熟悉。从60年代初开始,父亲和朱伯伯领着几位青年教师学习英语,学习课堂就设在

林焘在家中指导学生

我们家,学习时间是每周两个下午,学习方法是"结合实际,学以致用",父亲要求每人去外文书店买一本英文的《描写语言学导论》,再找一本英汉词典硬读硬翻,父亲和朱伯伯在第一次给他们上课时,就强调了学习英语的重要性,要求每人回去先看分配给自己的一段章节,翻译出来,一周后每人口述自己翻译的一段,由父亲和朱伯伯讲评修改,以后的一年内都用这种结合实际的方法学习,逐渐培养自学英语的习惯和对学术的兴趣。可惜好景不长,一年后由于北大师生被派到农村搞"社会主义教育运动"(即"四清运动"),这种自学专业英语的活动也就不得不停止了。一年来父亲一周两次在家中带青年教师学英语,花费不少自己宝贵的研究时间和休息时间,这并不是学校或中文系交给的任务,完全出于一种责任感,完全是为了提高青年教师的业务能力。当今这种课外"传帮教"的师生关系已经很难见到了,所谓"家教"英语也变成了一种商品交换关系。应当说,在当时历史条件下,父亲和朱伯伯组织青年教师学习英语是颇有远见的,改革开放以后,这些青年教师当年学的专业英语为了解国外学术动态打下了一定基础。

60年代初,北京大学校报编辑部得知中文系学生由两位副教授在家中亲自面授指导的事迹,曾派记者到我们家客厅进行采访和拍照,并在校报上刊载。

除了在中关园我们家进行课外交流外,父亲的学生还常在节假日来做客,有时父亲会请假期没有回家的学生到家里吃饭。60年代初,我们家买了一台北京牌大电视机，在当年中关园，电视机还是很罕见的，每逢有精彩节目，客厅里总坐满了父亲的学生和邻居的孩子，第26届世界乒乓球锦标赛在北京举行时，只要有电视转播，都会过来观战，当中国队战胜日本队，第一次夺得世界冠军时，小小客厅爆发出欢呼声和掌声。

我们家搬到燕南园以后，因中文系设在五院，离燕南园很近，来往方便，这种亲密的师生关系，延续了半个世纪。父亲当年的学生留校任教的，包括在中文系和对外汉语教育学院任教的老师，仍延续五六十年代的传统，时常带着更年青一代的学生到我们家开办"学术沙龙"，其热烈气氛不亚于当年的中关园。在外地或外单位工作的当年学生，只要有机会来北大，一定要到家里来拜访父亲。

除了不寻常的师生关系外，父亲还和中文系的教师有着广泛的交往。在我的印象中，朱伯伯就是我们家的常客。他们不仅有共同的工作和教学任务，也有共同的爱好——京剧和昆曲，是同事加好友的关系。每次我们家举办曲会，朱伯伯清唱时，父亲常在一边吹笛伴奏，由于他们都是搞语言的，所以对念字唱腔十分在意，时常切磋，后来由父亲创立的中文系语音实验室，也把京剧昆曲的发音列为以现代记录技术进行研究的科研项目，实现了父亲生前的愿望。朱伯伯于90年代初在美国讲学时病故，从此父亲把笛子陈列在书柜中，再也没有拿出来过，燕园笛声从此远去。又比如吴小如伯伯，当时住在中关园81号，虽然和我父亲同在中文系，却不是一个专业，彼此并无学术关系，但他和我父亲对京剧研究都有很深的造诣，每在我们家谈论起京剧来，都是眉飞色舞，兴高采烈。90年代，他们都曾在中央电视台举办的传统戏剧专栏节目讲课，或在有影响的报刊上发表文章，介绍推广京剧和昆曲知识，常有独到见解。他们的讲课内容作为视频资料在国内广为流传。我父亲、吴小如伯伯，以及北京医科大学教授刘曾复先生，被誉为北京高校知识界中能够对京昆进行深层次学术研究的老一代学者。

除了和父亲年龄相仿的中年教师外，中文系的一些老教授，如高名凯、王力、魏建功、周祖谟、季镇淮等人也常到我们家和父亲谈工作，他们到来时，和中青年教师或学生们来随意落座不同，父亲总是很恭敬地请老先生坐在写字桌旁的小沙发上，然后自己坐在写字桌旁斜对着与他们交谈，气氛也比较平和严肃。这些老先生几乎都是国内语言学术界的泰斗级人物。高名凯先生，早年留学法国，获博士学位，回国以后任燕大国文系主任，是国内现代语言学的开创者之一，主编的《语言学概论》至今仍是国内通用高校教材，他对我父亲的学术生涯影响很大，可惜于 1965 年因癌症英年早逝，年仅 54 岁。王力先生，著名的汉语语言学大师，中国科学院学部委员，和高先生一样，他也是早年留学法国并获博士学位，在汉语语音、语法和词汇的历史研究有极深造诣，主持编写了《古代汉语》和《古汉语词典》，他的古汉语成就至今仍不可逾越，我们家搬到燕南园以后，与王老先生家相邻，父母经常去看望王力夫妇。魏建功先生，当时住在北大中关园三公寓，曾是鲁迅的弟子（鲁迅日记多次提到他的名字），是国内汉语古典文献学的奠基人之一，中国科学院学部委员，曾任北大副校长，直到十几年前，我又得知魏先生还是《新华字典》的主要编撰人，这本小字典对国内普及文化起了极大推动作用，曾作为我国政府的礼物赠给外国政府，可见其分量之重。但由于时代原因，《新华字典》在出版时未署上编撰人的名字。他的另一功绩是抗战以后，赴任台湾的推广国语委员会主任，使台湾成为我国最早普及汉语国语的省份之一，为两岸文化统一作出了重要贡献。对于这些来访的老先生，我自然不能称为"伯伯"，而是跟着父亲也尊称他们为"先生"。

　　父亲自青少年起酷爱京剧和昆曲，交友广泛，早在 40 年代末 50 年代初住在蔚秀园时，就和燕大一些票友在家里举办曲会，相当于"京昆沙龙"，当时住在承泽园并在燕大艺术系任教的一代名士张伯驹也前来助兴，父母还曾在燕大工会组织的京剧晚会上演出《奇双会》《春香闹学》等节目，他们的精彩表演在全校师生中有口皆碑。50 年代初北京昆曲研习社成立，为了解决进城不便的问题，曲社特意为北大、清华曲社社员设立了西郊小组，我们家就是经常活动地点之一。在中关园家里举办曲会，就成为我们家的一个传统节目。举办曲会时，我们家总是票友满座，欢声笑语，来客有北大、清华的，还有特意从城里赶来的。昆曲爱好者中，既有老师，也有学生。其中铁杆票友有北大的朱德熙夫妇、齐良骥夫妇、吴小如、师树简等，清华的李欧、孙念增等老师和朋友，还有殷维戊等燕大老同学也从城里赶来尽兴，我对他们均称为伯伯或伯母。但是这些业余文化活动，都因为 1957 年的那场"反右"运动而戛然停止。恢复曲会，已是在 20 年以后了，地点也改在了我们后来的家，即燕南园 52 号。

父亲对我的影响

父亲对我的影响是潜移默化的，他生前除了一些待人接物的行为规范以外，从来不刻意要求我做什么和不做什么，也从来没有要求我在学习上争什么名次，或者从小要立什么志向，对我的成长持一种开明宽容的态度。这种对子女的态度，源自父亲出身的知识分子大家庭背景。我的曾祖父虽是旧学出身，但也能接受新事物，他深知教育的重要，辞官以后不买地不置业，让自己的五个儿子都去接受高等教育，还把他的长子和次子（即我的伯祖父和祖父）送去日本留学。儿子都去读大学，这在民国初年还是不多见的。不仅如此，他的十几个孙儿孙女，在三四十年代也都先后走进了大学校门。由于祖辈和父辈两代人都受到近现代大学教育的熏陶，所以我们这个大家庭有着开放宽容、重视知识和淡泊名利的传统。

我是抗战刚胜利时在四川成都出生的，父母带着不到一岁的我回到北京不久，我就有了一个妹妹，但我妹妹一岁多就会说话了，而我还不会说话，父母感到我的听力可能有问题，带我到协和医院检查，确诊为重度神经性耳聋，听力损失达 80 分贝。面对医院的诊断，父母的心情十分沉重。自幼丧失听力是不幸的，但幸运的是我生长在一个知识分子家庭，而且父母从事的恰恰都是语言教学，在汉语发音教学有着丰富经验。当时助听器在国内尚为罕见，他们就利用语音规律教我学习语言，在我耳边大声说话，让我和小朋友一起玩，获得初步语言和交往能力，并且从早期识字中学会更多发音。到五六岁时，我的口语能力基本赶上正常儿童，虽然发音不大准，但别人都听得懂。到上小学时，父亲力主我一定要上正规小学，不要把孩子耽误了，和北大附小老师商谈以后，我终于上了北大附小，而没有像其他聋童那样送到聋人学校，这是一个十分正确的决定，也影响了我的一生。尽管听课有很多困难，即使坐在第一排，老师讲课在我听来声音还是太微弱了，但在父母的帮助下，我在学习上没有遇到什么不可克服的困难，和同学们也相处得很好。小学四年级时，国内开始推广《汉语拼音方案》，父亲曾参与这一推广工作，不失时机地教我认识了汉语拼音字母，还在学校组织学习汉语拼音之前，我就已经熟练地掌握了这一识字发音工具，从此就不需要父母随时纠正我的发音了。后来父亲通过他在海外的姑母为我买到了一个助听器，从此我能感受到更丰富的声音世界。过去我对有些发音，比如 z、c、s、zh、ch、sh、q、t 等辅音听不清，还有一些音调也发不准确，听起来不大像北京孩子说的话，自从有了助听器，我的发音就逐渐有了很大进步，父亲在听到我有些字发音不大准确时，就似乎不经意地纠正一下，我顿时就能牢牢记住。尽管我的听力水平和正常人相比差距相当大，但语言表达水平已经和正常人没有什么差别。虽然父亲为我付出了很多精力，但他从来没有为我而影响自己的事业，这种态度对自己的影响很大，明白自己虽有听力障碍，但不必过分介意，也并非一个需要别人随时关照的特殊人物。平时父亲不是经常过问我的学习，我的学习成绩无论好坏，都是淡然处之。父亲曾经教过大一的汉语写作课，有时把作文卷子拿回家批改，当时我看到那些父亲以红字批改的作文卷子时，觉得大学生写出来的东西很有意思，从而培养了对作文的兴趣，但是父亲从来没有给我讲过什么"作文秘诀"，有时我的作文获得好评语时，总是拿给父亲看，父亲总是说老师给的评语很好，又仿佛不经意地指出一两个地方，说那样写就更好了，使我既有一点成就感，又有努力的方向。每到节假日，父亲有时间就和我下象棋、打扑克，我学会了一些国外的高雅扑克玩法，估计应是他在学生时代学来的。父亲还曾教我下围棋，我的曾祖父和祖父在当时的围棋界都颇有名气，曾祖父还号称"黑国手"，可见其棋艺水平。父亲小时耳濡目染，也曾跟着长辈学过围棋，但我从来没有见过他与别人对弈，主要是因为他的工作太忙，而且兴趣和精力在京昆而不在围棋。如今，我那点可怜的围棋入门知识也几乎忘了个精光。

我父母都在北大教书，工资收入较多，家里只有两个孩子，还有一个住家的老保姆，比起那些或只有一个人工作或上有老下有小或子女较多的家庭，我们的家境是比较宽裕的。但父亲在生活上从来不娇惯纵容我们，总是让我们做一些力所能及的家务劳动，比如打扫卫生，洗自己的小件衣服、整理院子等。我自己住着一间北屋，屋子里的一切都由自己负责，从不要保姆帮忙，从小就养成了在生活上有条不紊的习惯。由于有自己单住的房间、窗前面临一个小操场，可尽情玩耍，同住中关园的一些同学经常到我家里，和我一起做家庭作业，看课外书，下棋打牌，或到操场踢球，这必然会影响父亲在家工作和休息，但父亲一点也不厌烦这些淘气的孩子，他知道他们叫什么名字，有时也和他们交谈几句，询问他们的情况，同学们都管他叫"林伯伯"，父亲对孩子们的宽容亲和，使我的小屋在无形中成为孩子们的一个活动中心，同学们都喜欢找我玩，我的小屋总是充满了欢乐，这也许是父亲的人格魅力对我们这些小孩的影响吧。60年代初期，我在人大附中上高中时，虽然学校实行住宿制，但学校在黄庄，离中关园仅一站多的距离，步行二十多分钟可到，要求走读也是可以的，但为了和同学们更好地相处，适应学校的集体环境，父亲积极支持我住校。住校无论吃住条件自然都远不及家里，但我很快适应了这种较为严格和艰苦的集体生活，在学校养成了自觉、自律和注重效率的习惯，并保持终生。1965年夏天，我响应党的"知识青年上山下乡"号召，报名参加宁夏生产建设兵团，也受到了父亲的积极支持。我在宁夏贺兰山下的农场劳动锻炼了12年，把整个青春献给了祖国的大西北，也培养了一种逆境向上、艰苦奋斗的精神。

80年代初，我在一次偶然机会中，遇到当时负责筹建中国聋人康复研究中心的著名听力学专家邓元诚教授，他对我听力如此之差而语言能力如此之好感到十分惊讶，从他那里我得知，国内许多听力和我差不多甚至还好一些的孩子，因为得不到及时的听力康复教育，永远失去了正常语言能力，这时我才真正体会到父亲对我一生的影响是多么大！后来，中国聋人康复研究中心通过广泛调查，确认我是国内的语言听力成功康复的第一人，而父亲在无意中对语言听力康复事业作出了一个先期性贡献。

通过几年的退休生活，我越来越感到父亲对自己的影响是难以言表的，我发现自己在某些方面和父亲越来越相似。虽然父亲从来没有给我留下什么刻骨铭心的说教，但他的热爱事业和生活、淡泊名利的思想却在潜移默化地影响着我。在国内学术界日益急功近利的今天，我仍然以一颗平常心对待地位、荣誉和成就，在学术和工作方面继承了父亲的严谨、认真和务实的作风，父亲是我国著名的语言学家，在68岁时才正式办理退休，但退休17年来仍然活跃在学术研究的前沿阵地上，直至生命最后一刻，而我也成为国内图书馆编目领域的专家，退休至今已7年，仍然在担负着一些前沿性学术研究工作。回顾自己的过去，我发现自己或许应和父亲一样，也成为一个做学问的人，但由于受到时代大环境和个人机遇的限制，尽管远远不能达到父亲那样的成就，但也做到了自立、自信和自强，最大限度地实现了自我价值。

回忆父亲罗荣渠先生

罗　曙
罗　晓

罗荣渠(1927—1996),北京大学历史系教授,1982—1996年住中关园46公寓。

作者罗曙、罗晓,罗荣渠教授之女。

每当站在那棵十几年前栽种的柏树下,看着父亲简陋的墓碑,我们的心底就涌上浓浓的哀思:爸爸,我的好爸爸,我们来看您来了,您知道吗?每次来到这里,我们都不愿意离开,想坐在您的身边多陪您一会儿,想和您说说我们的事情,像从前一样。

1996年4月3日的晚上永远清晰地印在罗曙的心底:晚饭后,您照例回到书桌前,罗曙走过来坐在沙发上和您聊天。您说准备明年70岁生日时把我们的姑姑和叔叔们全请到北京来欢聚,我们还讨论了一下亲戚们到京后食宿的安排。那天晚上父女聊得非常高兴。后来罗曙回到房间休息了,您书房里的灯光依然亮到深夜,怎么也没有想到这就是您和罗曙最后的谈话了。多少年过去了,罗曙还是无法解脱您突然离去所带来的痛苦,您亲切的面容、熟悉的语音总是在她脑海里闪现。几乎就在父亲倒下去的同一时刻,远在大洋彼岸的罗晓感受到一种从未有过的强大的心灵感应,无法抑制的莫名悲哀涌上心头,24小时之后她接到了噩耗,怎么也无法接受4年前的北京一别竟成为与父亲的永别!

历经坎坷　初衷不改

父亲出生于一个书香世家,祖父毕业于上海美专,他在诗、书、画、金石篆刻、撰写文章等方面都有着极高造诣,后来因受同乡吴玉章先生的影响,加入国民党，转入仕途。

父亲在成都树德中学上高中的时候，就与一帮志同道合的同学们结成四为学社。从那时起，北宋著名理学家张载的名言"为天地立心，为生民立命，为往圣继绝学，为万世开太平"就成为四为学社的社铭，也成为父亲一生的座右铭。当年的同学们除了少数人身遭不幸，后来都各有所成，父亲是他们中间最出色的一个。而他的学者风范和坚实的理论基础就是从60年前的西南联大开始培养和积累起来的。

1945年，父亲以同等学历考入西南

罗荣渠教授

联大，他赴昆明入学时，抗日战争刚刚结束，整个国家仍处在战后的满目疮痍之中，国共之间的内战一刻也没有停止过。在其后的4年里，校园从昆明迁回到北平，但是这种动乱和不安定的状态一直持续到1949年父亲从北大毕业时。

就是在那样一个环境下，父亲与他的同学们从未放弃过"五四"以来的北大精神，他们为争取学习、民主和自由的权利，为了和平与进步持续不断地参与、奋斗和付出。他们既没有被"圣贤书"所束缚而不闻"窗外事"，也没有在参与社会活动的同时忘记学生以学为主的本职。他们真的是在战火中成长起来的一代。

父亲一直不是成绩最好的学生，他从不只是为了考个好成绩而读书。他很懂得利用选课的机会扬长避短，有取有舍。有时候他也逃课，把时间用来读自己想读的书。每个学期开始时他都会给自己制定读书计划并请教授指点。父亲的兴趣非常广泛，古今中外，文史哲，天文地理，政治经济，外文，美术，音乐，考古，摄影，只要有兴趣就去涉猎。他从不盲目地接受或相信一种理论，也不迷信权威，相反他常常是在博览众家的学说之后，再进行比较和分析，找出各家学说之短长，并着手去做一些考证的工作。他在探讨理论的真伪时一向执着，从不妥协。即使争论的对方是名教授，是权威，他也据理力争。他在1947年的日记里就已经写道："从今以后不写无病呻吟，抄袭剽窃，摇旗呐喊的世界上无此不少的文章！"这种治学态度使父亲日后成为一名具有独立人格的学者，也使父亲付出了沉重的代价。

1956年底父亲从中苏友协回到北大任教，被分派讲授世界现代史课。对于一个出身不好的青年教员，在那个一切为无产阶级政治服务的年代，他一直是战战兢兢地备课和讲课，他知道："对于研究历史来说，距离现实越近的事越难全面透彻地看清其本来面目。这是因为当事者碍于本身的利害关系，往往有意掩盖事实的真相，使研究者很难获得真实的原始资料。特别是世界现代史紧密联系着现代政治，政策性很强，而自己身在党外，能接触的资料有限，耳目闭塞，信息不灵通，不仅很难把这门课上好，还容易出差错。但又不能不上课，骑虎难下，只好知难而进，兢兢业业，小心谨慎，尽力为之。"可还是没能躲过一次次被批判的命运。在1959年的一次反"右倾"教学检查中，他所教的课是历史系检查的重点，他的尊重史实的讲授被说成是客观主义，突破教条主义框框采用新资料被说成是宣扬修正主义，还说他把帝国主义纸老虎讲成了活老虎，把学术上有争议的问题说成是政治立场问题。他又一次被迫检讨："因为世界观没有改造好，受资产阶级学术思想的影响，虽在以前的历次运动中，因父亲的问题及本身的历史问题，政治上早已'缴械投降'，但仍想从学术上找出路。这次教学检查对自己的批判又宣告了自己在学术上的'破产'，只好在学术上也'缴械投降了'。"

父亲只想认认真真地教书，认认真真地研究历史，只要政治空气稍微有些宽松，他就不顾一切地钻进书堆里。1961年他在资料极其匮乏，没有任何现成的中文教材的条件下，首次为国内高校开设拉丁美洲史课程，那年他34岁。第二年，他写出了《论所谓中国人发现美洲的问题》的文章，与资深教授在学术上展开了一场引人注目的"美洲发现论战"，时至今日这场争论还在延续。不久，崭露头角的父亲就成为国内拉美史研究的领军人物之一。父亲雄心勃勃地投入了拉美史研究，订出一整套的学术研究计划，但是这喘息的空当并不大，阶级斗争的弦又绷紧了，"社教"运动使校园的空气骤然紧张起来，他不知道自己是否又犯了"追求个人名利""只专不红"的错误，他把写论文的范围缩小到"美帝国主义"，不敢涉及其他当代国际问题，收敛起挥斥方遒的锐气。

1964年在社教运动中父亲被派到农村去编写"村史"，但他仍然被要求继续写检讨。按照当时进驻北大的中宣部工作组的逻辑：北大的资产阶级知识分子进攻很猖狂，特别表现在教学科研领域之中。反反复复的政治运动逐步使父亲从专心致志于学术上开拓创新的美梦中醒过来了，在检讨书里，他给自己上纲为:"走了一条和党所指引的方向背道而驰的资产阶级个人主义的道路,在每个重大的政治风浪中,都经不住真正的考验。"他说:"一定听党的话,走又红又专的道路。"可是他不知道怎样做才能让党放心,一种走投无路的感觉紧紧困扰着他,他极其痛苦,在笔记中写道:"科学的良心,对自己所持真理之正确性的责任感和现实间的尖锐矛盾在内心引起很大的交战。我开始怀疑自己。"

　　接踵而来的是1965年的"四清"运动,时间持续了一年之久,父亲在这段时间里反复思考,得出了这样的结论:"只有辩证地处理好党性和科学性的关系,历史研究才能在不断解决主客观矛盾的运动中推向前进。"他终于明白,"历史作为历史工作者研究的对象来说,最高准则是为无产阶级政治服务"。他曾以司马迁研究历史的信条"究天人之际,通古今之变,成一家之言"奉为自己的学术信条,他本想埋头做学问,成就一番"藏之名山,传之其人"的千秋万世不朽之业。但无数次的批判,没完没了的检查使父亲认识到:"这条路是走不通的,因为它根本不存在。"

　　1966年"文化大革命"开始了,父亲以为只要自己积极主动地参加运动,就有脱胎换骨的机会,他拼命努力地端正态度和立场,却因为还是跟不上形势而沮丧。很快他就被揪了出来,一轮又一轮无限上纲的大字报和轮番轰炸式的批判会把他这个"隐藏"的"历史反革命分子"打翻在地,关进"牛棚"。被轮番批斗的父亲因为检查"不深刻"老过不了关。他悄悄地在小本子里写道:"受不完的蒙蔽,站不完的队。看不完的大字报,开不完的批判会。写不完的检查,请不完的罪。弯不完的腰,挨不完的批。出身不由己,难逃'黑五类'。界限划清说不清,立场站对也不对。交代历史愈详愈挨整,暴露思想愈真愈后悔。专心治学硬把白专帽子戴,内部矛盾猛向敌我推。如此批斗无休止,大好时光全荒废。其实压服心不服,不知到底有何罪?"

　　"文革"的十年中,父亲除了被批斗,关进牛棚里,监督劳改,下放到五七干校劳动以外,就是被控制使用,派去写《新老沙皇史》《中共党史教材》。这些夹着尾巴、"感恩戴德"的历史学家们,奉命到安源煤矿、井冈山根据地、广州农民运动讲习所、遵义会议纪念馆和革命圣地延安接受教育,同时收集资料,编写教材。1971年秋从鲤鱼洲返回北京以后,父亲越来越看不惯在"复课闹革命"的幌子下的"教育革命",以革命的名义践踏教育、践踏知识,"知识越多越反动"的论调充斥北大校园,教育质量一落千丈。父亲感到痛心疾首,忍无可忍,在私下不免流露出忧心忡忡和迷惑不解。这些言行在1973

年的"反右倾回潮"中被添油加醋，捕风捉影，罗织成一个个罪状，使父亲成为历史系内定的头号斗争对象。祖父的"问题"和历次运动中已有结论的所谓问题又全部被拿出来清算。一时间黑云滚滚，电闪雷鸣，风刀霜剑严相逼，"×××不投降就叫他灭亡！"的口号在教室里回荡。被批斗，被侮辱的父亲有嘴不能申辩，无耻的人身攻击使他悲愤交集、痛不欲生，他不想永远生活在屈辱与恐惧之中，产生了轻生的念头。因为这时历史系里已有人不堪被批斗之辱而自杀，使"革命者"多少有了些顾忌，放缓了批斗的节奏，父亲才咬牙度过了人生最困难的时期。

长达十年的噩梦终于过去了。80年代改革开放以后，父亲才在知天命的年龄里真正获得了自主选题、放手研究的权利。80年代初他第一次兴致勃勃地远渡重洋到大洋彼岸的美国做访问学者，第一次有机会近距离地观察了解美国，印证并更新自己以往对美国历史和现状的研究成果，借鉴美国同行的历史研究方法，他真的有一种海阔凭鱼跃、天高任鸟飞的感觉。眼界的开阔和与世界接轨的紧迫性使他产生了很多新的想法并修正了自己的研究方向。他在接近60岁的时候开始向建立中国自己的现代化研究理论冲刺。尽管他踌躇满志、蓄势待发，也还是感到时不我待、力不从心！他是那么地渴望上帝能假以他足够的时日来完成这一伟业，他是那么地期望他的学生们能更快地成长，每每恨铁不成钢！他亲自给研究生们开列阅读书目，对学生们的要求严格近乎苛刻。

一位留美的北大历史系77级的学生在33年后写了一篇文章纪念77级高考，文章里只对当年系里的两个老师作了评价，说"老师里教得最好的是罗荣渠"。他像一匹雄心勃勃的骏马，拉着重载的车子，奋力地往前奔。

父亲一生对真理、对事业一直在执着地追求，虽历经坎坷仍壮心不已。他是一个使命感很强的历史学家，一生很少计较个人小我的得失。特别是在他生命的最后十几年中，他为开拓和研究中国自己的现代化理论付出了巨大的心血，并甘心为这个有争议的、敏感的、有待检验的新理论体系做铺垫的工作。父亲的治学态度一向严谨，对每个新的立论都要旁征博引、反复推敲。在学术问题上为坚持自己的观点，即使得罪人也不肯敷衍。父亲对新学科、新思想、新事物一向很敏感，且乐于学习和探讨，大胆地借鉴，这是他能够在学术观点上推陈出新的一个重要原因。

在他生命的最后六个月里，父亲似乎摆出了最后冲刺的架势，他工作得很辛苦，也很高产。不知是他预感到自己的时日不多了，还是想抢在退休前再多出一些成果?！他几次对家里人谈到他感到很累，但却不肯放慢写作的速度或降低文章的质量，继续超负荷地透支自己的体力和精力，以一个月出一篇论文的速度拼搏。

1996年4月3日的晚上，父亲还伏案工作到深夜，第二天他就走了，没有留下一句话，离他69岁生日还差4个月。父亲知道还有许多的事没有做完，还有好多的计划等待他去制订，还有几届的研究生要听他的课。他不能走，他想抢回被糟蹋的时间……可是他再也没有站起来，带着太多的遗憾，他走了……

李慎之先生在给父亲的《美洲史论》作序时，父亲已经去世了。李先生在文章的最后说："当代中国据说正在经历着一个文化繁华的时期，可以称为文人学者的人真是车载斗量；各种出版物何止汗牛充栋，但是真正能有世界眼光，历史眼光研究当前中国第一大课题——现代化而又能有真知灼见者又有几人？他未能尽展所长而猝然辞世，使我不能不为中国学术界感到深深的悲痛。"

如果没有那么多的检讨要写，如果没有那么多的政治运动，如果不必承受那么多污辱与损害，中国的学术界、史学界将会是群星璀璨，人才辈出，硕果累累。但，历史没有如果。

书生本色　润物无声

1957年我家从城里搬到中关园，住进了北大分给父亲的宿舍，一住就是25年。那时罗曙马上就要上小学，罗晓在北大幼儿园全托。母亲上班的地点比较远，不是天天回家，父亲开始担起了照顾我们姐俩的责任。在我们幼稚而淡淡的记忆中，父亲回到家里总是在看书或者写字，并不多管我们，直到罗曙上了小学后，很贪玩，功课实在不怎么样，老师到家里做家访，父亲才开始每天检查罗曙的作业。

上小学时每个新学期一开始，我们领到新的课本，都很兴奋，这时父亲会找出一些漂亮的画报，给我们的新书包上书皮，父亲包的书皮非常平整，他在书皮上用漂亮的字体写上"语文""算术"，于是我们在新学期开始时总是很骄傲地在教室里展示我们的新课本。

"文革"前的那些年，父母有时带我们去公园玩，去得最多的是颐和园，我们在昆明湖上划船，父亲手持船桨，让小船慢慢地从十七孔桥下穿过。夏天时还会跳下水去游一会儿泳。我们走过无数次长廊，听父亲给我们讲长廊顶上美丽绘画中的典故。万寿山、佛香阁、智慧海、石舫、大戏楼、谐趣园都是我们爱去的地方，罗晓人小，玩了一会儿就走不动撒娇要吃东西，这时父亲就会笑着说妹妹要加油了，于是我们就去找"加油站"，拿到零食的我们心里美滋滋的，加了"油"就不好意思再耍赖了。

父亲年轻时很瘦，皮肤是四川人特有的白皙，鼻梁上永远架着一副深度的最普通的塑料框眼镜，不修边幅，一眼看去就是一个普通的南方知识分子。但是父亲不光是勤于教书，做学问，他还是一个兴趣很广泛的人。他是个很不错的男高音，还会指挥呢。父亲曾经带着上小学的罗曙去北大办公楼礼堂看他指挥系里的合唱，罗曙坐在下面无比崇拜地看着在台上意气风发指挥着合唱团的父亲，用手指着他，嘴里不知不觉地轻声念叨：爸爸！爸爸！被坐在台下的父亲同事看到了，总是说来打趣罗曙。父亲和罗曙还有过同台演出的经历，也是在办公楼礼堂，是北大的一次文艺汇演，父亲是合唱指挥，罗曙是北大附小选送的诗朗诵，虽然不是一个节目，也算是同台演出吧。

父亲经常在家里唱歌，他喜欢唱一些抗日的歌曲，苏联歌曲和后来的一些流行歌曲，比如郭颂的歌。父亲唱歌时会随着歌曲的内容变换着表情，有时轻松诙谐，有时激昂慷慨，我们都高兴地跟着学。写到这里脑海里响起父亲的歌声"小呀嘛小二郎呀，背起那书包上学堂"，清晰无比。"文革"前，父亲曾经教会我们唱一首云南民歌《苦命的苗家》：太阳出来红呀，月亮出来黄呀，苗家要解放，摆脱苦和愁，好像那月亮赶太阳呀，一世也赶不上呀……这首歌唱出了1949年前云南少数民族对于困苦生活的叹息，可能是父亲在西南联大时学会的，当父亲唱歌的时候，就是我们家最热闹和最快乐的时候。

父亲是个读书人，除了做学问以外，对于家务事很不上心，但是他的悟性极高，一些需要男人做的事，他虽然没有做过，但琢磨一下，也能弄得有模有样。家里缺个碗橱，父亲找来几个木条，几块木板，叮叮当当敲了一气，用绿色的塑料窗纱四面一钉，呵，大功告成！绝对谈不上美观大方，但是功能具备。1976年唐山大地震以后，家家都盖防震棚，我们家盖防震棚的主力自然是我父亲，责无旁贷。他和我母亲、罗晓一起搭建起23楼最难看的防震棚，但是毕竟那是我家的防震棚，还是那句老话：功能俱备。

"文革"前，父亲在北京郊区农村参加"四清"，他学会了两个本事：梅花针和摊饼，梅花针可以治皮炎，父亲把五根小小的缝衣针绑在一根筷子头上，时常一边看书一边用梅花针敲打他腿上的牛皮癣，罗曙皱着眉头看着腿上被针扎出来的血珠，问他疼不疼，他说不疼，这是在治病呢。至于摊饼的动静就比较大了，父亲先做了舆论的准备，说煎饼如何如何好吃，使得我们姐妹俩唾液大量分泌，并以忠实食客的身份站在炉边为他捧场，父亲是操作与讲解并行。记得摊饼的成分很快搞定：大约是面粉、鸡蛋、水等等，但是摊饼的圆度和厚度却费了些周折，为了达到他在农村房东家摊饼的口感，反正是左一张，右一张地摊了好几张，把我们姐妹撑得够呛。

在家里母亲是当然的大厨，烧得一手好菜，父母的朋友经常兴冲冲地来品味罗家的美味佳肴，精神上享受着和父亲一起高谈阔论的酣畅，胃里装满母亲烧出的一桌好菜，真是爽呀！有时，兴之所至，父亲也会下厨露一手，父亲的拿手好菜有三样：回锅肉、麻婆豆腐和臊子面，做起来还是有模有样的。把时间花在家务和烹调上，父亲是绝对不乐意的，但他是个美食家，实在需要他动手做了，也不含糊，认认真真地做准备，色香味俱全。他在国外时，自己动手做饭，并不吃力，有时碰到朋友聚会，每个人都带个菜，他的菜经常很受欢迎，使他非常得意，回国后讲起来还是眉飞色舞的。这也是他一贯的做事风格，做就做好。

"文化大革命"开始时，北大是这场"革命"的中心，铺天盖地的大字报贴满了楼墙，高音喇叭每天都在播放着最高指示、革命歌曲以及各个革命组织的战斗宣言。所有的程序都被打乱，所有的人都在重做排列组合，大部分人根本找不到自己的位置。我们这些中小学生一看可以不上课了，老师管不了我们了，喜出望外，把家里的一些小人书、文学名著，都抱出来烧了，唱片，捧出来砸了，以为这就是革命了。父亲看着我们狂热幼稚的举止，默默无语，但是他是不赞成的。他在日记里写道："为什么要烧这些书呢？她们回答得很干脆：这些书讲的全是帝王将相。她们还逼着我，要把我的书也拿出来烧了。这不是红卫兵革我的命，我的孩子们已经起来革我的命了……这些年来，自己没有置什么'产业'，唯一的产业就是书。书装满了几个书架，柜子、抽屉、甚至箱子里，处处皆是，其中很多都是我巡行北京书肆，像披沙拣金一样一粒一粒地淘出来的，消磨了自己的不少时光，不少金钱。虽然仔细看看并没有什么像样的书或者值钱的书，但这确实是自己安身立命之所在。孩子们说要烧书，就是要打烂我的这个安身立命之所，自己决没有这样的勇气和决心来'付之一炬'……难道我们不要继承优秀的文化遗产么？这几天来，我常常想这个问题。"

父亲嗜书如命，一贯俭省的他，唯独掏钱买书从不犹豫。只要他认为是有价值的书，他就非常想"据为己有"。上大学时做了4年穷公费生，大部分时候都是囊中羞涩，常常为凑款买书而绞尽脑汁。他最爱逛的地方就是北平城里的东安市场和琉璃厂的书店，隔三差五总去光顾。为了买下一部好书，他常常是不惜代价，拆东墙补西墙，甚至挪用伙食费或者别人暂时存放在他手里的款项！那种抓到好书就爱不释手的感觉是金不换的。而且他很会利用流通的道理去换取更多的书来读。把读过的书再送到书摊上去卖，换了钱去买没读过的书，偶尔吃亏少一点就欢喜得不行，淘换到一本好书就非常得意。实在买不起或找不到的书就去图书馆查找借阅甚至抄写，那个时候所有的公立图书馆都是对公众开放的，教授们的藏书也是父亲的书源之一。就是在"文革"中，他和母亲都要远赴五七干校，不知道还能不能回到北京。当时很多人都把房子退租了，爸爸看着满屋子的书，舍不得处理掉，最后，一把锁把门，全家人各奔东西。

"文革"开始没有多久，父亲就被"×××公社"打倒，并关进了"牛棚"。一天，关在牛棚的父亲被允许回家看看，他不知道下一步是让他留在系里还是回到"牛棚"，他要先到系里等消息，他让罗曙跟着他一起到学校里。他说，如果还是让他回到"牛棚"，就给他送一双解放鞋到公交车站。罗曙不敢迈进当时历史系所在的三院，就在门口不远的树下等候。等得时间久了，有些无聊，开始东张西望，忽然有一种感觉使她扭头往回看去，只见父亲已经被两个人押送着往校外走去。父亲不敢招呼罗曙，只是频频回头用眼神示意，罗曙明白他还要回到"牛棚"里去，撒腿往家里跑，拿着父亲的解放鞋又狂奔到车站，哪里还有父亲的影子？罗曙呆呆地站在车站，想到父亲去劳改，却没有鞋子穿，心里非常难受：我怎么这么笨哪，为什么一开始不带着鞋子等在系门口？这件事距离现在已四十多年了，当时的情景、父亲的眼神还经常浮现在罗曙的脑海里。

1969年的冬天，罗曙回北京探亲。母亲和罗晓已先后去了干校。家里只剩下父女二人，难得有了一起聊天的时间。罗曙讲在内蒙古农村插队的生活，父亲讲八个月被监改的日子。在罗曙的记忆里，父亲好像烧过锅炉，割过草。在烧锅炉时他开动脑筋，很快地熟悉了烧锅炉的要领。至于割草是有定额的，如果完不成肯定要吃苦头。开始时父亲是和一位家在农村的老师搭档，配合默契，完成定额是没有问题的。这让那些监管人员很不舒服，就拆散了这对搭档，因为他们认为父亲是沾了那位老师的光，如果自己单干，肯定不行，他们准备看父亲的笑话并进一步为难他。可是父亲从来都是个爱动脑筋的人，在前一段时间里,他已经初步熟悉了割草的方法,在新的处境中他用自己的割草方法和智慧还是完成了割草定额,让那些监管人员的阴谋落空了。父亲他们每天要背诵毛主席语录,如果背错了,或者背不出都会大难临头,而且每天要背诵的语录是不相同的。有一次,监管人员让父亲背诵一段比较长的,以前没有背过的语录,顿时他头上的汗都冒出来了。忽然,他想起他会唱这首语录歌,真是天不灭曹呀,他在心里默唱着这首歌,嘴里念着歌词,哈!背出来了。父亲向罗曙讲述他的监改生活,用大量丰富的肢体语言描述当时的情景,他面对困境从不低头,苦中作乐的精神感染了罗曙低落的情绪,在23楼的那间小屋里涌动着浓浓的父女深情。

1969年底父亲被发配到江西南昌鲤鱼洲北大干校劳动,从那时起我们一家四口分散在内蒙古、湖北、江西三个地方,各谋生路。

1970年冬天,罗曙回到已经无亲可探的北京,家里的窗户已用报纸糊住,并用木板钉死,白天晚上都要开着灯。罗曙和同学相约一同继续南下探亲,目标是鲤鱼洲。到了北大干校,马上感觉到浓浓的"文革"氛围和军事化管理的效率,这在科尔沁草原上是没有的。罗曙看到几个上海来的女孩子——工农兵学员,穿着背带工装裤,操着吴侬软语,羡慕极了,真是天之骄子呀!父亲当时被抽出来编写党史教材,罗晓在五七中学,吃住都在那里,一律是军事化管理。因为所有的五七干部们都住在大草棚里,男女分开,罗曙自然住在"女生宿舍"里。同宿舍的阿姨们首先告诉她干校的各种"规矩"和作息时间,最恐怖的是早上"闻歌起床",高音喇叭里的革命歌曲一响起来,马上起床,到第五支歌曲结束时,穿衣、叠被、刷牙洗脸、梳头,要全部完成,然后跑步集合。第几支曲子是跑步时间,第几支曲子是吃饭时间,第几支曲子是早请示时间都有明确规定。当时罗曙已在科尔沁草原接受贫下中农再教育两年多了,习惯了听生产队长敲树上挂着的旧铁铧子上工,乍一到五七干校,直发懵,父亲和罗晓倒是很习惯。在这么紧张的革命节奏中,很难找到让我们一家三口相聚的空隙,只有一次,是个阳光明媚的中午,我们一家三口聚到了一起,好像是个节日,还领到一些食品。我们在外面找了一个安静的地方,一边吃东西,一边聊天。罗曙先汇报一下在青年点的生活,讲到:想要上学,要准备复习文化课,没有学过几何,有些吃力。这时父亲马上背出了勾股定理,让罗曙这个见到数字就晕的初中生佩服得五体投地,父亲还讲了几何的一些简单的定理。看来对数理化的低能不是遗传的,父亲已经有30年没有摸过几何了,对于当年所学的东西还能脱口而出，简直太棒了。记得那时有个政策，只要父母已在五七干校，插队的子女可以转到干校来。父亲和母亲问过罗曙愿不愿意转过来，罗曙对在五七干校里知识分子的待遇实在不能接受，宁愿回到内蒙古去当农民。

罗荣渠与他的书法作品

父亲不是一个常常露出儿女情长的人，对于我们姐妹，不大管束，所以我们是在一种比较宽松的环境里长大的。但父亲并不是一个不关爱子女的人，我们生病时，如果母亲不在，父亲总是带我们去医院看病。记得在一个夏天的晚上，罗晓发高烧，吃了药也没有退下去，父亲背起罗晓就往中关村医院跑，当时天气十分闷热，父亲的汗衫已经湿透，罗曙在旁边一路小跑地跟着，看着脸上淌着汗，气喘吁吁的父亲和烧得昏沉沉的妹妹直发傻。有很多次在罗曙生病发烧时，也是父亲带着去医院。

1966年罗晓上小学四年级时，父母亲都下乡"四清"，罗晓寄住在老师家里。父亲抽空回来看罗晓时她正在生病，父亲既心疼又担心，却不能留下来照顾罗晓，只好托付老师每天早上给她煎一个荷包蛋，一连几个月天天如此。至今罗晓还记得父亲那份关爱。

罗曙去内蒙古插队后，第一次回家时对父亲讲那里的冬天十分寒冷，因为还不会管理自己的生活，每天干完农活，个个累得散了架子，能凑合就凑合了，炕也烧得不热，当地老乡坐在知青点的炕上都觉得"拔"屁股。父亲听完后，出去买了张羊皮褥子和一只木箱子，记得那一年罗曙返回内蒙古时是带着满满一箱子生活用品走的。但是父亲不是个溺爱子女的父亲，他要求我们不要存在依赖父母的想法，在平时的言行里，经常要求我们自己奋斗，自己的事情自己解决。一年冬天罗曙回到北京，父母还在干校，她没有钱了，就给父亲打电报，让他汇点钱来。父亲对这种向父母要钱的方式很生气，回信狠狠地说了罗曙一顿，他不允许已经成人的子女如此坦然地向父母伸手要钱。这是父亲最严厉的信，从此，罗曙再也没有犯过这种错误，可惜这封信没有保留下来。

父亲常说："儿孙自有儿孙福，我不为儿女做牛马。"年轻时我们不甚理解，罗晓为此还与他探讨过。当时父亲在英国做访问学者，给罗晓写了一封长信，阐述了生活中的唯一捷径是自己全力以赴的道理。父亲在信中说："解放后十分幸运的是我以一个大学毕业生的崭新姿态参加了工作。我在工作上学习上都干得很认真，即使在背了家庭历史的包袱之后，我仍然是如此，总在孜孜不倦地努力自我奋斗。现在回想起来，我这一生的经历是多么的不容易啊！当我回到成都会见几十年前的老同学时，我才发现自己的幸运，这种幸运使我待在北京工作。除此之外，是那种不甘于自我沉沦，不甘于灵魂平庸的远大志趣一直在激励着我，激励我直面人生，努力进取。不管自己处在任何逆境里，总可以像鲁迅所说的那样，去争取光明，即使我们自己做不到，也可以留给后人。"正是父亲这种榜样的力量使我们成年后，逐步有了自己的人生目标：立足自己奋斗，不依靠父母，努力做到像父母那样，在我们所从事的行业里成为骨干。是父亲的严格要求和以身作则使我们练就了一路摸爬滚打、从不退缩的性格。

父亲不是个讲究生活的人，"文革"前家里的家具都是从学校租借的，桌子、椅子上都钉着个金属的小牌子，后来奶奶从老家带来了几件旧家具，虽然是爷爷用过的，摆在房里，却体面了许多，俨然是蓬荜生辉了。其中有一张书桌，变成了多功能桌，白天是父亲伏案工作的地方，晚上和母亲面对面的共用一张桌子看书，吃饭时，铺张塑料布就是餐桌，就在这张桌子上，还经常招待亲朋好友、国际友人，杯盏交错，笑声朗朗，宾主尽欢。虽然是小屋陋室，粗茶淡饭，但是主人的人格魅力使得客人们流连忘返。父亲不吸烟，以前也不喝酒，"文革"后期，书架上开始出现便宜的葡萄酒，还是有客人来时，才取出来对酌。到了改革开放以后，尤其是要出国时，父亲才添置了几件像样的衣服，在这以前一直是简朴得不能再简朴了，夏天赤脚穿一双塑料凉鞋，骑着一辆 50 年代买的飞鸽男车满校园转。记得是 1978 年夏天，西班牙国王访问中国，外交部邀请他参加欢迎宴会，但是出发前他发现自己没有一双没有破洞的薄袜子，时间已经非常紧了，罗曙建议他在去赴宴的途中拐到商店里买一双，后来怎么解决的，也记不清了。父亲一生最大的积蓄就是堆满家里每一个角落的书籍，书桌旁的一把竹躺椅他一坐就是二十多年，那躺椅是他阅读和写作时唯一"奢侈"的享受。

罗荣渠参加学术研讨会

  父亲是一个生活情趣很丰富的人。他不仅秉承家学,写得一手好字,年轻时也画素描、水粉画、漫画等。本来他打算退休后好好搞搞自己喜爱的书画艺术,办几个书展、画展……很多人慕名来求父亲的字,父亲总是尽量满足。在难得的空闲时间里,父亲会兴致勃勃地泼墨挥毫并把自己的得意之作"自我发行"给亲朋好友。父亲生前曾担任北大燕园书画会长,遗憾的是我们姐俩除了给父亲牵纸、研磨以外,没有得到父亲的真传。父亲的文艺欣赏范围也很宽,他总是本着兼收并蓄、雅俗共赏的开放心态去欣赏各种剧种和唱法。父亲还是一个很有艺术感觉的人,他在照相时对光圈、速度、取景都要仔细琢磨,坚持追求完美的构图和效果。

  父亲对于社会上发生的形形色色的事情都很关注,有时,我们在饭桌上会讲一些道听途说的传闻,他笑眯眯地很有兴趣地听着。有时罗曙会讲讲刚刚看完的一篇小说中精彩的章节,他也聚精会神地听,然后说:"我现在没有时间看小说了,以后要是看到有意思的小说,还要讲给我听呀。"他总是很有兴趣地听我们谈论一些社会新闻,与我们讨论对一些问题的看法,从不把他的观点强加给别人。在家里父亲从来不以长辈自居,至今罗晓的高中同学还记得到我家来玩时所感受到的我们父女之间平等和谐的气氛。不少年轻人和毕了业的学生都与父亲成了忘年之交,喜欢跟罗叔叔摆"龙门阵",欣赏罗叔叔的潇洒、豁达、自信、敏锐。父亲也因与年轻人经常接触而保持着年轻的心态。

父亲对新鲜事物有浓厚的兴趣，喜欢大胆的尝试。1995年他用一笔奖金买了一台电脑，当时我们对电脑还是一窍不通，觉得很神秘，看着花白头发的父亲，根本不会汉语拼音，却敢在键盘上敲敲打打，不会就到处拜师，以蚂蚁啃骨头的精神在电脑上写出文章，简直让罗曙瞠目结舌。

记得父亲还有一件不为人知的往事，那是1987年夏天的一个周末，父亲和罗晓一家三口去圆明园散步，他们在湖边小路上边走边聊，享受着难得的轻松相聚。突然在距他们右前方只有几米远的水边，一个蹲在湖边戏水的三四岁的孩子一头栽进了湖里，60岁的父亲比罗晓夫妇以及孩子的家长反应得都快，二话没说，一个箭步就跳进水中去救那个孩子，大家七手八脚地帮着父亲把孩子救上岸。当那孩子家长忙着言谢时，父亲只说了声：要把孩子看好，一个人在水边玩儿很危险。抖了抖湿淋淋的上衣和长裤，他就转身离开了。这正是父亲为人的一个缩影。

父亲走了十几年了，我们无数次地想：要是父亲还活着……可是父亲永远回不来了，罗曙曾在梦里拉着父亲的胳膊大哭着要他回家，父亲只是微笑着看着她，不说话。

父亲，我们想告诉您：我们感谢您给了我们生命，感谢您教我们做人，感谢您让我们生活在文化气息浓厚的家庭里。当我们认识这个世界时，看到最多

罗荣渠全家于北大中关园46公寓

的是书，是您读书的身影，我们最大的遗憾是没有去听过您讲课或者作报告，我们相信那绝对会是一种享受，一种可以让我们一辈子回味无穷的享受，可是我们错过了，错过了最不应该错过的事。那时候，回到家里就会接触到各种新鲜信息，听着您和朋友们、同事们、学生们在书房里高谈阔论，时而尖锐评论，时而侃侃而谈，不时响起朗声大笑，您走了，带走了这一切……留给我们的是无尽的思念。我们要大声地告诉您：您是我们最大的骄傲！亲爱的爸爸，我们永远怀念您！

在父亲的书房——求索斋的墙上，一直挂着他书写的，也是他最喜欢的屈原的词：路漫漫其修远兮，吾将上下而求索。

回忆我的父亲闵庆全

闵　燕 | 闵庆全（1918—2011），北京大学经济系教授，20世纪50—90年代住中关园平房85号。
作者闵燕，闵庆全教授之女。

迟迟无法动笔写出自己心中的回忆，是因为不想一次次地揭开心灵深处难以愈合的伤疤，但实际上从父亲离开我们的那一刻开始，我就无时无刻不在想念着他老人家……

我原本以为，父亲饱受病痛的折磨终于得以解脱会让我沉重的内心稍微地减轻痛苦，然而仅仅几天过后，我就明白了失去慈父的噩梦永远都没有醒来的那一天。树欲静而风不止，子欲孝而亲不在，父亲走了，留下我无尽的思念，而我心底和身体里的一部分分明也已追随着父亲永远地离去了。

几个月以来，亲朋好友善意地开导着我，安慰着我无比悲伤的心，而我自己也一直在努力地挣扎着，我们的人生必定会有死亡和分离，必定会有这般多的遗憾。可是直至今天，2011年8月5日，父亲离开我半年后的今天，当我和姐姐一起站在父亲的墓碑前，陪伴着安息在这里的父亲时，我环视着四周长满松柏的山坡和墓碑两旁迎着太阳安静地绽放着的父亲生前喜欢的月季花，心中又一次默默地唱起了父亲青年时代喜欢的歌曲，我抑制不住地泪水长流，心如刀绞……

我的父亲是一位正直诚恳、勤勉慈爱、与人为善、仁和坚强的人。父亲把我带到这个世界上，让我享受到拥有慈父的幸福与温暖。这份幸福，这份温暖，已注定将伴随我的一生。

记得那是五十多年前的一个盛夏，当时我已是北大附小的小学生了，正在上课时，窗外狂风大作，天色突然灰暗，大雨滂沱，本来就胆小的我觉得天仿佛要塌下来。看到有同学的家长送来了雨具让我感到非常地羡慕，正在无助和孤单地等待中，是父亲冒着雨穿着雨衣匆匆地骑着自行车送来了油布雨伞和雨鞋，天昏地暗的瓢泼大雨中我的心顿时感到温暖无比，而这样的情形不止发生过一次。

好像是从三年级开始，接连几个暑假我都会患急性肠炎，每次都是父亲骑着自行车送我去看病，接着住进校医院治疗。有一次急性发作住院后，需要立刻注射抗生素，可当班的护士扎遍胳膊甚至头部和脚上，也找不到血管。我疼痛难忍，父亲虽然很是心疼，但他一边安慰护士不要着急，一边安慰和鼓励我要勇敢地配合，虽然急性痢疾折磨得我很是虚弱，但父亲是我精神上的强大支柱，只要有父亲在身边，我就立刻充满了勇气。

虽然我是女孩儿，但幼时的我是姐弟三人当中最贪玩的。记得有时父亲给我听写语文课的生词，由于自己不用功遇到写不出来时，便以听不懂父亲浓重乡音为借口，让父亲将书本拿给我看，过后我会忍不住暗自得意地笑。我还常常喜欢与中关园里的同学们在一起玩耍，由于尽情玩耍时常会出点小事故，也最让父母亲操心，有时甚至放学后因与同学玩耍而耽误了回家。大概是在三年级时，有一次我代替同学做值日，回家晚了，父亲以为我又是在

闵庆全夫妇合影

外面贪玩才晚回家的，面对父亲严厉的批评，我强硬地顶了嘴。父亲很生气地抓住我的手，在手掌心上打了几下以示惩罚，我委屈地大哭表达自己的冤枉，父亲马上找到同学家里去证实，回来后认真地向我道歉让我原谅，我满腹的委屈立即烟消云散。这件事情直到后来我插队回来五十多岁时和父亲聊起，他老人家仍后悔不已。

"文化大革命"期间，我在北大附中上初中，父亲被作为批斗对象关进了北大的牛棚，17岁的我在赴内蒙古插队的前一天终于得到批准去见父亲。由于无法想象父亲在牛棚里过着怎样的生活，也无法想象离开北京远赴内蒙古的日子何时何日才能结束，我自己是怀着忐忑不安的心情跟着姐姐走进了未名湖边的一个院子。很多天没见到父亲了，当工宣队的师傅叫出父亲的号码后，父亲边高声喊"到"，边一路小跑来到我们的面前。我急促地告诉父亲明天就将坐火车去内蒙古插队落户，父亲低着头很快地回答说："要好好地向贫下中农学习，锻炼自己，不要怕苦，要认真地改造世界观，一定要时刻注意保护好自己！"因为只给了几分钟的见面时间，父亲不敢多说很快就头也不回地转身回去了，我和姐姐的千言万语都无从倾诉。我虽然是家中的老二，但也一直是父母最不放心的孩子，突然得知女儿将远离家乡，我不知道当时父亲的心中怀着怎样的不舍和牵挂，也无法看到父亲的眼中是否含着泪水，但眼见昔日坚强而自信的父亲如今变成这样，我和姐姐实在难以接受！想到今生今世不知道还能否再见到父亲，我们再也忍不住泪水，面对着昔日熟悉而美丽的未名湖，只觉得天旋地转……对于那次锥心刺骨的见面，直到今天，每一次想起都觉得不堪回首。

"文革"结束了，我和姐姐从外地回家探亲，父亲已然恢复了正常工作。他非常珍惜得而复失的一切，不仅对自己的学生倾注了满腔的热情，也希望我和姐姐能追回青春的损失。他将一块小黑板挂起，耐心地给我和姐姐讲解会计学方面的基本知识，一方面是希望我们能多掌握些今后自立于社会的能力，另一方面也期待我们能传承父亲的事业，可惜的是当时我们很不懂事，并没有读懂父亲的良苦用心，既缺乏远见又缺乏耐心的我们只听了几次就选择了放弃，父亲没有再勉强我们，只是顺其自然。

在内蒙古和山西插队4年，又在山西省榆次市工作了6年之后，我于1978年调到了距离北京80公里的河北涿县，经过不懈的努力开始从事化学矿山方面的翻译工作。自己一路走来，虽然历经了坎坷和磨难，但父亲无论在生活、学习和工作等各方面的关心和鼓励，令我难以忘怀。"文革"前我只是个初中生，文化基础有限，如今面对这种从没接触过的相对非常专业的英译汉翻译工作，的确是有难度的。还记得那两年我常常将自己翻译过程中的种种疑难问题记录下来，在周末带回北京，然后统统交给父亲，而父亲不仅能耐心仔细地一一解答，并且居然还能把连我自己脑子里都不太清晰的问题剥离出来，然后经过认真思考，用深入浅出的讲解方式，将我脑子里的模糊概念点拨得条理清楚，这样的结果不仅常常带给我豁然开朗的愉快感觉，还让我得到意外的收获！

还清楚地记得我30岁那年的夏天，一天上午在涿县的设计院上班时突然下腹部持续呈放射性的剧痛，局里医院诊断无果，让我立即回京治疗。我爱人是中学教师不能请假，我忍着剧痛，独自坐火车赶回家里，刚进家门就全身虚汗，疼痛得昏倒了。当时已是黄昏时分，父母和姐姐见状顾不得多问，姐姐用自行车推着我，父亲在旁边扶着，从没经历过如此疼痛的我不时地下车蹲在地上呕吐不止。好不容易来到校医院，急诊大夫无从下手，决定转去三院。64岁的父亲实在是心疼女儿，毫不犹豫地蹲下来背上我从二楼下来，到了校医院的门口，上了急救车，赶往北医三院。一路上还不停地安慰和鼓励着我，虽然到夜里将近1点钟仍没诊断结果，但疼痛总算缓解才回家。第二天还是由校医院的院长诊断出我是患上了肾结石和输尿管结石。想到自己已结婚成家，父亲毕竟已是老人，依然那么不顾自己，那么毫不犹豫地背起我。我趴在父亲温暖的后背上，听到他负重时气喘吁吁的声音，强烈地感动着我的心弦……

1982年，31岁的我做了母亲，这是家里的第一个隔代人出世，父亲的心里感到了由衷的高兴！那年冬天我带着幼小的儿子住在父母家，半岁大的婴儿常常会在夜晚哭闹不止。每当这时，父亲生怕我因劳累而失去耐心，立刻起床怀抱着外孙在房间里边走边摇地哄着，在外公温暖舒适的爱抚下孩子甜甜地进入了梦乡。父亲还曾不止一次地一大早起来将外孙的尿布一块一块地洗干净后整齐地晾在院子里，因为他老人家心疼我！生怕我的手接触冷水后对身体造成不良影响……随着小外孙一天天地长大，清晨的中关园里，人们常常能看到那一老一小温馨相随着的身影……在父亲的内心深处，他期盼着自己的子孙长大后都能成为对祖国对人民有用的人。如今他的外孙在美国就读法学博士，很快就要毕业，而攻读医学博士的孙女已经在今年毕业了，相信他们的学业有成一定可以告慰天堂里的父亲……

由于"文革"的原因，父亲常常觉得因牵连到我们而愧疚，他总是希望能有所补偿。父亲曾经对我说过的一句话牢牢地记在我的心中：孩子，只要有爸爸在，无论何时你有什么困难，爸爸一定会尽力帮助你解决。父亲在有生之年用他的行动证明了这一切！父亲对于我的爱渗透在点点滴滴之中，铭刻在我记忆的深处，我用自己真诚的心回忆着60年来的漫长岁月，很多不敢触及的往事让我深感愧对他老人家，令我无法回忆，令我不堪回首。父亲的离去带给我无尽的思念，我常常被父亲曾经给予我们的爱感动着，这种润物细无声的爱将会一生都滋润着我的心田，这种爱将会永远地传承下去。我和父亲的人生轨迹虽然不同，但我也希望自己能在今后的有生之年里继续学习平凡而伟大的父亲，学习父亲的人生态度，学习他老人家对待所有人的宽容之心，学习他的善良乐观，而他的品行修养也将永远影响着我，激励着我。

终身从教的老父亲是幸运的，父亲的弟子们长期、一如既往地给予了他无私和博大的爱，这种大爱是我这个女儿始终都无法给予的。这种爱使父亲的内心充满了安慰和自豪！给父亲的老年生活增加了莫大的快乐和幸福。我对于这些弟子们深深地感谢，实在是无以言表，我将会永远地铭记在心中。就在2007年12月22日那天，在光华管理学院为父亲举行隆重的九十寿辰庆典活动上，父亲对于学院领导及所有的弟子们表达了他老人家发自心底的感激之情！

父亲是带着一颗平静的心离开这个世界的，他一生都遵循着严于律己、宽以待人的准则，给予他人时从没有想到过回报，即使对于自己的子女也是如此。父亲常常发自内心地夸赞我们三个儿女，说我们照顾他很周到，哪怕是为他所做的点滴小事，父亲都常常会说声"谢谢"。每每回忆起这些，总是让我感到万分地内疚和惭愧！父亲很希望我和姐姐能早些退休多多地陪他照顾他，而我们却没能满足他老人家这微小的心愿……

每当想起我亲爱的父亲，我总会不知不觉地泪流满面。回忆和怀念是我不由自主的思绪，与时间匆匆流逝相反的是我对父亲的思念与日俱增，并可能将会伴随着我到永远。亲爱的父亲：虽然我无法挽回您的离去，再也不能牵住您温暖的手，但是在每一天的清晨和深夜我都会用心灵与您对话，夜不成寐之间，都会一遍遍地回忆着过去的点点滴滴。无论我怀着怎样的内疚和不舍，无论我在心中怎样地呼喊着，照片里的父亲始终都在默默地、慈祥地凝望着我，无论我的泪水怎样地流淌，也无法发泄半年来的所有思念。曾经刻骨铭心的伤痛，并没有随着时间的流逝而减轻……

　　父亲，长眠于地下的最亲爱的父亲，我将永远感谢、缅怀您的恩情。如果生命能够有轮回，我们一定再做您的儿女！请您相信，有您的爱伴随，已进入耳顺之年的女儿将在失去您的日子里好好地生活，心中永远都将默默地思念和祝福您……

2011 年

怀念我的父亲陈信德

陈昭宜 | 陈信德（1905—1970），北京大学东语系教授，林美惠（1913—2004），生前住中关园平房264号和33号。
作者陈昭宜，陈信德教授之女。

父亲离开我已经有43年了，他走的时候我只有15岁。光阴流逝，我对他愈加怀念。他和我们一起度过的美好时光、苦难岁月，一切都历历在目，犹如昨天。他在北大东语系兢兢业业教学多年，对发展中国的日语学术研究和教育事业作出了不可磨灭的贡献。他的业绩是来自于他的天分与努力，是由于他做人正直，品格高尚。然而在"文革"中，他遭到诬陷迫害，不幸含冤去世。每当我想起这些就痛彻骨髓，悲愤难平。

陈信德像

勤奋工作

记得父亲是个很忙的人，他每天早上3点多就起床，洗漱完毕，4点之前就坐在了书桌前开始工作。这时，母亲就起来为他热杯牛奶放在桌上。等我起床的时候，他的工作已经告一段落，打开收音机听新闻，或到院子里去剪一把鲜花插到瓶里。他的生活简单而有规律，抓紧分秒伏案工作，不分节假日。

有时该吃饭了，他的工作还停不下，就叫母亲和我先吃。从我记事起就看他在写，好像永远写不完。我从小用他用过的废稿纸背面来涂涂画画，用了差不多20年。

他为学生们写教科书、语法书、参考书，为此他不辞辛苦，呕心沥血，付出了毕生精力。记得有两次他劳累过度，胃病恶化，大吐血住进医院。大夫让他出院后卧床休息，可他一回家就又开始伏案工作。

父亲的治学态度真诚、严谨、认真，如同他的做人。他有多年教学的丰富经验，可是每次备课仍然极其认真。他写书时，家里桌椅板凳上到处都堆满了各种书籍、杂志，为了精选一段最适合的文章或一个例句，他博览群书，他也常为了一个例句和母亲反复讨论推敲。

父亲的成就都是与母亲分不开的。母亲一直在生活上默默地照顾他，在工作上给他支持和帮助，是父亲最得力的助手。他们都在一张大桌子上工作，大书桌中间放排字典为界，母亲坐在父亲的对面帮着抄抄写写。我小时候也很喜欢挤在桌子旁边，记得一次，我坐在父亲对面给他画了张头像，而他全神贯注地写东西，竟全然不知，等我把画儿举到他的眼前，他才抬起头来露出了微笑。冬天天寒，母亲在书桌下铺块小垫子，上面放个暖水袋，再盖上一块小毯子，大家都把脚伸进去取暖。父亲与母亲勤勤恳恳工作的身影，家里的温馨气氛，都让我终生难忘。

父亲和他的学生

父亲非常热爱自己的学生，从学习上、生活上都关心爱护他们，他也受到了学生们的尊敬和爱戴。后来有很多老学生都回忆他"在学习上要求十分严格，不容许有一知半解、不懂装懂、囫囵吞枣、马虎潦草的现象"，"但是，到陈先生家来作客时，他是一位平易近人、和蔼可亲的长者"。

记得小时候家里常有父亲的学生来做客，有时一个班的人都来了。每逢过年走了一批又来一批，人多时都进不来门。那时父亲总是心情很好，笑得很爽快。他话语不多，总是很认真地听大家讲话。那些学生们很有礼貌，也很活跃，屋里常常响起阵阵笑声，洋溢着师生友爱的温情。几十年后，他的老学生们还忆起当年在我家吃过母亲做的红小豆年糕汤等等。记得一年菊花盛开的时候，来了十几个学生找他一起去八大处爬山，还把我和小朋友江凡也带去了，

50年代，陈信德、林美惠夫妇一家和学生们在中关园264号前合影

大家都特别热情，我们玩儿得很开心。父亲还和学生们一起去过颐和园，爬过香山。

最难忘的是有一年，父亲胃出血在医院抢救时，很多学生都跑去为他献了血，父亲和母亲对此感激不尽。在父亲走后的几十年中，总有他的学生在关心、帮助我们，甚至在父亲落难，我们处境最坏时，也有父亲的老学生悄悄地来看过我们。我们来到日本后，也有不少老学生到日本时特意来家里看望我母亲。这师生情谊牢固持久，感人至深。

和父亲在一起的时光

父亲对我一直都是身教多于言教。虽然他工作繁忙，可还是尽力帮母亲做些事情，为我更是花费了不少时间。记得从前白糖硬得像石头，买来要砸碎才能用。父亲常常一边和我们说话，就把白糖砸碎装在瓶子里了。床单洗好晾干了，父亲就和母亲每人揪着床单的两个角，一起把床单抻平。冬天装炉子安烟筒、挖白菜窖等家里的重活儿主要都是父亲来做。我家的院子里种了葡萄、瓜菜和花草，父亲常带着我一起播种收割，浇水施肥，让我体会到收获就要付出辛劳。他要我浇完水，一定把胶皮管子盘好放回原处，要求我做事有始有终。

渐远的背影

父亲知识渊博，兴趣广泛，他喜欢下围棋、弹钢琴，还喜欢养花。我家院子里种着丁香、蔷薇、玫瑰、玉簪、珍珠梅等，最艳丽夺目的还是院子当中的那片大丽花，常使过路人驻足观赏。父亲把每株花都以《红楼梦》中的人物来命名，大粉花叫宝钗，黄的叫晴雯，小红花叫小红，洁白的是黛玉。这些父亲辛勤栽培的大丽花，在"文革"初期的一天夜里，全部被盗贼连根挖走了。

母亲说父亲对她非常尊重，我觉得父亲对我也很尊重。他从不因为我年幼无知，就忽视我的想法，他总是看着我的眼睛，听我把话说完。我常爱问他什么，他总是认真回答，只有一次他没答上来。那是我上幼儿园时，听收音机里讲什么理论就问："爸爸，理论是什么？"他一下不知怎么回答好了，就对我说："这个说了你也不懂。"

他对我要做的事总是支持的。记得我小学二年级时，要去给一年级讲故事。我心里特别紧张，就和父亲商量，选了一个战士烧炭制墨、用树皮当纸学文化的故事。有看不懂的地方，他就给我讲，我一遍一遍地背诵，他就当听众。那次我去讲故事获得了大家的掌声，使我建立了信心。还有一次，学校组织五年级去大兴县劳动，我们四年级是自愿参加，报名的人不多。才10岁的孩子，家长一定都很担心，可是我说想去劳动，父亲一下就同意了。那是我第一次离家去农村，受到了锻炼。

父亲批评我时非常严肃，话语不多，却非常严厉，让我有点害怕。但他很少当着别人说我，就连母亲都被请出去回避一下，然后单独地批评我，我想这是为照顾我的自尊心。

现在回想小时候，我那么幼稚、任性，可父亲从没埋怨过我，也从来没有露出过失望的神色，他总是宽容、耐心地等待我成长懂事，他那慈祥的笑容，宽阔的肩膀，充满信任的目光，都使我感到温暖、安心、有自信。

我上初一时，正是"文革"初期，北大附中混乱得无法正常上课。有段时间，父亲从被监禁的东语系回家来住。他看到我天天放学就玩儿，非常生气地对我说："你们这个年龄正是应该学习的时候，什么都不会，你将来能做什么？！"我从没看过他对我发这么大火，他话虽不多，却让我强烈地感觉到他对我的期望和担忧。从此我放学就回家读书，父亲引导我读了《红楼梦》《水浒传》《三国演义》等，他还选一些诗词古文手抄了当教材，然后逐字逐句地给我讲，让我背，并亲手写了钢笔字帖，让我练字。他好像悟到什么，争分夺秒地教我。那时，他整天挨整，被剥夺了工作的权利，而这倒使父亲能有时间手把手地教我了。这是我和父亲在一起的最后一段时光，对我来说是多么难得宝贵。不久，父亲就蒙冤遇难，一去无归。

"文革"受害

我永远不会忘记1969年8月8日那天早上，父亲和往常一样推着自行车走出家门，他回头对我们说："那我上学校去了。"母亲说："慢走啊。"我说："爸爸再见。"母亲和我像每天那样站在门口，看着父亲骑上那辆旧自行车，直到他的背影消失在拐弯处。我们万万没有想到，这一别竟成永诀。

那天在北京大学东操场召开了全校的所谓落实政策的"宽严大会"，我父亲在会上被诬蔑为"里通外国的美日特务""历史现行反革命""历史反革命"，会上批判他"态度顽抗"，将他作为"从严典型"，不容他申辩，就当场把他非法逮走。父亲只在临上车前对旁边的人说了一句："请想办法转告我女儿，让她好好照顾她母亲。"

这些强加给父亲的莫须有的罪名，完全是对他的诬蔑诽谤、恶意陷害。他清白无罪、心怀坦荡，自始至终都没有承认那些诬蔑他的莫须有的罪状。他曾亲口对我说过："不管别人怎么说，你记住，我没有做过对不起国家和人民的事情。"他和母亲一直相信他的问题一定能够澄清。可是，在黑白颠倒，妖孽横行，小人当道的"文革"中，根本无处申冤。

两个月之后，有人来通知我们去给父亲送东西，这时我们才知道父亲是被关在北京虎坊桥的第一监狱。那时不许写信，更不许见面，母亲熬夜为父亲缝衣服，为了挡寒特意把膝盖的地方加厚。我用玻璃丝编个小链子把茶杯盖儿和杯子把儿连起来，怕杯盖儿丢了，更是为了让父亲知道我很想念他。没有想到这件小事，竟成了父亲生前我能为他做的最后一件事。

记得我跟母亲冒着大雨提着大包袱，几次换车挤车去虎坊桥的第一监狱给父亲送东西，母亲再三哀求看一眼父亲，可那门警态度凶暴，一把抓过包袱，就把我们赶走了。天空黑压压的，冰凉的雨水打在脸上和泪水一齐往下流，沿着灰色的高墙一步一步往回走，我们都沉默不语。那段路是么么漫长，好像永远走不到头，我们都想着父亲，他突然被带走，没带任何衣物。当时还是盛夏，现在却已入冬。他有慢性胃溃疡，每天必须吃药，他又没带药。我们也感

陈信德、林美惠夫妇一家摄于1965年

到非常气愤,他勤勤恳恳地为人民为国家做了那么多工作,他有什么罪? 为什么被关在这大墙里边?!

1970年12月20日傍晚,两个穿黑衣的男人来我家,说是公安局的,通知我们,父亲早上去世了。母亲问:"人在哪儿?"回答:"山西。"再问什么,回答都是"不知道"。那黑衣人还要求母亲交出50元安葬费,母亲非常气愤地说:"没钱。"东语系早已停发工资,连一分钱生活费也不给,更何况把人都害死了,还来要钱,真是伤天害理!我们一直在期盼有一天父亲的冤案会被澄清,他能回到我们身边,可现在人不在了,一切希望全都破灭。

1971年初专案组强迫我们从中关园搬到成府蒋家胡同,住进不遮雨不挡风的危险房。我也因父亲的问题不能和同学一样留城工作赚钱养家。那一年,我们家破人亡,家里只剩下母亲一人,她没有收入,四面楚歌,由于长时间不讲话,有段时间声音都发不出来了。然而为了父亲和我,她默默地忍受了一切,勇敢地活了下来。那几年,母亲还拖着病弱的身体多次去北京市公安局等地方,要求澄清父亲的冤案。父亲是被作为北大的"从严典型",而北大当时是在8341部队管理下的全国革命样板,母亲很清楚为父亲翻案是要冒生命危险的,但是,她不顾自己的安危,四处奔走,为父亲申冤。

那些人

写到这里，我不得不提一下"文革"中直接迫害父亲的专案组，专案组的主要成员是 G、X 和 P。这三人都是父亲教过的学生，X 和 G 还是我父亲带的研究生。他们来我家玩儿，有的还在我家吃过饭。

在"文革"中，如果跟着喊几句口号，批判别人几句，还可以谅解。但是比起日语专业的其他专案组来，这个专案组整人异常积极，毫无人道。别人下不去手的事，他们都干了。他们明知我父亲不是特务，却捏造出耸人听闻的罪状来诬陷父亲，死活要把"特务""反革命"的罪名扣在父亲头上。那时候，他们天天逼迫我父亲承认"特务罪行"，如同豺狼一般围住父亲死咬不放。他们挑唆群众对父亲批斗，隔离监禁，强制劳动，用皮带抽打，用刀片划脸，甚至在逼供时，看他病弱得禁不住殴打，就用剪刀剪他的嘴角。父亲身心受到严重摧残，几次胃溃疡大出血，同时还患了严重的神经官能症和美尼尔症。记得父亲有生命危险的时候，专案组还不让医院给输血。一次，父亲大吐血卧床不起，而 G 又追到我家来逼供，他站在父亲床前凶神恶煞般地拍桌瞪眼，大吼大叫，逼人不死，非要我父亲交代搞了什么特务活动。两年前，G 还是个听我父亲讲课的学生，而今成了有生杀大权的专案组干将。他眼冒凶光，杀气腾腾，我们背后都叫他"横眉竖眼"。记得父亲被捕的前几天，G 来我家，恶狠狠地对我父亲说："别以为我们没有证据就不能把你怎么样！我们是可以有办法的！"宽严大会的前一天，G 又来我家，让父亲、母亲明天一定去开会，还说什么"可能下雨，最好带上雨伞"，然而次日父亲一去开会就当场被带走了。会后，G 又来我家逼我母亲承认我父亲搞了特务活动，还恶狠狠地说："我不是警告你们了嘛，不交待罪行，顽抗到底，就够得上从严处理！"

即使在当时那样恶劣的社会环境下，大部分人至少有做人的底线，没有像他们这样非要把人害死，非搞出名堂，以此去获得利益。父亲曾经说过："G 整我是为了入党。"后来的事实证实了父亲所言。据说那三个直接迫害我父亲的主要当事人，还当了教授、领导，那专案组长还发表题为《关于陈信德语法》的论文。

平反昭雪

1974年，父亲的问题有了结论："陈信德属于人民内部矛盾"，但"犯有重大错误"。这个结论，没有大会公布，也没给书面文件，只是父亲专案组的人对我口述的。虽说父亲已经不是"敌人"了，但仍受到诬蔑诽谤。

直到1978年，父亲才真正得到平反，那年4月8日在北大全校落实政策大会上，正式宣布了《关于陈信德同志的平反决定》："陈信德的被捕纯粹是'四人帮'的诬陷迫害。经党委研究决定给陈信德平反并恢复名誉。"《决定》说："所谓里通外国的美日特务和现行反革命分子均属诬陷之词，应予推倒，1969年8月8日驻北大工军宣传队领导小组的处理决定应予撤销。"

同年1月22日，北大在北京八宝山公墓举行了"陈信德先生追悼会"，人们从四面八方赶来悼念他。来得最多的是父亲曾教过的学生，从49级起的各届老毕业生们都有人来，还来了不少父亲的老朋友、老熟人，台盟、出版社的负责人等。很多没能来的人也献上了花圈，大家都深深缅怀他，赞颂他的高尚品格和业绩贡献。十年冤案终于得到澄清，父亲被平反恢复名誉，可是，我亲爱的父亲却再也回不来了！

寻找父亲

1995年6月北大筹备召开"纪念陈信德教授九十冥诞大会"，副校长郝斌先生亲自问我母亲有何要求，母亲问了父亲的下落。那时父亲离开我们已有26年了，而我们却不知他在何方，曾经多次询问都无回音，这次，母亲的要求得到了北大校领导的重视。在校领导的安排下，在北大保卫组、太原公安厅、阳城县公安局以及山西当地的一位水泥厂长、两位烧锅炉的师傅的帮助下，我们终于找到了父亲的下落，我和母亲都深深感谢大家的帮助！

1996年3月中旬，我跟北大保卫组的同志一起来到山西省阳城县。我们去看了父亲最后住过的看守所，那是一排黑暗窄小的窑洞。一位父亲难友曾对我讲述过，他们被关在那里，过着饥寒交迫的非人生活。父亲这样患有重病的人，被关在那里就是切断了他的生存之路。他曾多次提出希望回北京治病，最后见妻子和女儿一面，却都遭到无情的拒绝。

父亲是受尽摧残迫害含冤而去的，他至死没有承认那些强加于他的莫须有的罪名，在身体极其虚弱的情况下，也一直坚信自己的问题一定会澄清。父亲知道自己回不去了，就对一位同是北大去的难友口述了遗言，并托他出去后一定转告给我母亲。"文革"之后我们才从那位难友处知晓，父亲在给我母亲的遗嘱中说："我良心清白，行为正直，虽然遭到了这样大的劫难，身陷囹圄，但并没有做过任何对不起国家和人民、对不起你和女儿的事，这点请你相信我。30年来和你共同生活，深深感谢你对我的一片真心和挚情。在生死离别的时刻，我特别想念你和女儿，并且非常感谢你——我忠贞的终身伴侣。……如果我的身体还能坚持下去，我一定要争取和你们重新团圆，再也不分离。万一支持不住，你也一定要勇敢地活下去，好好保重身体，不要再记挂着我，愿你和孩子能幸福地生活。"

父亲那微弱的生命之火，终于被深重的黑暗所吞没，他再也挺不到和我们团圆的那一天，静静地走了。他被葬在太行山脉中条山迎西岭的海拔1000米的黄土高原上，二十多年了，只有那黄土大地默默地守护他，只有那层层高山与他日夜相伴。父亲永远地走了，无论春暖花开日，还是清风明月时，我再也看不到他慈祥的微笑，听不到他亲切的话语，再也不能与他一起生活，我永远地失去了最亲爱的父亲。

漫长的等待，无尽的思念，在初春寒冷的一天，我终于来到了迎西岭，来到父亲的身边。四下是连绵重叠的黄土高山，我跪在掩埋着父亲的黄土坡前，心中颤栗，欲哭无泪。我无法想象与父亲离别26年后的重逢竟是这样；无法明白父亲正直清白、高风亮节，为何却遭如此残害？！好心的当地人帮着起出父亲的遗骨，用我买的新衣服包裹好交给我，我把他带到长治市火化之后，捧着骨灰盒回到了北京。父亲终于离开了那荒凉的深山，终于回到家里，回到了我和母亲身边。

父亲的墓

母亲很早就为父亲准备了一个墓，现在，她终于可以把父亲的骨灰安放在墓中了。她还请人把父亲的部分骨灰带到台湾淡水，安葬在陈家的祖坟中。

1996年8月盂兰盆节，我们为父亲举行了骨灰下葬仪式，仪式肃穆、庄重。虽然除了亲戚没通知外人，可是有几位正在日本讲学的学者——当年父亲的老学生也闻风而来。父亲的亲戚也特意从台湾赶来，大家都怀着深深的敬

陈信德之墓

仰、缅怀之情来送父亲最后一程，以表达对他的哀思，慰藉他的在天之灵。

墓园坐落日本滋贺县琵琶湖畔的比睿山上，眼前是琵琶湖水，背后是连绵青山。墓碑周围春天有樱花环绕，秋天有红叶相伴，还有四季常青的苍松翠竹。每逢清明和盂兰盆节，我们全家都要去扫墓。我们站在墓前，闭目合掌心里默默地与他交谈。2004年清明，在父亲墓旁开满樱花的树下，母亲说："好像听见了你爸爸在召唤我，也许我该去找他了。"那年秋天母亲就平静地走了，享年 90 岁。医生说她是尽了寿数。母亲与父亲合葬在一起，他们可以永远安息了。

学业与成果

父亲 1905 年出生于台湾淡水，他的父亲是牧师，家中清贫，家教甚严，有着正直、诚实、严谨的家风。父亲从小学习优秀，小学时曾代表全校学生上台领奖。后来，他未经家长同意，一人跑到日本去上中学，那时，他哥哥陈能通正在京都大学学习物理。当时台湾是日本殖民地，他享受不到留学生待遇，一直勤工俭学，给学校刻教材，星期天去教会弹钢琴。中学毕业之后，他考入京都第三高等学校的理科甲班。"三高"学制 5 年，能考上"三高"的凤毛麟角。他考入京都大学后，专攻中国古典文学。他深爱中国传统文化，对当时仓石武四郎先生提出的用汉语读音去读中国古典的新提案很感兴趣。他受教于仓石先生和吉川幸次郎先生，这两位都是中国语言学、中国文学的名师，毕业后，继续在京都大学读研究生。那时能进硕士课程的人极少，那届只有他一个人。他留校当助教时，为了更深入地以中国古典音乐来对汉语音韵进行研究，带着我母亲来到了中国大陆。

1949 年，父亲收到去北大任教的聘请，1950 年开始在北大东语系日语教研室工作。

他当时还是台盟北京市委员、华北支部委员，上过天安门观礼台，1957 年曾任日语教研室主任。后来，他辞掉了这些职务，把全部精力和才华都倾注于日语研究和教学。多少年来，他一直奋斗在教学第一线，据说他每周要教十几节课，还要对年轻教师及学生进行辅导。多年来，他一直在思考探索一条最适合于中国学生学习日语的途径。记得家里来客人，大家一起谈笑时，他有时会突然陷入沉思，脑子总是离不开他的工作。

父亲教学，没有照搬在日本学校教育中普遍使用的语法，而是对日本的桥本、时枝、佐久、三尾和三上章等所有的语法都进行研究。在吸取这些学说的基础上，创立了一个新的独特的陈信德语法——适合于中国学生学习日语的语法体系。1958 年和 1959 年，他写的《现代日语实用语法》上、下两册 (40 万字) 出版，这本书对后来我国日语教育和研究都起到了权威性的影响作用，还有他的其他几本著作，都被称为"中国日语教学的奠基之作"。

他在 1961 年北大五四科学讨论会上发表了《关于日语的基本句型》，1962 年在五四科学讨论会上又发表了《对日语文论的探讨》，通过这两篇论文，他把三上章语法第一次介绍给中国的日语界。

新中国的建设时期，有不少科技人员需要阅读日语资料，却没机会进学校学日语。为了让科技人员能够自学日语，父亲编写了《科技日语自修读本》。这本书 1960 年出版后，他收到了全国各地，特别是边远地区读者的大量来信，热心的读者们请教日语问题，寄来钱希望买书。为了满足读者的要求，父亲又写了一本《新编科技日语自修读本》(1964 年商务印书馆出版)，书中再次对三上章语法作了介绍，并以此对中国人学习日语的难点作了简明易懂的解释。母亲说《新编科技日语自修读本》是他研究成果的集大成，为了写这本书，父亲曾累得大口吐血。这本书对 70 年代以及后来的日语课本、语法书都有很大影响。这本书深受读者欢迎，虽然"文革"被禁止出版十年，但至 1978 年，累计印刷达到 38 万册。

父亲从创建北大日语专业就开始为学生写教科书、语法书和参考书，一直到"文革"才被迫搁笔。他夜以继日，争分夺秒，呕心沥血，勤奋工作，十几年如一日，从没间断过。他的著作还有：《日文初阶》(1950)——这是一本油印的教材，用作北大的课本。

《日语》(1963)——这是他主编的北大日语教科书，原定要编写 6 册，但只出版了第 1、2、3 册，第 4 册的书稿，他已基本写好，但因"文革"未能出版。

《译注科技日语文选》(1964)——原定出 3 册，结果只出版了第 1 册。第 2 册的稿子已经完成，也因"文革"未能出版。

《现代日语简明文法》——这是他的一部遗著。其中的"日本语文章论"一章，1987 年在《日语学习与研究》(北京外贸学院编)杂志上连载。可是，其他部分的手稿都在"文革"中被专案组带红卫兵抄走了。

《从日本语出发讨论句子的交际切分问题》，刊登在《中国语文》(1966 年 4 月 15 日发行)的内部刊物《语言学资料》中。

父亲治学诚实、严谨、认真，如同他做人。他做事有顽强毅力和执着精神，并有很强的逻辑思维能力。他用心血和劳动，为我国的日语教育事业作出了不可磨灭的贡献。日本的《教育大事典》中，在中国的日语教育一栏，唯一

陈信德在课堂上

记载了他的名字，对他做了介绍。他的工作经住了时间的考验，时间过得越久，人们就越明白了他做的工作的价值。日语界的专家评价："可以毫不夸张地说，陈先生是我国解放后日语语法研究方面的权威和开拓者。"

父亲还为中日两国的友好文化交流做了很多工作，据说他担任口译时总让日本学者惊叹不已。日本著名作家中野重治来北大做日本文学的讲演时，讲到日本的古典诗歌《万叶集》，父亲的现场翻译，使中野先生大吃一惊。他后来在《中国之旅》一书中写到：没想到在中国的大学有日语水平这么高的先生。

他热心于教学、研究，对我国的日语教育及研究都有一套构想和蓝图。他带领大家做了很多开拓性的工作。他很早就提出日本翻译西方的新科技很快，通过阅读日本的文献去学西方科技是条近路。他50年代就指导学生开始了对日语外来语的研究，找出外来语的规律，便于科技人员学习掌握。他还准备对日语语法、句法、文论等都做更加深入系统的研究，他曾对我母亲说："要把我想的东西都写出来，还需要二十年的时间"。

"文革"中，父亲的工作被迫中断，他辞世时年仅65岁。"文革"过去，人们又开始恢复工作，而他却再也没有任何机会和可能去继续他未完的事业，再也不能继续他未完的工作了，这对日语教育事业是一大损失，实在令人遗憾，令人痛心。

"桃李不言，下自成蹊"

1996年3月30日北大召开了"纪念陈信德教授九十诞辰大会"，我代表母亲参加了大会。到会的人很多，有郝斌副校长等北大校、系领导和学生代表，还有来自各地的父亲的老学生、老朋友、老同事，北大的老日语专家冈崎先生和一位来自日本的学者，我的中学的恩师、儿时的同学好友也赶来了。大家回忆我父亲热心教学、乐于助人等往事，一致称赞他的人品、学识和他的教学。他为创办北大日语专业，为台盟的初期建设，为早年的中日友好事业都做了很多工作，付出了艰辛创业的血汗。父亲还和其他老师一起培养出了很多的优秀日语人才，他们已在各自岗位上发挥力量，不少人还担任了要职，成为国家建设的栋梁。一代又一代的日语工作者踏着前辈铺垫的基石向前迈进，推动着我国日语教育研究事业的不断发展。

听了大家的发言，我为父亲感到欣慰，时过境迁，人们仍然对他充满深切的怀念和尊敬，有人发言中引用了孔子的"德不孤"来表述对父亲的敬意。父亲作为先驱者虽已不在了，但是父亲几十年前播下的种子，已经开花、结果，他的事业后继有人，他永远活在人们心中。

父亲和母亲在北京生活了几十年，他们热爱这块土地，热爱这里的人们，热爱教育事业，热爱自己的学生，他们把中国大陆当成了第二故乡。几十年来，他们相濡以沫，并肩投身于中国的日语教育和中日友好工作。在"文革"的血雨腥风中，他们互相信任，风雨同舟，没有屈服于邪恶，始终保持了做人的尊严，我随着年龄增长，出门在外，才深知他们是多么不容易。

我感谢父亲给我留下了一笔无价的精神财富，给了我深深的父爱，给了我家庭的温暖，给了我无数美好的回忆。他和母亲用行动让我懂得了应该怎样做人，无论在困苦的岁月，还是在欢乐的时候，无论是在祖国，还是在他乡，父亲都在关注我，鼓励我，给我力量。万分遗憾的是，等我懂事，真正能够理解他，能与他更深地交谈，更想听到他的教诲时，他却不在了。

> 我常常漫步旷野，
> 仰望苍穹，
> 清晨的浮云，
> 夜晚的群星。
> 寻找你的音容笑貌，
> 回想你的教诲言行。
> 你在遥远的天边，
> 你在我的心中。

2013年

父亲像座山

张若英 | 张国华（1922—1995），北京大学法律系教授，20世纪50年代以后住中关园二公寓。
作者张若英，张国华教授之女。

我的父亲，个子矮小，不到一米六五，虽然个子不高，但他身上散发出的凝聚力和风度翩翩的举止，总可以使他成为核心人物。他的眼睛非常漂亮，目光炯炯，眼神会说话，能轻而易举地迷倒见过他的人，当然其中还包括我的妈妈。他博览群书、学识渊博、口若悬河、出口成章，讲课时略带乡音，从没有病句废话，学生们说听他讲课是一种享受。从小到大，很少从爸爸的嘴里，听到他自己的故事。我了解的一切，都是从妈妈和其他亲人、学生、老师们口中得到的。

张国华教授

爸爸是湖南醴陵清水江人，在爸爸出生的20世纪20年代，由于爷爷的努力，他的家庭环境就已经算很好的了，他是家中的小儿子，上面一个兄长四个姐姐，因此，他在家中备受宠爱。爷爷重视教育，在乡里创办了一所中学，起名"铁肩"（意思是铁肩担道义）。所有的孩子，不论男女都要读书。据小姑姑说：爸爸小时淘气异常，没有他不去的地方，没有可以管束他的人，只有我的小姑姑，可以制住他，他们之间相差三岁，年龄接近，常常吃住在一起。小姑姑长得清秀漂亮，爸爸呢，常常长了一脸的疖子包，小姑姑嫌他丑，从不让他跟在身边一起走，上学时一个走在路的左边，一个走在路的右边。听到爸爸有如此狼狈的童年经历，全家人捧腹大笑，尤其是我，更是开心得了不得，因为总算能够抓住爸爸的弱点了。

爸爸在湖南大学读书的那年，宁乡的大地主D家，托人来说亲。据说那D家，人丁少，阴盛阳衰，家财万贯，想找个爸爸那样的读书人家子弟结亲。爸爸听说后，利用假期，约了几位同族兄弟，去宁乡D家暗访。那D家高墙里，了无声息，爸爸回来后，断然拒绝了那门亲事。爸爸上大学原来报的志愿是自然科学，1942年考入广东中山大学工学院建筑系，一年后退学，报考了湖南大学机械系，后来，进入西南联大文学院和法学院，攻读哲学和政治学。抗战胜利，联大解散，他进入北京大学法学院完成学业。1949年爸爸毕业留校，终身在北京大学任教。由于他在大学学习6年，有深厚的知识底蕴，使他成为法律界法律思想史专业的泰斗级人物。

他是我国第一批享受政府特殊津贴的知名学者，是第一本《中国法律思想史》全国统编教材的主编，《中国大百科全书（法学卷）》编委兼《中国法律思想史》分支主编，国家重点大型项目大百科全书《中国法律思想通史》主编。他的专著《中国法律思想史新编》被列入北京大学名师名著，多次再版。

小时候总和爸爸不亲近，有些怕他。爸爸只有在与我和弟弟打水枪时才会像个孩子，让我们与他没有了距离感。我小时候右手臂总脱臼，据说是爸爸干的，因为爸爸太喜欢我，每天下班回来就要拎着我的手荡秋千，不想我太小把我的手拉脱臼了，从此常常要掉下来。直到我6岁以后才治好。

一直以来，以为爸爸不喜欢我们，总觉得他对学生比对子女好，学生们都喜欢他，喜欢和他一起下馆子，当然是他请客，和他下围棋，打扑克，爸爸爱玩棋类，这是他休息脑子的方式。他是"文革"以后第一位由全系师生全力推举上任的系主任，也是最难当的系主任。80年代初至90年代初。他经常深夜工作到第二天凌晨。

他曾担任中美法学交流委员会中方主席，曾经送不少优秀学子出国深造。他担任全国自学考试指导委员会法律专业委员会主任委员、中国法学会副会长、中国法律思想史学会会长、中华全国法律函授中心教学委员会副主任、全国自学考试委员会委员兼法律专业委员会主任、国家社会科学"七五"规划法学组组长等职，带领法律系师生走出国门，为中外法学界的交流，为我国法学教育事业作出了巨大贡献。爸爸担任系主任时的签字，能决定一个人能否出国，但是他不让自己的亲人朋友走后门，甚至遭到亲属的不解与误会。

70 岁高龄，超负荷的工作，夺去了他的健康，从来不看病的他病倒了，3 年后去世。我在整理父亲遗物时发现，他的抽屉里，一直存留着我 15 岁给他买的礼物，一个刮胡刀盒。爸爸无论走到哪里都带着它。我一下子感觉到父亲厚重如山的爱，坚实深远，他希望我们不靠长辈出人头地，他希望我们靠自己的双手生活，做个自食其力的平凡劳动者，做个正直的有爱心的人。在父亲节来临之际，我用拙文祭奠父亲，愿父亲和母亲在天之灵，快乐安康。

张国华教授（中）访问欧洲时在阿尔卑斯山留影

怀念父亲李欧先生

| 李宗仪 | 李欧(1918—1991),清华大学数学系教授。王平,北京大学生物系教
| 李宗伦 | 授。1951—1980年住中关园平房65号。
| 李　建 | 作者李宗仪、李建,李欧教授之女;李宗伦,李欧教授之子。

我的中关园情结
李宗仪

中关园 65 号平房里曾住着我们一家五口人,爸妈于 1941 年在燕京大学相识,爸 37 班学数学,妈 38 班学生物,爸比妈高一个年级。他们 1943 年 10 月 31 日订婚,1944 年 3 月 18 日结婚,从此有了我们的家。家里有一个"OP"柜子,上面的标识是爸设计的,P(平)在 O(欧)的环抱之中,OP 合为一体。现在这个图案刻在万安公墓爸妈的墓碑上。爸妈毕业后都留在燕京教书,曾住过蔚秀园、燕东园、朗润园和中关园。

1952 年院系调整之后,全家坐大马车一摇一晃地从朗润园搬到了新建的中关园 65 号。当时爸虽然调到了清华工作,还是愿意住在北大,因为那里有很多燕京的老同学和老朋友,从此爸成了北大的家属。我想爸可能是这本书里唯一的住在中关园,而不在北大工作的人。爸妈燕京的老同学、蔚秀园的老邻居林泰伯伯和杜荣阿姨后来搬到了中关园 66 号,又成了我们的邻居,和我们家共用一面墙,我想这就叫做隔壁。他们的孩子林明、林还再次成了我们的玩伴。刚搬过去时中关园还很荒凉,记得墙上有石灰水刷的白圈,听大人说是吓唬狼的,园内的小坟地晚上还能看到"鬼火"。

中关园平房的设计非常合理,虽面积不大但五脏俱全。我们家 75 平方米

的平房里有书房、外屋、里屋、后屋、储藏室；厕所有浴缸和抽水马桶；厨房放得下一张饭桌。烧煤的大灶火眼不远有个"汤罐"里面总有热水。一面火墙把大灶的余热用来取暖。火墙还有另外的功能就是把厕所和储藏室（当时多用于保姆的睡房）挡在后面，与前面的客厅分隔开来。记得我家厨房里还有一个冰箱，外面看像个木柜，内壁包着铁皮。天热时隔几天就有海淀冰窖的人来送大块的冰，也给林伯伯家送。中关园家家都有个小院，用篱笆围起来。院里搭个葡萄架，种些蔷薇花。年年春天都有人来卖菜秧，卖什么秧，院子里就种什么，秋天还能收获些老玉米、向日葵。冬天在院子里挖一个菜窖，放冬储大白菜。房子侧面搭个鸡窝，从毛茸茸的小鸡养到生蛋。房后有个小煤屋，快天冷时买上一车硬煤放在里面烧一冬。中关园的居住环境真是城乡结合、绿色环保。在我家后屋檐下比别人家多一个上着绿釉的大泡菜坛子，在那里接地气，提示着这家是四川人。记得还有一盘小磨，曾经用来磨豆浆，用的次数不多。其中一次是半夜里一家人起来等着看第一颗人造卫星的时候，我想那肯定是爸的主意。我们对每间屋子的称呼都成了习惯，以后无论搬到哪里，以至于远到美国，住过的地方总是有外屋、里屋、后屋之分。我还记得里屋爸妈的卧房墙上曾挂着他们的结婚照和妈抱着马蹄莲的婚纱照。这些大照片装在厚厚的米色雕花石膏镜框里，在"文革"中为了不让别人破"四旧"自己给毁掉了。

每年冬天在外屋生起一个大铁炉子取暖，夜里封了火，晨起，窗上结满了冰花。屋里暖起来之后，冰花又变幻成一层薄薄的水汽。每天清晨我、宗伦、李建穿着棉猴，戴上口罩，手插在用一根寸带连起来的棉手套里走着去上学。放学回家，炉子上总有一壶水嗞嗞作响，有时还烤着馒头片。每天的晚饭时是全家在一起的时间，各人争相报告着一天发生的故事。我们的朋友同学，爸妈同事的名字全家都知道，那是一个多么温暖、温馨的家。我们家和林伯伯家来往密切，两家之间没有篱笆。大人在一起种花、谈笑、唱戏，小孩和小孩玩。李建小时候时不时溜到林伯伯家，林伯伯就把她放在腿上备课。林明入队，我们两家的孩子还一起到成府照相馆去合影留念。每年暑假，表弟王庚都会来住上一阵，和我们一起捉蜻蜓、黏知了……算是城里的孩子到郊区避暑吧。长大后王庚和林还结了婚，李家和林家从邻居又变成了亲戚。今年秋天难得地和宗伦、林明、林还同时在北京，徜徉在中关园的旧址，发现中关园比记忆中小时候的中关园小多了。中关园的那一大片平房现在已经基本拆光，凭着一些残留的地标，还能够依稀判定65号的位置。

中关园是我们家住得最久的地方（1952—1980）。北大的子弟都上北大附小，又经常到同学家里玩，中关园多少号里住的谁我们都知道得清清楚楚。小时候我们都是以同辈的人为基准，凡是大人都是谁的爸爸，谁的妈妈。那时候到同学家去串门，发现有的同学父母穿中式衣服，家里书架上都是线装书；有的同学父母是留学回来的，家里比较洋派，有席梦思床、钢琴、电冰箱。"文化大革命"中批判"反动学术权威"时，上小学的李建和她的玩伴们以此将知识分子分为"地主"和"资本家"两大类。直到我们长大成人才知道周围住的邻居都是各个领域的大师，我们曾如此幸运地在浓厚的文化环境里成长。

我的父亲李先生

李宗仪

我的父亲李欧先生1918年出生于湖北宜昌，祖籍四川省秀山县。他在1941年毕业于燕京大学数学系，毕业后开始在燕京大学、北平高等工业学校、四存中学、河北中学和清华大学教数学直到1991年去世，从教50年。

我父亲教了一辈子书，大家都叫他李先生。在大学里可不是每个人都可以被称为先生的，先生是个尊称，特指德高望重的教授。他的学生说：我父亲曾是清华默默无闻的教书匠，没有惊天动地的学术巨著，却是人人敬重的先生教授，教书育人的园丁巨匠。

以前和我父亲一起去清华，一路上会听到好多学生和他打招呼，叫他李先生。爸自己在1989年曾说过："学生教了多少也数不清，工字厅很多是学生。现在清华的校长、一位副校长、党委书记、副书记都是我的学生。驻外使节也有一些，可以说是桃李满天下。"我父亲和他的同事们努力为学生打下的坚实数学底子，使很多学生一生受益。

新中国成立初期我父亲是燕京大学数学系的副教授。1952年院系调整后，成立于1927年的清华大学数学系被撤销。由清华、北大、燕京等三校的数学教师三十余人共同组建了属于基础课的高等数学教研组，主要任务是面向全校的数学教学。赵访熊先生任教研组主任，爸从燕京调去当数学教研组副主任，自此没有了科研课题，全心全意教书育人。清华的数学教研组至1959年已扩展到上百人，可见教学工作量之繁重。"文化大革命"中教研组被解散，教师分散到各工科系，我父亲曾和学生们一起到工厂开门办学。

1979年清华数学系复系，定名为应用数学系。赵访熊先生为首任系主任，我父亲任主管教学的副系主任，为使全校数学教学逐步走向正轨做了许多工作。他于1980年晋升为应用数学系教授。1999年应用数学系更名为数学科学系。为了纪念我父亲在数学教学上的成就，2005年我们在清华数学科学系设立了一个"李欧教授数学奖学金"。2009年我去清华为奖学金发奖时，系主任肖杰告诉我：他的博士生导师、北师大数学系的刘绍学教授曾是我父亲的学生。刘先生说他在高工（北京高级工业职业学校）时的大代数是跟李欧先生学的，他之所以走上数学之路就是受到我爸的影响。那是在1941年太平洋战争爆发，燕京大学停课时期的事。尽管当年的燕大学生进校100天就停课了，在41班入学五十周年纪念刊里，我父亲的名字频频出现。蔡公期先生说："我非常喜欢李欧老师的数学课，他当时是研究生，可微积分教得特别棒，很启发思路。"刘鸿钧先生说："数学任课老师是那年燕大毕业的37班的李欧老师。虽然他那年刚刚毕业，但讲起课来非常有系统，板书漂漂亮亮，语言快速而清晰。从讲课可以看出他的学识根底深厚，才思敏捷。"这些老先生都八十多岁了，他们还对大学一年级他们18岁时我父亲给他们上课的情景记忆犹新。我父亲在清华任教期间颇受广大学生的欢迎并得到校方的赞赏。工物系63年毕业生陈达院士就这样写道："一般来说，数学课都是大量符号演算，很难讲得生动，而李欧老师讲的课完全是另一种景象，在黑板上徒手划的图形就像用尺规做出来的，非常标准规范清晰，洪亮的声音，抑扬顿挫，高超的讲课艺术，就像给大家讲的是故事课、艺术课，神奇地把大家带到数学王国里去。"曾给爸当过助教的华苏教授说："李先生的板书是最漂亮的，字漂亮，每个字都像字帖里的。在课堂上他对每一个字都有安排……到现在还记得李先生讲课和唱戏的铿锵。"我的初中同学杨玲后来上了清华。她说我爸的板书是"非物质文化遗产"。在她以后的教学中，也用了我爸写板书的方法。一位恢复高考后入校的学生说他还能很清楚地记得在大阶梯教室上课时"乡下小孩从高高的阶梯望着下面讲台上李欧大教授的风采"。我妹李建小时候有一次到她同学荣景斯家里去玩，听荣的大姐夫清华毕业生王德山说，他只佩服清华的两个人，"一位是李欧先生。他讲课语言简练，概念清楚，每堂课刚说完最后一句话，下课铃就响了"。我妹马上说："那是我爸！"急忙跑回家来报告。直到最近在海外我还偶然会碰到这样的老清华毕业生。只要我一问起你是否上过李欧先生的课这个问题，马上就会听到许多溢美之词。他们会说李欧教授讲课如何深入浅出，如何与学生互动交流，板书如何漂亮等等，特别是每堂课刚讲完最后一个概念，最后一句话刚落音，下课铃就会响起。他们与我谈到李欧先生之时往往并不知道我就是他的女儿。这些学生有的已经从清华毕业了近四十年，还没忘记他。前些天在网上看到我父亲的学生许晓棣开博客，第一篇博文就是《怀念李欧老师》，以纪念清华一百周年校庆，类似的事情不胜枚举。我父亲教过的、跨度长达半个世纪的新老学生们都还记得他。我往往会由衷地被这样的事情所感动。

我父亲在家里经常提起他的学生，对好学生如数家珍，以至于我们都知道他的许多学生的名字。他为教过的好学生而骄傲，说这好学生到底是不一样。在我的电话采访中，他教过的清华工物系毕业生吴建时告诉我一件小事。当吴毕业后在外地工作几年又回到清华时，他的同事告诉他李先生曾提起过他，说他能够独立思考。这缘于他上大学时有一次数学课后曾对我爸课上讲的一个概念提出质疑，认为不够全面。吴建时说他根本没想到多少年后我爸还记得他、称赞他，他觉得这说明我爸虚怀若谷。当时他不过是个学生，我爸已是大教授了，还能跟学生平等互动。吴建时还告诉我另外一件事，有一次（1962 或 1963 年）学校领导招集所有因材施教的学生开会。会上有学生提出要政治挂帅，李欧是"右派"，不该让他教因材施教的学生，校领导何东昌当场澄清说李先生不是"右派"。这事我以前从没听说过，也不知道是怎么回事。但从这件事可以看出，爸在课堂上全心投入、神采飞扬的同时，背负着多么沉重的精神负担。

我父亲得过一个奖，好像是叫大面积丰收奖，清华就是喜欢用这种名字。意思是说不是只教出几个好学生就行了，不管学生原来的基础如何要让大家都学会。爸在努力照顾困难学生的同时，还要想办法让好学生能吃饱。学生生病或代表校队出去打球缺了课，他都会给他们单独补课。我父亲的同事朋友说李先生的工作量绝对是超负荷的，但是他给人的感觉是精力特别旺盛。

记得是在 1970 年夏天，我们这一届的大学生就要分配工作了。正在这时我接到爸从江西鲤鱼洲干校写来的信，说是他很快就会回北京。老大学生在夏天分配走，工农兵学员将于秋天进校，新老不见面。记得当时爸告诉我清华为了能及时开课，紧急抽调两种人回北京，一种是教授，他是其中之一，另一种是炊事员。工农兵学员来自全国各地，基础从初小到高中各不相同，给他们讲授清华的高等数学课难度可想而知，这就用上了我父亲教书的真本事。我虽没上过我父亲的课，但深知他教学有方。他教书有一个长处，就是能从学生的角度着想，知道不同程度的学生对理解新的概念的难点在哪里。

他特别知道学生哪里不会，能把深奥的问题，讲得深入浅出。直至现在，小时候晚饭后家里各人占一张书桌的场景还历历在目。爸在他的书桌前台灯下备课，我在我的小二屉桌上写作业。有时候一道数学题让我百思不得其解，拿着作业本站起来，一边看着题朝他走，一边说：爸，这道题如何如何不会做。他头也不抬，顺口就说你考虑那个因素了么？往往是一言中的，还没走到他跟前，问题就迎刃而解，而这两个书桌之间的距离还不到两米。尽管我知道那些题对他来说真是太简单了，但我往往还是会很惊讶，想不出他怎么会知道我哪里没想到，怎么能从一个不懂的人的角度想问题。这里说的只是解小学初中的数学题，而要教小学初中程度的工农兵学员微积分，可真是一件几乎不可能实现的难事。去年回燕东园的家，看到在那个特殊时期爸的一张张油印单篇讲义和习题，就想起了他深夜在 8 瓦的小管灯下一笔一画刻钢板写讲义的身影。记得当时我问过他为什么不让教材科去做，他说学生的程度不齐，每天都会发现一些新问题，需要随时根据学生的程度调整，要让程度差的学生学会，同时还得让基础好的学生能学到新东西，交给别人做来不及。他有时候头一天晚上刻好了钢板，夜里有了新的想法，凌晨早起又重刻。上午就要上课，讲义需要油印好发到学生手里，当然是来不及。由此可以看到我父亲对教学工作的认真负责，一丝不苟，精益求精。

　　和一般的老师比较，我父亲的本领不是只把知识灌输给学生，他鼓励学生独立思考。在这个基础上，有时他只是点一下，学生就会豁然开朗，自己把问题解决了。他的学生们还记得我父亲关于学习的"馒头和猎枪"的比喻："老师的任务是教会学生使用猎枪打猎，同时提供少量馒头，以保证在学会打猎之前不致饿死。"我父亲之所以能知道不同水平的学生不懂时是卡在哪里，完全是他多年精心备课、多年积累的结果。父亲对教学工作的尽职尽责自小就给我们深刻的印象。即使是教过多年的课，也从来不敢懈怠，每次都要反复推敲，修改讲稿，根据学生的不同程度，更改讲授的方法。我们经常见到中午下课骑自行车回家的父亲带着一身粉笔灰，为一节课的成功而满脸笑容。爸在家里的经典画面就是坐在书桌前备课，冬天穿着棉袄，夏天穿着背心，有时左手拿着一把扇子。

　　除参与编写和翻译高等数学教材之外，我父亲曾在各类高等教育学术刊物上发表多篇有关数学教育的论文，得到过很多有关数学教育的褒奖。父亲去世以后，1994 年 4 月清华大学应用数学系出版了李欧和承毓涵教授合写的《微积分教学研究》，在出版说明中提到："李欧教授将毕生心血倾注于微积分的教学及教材、教法的研究之中，在他50年的教学生涯中，不仅仅为培养造就大批科学技术人才作出了重要的贡献，而且也带出一批热爱教学及教学研究的中青年骨干教师。"我看到过一份我父亲给其他教师的讲稿提的意见。开头先写上"讲稿写得好，谨提出一点意见请参考"。之后仔细地分析这节课的主题，如何加深理解和运用。他说，"一节课既是整个教材的一部分，又自成一个完整的小系统，因而一节课的主题思想很重要。一节课时间不多，不可能讲得面面俱到，只要围绕主题讲清楚，就达到了要求"，"一节课贯穿主题还表现在前后呼应"……其中谈到了很多细节的讲法和建议，密密麻麻写满了两页稿纸。最后还说："以上意见不一定恰当，仅供参考。"这样详细的意见，对青年教师的讲课肯定会很有帮助。我父亲的"最后一课"是由他筹办的"数学的发展"系列讲座。这是由父亲参与的北京民盟市委为培训数学师资而举办的。父亲虽已年过古稀，又重病在身，仍然全力以赴，从内容到教师的选择都做了周密的计划和安排。他自己担任了第一部分"几何学的发展"的主讲，他很高兴能"为提高数学师资的水平"做点事，三周之后讲座尚未结束，父亲就与世长辞了。

1989年到美国探亲时，我父亲在外孙赵宁放寒假刚回家时就拿出了他编选的高等数学100题。他选的这些题囊括高等数学所有的概念。可惜赵宁不想做，说他的微积分是用英文学的，看不懂题。我看到了父亲脸上失望的神情。在翻看了赵宁从华盛顿大学带回来的数学书和一些考试卷子之后，我父亲觉得"程度也差不多，但没有难题，只是一般的水平"。通过先给赵宁讲了一课函数和极限，觉得他需要从基本概念补起。因为他在美国学的"只会一些方法，概念不是很清楚"。于是在赵宁寒假期间，每天教一章。从到家的第三天起共上了12节课，其中还包括两节总复习。外孙赵悦1990年2月刚到美国时看不懂中学英文的数学题，我父亲也是有空就帮他补。这些在他的访美日记中都有记载。我父亲真是"好为人师"，无论在哪里，无论对谁，课上课下都是教数学的李先生。

"文革"之后我父亲教书的范围又扩大了。1988年他为中国卫星电视教育物理专业主讲高等数学，受到广泛好评和称赞。全国不知多少被"文革"剥夺了受教育机会的学子从父亲那里受益。当时国内还没有电脑，课前所有的板书都要一笔一笔地在硬纸卷上写好，讲课时用摄像机照下来。现在家里还有一个大纸箱，里面是一卷一卷的讲稿，共有170讲。如果有个电视教育博物馆，我想那应该是很好的展品，代表了电视教学的一段历史。80年代每年的第一学期我父亲有清华应用数学系的课，1985年他在学校没给他排课的第二个学期，受罗征启之邀作为援助师资去成立不久的深圳大学教过两个月课。他从深圳给我母亲写的信里说，"做教学委员会主任是虚任务，我要实任务"，"我任课的学生是主修经济的、建筑的，在清华也没教过这些专业，用的教本同济大学的也是新的，所以我只能兢兢业业将教本上习题自己一道一道做一遍，根据了解到和将来我能了解的学生情况来讲授"，"下周学生交来作业要自己批改（助教还没来），对了解学生情况也有好处"。由此可见我父亲教书之认真。几十年的老同事赵访熊先生在听到我父亲去世的消息时说："李欧做每件事都太认真，所以他特别累。"赵先生是真正了解他的。我父亲在给我母亲的信中还说："以后每年第二个学期我都要找个地方教教书，直到教不动为止。"我父亲教书有瘾。

　　自从高考恢复后的第二年，几乎每年父亲都要"消失"一个月左右去出高考题。有时候在香山，有时候在外地，有时题出好了，再到外地住在一个疗养院里，生活还可以，就是不让出来，不让和外面联系。因为我父亲是出数学题的负责人，有时需要提前回教育部值班。尽管人到了北京，也得等到高考数学考完才能回家。回家后教育部还每天早上派车接到部里去准备回答改卷子中的问题，晚上送回来。这整个过程都是保密的。去了哪里，去做了什么都不许说。前后他当全国高考数学出题组组长大概有十年左右的时间。记得1983年6月我临出国前，父亲又被接去出题，那次为了送我他去请假。也许是出于对他的信任，他得到了教育部的特批，6月18日星期六晚饭后回家，星期天早上就回教育部。他在经教育部转来的短信里嘱咐我晚上一定要在家，"若安排有事也一定回家住。务必务必"。记得他跟我说过，高考出题很不容易，基本概念都要考到，不能太难，又要拉开距离，这一点中学老师和大学老师就不好协调。最近在我父亲留下的资料里看到了一份高考数学出题大纲，细枝末节，真是比我想象得要复杂多了。除高考命题之外，他还参加了1981、1983年北京市高等教育自学考试数学命题，从1987年起领导了北京市高等学校招生委员会工科硕士研究生数学统一命题组的工作。

　　我父亲李欧先生曾有过"社会活动家"的头衔，担任过清华大学校务委员和清华大学工会副主席，他还曾以青年教授身份代表中国参加过在罗马尼亚举行的世界青年联欢节。1957年父亲被打成"右派"之后，他的教授职称被降级，工会主席的头衔被取消，社会活动也减少了，得以集中精力于他所喜爱的数学教学，把自己的精力用在了培养人才之上。"文革"之后，父亲才又担任了北京市人民代表、中国民主同盟中央委员和其他一些社会职务。父亲对个人的名分并不看重，他最在乎的还是学生和同事们称他一声"李先生"。

父亲自幼酷爱体育，游泳游得好，还多次参加清华运动会的跳高比赛。他对中国传统艺术京剧和昆曲颇有造诣，小时候常常听父亲和我家邻居北大中文系林焘教授和西语系的杜荣阿姨唱京剧或昆曲。父亲京胡拉得好，也爱唱，他曾经多次粉墨登场上台演出。小时候有一次我父亲和林伯伯、杜阿姨在北大办公楼礼堂演《奇双会》，别人告诉我台上的李奇是我爸爸，我在台下大哭，说是我不要大胡子的爸爸，要家里的爸爸。1991年，父亲去加拿大温哥华探亲时，还曾去票友社"颐社"唱戏。父亲这一代的学人，真应了明代洪应明先生所著《菜根谭》中的话："学者有段兢业的心思，又要有段潇洒的趣味。若一味敛束清苦，是有秋杀，无春生，何以发育万物？"

清华的老校长梅贻琦先生曾说："所谓大学者，非有大楼之谓也，有大师之谓也。"父亲在数学科学研究方面的工作不多，我不能说父亲李欧先生是学术大师，但他无愧于数学教育大师的称号。当今中国的教育和学术界，功利重于实务。不知道现在这样的大师还有多少。

我父亲退休后曾想统计一下他这一生中总共教过多少学生。燕京大学的学生、河北中学的学生、四存中学的学生、高等工业学校的学生、清华大学的学生、深圳大学的学生、电视大学的学生、在家里帮着补习的学生……怎么能数得清呢？高考出题更是使无数的优秀青年得以通过公平选拔有了接受高等教育的机会。爸用他自己平凡的一生，改变了多少人的命运。

听我母亲说父亲退休之后情绪不大好，离开了学生就有些落寞寡欢。我父亲说他自己"业务上写过一本书和若干篇论文，都是关于教学方面的，也是一种研究。工作得到社会承认是心中高兴的事"。现在学校里都是根据科研成果评职称。还能有多少教授像我父亲李先生这样把传道授业当成自己的责任，把教书当做一门学问来做呢？我爸是一位当之无愧的教育家。他就是教书的李先生。

四川好人

李宗伦

我父亲是四川人，属马的，形象端正，堪称美男子，年轻时有一张照片特像周恩来。他从小失去父母，寄居哥嫂家中，刻苦修完学业，坐过日本人的监狱，1957年被打成"右派"，"文革"受到批判，下放劳改，真没过一天安稳的日子。他的一生就像在充满坎坷的道路上负重拉车，凭着四川人特有的韧劲、耐力和百折不回的精神，没有消沉、绝望，压抑着内心的苦闷，忍耐着历次运动的压力和批判，像一匹驯服的老马忍辱负重整日整夜无休无止地工作。50年来，在清华大学这座世界著名的高等学府为国家培养出一批又一批优秀的毕业生，自己却不堪重负，骤然倒在工作岗位上。现在的年轻人是无论如何也理解不了他们这一代知识分子的。他们一辈子追求真理，追求进步，一辈子在改造世界观。从年轻到年老，像老黄牛一样拼命地奉献，受到不公正待遇，也默不作声，我父亲就是一个典型。

我从小对父亲的印象是一个好脾气的人，从来没有见他为什么事发过火。身为大学教授，一身蓝制服，骑着一辆破旧自行车，提着旧人造革书包，戴一顶蓝棉布帽子，极其简朴。下班后总到合作社买菜打酱油，回家后变戏法似的掏出各种好吃的，糖葫芦、冻柿子是他常买的。小时候放学回来，我总是去翻厨房的一个抽屉，那里肯定有父亲买的好吃的，就是在三年困难时期，我也能找到小猫鱼儿和桂皮解馋。我姐姐曾抓拍了一张他进门的照片。下班回来，大包小包，吃的用的，手里还拿着一盆菊花，辛苦与兴奋都溢于开心的笑脸上，真是经典！他对吃一点也不讲究，蛋炒饭就辣椒是他最爱，我女儿佳佳上北大附小时，每天中午就吃爷爷做的蛋炒饭和干煸辣椒撒盐面儿，直到现在，她仍在怀念这个美食，而且特别喜欢吃辣。家里的电器出毛病了，拿黑胶布一缠就得活，我们叫他"黑胶布电工"。干活虽不精细，但什么都干，又出奇地快，遂又得雅号"李快手"。

50年代初，胡耀邦率中国青年代表团到罗马尼亚和苏联参加世界青年联欢节，我父亲与当时许多各界的优秀青年代表参加了这一盛会，那是他一生中最顺利的一段短暂时光。回来时，带回一些当时中国很稀罕的东西，有几样至今印象深刻，一是印花圆铁盒装彩色巧克力豆，盒盖儿上是莫斯科大学的图案，我当时觉得这些五颜六色的扁圆的小豆豆是世界上最好吃的东西。这个高级美食后来父亲带我去苏联展览馆参观老大哥社会主义建设伟大成就时又品尝过，那个时代能吃到苏联巧克力这样美味的孩子真是少之又少，我做梦也没想到若干年后，我会生活在生产这种巧克力的国家，一住20年！巧克力豆早吃完了，铁盒装了扣子别针等杂物，一直在外屋的抽屉里，现已不知去向。二是一瓶马头造型的洋酒，闹不清是白兰地还是威士忌，一直放在外屋的三角柜里，小时候不会喝酒，长大了会喝了，酒又找不到了。还有一大包咖啡，用高级的油纸一层层包得严严实实，一直放在书柜里，直到1969年，全家都下放到外地，我和高中同班、插队同村、全家迁往外地的同学回到家里。有一晚，实在饥饿难熬，我们俩翻遍了家中各个角落，竟然没有可以充饥之物，最后我们发现了父亲十几年前从苏联带回的咖啡。我们俩到厨房熬了一大锅，喝个水饱儿，饱是饱了，可我们瞪着眼睛一直到天亮。还有一样东西，那是一只印有莫斯科红场图案的钱夹。出国前从未用过，来俄罗斯时我把它带在身上，20年来从不离身，可能是宿命，这只来自苏联的钱夹原来只是为了装卢布的，在中国空空躺了40年又回到原地，我隐隐感觉到它在保佑我在异国他乡平安、富足。我也奇怪，父亲那么多遗物我偏偏带出来一个苏联产的空钱包，这只钱包已经很旧了，图案也磨得几乎看不出来，可我至今仍天天带在身上。

从苏联回来后，他认识了代表团中的许多名人，记得有一次，他带我去见了当时最可爱的人——志愿军英雄黄家富，还照了合影。我当时虽不知他伟大在哪儿，但我知道有此殊荣的小孩不多，而这个机会又是我爸爸带给我的。三年困难时期，我父亲在颐和园南湖开会，恰逢26届世乒赛刚结束，中国乒乓球队在南湖休养，他特地把我带到他们的驻地，我见到了容国团、庄则栋、李富荣、徐寅生、张燮林、姜永宁、傅其芳、孙梅英、邱钟惠等许多乒乓国手，当时这些运动员正是人气冲天，我不但见到他们，而且还请他们在我的一个非常精致的笔记本上签了名，庄则栋字迹很娟秀，像女人的字，而孙梅英的字又大又粗，倒像个男人的签名。那是一个全民打乒乓球的狂热时代，我能和这些国手近距离在一起而且获得签名，真是幸福无比。儿时对父亲的记忆最深的还有他把我扛在肩上到天安门游行。父亲当时好像是清华大学游行队伍的指挥，我记得当天5点就和清华的队伍一起出发，游行队伍经过天安门广场时，我个子太小，完全被人群和鲜花淹没，父亲就将我扛到肩膀上，立马高人一头，和大家一块儿欢呼着通过天安门。

他脾气出奇地好，永远是那么平和、任怨，生活中的随意和工作中的严谨判若两人。我与父亲之间基本上没有过很正式的交谈，但有一次随意的谈话给我印象很深。当时，我在总政话剧团当演员，他说你们演员演戏和我们老师讲课有许多共性，你们一部戏要演几百场，如何保持新鲜感，观众都是第一次看，所以你也要像第一场演出一样。我讲了一辈子微积分，成千上万次地重复同一内容，可我的学生都是第一次听，所以我每一次都要像第一次讲一样，用全部的热情和力量，充满新鲜感和活力，每次课都是与学生相互交流、相互启发，从而找到新的灵感和语言。老师和演员一样，每堂课和每场演出绝不是机械地重复，而是不断地调整，每次都不一样，都是一次再创作。老师其实又非常类似戏剧中的导演，导演教演员怎么演戏，培养演员独立在舞台和银幕上的活动能力，导演的成功在于培养出名演员，而不是自己出名，我们有句行话：导演要死在演员身上。我想，我父亲就是这样一个导演，把讲课当成一门艺术，他教了一辈子书，可谓桃李满天下，他教的许多优秀学生都成了国家的栋梁之材，在各自的岗位上为国家作出重要贡献，而他就涅槃在他们之中。有一次我去大西北原子弹研发基地慰问演出，总工程师是清华毕业的，当他知道我的父亲是李欧时，非常意外也非常高兴，他说他是李先生的学生，李先生的课他最爱上，评价很高，问我父亲身体可好，还让我带了不少当地的土特产给父亲。关于父亲在数学教学研究上的成就，姐姐前面写了很多，我就不重复了。

我父亲的文学功底很扎实，写诗填词都很在行，对京剧也颇有研究，不但拉得一手好胡琴，会吹箫，而且粉墨登场，上台演出。从燕大的剧社，到清华的工会，他都是活跃分子。他还存有许多京剧名家的老唱片，在一架老留声机上播放，后来改磁带了，我家书柜的上层摆满了京剧盒带，一有空便放到录音机里欣赏。我记得有一年暑假，我姥爷来中关园小住，在邻居林伯伯家举行了一次"堂会"，林伯伯、杜阿姨都是京昆高手，他们还特别请来杜阿姨的弟弟，天津京剧团专业琴师杜忠先生来助兴，我父亲和杜先生轮流操琴，姥爷的余派老生，林伯伯、杜阿姨的张生红娘和几位燕京名票各自拿手的唱段轮流登场，唱得投入尽兴，我父亲托得严丝合缝，与唱者配合默契，一点也不逊色专业。我虽是外行看热闹，但很着迷，我发现，我父亲的眼睛总盯着唱者，身体随着唱腔的节奏优美地晃动，弓子上下翻飞，声调高低错落，得意之处来点儿花音儿，耍耍技术，大家一致认为，我父亲拉琴的"手音"好，当时我还理解不了，后来"文革"时我也和父亲学拉胡琴，才明白，同样一把胡琴，不同的人拉，音色会有极大的差别。这次堂会，给我留下深刻记忆，我至今还保留着我父亲送我的一把胡琴，我把它挂在我在莫斯科的"老北京"大酒店的墙上。2001年，梅葆玖先生率李胜素等四名爱徒来俄罗斯访问，我在"老北京"大酒店宴请代表团一行，饭后，余兴未消的梅先生要即席演唱，琴师说没带胡琴，我说我有现成的，不知可不可用，遂从墙上摘下父亲的这把胡琴。这一天，在这把胡琴的伴奏下，梅先生和爱徒李胜素等演唱了梅派名曲，我还忝居其间，唱了一曲《红灯记》中的"提篮小卖拾煤渣"，居然赢得了热烈的掌声。我父亲还爱画画，尤以漫画见长，燕大1941级毕业生纪念册，他是编辑之一，画了许多有趣的插图，在数学系的合影旁画了个大算盘，可算匠心独具。他喜爱运动，游泳技术一流，特别是仰泳，他能躺在水面上一动不动，堪称绝活。我的这点水性就是父亲所教，然而"绝活"没学会，坚持不了多一会儿就沉底儿了。他从年轻时就酷爱集邮，对中外邮票知识丰富且收集颇丰，周日，常跑集邮公司，新中国出版的邮票一套不落，只可惜，"文革"中的一些珍贵邮票，如林彪和毛泽东在天安门上的等等，被他销毁了，不能不说是一个遗憾。五行八作、三教九流他都感兴趣，迷侯宝林的相声，水浒一百单八将姓名诨号倒背如流，对灯表演手影，以和平鸽和狗最逼真。作为北京市人民代表视察"馄饨侯"，对老北京的传统小吃有丰富的知识，说正宗的烧饼应为17层，你们的层数不够。我觉得，他们这一代老知识分子有一个很大的知识底盘，是谙通世事的杂家。看来不相关的事，其实都有内在的联系，各行各业，各个学科，各种知识，自然科学、社会科学都是相互关联，触类旁通的。真想成为大家，先得成就大学问，我觉得我父亲这一代老师的确很了不起，幼学扎实，知识广泛，不图功利，潜心向学，确实让我辈自叹不如，比起当今社会，物欲横流，浮躁虚妄，甚至在学术上弄虚作假，更是别如天壤。我认为清清白白做人，认认真真做事，老老实实地研究真学问，才是人间正道，治学的根本。也是我的父辈留给我们的宝贵财富。

他善待一切他身边的人，我记得70年代初，我插队的那个村的支书得了食道癌，我把他接到北京，住在我家里。当时我妈在江西鲤鱼洲干校，姐姐在宁夏，妹妹在内蒙古兵团，都不在北京，父亲也是刚刚从鲤鱼洲干校调回来给工农兵学员上课。我们家在中关园65号的房子在"文革"时被割去一半，只剩下两间屋。他把自己住的屋子让给农村来的支书住，而自己挤在堆满家具的外屋备课、休息。后来他去特钢开门办学，回来时还不忘给素不相识的病人带来一些营养品。这对他来说是再自然不过的事，但对于从农村来的病人来说是天大的不过意，连声说："受用不起，受用不起！""你爸爸真是个好老汉！"

我同村插队的同学，得了副伤寒，住在海淀医院。他的父母全都下放干校，我父亲待他像自己的孩子，到医院看望，出院后又接到家来住。

1970年春节，我和一块插队的同学回京，他没地方住，就住我家，我父亲因调回来教工农兵学员，我得以在那个离乱的年月和父亲过了一个大年夜。我感到他又黑又瘦，苍老了许多，他在海淀镇买了一些吃的，印象最深的是从"仁和酒店"买了一瓶"莲花白"，他对我们俩说："你们是大人了，可以喝白酒了。"在我的印象中，我父亲从来不喝白酒，这瓶酒是专门为我们买的。其实，这顿年夜饭很普通，吃了什么，说了什么，我都记不清了，但当时的气氛让我很难忘，我似乎第一次和父亲如此亲近地接触，在当时特别的规定情境中，母亲、姐妹都远在他乡，我又成了可以喝白酒的大人，我不知道我父亲当时在想什么，可我在那一瞬间，真切地感到了父爱，感到流落他乡多年突然回到了熟悉、温暖的家，这种父爱是包含了母爱的。

我母亲的一个老同学，年老体衰，卧病在床，子女不在身边，父亲70高龄，还经常骑着自行车给她送大米、营养品，我觉得父亲也是老人了，大可不必如此，可他认为是他应该干的。

我真觉得我父亲是个活雷锋，只不过他从不把做的好事写到日记里。

恢复高考时，我的很多同学都得到我父亲的辅导，时间紧迫，临阵磨枪，我父亲每天都要挤出休息的时间接待很多人。他们的水平参差不齐，父亲用最短的时间、最简洁的语言，根据每人的特点，进行点拨，使他们在考试中发挥了水平，有人由此改变了自己的一生。

直到现在，当年得到父亲辅导的同学，回忆当年的情景，还万分感慨。有一个同学说，你父亲的教学艺术就是把复杂的问题简单化。他说，一个非常复杂的问题，你要能用最简单、最通俗的语言表达出来，让人家一下子明白问题的根本，这才是大家。而不是是故弄玄虚，卖弄学问，看似深奥无比，其实他自己并没有真弄明白。

我父亲在教育界有许多熟人和学生，其中不乏在位的实权者，可我们三个子女上大学，他从来没有托过任何人，都是我们自己去奋斗。父亲这一代人真的活得很悲壮，用无私奉献评价他一点不为过，我一直想探寻我父亲这一辈人的心态，可我一直找不出一个适当的词来解答。直到他去世时，有人送了一副挽联，写着"四川好人"。我看到这四个字，心中百感交集，我认为这是对他最确切的评价。父亲就这样突然地走了，两袖清风地走了，没住一天医院，没有给家人和单位找任何的麻烦，没有让我们看到衣袋里装着的尿糖四个加号的化验单，可以说好人做到底了。他是一个平凡而伟大的人，"做好人、做好事"，是我从我父亲人生的每一页都读到的，也是大家对他的一致评价，我也把它当成家父的遗训。

忆我爸

李 建

不敢相信我爸离开我们已经 20 年了。他慈祥、睿智的笑脸总在我眼前晃来晃去，他幽默、诙谐的语言总响在耳边。数不清多少次我看到了他，看见他一手粉笔末，骑着自行车从清华回家，手里拎着顺路给我们买回来的好吃的，听见他浑厚的嗓音，清晰的北京话，一切就像是发生在眼前。可睁开眼睛，泪洒被枕，真不愿意回到现实。这二十年间，我知道我爸一直活在我心里。

我爸惯我

我是家里的小妹，"小妹"这个南方人常用的小名只有我爸叫过我，别人叫我都是连名带姓。我爸虽然是在京城长大，但他的祖籍是四川。他南方人的基因和生活习惯处处都在。这顿饭如果吃的是馒头花卷儿，他会认为没吃"饭"。辣椒就米饭，就是他最好的美食。我爸基本不会做饭，但他会做可数的那几样南方菜，至今都是我的最爱。他会把腌过头的泡菜加辣椒和肉末炒，会把剩的菜和饭一锅煮，叫做"烫饭"，还会鸡蛋葱花香肠炒米饭。想吃他做的饭还不是太容易，大都是在全家人回来很晚，或很饿又很累，没人愿意进厨房时，我爸会无声无息地弄他会的那几样儿，让大家吃饱。

都说我爸"惯"着我，我倒没觉着，可我爸从来没跟我发过脾气是真的。可也没见过他和别人发过脾气。我爸也确实"惯"着我，他天生喜欢孩子，他不光"惯"着我，也"惯"着他认识的所有孩子们。我和我爸有同样的血型，我小时发现胸腔里长了一个瘤子，做手术时需要备血以防万一，我记得一大管儿血从我爸的胳膊上抽出来。手术后是否用到了我身上不得而知，但那个抽血的镜头一直定格在我的脑子里。我爸天性善良，我长大的那个时代，外面的世界很乱很乱。可不管外面是风平浪静还是暴风骤雨，我爸尽其所能给了我一个个幸福快乐的日子。小时候，夏天趴在他背上在颐和园昆明湖里游泳；冬天他带着我到北大未名湖、清华荷花池滑冰。我上山下乡时，他给我寄书、寄半导体收音机；我没机会上学时，他教我学数学，从初中教到大学。我在工厂上班三班倒，他叫我起床，催我睡觉。有一天他买到了少见的螃蟹，一直等着我下中班晚上9点多一起吃。我上大学时周末回家，家里的三角柜里总有我爸从中关村福利楼给我买好的洋点心。我绕道香港去英国，他拿出积蓄叫我不要省钱。我告诉他我怀孕了，他说男孩女孩都好。

我和我爸说话从来没大没小、随心所欲。现在回想起来，那个年头有多少麻烦事儿啊，他为我抽血时，正在经历人生的重大挫折。他给我寄书到乡下时，全家四分五裂，五口人在五个地方。他教我学习时，学校里对他是"批判使用"。这些我爸都自己承受着，我竟然都不关心，可能是因为我不愿相信也就不想去知道。我爸以他特有的善良温和的性格，默默地做他能做的事。我不记得他是否问过我的学习成绩，也不记得他给过我任何人生指导。可有我爸在，我快乐，我高兴。他是慈爱的父亲，给了我无形的、无法言传的财富，让我们在那个特殊的年代有一个快乐的家，健康、幸福地长大。现在想起来，有我爸我真是幸运。我爸是付出型的，最怕麻烦别人。可我是太习惯和享受他的关爱了，总觉得他会永远那样棒，很少想到去关心他。我爸说过："女儿一个西医一个中医，是战略措施。"他自己却突然地离开了，居然没有给我们机会去回报他，"战略措施"一点没用在他自己身上，和他几十年来一样，一点没麻烦别人。

我爸教我

我爸当教授那些年，教授不是个受人尊重的职业，最好的待遇就是"教育使用"。我爸把这些无法掌控的命运放在一边，他把教书当做他的责任，必做的事，事实上，教书真的是他的享受。幸运的是，几十年来，没有人剥夺走他的这份享受，让他教了一辈子书。我爸上的最简单的数学课可能是给我上的。"文化大革命"开始时，我小学还没有毕业就无学可上了。从兵团回北京住在家里，后来进了纺织厂，每日三班倒。想不起来是哪一天，我爸说"咱们学点儿数学吧"，我们就开始了。那时正是"读书无用论"当道，谁也不知道学数学干什么，将来在哪里。只是觉得人要有知识，不要浪费时间。我爸就从一元一次方程讲起，一天一课，没有课程表，没有教学大纲，也没有时间限制，我上早班，就下午讲，我上夜班，就睡醒了再讲。有时饭前，有时饭后，他讲一章，我就做习题，第二天再讲。讲到平面几何时，我爸说找本简洁易懂的书，随手从书架抽出一本极薄的小册子。"就学这本闵嗣鹤先生的书吧。"闵嗣鹤先生是我小学同学闵惠泉的爸爸，这是一本30年代的书，虽然上面都是灰尘，却是"文革"初期劫难的幸存者。我爸就这样平平淡淡、自自然然地把我引入了知识的殿堂，我们的课持续了好几年，直至1977年有了恢复高考的消息，我们已经学到微积分了。得知恢复高考到考试只有三个月的时间，报了名才发现我从来没有学过物理和化学，还上着三班倒的班儿，就紧锣密鼓玩儿命学习。可是毕竟时间太紧，第一天下午考物理和化学时，有的题还真是从来没听说过。当惯了好学生的我第二天发小脾气不想去考了。是我爸轻轻地叫我起床，手里拿着一张纸，上面是他写好的数学公式，轻言细语地给我过了一遍，说数学你应该可以考好。我立刻满脑子充满了数学，满怀信心骑车到考场去了。这改变了我一生命运的考试就在我爸轻松自然的提醒下完成了。这一幕就好像发生在昨天，真是应验了"机会是给有准备的人"。没有我和我爸那几年学习，也就没有我后来的日子。再后来我和我爸都忙了起来，也没有机会再听他讲课了。读大学、念研究生，在中国、在美国，我接触过无数教授、老师，我最佩服我爸的就是，不管你问什么问题，几句话他马上知道你的问题所在，他的回答语言简洁明了，没有一句多余的话，你就全清楚了。几十年过去了，我爸教给我的代数方程、三角函数、解析几何仍然清晰地在我脑海里。

我爸集邮

我小学二年级时戴上红领巾那天，我爸送我了一个粉色的集邮册，上面写着"李建入队纪念"。里面一张张地插着有好多古今中外的动物邮票。有长方形、正方形的，还有三角形的，漂亮极了。我爸集邮是从他中学时就开始了，厚厚的几大本邮票，他有时间就在那里摆弄，享乐在方寸之间。我爸集邮的专题随着时代走，年轻时大概集过动物专题，后来给了我。1949年以后，中国出的特种邮票和纪念邮票到他去世前一张不缺，还有各种小型张、无齿邮票、连张票、首日封。他还有名人专题、科学家专题、航天航空专题、体育专题好几大本。这些大本都是用牛皮纸包着皮，保护得好好的。平时不大讲卫生的我爸，弄起他的邮票来，总是要先洗好手，拿着小镊子轻拿轻放，有时还拿着专用放大镜。我小时候，他喜欢给我讲邮票。我记得打开"科学家专题"大本。我爸告诉我这张是伽利略，那张是罗蒙诺索夫，这张是波兰的邮票纪念哥白尼，那张是纪念祖冲之的圆周率。我好奇的是他怎么能认识这么多国的文字，德文、捷克文、希伯来文……还有就是这些世界邮票是从哪里来的呢？在他的"体育专题"里，有各国纪念历届奥林匹克运动会的邮票，我爸按各体育项目分类。我从他的邮票里知道了链球、划艇、马术和好多那时没听说过的体育竞技。自从苏联加加林载人飞船上了天，我爸开始了他的航天航空专题。从发射人造卫星到美国的阿波罗登上月球，那一张张邮票无与伦比，一张比一张漂亮。我记得一个六连张，没有边框，是一个整的太空画面，地球和九大行星加上航天飞机。深蓝的底色，星星闪烁，承载记录着人类的太空梦。我爸每月都要骑自行车进趟城，花一个多小时从中关村骑到王府井。一是老习惯要到王府井的四联理发馆理发，二是去集邮公司看有没有新出的邮票。顺便他还去全素斋或者去稻香村买些我妈妈喜欢的那些素什锦和点心之类。这些邮票都是他月月年年持之以恒积累的。

我爸买书

我爸最爱买书。他每星期都骑车到海淀新华书店转一圈。我们小时候，他喜欢买小人书。那时书出的不多，我爸基本上是出一本买一本。新华书店售货员都认识他，出了新书会给他留着。我家的小人书放在一只小皮箱里，小皮箱放在床底下。那时下午放学早，我哥哥和他的一帮同学常常到我家，拉出小皮箱，围坐在地上，津津有味地看起来，看不完就借走看。我开始还给小人书编号，后来书太多又有的找不到，也就不了了之了。别看这些小人书，我从那里读了全套中国古典文学：《水浒》《红楼梦》《三国演义》……还有那一本本儿电影故事小人书，让我们不进电影院，一场不落地把那时的中外电影全看了。我哥哥小时候还把好多电影台词记得滚瓜烂熟。我爸还爱买杂志，《读者文摘》《八小时以外》《小说月报》……家里到处都是书，床头、厕所随手即是。不管走到哪里，只要我一回到家里，有我爸在，总是有新书看，常常躺在床上一本一本看到深夜。这些看起来杂乱无章的书，渐渐地丰富了我们的知识，开阔了我们的眼界。我爸在不经意间给予我们书的氛围，让我们受益终生。

我爸嘱托

1990 年，我在美国读研究生，我爸终于退休、返聘后又"退休"了，和我妈一起来美国探亲，那年他 72 岁。我们开车去纽约肯尼迪机场接他，我 1986 年出国，4 年没有见他，我爸头发白了，走路背也有些驼了。他见到我说："我还挺棒吧，我要在美国做两件事，一是看看你们，二是捡捡我的英文。"看我们在那里说起没完，又问："你们怎么来的？""开车来的。""赶紧走吧，别让司机等着。"知道是我们自己开车，他哈哈大笑，我爸总是想着别人。那时中国还没有私家车，他出去开会有司机开车来接，他总是早早出去等在门口，生怕别人等他。

在美国的一天，他忽然说："李建，我想和你说说我。"他平时总是笑话连篇，严肃了还真的让我有点紧张。我爸是这样开头的："我老了，你们长大了，走得远了，以后见面的机会少了，有些我的身世你们还不知道。"以前只知道我爸父母去世早，从小寄人篱下，长在我们每年春节都要去拜年的我爸的二嫂家。我爸告诉我，我爷爷是四川秀山人，光绪二十四年科举二甲第一名入翰林，进京做官。后因丧母，丁忧三年，从四川到湖北负责川汉铁路。我爸在湖北宜昌出生，我奶奶姓王。我爸最小，上有两个同父异母的哥哥和三个同父同母的姐姐。我爸一岁时，他父亲去世了。这个封建大家庭容不下我奶奶，使她几年后离家出走，从此不知去向。四个年幼的孩子分别寄养在两个年长的哥哥家。我爸从此在他的二哥二嫂家长大。我爸和他的姐姐们长大以后，在报纸上登过寻人启事找母亲，仍然是渺无音信。我姑姑们都说我大娘对幼年的我爸十分苛刻、严厉。寄人篱下的我爸有了很多机会接触平民百姓，使他与家里的保姆、拉三轮的车夫更亲近，他小时候时常把家里给的吃早饭的钱接济穷人。我爸天性活泼，喜欢体育、音乐、文艺，不好好读书。我大娘就把他转到四存中学好好管教。我们很少听到他说我大娘对他不好，总听我爸说要感谢我大娘，要不是我大娘及时刹住，他日后能否成了体育文艺明星也不好说，但绝成不了数学教授。我爸还讲了很多很多他的故事，他为什么要告诉我这些，他意识到了什么？

最后一面见我爸是在送我爸我妈回国的那天。我爸突然对我说："好好读书，不管家里、国家发生了什么事情，都要读完博士学位再考虑回家。"难道他真有预感会发生什么事？我朋友说你爸给你的压力不小。其实不是压力，我想他是想让我完成他年轻时的一个心愿。是以他和他朋友的经历告诉我中国看重美国的博士，不要一时激动或心血来潮就回国而放弃了学位。一年以后，国家没出什么事，我爸自己真出事了。多年的糖尿病引发的急性心肌梗死，在几分钟内就让我爸永远地离开了我们。我博士还没毕业，只好违背他的嘱托回北京去看他。多年以后，我在哈佛大学医学院研究心血管疾病，同行的科学家们越来越清楚糖尿病引发的血管病变在心脏病猝死中是重要的原因。科学发展还是太慢了，我爸没有能等到这一天。

可以告慰我爸的是，我完成了和正在实行着他的嘱托。在动荡的社会中，我爸我妈这一页已经翻过去了。我爸其实就是一个简单的学者，他热爱生活，兴趣广泛。他善良、仁慈、爱家、爱孩子。回忆这些，我才意识到，世上能有多少人像我能在这样的家庭环境里长大，书香、知识围绕着我们？真是幸运无比。我的一个发小有一天说了一句让我感动半天的话："我们小时候多羡慕你有一个好爸爸！"

2011 年

父爱

江 凡 | 江诗永(1926—1974)，北京大学经济系讲师，生前住中关园平房263号。作者江凡，江诗永先生之女。

在我成年以前，我几乎不知道父亲对我的疼爱，因为我的无知，也因为父亲对我的严厉。

两三岁起，凡是跟妈妈外出，走不了多远，我就要妈妈抱着，甚至我并没有要求抱，妈妈也会很自然地抱着我走，她总是问我：乖乖累了吧？妈妈抱吧？和妈妈在一起，我就很会撒娇，有的时候说话舌头也捋不直，嗲里嗲气的。父亲从来看不惯，他带我出去，总是把最小的一根手指递给我，我紧紧地抓住这根手指，迈开小腿使劲地跟着爸爸跑。他并不专门为我走得慢一点，该怎么走就怎么走，也不容你说累了，走不动了。如果你真的说走不动了，那好，你就自己看着办吧，他早就自己走了，吓得我一溜小跑追过去，还是去攥住那根递过来的小指头。我从来没敢在父亲面前要求什么，否则下次……就没有下次了。现在想来，小孩子潜力其实是很大的。

4岁半，去了六一幼儿园，两周回家一次。在家里的时间短，爱闹脾气，就这样，父亲也没有哄过我，说也怪，他用眼睛瞪我一下，我就老实了。那时父亲教我下跳棋，但是我老是输，很不开心，妈妈在一边对父亲说，一个孩子，你就让她一步又怎么样？父亲说，靠人家让着，会有出息吗？要自己动脑子！在不知道下了多少年的棋之后，我终于长大了，也有偶尔能赢父亲的时候了，他会微微地笑一笑，表示对我的奖励。

小学三年级开始，开设了大字课，用毛笔描红模子。父亲一生爱好书法，很重视书法的学习,别的作业他从来不问,只有写大字这项作业,他是要亲自指导的。他不要我描红模子,从一开始就要我临摹,在写每个字的时候,要我先记在心里,结构笔画,起笔落笔,然后一笔写完绝对不许再描,还给我做示范。除了学校的作业,父亲规定我每天必须要写大字,他的要求是每页(16个字)只要他判我得两个红圈,就可以出去玩。我哪里有心思写字,窗户底下已经藏了一排的小脑袋等着我了,心里想,两个圈还不快吗?谁知道,好不容易写了一篇,往往都是只画一个红圈,还得再来。现在想来才明白,其实父亲

1972年江诗永全家于中关园

就是让我每天写两篇大字,但他并不明说,让你在看似容易的条件下,老老实实去完成这个艰巨的任务。我在兵团的时候,父亲寄给我厚厚的稿纸,在每一行的开头,他都工整地写下漂亮的钢笔小楷,让我每天坚持练字,我现在还保存着他寄给我没写完的稿纸。捧着父亲写给我的字,感到他对我的期望是那么深。父亲曾经告诉我,字写好了很重要,字如其人。多少年过去了,我现在更加体会写字的重要,中华文化传统的传承,字是基础啊。

小学高年级的时候,父亲教我修自行车。修车是个脏活儿,换一套轴承,要弄得满手都是油泥。父亲先带着我拆前轴,然后是后轴、中轴,我没有劲,卸螺母要使足全身的力气,他在旁边看着,并不帮我。父亲很爱动手鼓捣点什么,而且手特别巧,他常说的话就是:动动脑子!我很佩服他,但也怕他——怎么老是有那么多要干的活,别人家的女孩儿哪有我这么倒霉啊。不过劳动毕竟是有乐趣的,当你亲手修理好了自行车,并且到外面去骑一圈儿回来,边骑边体会飞轮咔嚓咔嚓的声响,那个溜儿,那个得意,太有成就感了。父亲还让我自己动手修篱笆,用手锯锯掉围着篱笆周围树上的枝枝权权;学着蹬平板车,从煤厂拉煤饼回家。小的时候干这些活真是非常不情愿的,长大以后才懂得,父亲是培养我独立生活的能力。

每个学期的大考后，总要开家长会，我的家长会都是父亲参加。在家长会前，我们班干部都是要预先布置会场的，墙的两边都是优秀学生的作业、卷子、图画、作文和毛笔字，每一类每一种都有我的在里面。开完家长会，每次我都绷不住劲地问父亲，老师说我什么了？其实我是想问，老师又表扬我什么了？父亲很安静地看着我的眼睛，对我说：老师说你骄傲。我骄傲了吗？我从来都没敢骄傲过啊？在父亲的眼里你是注定无法辩驳的。父亲就这样巧妙地敲了一下你刚想翘起来的小尾巴，你又得老老实实的了。

　　小孩子没有不贪玩儿的，但在玩之中，父亲也有要求，比如游泳。每年一放暑假，我们就爱泡在游泳池里，有的时候甚至一天游三场。回了家父亲要问我游了多少米，他规定每天必须要游2000米，要有锻炼的目的。"文革"中为了参加"串连"，父亲让我先练走路，走路可不是想走就走，不想走就歇，必须天天坚持走，真是很苦啊，在他的监督下，我还真的是练成了一副"铁脚板"，在日后兵团野营拉练的时候见了真功夫。

　　"文革"中，知识分子都挨整，父亲也没有例外，他被关在学校37楼，连到校医院看病也是有人看押的。我对系里整过他的人深恶痛绝，而父亲却是那样大度。那时北大的干校在江西鲤鱼洲，父亲病重没有去干校，在校留守。他自己拖着病体，白天在图书馆办马列主义三本书的展览，做普及工作，晚上写作到深夜。有时同事的孩子要开家长会，他代替家长去参加。同事的老母亲病了，夜里来找他，他带着去校医院看病。我从兵团回来听说这些，很是不理解，难道整你的事就忘得那么快？父亲淡淡地说："都过去了，放下就行了。"当父亲病危的时候，需要那么多稀奇古怪的中药，系里的叔叔阿姨（也是整过父亲的人）知道了，纷纷伸出援助之手，从各地找来了蝎子、蜈蚣、犀牛角粉、藏红花等等北京根本找不到的药，让我们体会到了人间的温暖。父亲以他宽厚的心给我上了人生重要的一课。

　　1969年8月16日，我离开北京去了内蒙古兵团。离京前收拾行李，我向父亲提出想买一条学生蓝的裤子。父亲说，不是发了衣服吗？大家穿什么你就穿什么，不要特殊，没同意我买。想到父亲一贯的态度，我没敢买什么好的水果，只买了两斤香果（当时是2毛2分一斤），在厨房一个一个用肥皂刷洗干净。父亲看见后说，不要带了吧，工农同学家都带水果吗？我看你带上几条黄瓜就可以了，又解渴，又当了水果。我当时委屈得眼泪都出来了，心想就因为我妈妈不在家（她4月份就去了湖北干校），要不怎么我也不至于这么惨啊！

邻居张阿姨知道我第二天要走，特意送了两大串葡萄，也被父亲留下来，张阿姨好说歹说，放了一串在我书包里。在两天多的路上，我几次伸手到挎包里，摸出的都是黄瓜。恐怕在那一节长长的专列里，都不会有第二个带黄瓜的知青了。我不理解父亲的严厉，特别生他的气，我只觉得他根本就不爱我。

父亲从没有当面夸奖过我，我觉得无论怎样做，似乎从没有达到过父亲对我的要求。从兵团回来后，我曾经偷偷看过父母亲之间的通信，才知道原来父亲是那么想我，那么疼我，在得知我每一个微小的进步时他都是那么欣喜，在他严厉的面孔下，是多么慈爱的一颗心啊！他不愿意因为自己的病痛拖累我，说服自己不要只顾小家而不顾女儿的前途，动员我积极报名去兵团。要知道我离家之后，父亲是多么困难：奶奶已经84岁高龄，他自己肝硬化腹水已经是晚期，这一切的一切，都是为了我的成长，而不是考虑他自己。

父亲在我20岁的时候就去世了，我没有机会和父亲做更多的交流。现在回想起和父亲在一起的点点滴滴，才体会到他对我深深的爱——那是更深层的，要用心去体会的爱。父亲怕娇惯坏了我，从小就培养我独立，让我懂得事事要靠自己。怕我不能吃苦，让我生活上简朴，向低标准看齐。怕我心胸狭隘，用自己的行动为我做榜样。还有许多许多，都印在我的脑海里。几十年来，我觉得父亲一直在慈祥地注视着我，父亲的爱，一点一滴都融化在我的血液里。

1960年4月江诗永、江凡父女在中关园263号

桃李满天下

陈　端 | 傅琰(1914—2008),北大附小教师,20世纪50—90年代住中关园平房50号。
作者陈端,北京大学东语系教授陈玉龙之女。

旅居加拿大的小学同学 R 君,转寄来一封信。那是一位小学老师写的,虽然她没有教过我,但对我家姐弟三人的名字记得很清楚,我家的情况她也十分了解,在信中老师还提到对我爷爷奶奶的印象。

这位老师姓傅名琰,印象中她比较娇小,但德高望重。我小时已对她怀有一丝景仰之情,如今回望过去,更体会到她隐隐透着威严的外表下,深藏着的一颗炽热的赤子之心。眼下看到这位 89 岁的老人仍然文思敏捷,那端庄秀丽的字体与留在记忆中温文尔雅的风采重叠,心房里泛起暖流。

2005年春节,陈端、吴熙看望北大附小傅琰老师

有什么动力，可以使一位老师在数十年后准确地叫出昔日芸芸学生其中之一的名字，何况根本没有亲自教过她？那一定是这位终身从事教育事业的人，对下一代的无比关爱，才能使她具有如此非凡的敏锐和过人的记忆力。

拥有这种献身精神的人永远不会寂寞，如今虽然她的学生们也不再年轻，但仍如众星拱月般围绕着她，尽管有的身在遥远的异国他乡，但仍以曾有这样的老师而深感与有荣焉。桃李满天下，的确是傅老师的真实写照。

父亲在电话中听我讲了这件事，也很感动，遂托人送去我新出的一本散文集。由于父亲没有留下电话，老师通过其他学生辗转找到我弟弟，最后亲自致电给父亲道谢。对被哲人称为"饱受殉道者的苦难"的培育人才的园丁，我永远铭记歌德的诗句："随您驰行吧，我永感盛意／卓绝的伟人，高尚的教师。"

原载2003年3月12日香港《大公报》

回忆翁祖雄、林美惠先生和我的左邻右舍

陈 选 | 翁祖雄（1921—2008），北京大学原东语系讲师，20世纪50—70年代住北京大学中关园。林美惠（1913—2004），北京大学东语系陈信德夫人，50—70年代住中关园平房264号和33号。
作者陈选，北京大学东语系教授陈玉龙之次子。

翁祖雄先生——我的日语启蒙教师

弹指之间，定居日本已经二十多年了。谈到与日本的因缘，不得不追溯到将近四十年之前的一段段往事。

1972 年，承蒙法律系张宏生教授夫妇的帮助，我从黑龙江建设兵团转到河南开封城郊插队。由于年轻，缺少对保持身体健康的知识及认识，经常在工余休息时间，不顾满身大汗淋漓，一偏头就躺倒在阴凉处喘息。久而久之，患上风湿性关节炎，1973 年以后，不得已回京养病。

回京之后，包括父母在内的老一辈人总是开导我们，不能虚度光阴，要设法学点知识。可是，严格地讲，本人的文化程度，不过是小学毕业。就在小学将要毕业前，"文化大革命"的黑色风暴开始席卷全国。到了中学，以工业基础知识课／农业基础知识课代替了数理化课程；而英语课，也不过就是学点 "Long live Chairman Mao" 之类的政治口号。当时的客观环境，使"读书无用论"成为社会上的共识。因此，中学一年半（1968 年 1 月—1969 年 8 月）时间，就那么浑浑噩噩地混过去了。整天接受军训，在操场上被军宣队员再三训斥不会走正步，实在是一无所获。当时所拥有的一点点可怜的文化知识，只是幼时家教，从小接受从事文史工作的父母熏陶的结果。在这种情况下，到底学什么才好呢？记得与隔壁邻居范伯均、范伯胜一商量，还是先找一门外语学学

吧。于是，陈其与隔壁范伯均选择了英语；范伯胜选择跟自己的父亲范伯伯学法语；我想偷懒，不愿意背英语单词，而日语中汉字多，便决定选择学习日语。于是，父亲请东语系翁祖雄先生教授我初级日语。

在此之前，我对翁先生并无过多了解，只知道他们夫妇二人是日本归侨，且有日本血统。"文革"的大浩劫来临之后，翁先生被莫须有地带上"里通外国/特嫌"的罪名，被迫离开日语教学岗位，经常在中关园看到他在为残缺不全的沟西大操场西边的苗圃除草浇水。后来才知道，翁先生毕业于日本京都帝国

翁祖雄教授

大学法学系，后进入一桥大学经济系攻读硕士课程。新中国成立后，不顾家人的反对，他满腔热诚地从日本乘船归国参加建设新中国的事业。谁料想，竟然碰上了"文化大革命"这一浩劫。被剥夺教书育人权利的翁先生从我父亲口中得知让我拜他为师、学习日语之后，毫不犹豫地欣然接受。

从此，不论严寒酷暑，每周一次，翁先生风雨无阻，登门授课。使用的教材是当时北大东语系编撰的灰蓝色封皮的"日语"课本。从五十音图开始，翁先生一板一眼地、一丝不苟地为我教授发音，解释语法，这种先生登门授课的方式令我感动。我师从翁先生学习日语的过程，大概持续了一两年时间，在这段时间内，我不仅掌握了日语的初步基础，更从翁先生身上学到了很多难能可贵的做人道理，为日后的人生之路作了良好的铺垫。比如，翁先生以及他父亲长期侨居日本，却一直保持中国国籍，这让我十分感动。90年代中期，在日华人大批加入日本国籍，而我们并没有随波逐流，依然保持中国国籍，这不能不说是深受翁先生的影响。

1976年初秋，十恶不赦的"四人帮"被粉碎后，当年怀抱着建设祖国理想踊跃归来的大批华侨，在饱经政治摧残后，开始倒流，返回出生国土，翁先生夫妇也不例外，回到了日本。80年代初期，翁先生被其所供职的日本某家一流大型跨国化工企业派回北京，常驻京伦饭店，达五六年之久。

2012年8月22日陈选（左1）赴鹿儿岛看望翁祖雄家人

1989年，我前往日本留学，途经东京时的落脚之处，是翁先生位于横滨的私宅。此后不久，翁先生退休回到老家鹿儿岛，从此就再也没有重逢。只是每年年底，我们按照日本的习惯互换贺年片。2001年，我因公回国常驻，从此与翁先生失去联系。翁先生回到鹿儿岛后，晚年其乐融融。后来因患脑溢血，于2008年5月12日仙逝。翁伯母今年已经85岁，身子还硬朗，现在鹿儿岛与长子生活在一起，拟在年底迁居名古屋。

现在回想起来，晚年未能前去鹿儿岛探望翁先生，实属人生的一大憾事。为了弥补这一缺憾，我已经与翁先生长女约定，打算在9月22日专程前往鹿儿岛，在翁先生陵前送上一束鲜花，以寄托哀思。

林美惠先生——引领我走入大学校园

熟悉中关园的人，也许都会记得，在贯穿中关园东西的"主干道"最西端，坐北朝南的33号，曾经住着新中国成立后的中国日语界泰斗陈信德先生一家。1949年后，北大东语系人才辈出，广泛活跃在中国的外交界，以及日本文化教育研究的第一线。从周恩来总理的日语翻译王效贤、周斌，到后来出任驻日大使的徐敦信，前国务委员唐家璇，人民文学出版社的著名编审叶渭渠，以及后来北大东语系日语专业的骨干教师，无一不是出自陈先生门下的弟子。

陈信德先生，出生于台湾，毕业于日本京都帝国大学。陈先生满头银发飘逸，不苟言笑，彬彬有礼，是一位风度翩翩，十分注重礼节的长者。陈先生还有很高的音乐素养，弹得一手好钢琴。有时从陈先生家门前走过，不时可以听到悠扬的钢琴声绕梁而出。而陈家院子里的那棵钻天白杨，更让人印象深刻。可是，就是这么一位严谨、忠厚的学者，在"文革"中却遭到了惨绝人寰的迫害。每念及此，不由得义愤填膺。

提到陈信德先生，不能不提到陈先生的贤内助林美惠先生。林先生是一位非常传统的日本妇女，具有温良恭俭让以及忍辱负重的所有传统美德，逢人总是面带微笑，低头行礼。听熟悉陈家的朋友说，"文革"陈先生被监禁后，林先生一家被迫迁往成府居住，忍受着经济上生活拮据、政治上遭人歧视的双重压力，能够度过"文革"的千古浩劫，实属不易。

1975年，我病退回京后，在北大家属工厂谋到了一口饭吃，每天看到那些工农兵学员来来往往，春风得意，不免有几分羡慕、嫉妒与愤愤不平。

1977年，"文革"后高考恢复。我们这些长期处于社会底层的"黑五类""臭老九"的后代，总算看到了一线曙光。当时，与翁先生商量报考大学事宜时，他建议我报考外地的日语专业，并介绍我临阵磨枪，跟随林美惠先生补习日语口语。大约是在1977年秋后到1978年初，将近半年的时间里，在翁先生的建议与斡旋下，我开始去林先生家补习口语。当时，陈先生的冤案已经得到平反，落实政策后，林先生和女儿陈昭宜迁往蔚秀园居住。每次我去补习日语时，还经常能够从林先生处汲取关于日本的风俗习惯、文化社会等相关知识。在林先生家，我生平第一次吃到略带酸味的日本饭团，当时有些不太习惯。在林先生的耐心有效的指导及教诲下，通过突击补课，我的口语水平有了大幅度提高，终于如愿以偿，成为1978级一名大龄入学的大学新生。记得当拿到录取通知去向林先生报喜时，林先生十分高兴，那一幕至今历历在目。

林先生在80年代回到日本，在关西大阪一带定居，此后一直未通音信，直到2009年，"我们的中关园"谷歌网页开始运作时，我才通过江凡辗转找到了她的女儿陈昭宜，并得知林先生前几年已经驾鹤西去，目前安眠在日本关西滋贺县肃穆的墓地中。未能在日本与林先生再会，无疑是我人生中又一个无法弥补的遗憾。本来今年曾经两次准备前往关西扫墓，但由于各种原因，尚未能实现，我相信这一天总会到来。

左邻右舍——我们一家与中关园

以前总听人说，一旦你感觉到只有回忆才能为你带来快乐时，证明你老了。年近花甲，身临其境，果不其然。

这些年来，"40后""50后""60后"的人群，忙着开设同乡/同窗网页，张罗同乡/同窗会，参加母校成立的周年纪念活动——其实只有一个既明确又单纯的目的，那就是追寻渐行渐远的孩提时代，青春时代的美好记忆。而孩提时代生活的大平台——中关园，是我一生中最为鲜活、最为美好的序章。尽管儿时的许多记忆已经不完整，残缺不全。

中关园，既普通，又特殊。

说它普通，在于它不过是千千万万个中国普通的居民住宅区之一。它不但没有丝毫奢华，反而带着更多的朴实，一派田园风光，按照现在的美学观点，未免有些乡村野舍的感觉。中关园东西长约四百米，南北也约有三四百米，据说面积约达十六万平方米。中间一道只有遇大雨时才发挥泄水作用的旱沟，无形中成为地理上的分界线，沟的东半部称为沟东，另一半则为沟西。

说它特殊，在于它是中国最高学府北京大学的家属宿舍八大园之一，藏龙卧虎，人杰地灵。它与清华大学近在咫尺，与中国科学院一墙之隔。它所蕴藏的文化内涵，它的人文环境，无可比拟。浮想联翩，想说的话实在太多，要回忆的篇章实在太过庞杂，思前想后，还是从人说起吧。

我们家住平房54号，位于沟西的最西端。家里共有七口人，祖籍江苏镇江。除了父母之外，还有年迈的祖父母。父亲出身平民家庭，毕业于江苏扬州中学，该校当时与天津南开中学齐名，一南一北，是江南的一所名校。但是，日寇侵华的铁蹄踩踹了父亲的青春岁月与梦想，他忍受着亡国的痛苦与远离亲人的寂寞，只身一人，先漂泊于巴山蜀水之间，就读于当地的高中，后浪迹于龙门滇池之畔，在位于云南的东方语言专科学校就读。抗战结束后，他随母校北迁国民党政府的首都南京，新中国成立后应召到北京。原东方语专的人马一并被北大东语系吸收。我父亲的文笔十分优美，行文流畅，遣词造句有华丽有简练。读他的散文，实在是一种享受。只是，1957年的冤罪让他丧失了大展才华的机会。二十几年的蹉跎岁月，夹着尾巴做人，个中甘苦，可想而知。母亲是江苏丹阳人，出生于没落的资产阶级家庭，自幼受到良好的家庭熏陶，知书达理，忍辱负重，毕业于江南名校南京金陵女子大学。从小母亲就让我们背诵《唐诗三百首》，临摹柳公权、颜真卿和欧阳询等人的字帖。父母的谆谆教诲，家庭氛围的熏陶，奠定并造就了我们姐弟三人的中国文化基础。每念及此，我们庆幸出生在这样的家庭，由衷地感谢父母自幼对我们的培养。祖父是有着一缕银白飘逸胡须的美髯公。由于他的人品和美德，生前在中关园备受园人敬重，被大家亲热地称为陈爷爷。从小他就一再教育我们，待人要谦逊厚道，有事让人三分；走在路上，每当看到有挡道的石头块等横在路当中，他总会把这些障碍物搬开，以免绊倒腿脚不方便的人和老人。此等言传身教，潜移默化地影响着我们的价值观及道德观的形成，使我们姐弟三人终身受益匪浅。祖母缠足，虽没上过学，但稍识字，心地善良，乐善好施，60年代闹粮荒时，曾拿出家里有限的粮食接济下层劳动人民，唯独封建思想比较严重。姐姐自幼就好学，有文学天赋，一直成绩优良，初高中均就读于大名鼎鼎的101中，可惜"文化大革命"让她无缘大学。哥哥多才多艺，兼有艺术细胞，琴棋书画，均有一定造诣。我本人虽无可圈可点之处，但乐于助人，热情好客，可能是家族遗传。

我们家周围有着太多太多的好邻居。

53号范宏科伯伯一家。范伯伯与范妈妈特别具有亲和力，因此在沟西大操场西边一带，人缘极好，家里总是高朋满座，宾客如云。范伯伯是久居越南的归侨，精通越语与法语，并能烧得一手越南好菜，堪称美食家。范伯伯与我父亲虽不是校友，但是在北大东语系，两个人在工作上多次合作。特别值得一提的是，人民出版社60年代初期出版的《胡志明选集》，在我的记忆中，就是由范伯伯翻译，由我父亲校对成稿的。即使在我父亲被打入"冷宫"的二十年间，范伯伯仍然一如既往地经常到我家串门。范妈妈姓农，出生于云南的大户人家。北大东语系东南亚小语种的好多骨干教师，均为范妈妈父亲农先生的门下弟子（其中也包括我们的父亲在内）。范家有四兄妹，长子伯希（昵称"希希"），是声冠沟西的孩子王；长女伯玲（昵称"阿妹"），自幼聪慧贤淑；老三伯均（昵称"阿三"），反应灵敏；末子伯胜（昵称"阿四"），调皮任性。范家四兄妹，现在天各一方。兄弟三人，在香港均事业有成。范家祖父母定居云南，屡屡到京小住。范爷爷性情温和；范奶奶慈眉善目。三叔范宏宝，炮校军官。四叔范宏贵，广西民族学院教授，国内知名的印度支那史专家。

前一排 61 号是孙家。男主人孙兴凡伯伯，为人友善，一米八多的高挑身材，但因肺病缠身，身体羸弱。他在国内日语界具有相当高的知名度。女主人孙妈妈，具有北方人豪爽直率热情的性情，疾恶如仇。孙家兄妹三男二女，个个出类拔萃。长子东平大哥，爱好体育，他在 101 中就读时，特别钟爱足球，精力多放在踢球上，学习上灵活机动，品学兼优，曾三年连续获得优良奖章，他的班主任就是赵晨母亲陈司寇老师。高中毕业时，凭他的聪明才智，本应获金质奖章保送一流大学，可因受父辈"政治问题"影响，最终以银质奖章上了北京石油学院，后分配到山东淄博胜利油田工作。2006 年观看世界杯电视转播时，因为过于兴奋，不幸撒手人寰。次子东园与三子东恢，均为清华附中高材生，但因"极左"路线当道，"文革"前无缘进入大学。长女孙辑庄，与我姐姐陈端同班，性格开朗。老五孙勉，学习优秀，写得一手相当有水平的小楷毛笔字。东平大哥与老三东恢，性格均外向，且学识渊博，神州内外，无所不知，寰宇上下，无所不晓。哥俩儿的大山侃得有声有色。听他们大摆龙门阵，不仅是一种享受，还在不知不觉中汲取了很多知识。比如，五六十年代的中国一代足球国脚张宏根、张俊秀与年维泗等等震耳欲聋的名字；50 年代东欧社会主义政营诸强，如匈牙利，捷克等是如何把中国队打得体无完肤等等体育赛事花边新闻；又比如，当年二次大战，德军沙漠之狐隆梅尔是如何长驱直入北非等国际政治历史的热门话题等，均是从孙家两位大哥的"说书"中听来的。

62 号原住户是印尼归侨凌瑞拱、陆素夫妇，有子女姐弟二人。姐姐陆小素，弟弟陆小宗。姐弟二人眉清目秀，标准的俊男靓女。陆小宗大学考入大连海运学院后，就不知去向了。1967 年，印尼反华排华，凌瑞拱先生的胞弟凌瑞松一家从印尼回国。凌文是他们家最小的男孩，不久就与周围的男孩儿打成一片。国内当时正值"文革"期间，国家无力妥善安置这些落难的归国同胞，凌文他们一家在国内过得好辛苦。70 年代前期开始，大批归国华侨又集体返回故土。凌文一家也不例外，全家移居香港。

63 号是赵宝煦先生及陈司寇老师家。赵伯伯和蔼可亲，又是一位才子。他不仅是国内政治学界的重量级人物，还写得一手好字，并擅长西洋画素描，极具功力。达·芬奇的名字，我就是从赵宝煦伯伯处第一次听说的。陈司寇老师是 101 的著名教师。赵家的三个子女，和我们兄妹三人有较好的关系。长子赵晨与陈端同班；次子赵晴与陈其同班；赵阳大概小我两岁。两家关系相对密切可能有各种原因。现在分析起来，其中之一也许是因为我们与陈老师原籍同为江苏。陈老师的姐姐，我们俗称的"大姨妈"，是我祖母的座上客，她们互相之间用浓重的苏北口音开展的对话，可以使乡愁得到释怀。每年夏天，她们在小操场上手持大蒲扇纳凉聊天时，两家的孩子都是忠实听众。顺便说一句，赵伯伯骑的自行车，和我父亲一样，都是50年代德国造倒轮闸，皮实得很。

63号东边是64号杜秉正先生家。夫人郑锦芳，是居委会的积极分子，人称"郑大姐"或"杜太太"，一副热心肠，为居民办了大量好事。杜家有五兄妹，个个五官端正，落落大方。大姐是外交官，60号汪愉的舅妈。大哥杜熊，北京农机学院的学生。二哥杜日映，是西安解放军第四军医大的学生，听说毕业后一直在新疆工作，后调回西安四医大附属医院唐都医院，成为军内的心外科专家，他本来长得就帅气，再穿上一身戎装，威风凛凛。老四杜天航，北京青年篮球队的队员，记得我当年在什刹海体校参加市少年乒乓球比赛时，曾与他邂逅相遇。"文革"后他下放到了内蒙古牧区，回京时到我家串门，浑身羊膻气味，对于不吃羊肉的我来说，特别刺鼻。老五杜一清，是个挺讲究穿戴的小帅哥，骑着一辆舶来品的自行车走街串巷。杜太太经常来我家串门。除了都是江浙人之外，郑大姐的妹妹郑曼女士，是著名诗人臧克家的夫人，我母亲在人民出版社的同事。她每次到中关园来时，大多顺便来看望我母亲，因此也增加了我们与杜太太的亲近感。

63号北面是56号，历史系党总支书记徐华民先生家。徐先生也算我家的常客。后来才听说他是浙江美专的毕业生。子承父志，从56号走出了徐冰这一位当代中国美术界的重镇，当不属偶然。徐先生夫妇是浙江人，口音极重，说话不易听懂。长子徐建，与我同年，1966年早春，同病相怜，都罹患急性肝炎，一时成为病友，在校医院里被称为"小萝卜头"。

56号后门出去是48号李今伯伯家。李伯伯豪爽好客，平易近人，可惜英年早逝。李伯母单独一人拉扯四兄妹长大成人。李家四兄妹个个性情开朗，聪明好学。大哥李兵，在沟西大草操场以西的小天地里，也是一方绿林豪杰，逸事趣闻太多；老二小钢，和老大大相径庭，勤勤恳恳做人，踏踏实实做事；长女李霞，也与小刚相仿，做人做事低调诚恳；小妹妹李禾，总是盈盈笑脸，为人直爽，快人快语，批判起大哥来，从不留情。我们这一伙年龄相仿的"狐朋狗友"，放学后的大量业余时间，都在48号度过了。在这里，我们愉快成长。

48号西边的邻居是47号荣家。男主人荣天琳先生是历史系教授，夫人郝素梅是大名鼎鼎的附小郝校长。记得我小学时有两三次被郝校长叫到校长室训斥。起因大概有一次是在小树林"纵火";而另一次是海淀少年之家告状,在少年之家训练时不服教练(记得在海淀少年之家第一任教练是杨老师。后来来了一位任老师,总是看着不顺眼,老设法找茬气他)。事情虽小,现在想起来,真得感谢郝校长。人格的形成,就是从这一件件小事积累而成的。荣家第二代,出类拔萃。大姐、二姐加长子老三荣欣均出自北京名门 101 中学。如果没有"文化革命"的干扰,也许姊弟五人无一例外地都会毕业于 101 中。

荣家北边 35 号,是数学系程民德教授家。程先生是江苏人,美国普林斯顿大学数学系的博士,平时少言寡语,具有数学家深思熟虑的基本特征。程伯母性格开朗外向,热情好客。程家有两子。老大为法小脑有损伤,行动不便,但是不甘寂寞,不计报酬地做了大量社会公益事业,是园内闻名遐迩的"活雷锋",且记忆力极强。老二卫平,为人憨厚,亲和力强,人缘好,周围聚集着大批肝胆相照的好友和发小。由于程伯伯夫妇从不干涉孩子们的言行,所以程家也是园内外卫平大哥各路朋友活动的据点之一。

从 35 号斜穿过小树林,西边 46 号是西语系殷先生家。我们一般称殷先生为殷爷爷。殷爷爷一家是东北人,后来才听说他曾是张学良先生的英文秘书。殷爷爷与殷奶奶为人诚恳踏实,和蔼可亲。殷爷爷特别喜欢侍弄花草,十几平方米的小院子里百花齐放,争奇斗艳。殷家有姊弟三人。大姐,二姐因年龄比我们大出不少,所以了解不多。仅知道大姐在科学院工作,二姐远嫁天津。弟弟殷西铭大哥,多才多艺,喜欢摄影,又是西洋管弦乐爱好者。每年夏天在 46 号庭院里露天举办的"消夏音乐晚会"颇有一番情调。

45 号也是陈家。东语系陈炎先生是国内缅甸史专家,1957 年与我父亲双双被打成"右派",一起下放改造。1978 年"右派"平反后,陈先生发奋努力追回被耽误的 20 年岁月,在中国海上丝绸之路研究领域取得了辉煌的成绩。陈伯母胡之滢女士,出身浙江望族,原在南京东方语专印尼语专业念书,东方语专合并到北大后,自北大东语系毕业。毕业后在周总理领导下的外交部亚洲司工作。1953 年 12 月陈家康司长依周总理指示,起草了"和平共处五项原则"的文稿,当时就是胡之滢女士记录的。1957 年她参加创立外交学院的工作,曾受到周总理接见。陈家外婆画的中国传统工笔画,与何香凝齐名。陈家有四姊弟,大姐蓓华,小学与陈端同班;二姐蕾华,与陈其同年不同班;三妹建华,聪明伶俐,与我们同年,后因病住院长期疗养;小弟陈钢,性格沉稳安静,现在在美国从医。蓓华的舅舅、舅母也是一表人才，六位表兄妹胡德荣（咪咪）、胡二、胡三、胡四、胡小玲、胡小燕，个个相貌出众。

左邻右舍转了一圈回来，还有几家与父辈来往比较密切的"远邻"，不得不提。

85号闵庆全先生与朱雅芳夫妇，是闵平、闵燕、闵京的父母。他们一家非常敬重我们的祖父母，是我们家的常客。

86号伊敏先生家。伊敏先生是陆平校长从铁道部带过来的干部，两道浓眉，一身正气，为人耿直。伊伯母常女士是校医院药房的药剂师。伊家还有一位老奶奶，不常出门。伊敏夫妇有四位子女。大姐毕业于北京工业学院；二哥铁华，不苟言笑；老三跃华，心灵手巧，无所不能；老四宝华，自幼调皮，是个小顽童。

87号北边是74号，化学系张滂教授家。张教授出生书香门第。父亲是清华大学副校长张子高，胞妹是28号吴平的母亲，也是北大化学系教员。张滂教授夫妇一表人才，对我祖父十分敬重。

88号文重先生，出生北京的大户人家，一派绅士风度。家中有一位文奶奶。育有一男一女。长子文镜，长女文洁。文重先生是50年代初期我父亲在校长办公室的同事，直到晚年，一直保持往来。

89号王兰生的姥爷和姥姥一家。姥爷姥姥讲得一口标准的旗人官话，委婉动听。味道与当年中央人民广播电台孙敬修老人，附小付老师如出一辙。白姥爷也好侍弄花草，院落拾落得整齐利索。白姥姥是家属委员会的骨干，帮助邻里解决各式各样的问题。在沟西有着很好的人缘和很高的声望。

90号是东语系黄敏中先生家。黄家因与53号范家联姻，黄伯伯又与我父亲为大学同窗，因此也经常往来。黄家三姐弟，大姐黄远征；二姐黄净；老三黄亮，都是附小品学兼优的三好学生。黄亮的表哥谢永基，64年暑假到京游玩，一口广西味儿普通话，与中关园的小孩儿们厮混熟了，被冠以"水鸭子"的绰号。黄家是广东人，黄奶奶也到中关园来过一两次，讲粤语，不易听懂。

43号颜保先生，也是我父亲当年昆明东方语专的同窗。到了北京之后，依然与我父亲保持着密切的关系。

13号刘麟瑞先生夫妇，除了因刘先生也是东语系教员之外，他们也非常敬重我的祖父。独生女刘慧，外貌秀丽，品行端庄，落落大方，与陈其小学同班。

18号徐家，男主人徐先生50年代患脑癌早逝。女主人徐伯母一人把三个孩子拉扯大。老大徐秀平，中央音乐学院钢琴专业的毕业生，后供职于中央乐团；老二徐秀中，和我小学同年不同班；老三徐秀峰，一米八几的大个儿，聪明好学。徐伯母敬重我们的祖父母，同情我父亲的遭遇，又是江南人，故来往较频繁。

49号阎文儒先生，也常来我家走动。当年我转插河南后，阎先生托他挚友孙作云教授照顾我，使我永生难忘。阎先生家有三个孩子，两男一女。大哥万石，二哥万钧，妹妹万英。

72号是哲学系张世英先生与中文系彭兰先生夫妇。彭先生是闻一多先生的得意门生，亦是50年代初我父亲在校长办公室工作时的同事。

二公寓235号西语系杨周翰先生，是我附小同窗好友杨选的父亲，风度翩翩的英美文学专家。二公寓244号有最著名的黄昆夫妇。每每回想起当年在他家捣乱，惭愧之情油然而生。黄家两兄弟是我们最要好的朋友，也是我家的常客。

三公寓314号尹企卓与徐稚芳夫妇，育有两女一男，长女北雁，长子南鹰，幼女海英。南鹰还是我在北大家属工厂时的"师傅"。尹伯伯是我父亲在50年代初期校长办公室工作时的上级，互相之间一直保持着良好关系。

沟东168号西语系邓琳先生，1957年也被打成"右派"。心情苦闷时常来我家中倾诉衷肠。公子邓敏求，事业有成。

15号东语系吴世璜先生夫人，沟东254号东语系涂先生的夫人，在我祖父生前，也经常来看望他。

除此之外，因我母亲工作关系，经常出入我们家的还有，5号历史系张芝联、郭心晖教授夫妇（按照当今的流行话，郭心晖先生也是我祖父的粉丝）；二公寓246号田余庆先生；一公寓103号张寄谦先生（附小同窗谢宁的母亲）。

祖母也有几位江浙籍贯的好友。11号唐有祺先生母亲，张昭达/唐昭华的祖母唐奶奶；三公寓355号张宏生教授的母亲张奶奶（经常带着小孙女张小娟来串门，后来就因为这层关系，张先生夫妇帮助我从黑龙江兵团转插到河南。张先生夫妇共有三位子女。除小娟以外，大哥小平，与陈其附小同年；长女筱苏，小学时就成绩出众；次女小娟长着一颗小虎牙，天真无邪，活泼好动）；另外，最早居住在56号的地球物理系虞福春教授家的上海籍保姆阿根，外号"老姑娘"，也是奶奶的好朋友。

祖父在世时，在中关园也交友广泛。二公寓227号甘诗麦的祖父，每次从

20世纪50年代末,范妈妈一家、陈炎一家和陈玉龙一家在动物园合影

武汉来京时,一定会带着甘诗麦来看望我们祖父。此外,沟西30号阎爷爷阎奶奶,32号邬可珍与刘平的祖父/外公邬爷爷都与祖父过从甚密。

……

日月如梭。经过了十年"文革"浩劫,30年市场经济化的波澜,当年宁静平和、花草繁茂的中关园已经面目全非,今非昔比。我们的父辈,也已经大都作古。斯人已去,故园不再。尽管今天的中关新园,现代化设施齐全的楼房和柏油马路代替了昔日的低矮平房与煤渣土路,但是它却缺少了那一种无法言传的神韵,那一种无法寻觅的内涵与氛围。尽管时代的进步不能逆转与阻挡,却永远无法抹去我对这片故土的无限遐想和怀旧。中关(旧)园的人和事,将是我心中一片纯洁如玉的永恒净土。

记我们的父亲母亲

| 陈 端
陈 其 | 陈玉龙（1921—2013），北京大学东语系教授、书法家。江平（1922—1992），人民出版社副编审。20世纪50年代到1982年住中关园平房54号，1982年后住中关园46公寓。 |

作者陈端，陈玉龙教授之女；陈其，陈玉龙教授之长子。

"三苑堂"里的"江南野老"
—— 记父亲陈玉龙

陈 其

江南少年 历尽苦难（1921—1937）

军阀混战，风雨如晦的1921年，父亲出生在江南古城镇江。祖父文化不高，当过码头搬运工、粮行店员和银行职员。祖母更未受过正规教育，但通过自学，能读《三国演义》《水浒》等古典名著。父亲5岁进私塾，后在镇江达仁小学就读。这段启蒙教育，为他的书法奠定了基础。八年之间，他临池不辍，临摹颜柳二体，每日书大楷和小楷各一张。1936年，他考入当时全国闻名的江苏省立扬州中学。他这样评价母校：

母校是抗战前我国"四大名旦"——四大名牌中学之一。其他三校是天津南开中学、上海上海中学、南京金陵女子大学附中。四校中扬中又名列前茅。当时扬中有"南南开"之称，南开有"北扬中"之称。时人认为：扬中为公立中学之冠，南开为私立中学之冕。蜚声海内外，桃李满天下。南北驰名，平分秋色。

可惜，日寇的侵略打断了父亲的学业。1937年，年仅16岁的他，不甘在膏药旗下苟活，作为家中独苗，忍痛告别双亲，乘江轮只身逆长江西上，经武汉到达重庆。

出身平凡的父亲，日后能在史学、文学和书法上均有不俗造诣，一来靠聪慧和勤奋，二来，故乡人文和自然环境的浸润，也具有不可忽视的影响。

镇江是吴文化的重要发祥地之一，有"金陵门户"之称，长江与京杭大运河在此交汇，形成"十字黄金水道"。

镇江是文化之城。历代文人墨客纷至沓来，寻幽探胜，寄情抒怀。李白、杜牧、范仲淹、王安石、苏轼、陆游和辛弃疾，均在此留下千古名句，如"京口瓜洲一水间，钟山只隔数重山。春风又绿江南岸，明月何时照我还？"（王安石）、"洛阳亲友如相问，一片冰心在玉壶"（王昌龄）和"何处望神州，满眼风光北固楼"（辛弃疾），等等。

镇江人文荟萃。且不论古代，近现代这里诞生了"桥梁之父"茅以升、民主斗士李公朴、副总理李岚清、北大校长丁石孙、外交部长唐家璇、指挥家卞祖善、诗人闻捷、数学家王元和医学家陈竺，不一而足。

镇江的特色，更在于山水形胜，金山、焦山、北固山名扬天下，素有"天下第一江山"之美誉。焦山的摩崖石刻举世皆知，碑林墨宝之多，仅次于西安碑林，为江南第一大碑林。登上北固山山顶，东看焦山，西望金山，隔江相望，扬州平山堂清晰可见，顿有"金焦两山小，吴楚一江分"之感。镇江更与脍炙人口的历史传说相联，白娘子水漫金山和北固山"甘露寺刘备招亲"的故事就发生这里。

镇江也是具有民族气节的城市。南宋抗金英雄韩世忠和梁红玉的抗金故事家喻户晓。1842年，英国侵略者发动扬子江战役，镇江军民不畏强敌、抗击侵略军的英勇气概得到恩格斯的高度赞扬。

从父亲喜用的名号，如"雨农""北固山人"和"江南野老"等，就透露出浓浓的江南韵味。我母亲是镇江丹阳人，年轻时曾名江秋萍。"陈雨农江秋萍"的六字组合，在我眼前常幻化为一幅浪漫的图景——烟雨江南，两个年轻绰约的身影，在扬子江畔若隐若现……

父亲对故乡情有独钟，他描写道：

> 故乡镇江，古称"京口"，乃长江之锁钥，金陵之门户。三山鼎峙，形势天成，南郊古刹，林壑优美，素有"城市山林"之称。擅山

水之胜，饶碑碣之富。古来既为兵家必争之地，亦为书家向往之。

晚年对故乡的怀念，更反映出故乡对他才情的濡染：

> 三山啊！五十年来曾经多少次牵动乡思，闯入梦境，如今都一一呈现在眼前。
>
> 我欲一一寻访：佛印与苏轼、道悦与岳飞论学问难的金山寺，刘皇叔与孙尚香结缡成亲的甘露寺、孙夫人的梳妆台、祭江亭，刘备与孙权各自蠡测命运、待展鸿图的"试剑石"……我欲一一鉴赏：梁武帝萧衍登临北固山时亲笔题写的"天下第一江山"石刻，千百年来被书家誉为南铭之冠的焦山《瘗鹤铭》……
>
> 人生如逆旅，回到家乡，仿佛在作客，别有一番滋味在心头。杜甫诗云："飘飘何所似，天地一沙鸥"一语道破了游子的心情。我登临北固山，伫立多景楼，默诵当年辛弃疾写下的名句："何处望神州，满眼风光北固楼。千古兴亡多少事，悠悠，不尽长江滚滚流。"

晚年，涌动的江南情结，也激发了他书法创作的灵感：

> 黎明，熹微的晨曦洒向窗前。春，从小院子里婆娑的竹叶间翩翩而至。我神清气爽地迎接她，伸开双臂拥抱她。心中充满了迎春的喜悦。接着，白居易描绘的江南画面映入了我的眼帘。我吟咏着他写的《望江南》诗句："江南好，风景旧曾谙，日出江花红胜火，春来江水绿如蓝，能不忆江南？"我如醉如痴地忆江南、望江南，即兴挥毫，沉浸在诗情画意墨趣之中，全神贯注，一挥而就。

显然，钟灵毓秀的故乡，给父亲以文化、历史和书法的无形熏陶；光荣的民族传统，铸就了他强烈的爱国情怀，为他一生的事业与人格打下可贵基础。

知性青年 玉汝于成（1937—1945）

1937年，父亲流亡重庆，开始了决定一生的九年苦旅。

在渝期间，父亲做过学徒、练习生、雇员和抄写员，备尝艰辛。然而"生也艰，生也幸"，他在重庆结识了武昌起义元老、民国著名教育家和书法家许学源先生，并投师门下。许先生对他人格和书法的进步影响巨大。

为继续求学，父亲入重庆二中。该校以原扬州中学师生为基础，学风朴实，民主空气较浓。学习期间，他求知欲甚强，并逐渐转向文科，大量阅读文史书籍。

客居山城，父亲饱尝了亡国的悲恸、生活的艰辛和思乡的凄苦：

> 那时，我们思乡心切，对杜甫诗"国破山河在，城春草木深，感时花溅泪，恨别鸟惊心，烽火连三月，家书抵万金"尤有亲切的体会。背井离乡的游子们朝夕渴盼亲人来信，真是望眼欲穿。学校伙食很差，米饭掺着沙子和稗子，菜，不是榨菜，就是空心菜……几乎是"三月不知肉味"……那时，谁家里寄钱来，谁就"做东"请客，买几斤猪肉，烧红烧肉，打打"牙祭"，饱餐一顿。我20岁生日时，呻吟在敌人铁蹄下的双亲，好不容易节衣缩食给我寄来十元钱……我到合川县邮局取款，在小馆子里吃了两碗"龙抄手"以自寿。算是行了"弱冠"成人之礼。

1942年，盟军积蓄力量，准备向东南亚一带反攻，迫切需要东语翻译人才，故在大理创办东方语文训练班。是年夏，国立东方语文专科学校在重庆、成都、桂林和昆明四地招生。这是中国近代教育史上首次创办的培养东方语文人才的专门学校。昆明东方语专的建立，决定了父亲一生的学术道路。入学后，他一面学越语，一面以较多精力学法语。

从东方语专毕业后，父亲返回重庆，初执教鞭，成为中学文史教员。这对他日后的专业发展产生重要影响：

> 我的教学任务是：两班国文课，学生约百人，古人所谓"教学相长"，正是这个道理。在母校一年多的粉笔生涯，是我终身从事教育的良好的开端。我自十六岁离乡背井以来，先后当过叫卖小贩、学徒工、练习生、抄写员，一直到中学文史教员，道路是曲折的。一分耕耘，一分收获，成果确是来之不易啊！

1945年，日本投降。随着抗战的胜利，陪都的历史作用完结，他立即返回阔别9年的江南故乡。他兴奋地描写了返乡时的心情：

> 驱车北上，"取道剑阁越秦岭，便下洛阳向金陵"，循川陕公路北上，兼程前进……在陇海线上，看到东去列车的货舱里装满了成群的敌人残兵败将，蜷缩在列车上，一个个如丧家之犬。"兵败如山倒"，"多行不义必自毙"，想不到万恶的"皇军"也有如此下场。想当年张牙舞爪，猖狂嚣张不可一世，而今一败涂地，"威风"安在哉？！

他对大西南的9年流亡生活，作了如下总结：

> 我从十六岁登轮西上，二十四岁复员东下，这九年正是我一生的黄金时代。应该说，我的青春是在抗战的烽火中度过的。虽然缺少儿女之情和浪漫气息，但万里负笈，四海为家，国耻乍雪，"壮怀激烈"。九年耕耘，略有收获。我的青春并没有虚度……
>
> 巴山蜀水和南滇景色，各具特色，各具魅力。如果说，三峡烟雨、重庆雾、峨嵋月，以朦胧、奇特取胜，那么，南滇则以清新、秀逸、明朗见长。七八年当中，我浪迹其间，徜徉其间，虽然饱经忧患，备受煎熬，但屐痕处处，书声琅琅，苦中有乐。

不久，父亲接到东方语专校长姚楠先生寄来的聘书，邀请他到已迁至南京的东方语专任教。自此，他开始了东方学教研的人生之旅。九年艰辛，玉汝于成！

而立之年 春风得意（1949—1956）

在南京执教几年后，内战结束，中华人民共和国建立。1949年，语专并入北大东语系。父亲携家北上，来到北大红楼，在东语系办公室任系秘书，与季羡林先生日日相伴。

他在文章中，回忆了初入北大的情景：

> 我和季羡林先生相识近50个春秋了……
>
> 先生长吾十岁。初次见面时，他将近"不惑"之年，可谓春秋方

盛，如日中天，而我亦年近"而立"，引弓待发，跃跃欲试……

1949年春……初入都门，人地生疏，季先生亲临前门车站相迎，予以热情接待和妥善安排，感人至深。他给我的第一个印象是：朴实、谦虚、平易近人。

那时，我被安排在系办公室工作，协助季先生处理系务，面对面而坐，朝夕相处，请教的机会很多……

季先生黾勉治学，永不满足，不辍不懈，给我以莫大启迪与鼓励……

季先生邃密文史、博闻多识，为我们树立了良好的榜样……

到系办公室来访问他的人有：著名文学评论家、文学史家郑振铎先生，著名考古学家、敦煌学家向达先生，著名翻译家曹葆华先生……等学者名流。这正如刘禹锡的《陋室铭》中所说："谈笑有鸿儒，往来无白丁。"他们是学术上的同好、艺上的知音，有共同的爱好和语言。历史、语言、文学、艺术……将他们紧紧地联系在一起。他们的志趣高雅，谈吐脱俗潇洒，富于情趣。文字与道义之交十分难得。他们的交往、他们的议论，对我是十分有益的熏陶和教诲。"如入芝兰之室"，值得珍惜。于今追忆，犹有余馨。

两年后，父亲又被调至北大校长办公室。在那里，他不但时时受到学术大师的熏陶，还结识了许多精明强干、才华横溢的同龄人，如尹企卓和彭兰等。这几年的经历，使他受益匪浅：

1951年后，又被调到马寅初、江隆基、汤用彤三位老校长、老前辈身边工作、学习了四五年。这样，我先后参预了系务、校务达六七年之久，既锻炼了才干，又增长了见识，机会难得。

那时，父亲正值而立之年，血气方刚、才思敏捷。身边一流学术大师的熏陶，对他的文史造诣有春风化雨般的影响。他在《悠悠寸草心——和老校长马寅初相处的日子里》和《百岁存劲节 千载慕高风——读〈马寅初传〉》中，给马老以极高评价。从《和老校长马寅初相处的日子里——课间操引起的联想》一文中，可以感受马老对他的深刻影响：

每天上午 10 时，北大广播台都准时播出课间操的讯息和乐曲：
"一二三四"……亲切的召唤，铿锵有力的韵律，美妙动听的乐曲，
回荡在燕园上空。一听到广播，年近耄耋的马寅初先生就立刻套好笔
帽，敏捷地整整衣襟，阔步从办公楼走出来，走向附近的操场和大家
一起做课间操。马老平易近人，朴实无华，面带笑容，认真地做每一
个动作。他与群众心连心，群众也敬之如父兄。这样的长者，谁不爱
戴？！这样的老校长，老园丁，谁不景仰？！

"一、二、三、四！"……整齐的动作、飒爽的英姿；深邃的思
考、犀利的目光；同心同德、努力向上的群体；海纳百川，"兼容并
包"的胸怀；老当益壮，坚持不懈的楷模；追求真理、捍卫真理、不
避斧钺、甘以身殉的高风亮节，这就是"北大精神"，这就是"北大
人"的气概。

晚年的父亲，对马老仍然怀着深厚的尊崇之情，特撰文抒发：

1995 年 4 月 4 日上午风和日丽，大地春回，北京大学校园里充
满节日气氛。"北大人"为老校长马寅初先生半身塑像隆重举行揭幕
典礼……

"仁者乐山"。您生平爱登山，纵目远眺，气吞河岳，荡涤忧虑，
两袖清风，清白而来，清白而去，十分难得……

马老视真理如生命，弃官职若敝屣，校长可以不当，真理不能出
卖，谢绝招降，拂袖而去……哲人其萎，云胡不归？！在"北大人"
多年的期盼和渴望中，您终于又和我们一起同呼吸、共患难了。敬爱
的马老！您胜利了！

在校长办公室的几年间，除完成繁重的行政工作外，他挤出时间进行印度
支那问题的研究。越柬老三国虽是我国近邻，但传统的世界史学界对它们的研
究相对薄弱。父亲在这方面进行了辛勤探索。1951 至 1957 年期间，他在《历
史研究》《历史教学》《人民日报》《光明日报》《大公报》和《工人日报》上发
表有关论文十几篇。他与范宏科先生合译出版了越南明峥的《越南史略》和陈

辉燎的《越南人民抗法八十年史》。范先生精通越语和法语，父亲在文史方面有特长，两人密切合作，取长补短，相得益彰。他们的工作，改变了过去大多从西方著作中间接了解越南史的状况，使中国学者得以直接吸取越南人对自己历史的研究成果，为新中国的越南史研究作出了贡献。总之，在而立之年，父亲已显示出强劲的学术潜力。

从1956年开始，北京大学历史系创办亚洲史专门化，培养亚洲史的教研人才。季羡林先生和周一良先生亲自任课，并延聘父亲主讲越南史。

"胯下之辱"二十余载（1957—1979）

乐极生悲！1957年，在36岁的本命年，父亲果遭厄运，从峰顶骤坠谷底。他在文章中这样描述当时的心境：

> 婚后大约有十年（1947—1957）比较顺心，比较幸福的日子。结婚不到两年，生了长女。接着，奉调北上，在北京大学执教。赡养双亲，又举两男，生活安康，可谓春风得意。但好景不常，五十年代之后，我遭受阳谋之厄和无妄之灾，被列入另册，降级降薪。她（夫人江平）也因此受到连累，政治上的歧视、精神上的压抑、生活的重重困难，压得我们全家老小透不过气来。

自此，他封笔锁笺22年，名字在报纸和学术刊物上消失。人生最富创造力的宝贵年华，将在精神折磨和体力摧残中度过。

脱离教学岗位后，他在外文楼打扫卫生、送报、打字、看楼，形同工友，不如工友。杂活不怕干，只怕白眼、耻笑和侮辱。他和陈炎先生被发配到斋堂农村劳动改造，很长一段时间才能回家喘息数日。每次返回斋堂时，我们一家老小都要到西边小土堆上驻足良久，目送"东语系二陈"南行，直到他们疲惫和瘦削的身影在二公寓西边的拐角处消失。

所幸，父亲没有沉沦，他怀着"天行健，君子以自强不息"的信念，韬光养晦，坚强度日。"摘帽右派"虽属"落水狗"，"文革"时仍难逃厄运。当时，因东方语专被诬告为国民党"特务学校"，东语系的几个语专同窗被一锅端，集中到校内隔离审查。所幸，无中生有的罪名不能成立，他们都逃过一劫。"文革"风暴将中关园搅得鸡犬不宁、风声鹤唳，知识分子个个噤若寒蝉。

父母宝贵的藏书损失过半；珍贵的照片和手稿生付之一炬；1968年的"割房运动"，把知识分子视为生命的读书空间缩小为仅够一家老小蜷缩的蜗居。这一举措，无异于刺向知识分子心房的致命一刀，令人万念俱灰。70年代，北大教职员多被发配到江西鲤鱼洲，在家根本不谙炊事的父亲居然当上伙夫。随后，批林批孔、反击右倾翻案风、唐山大地震等天灾人祸接踵而来。

那些年，父亲以几项日常功课打发"百无聊赖"的日子。"哀莫大于心死"，真担心他彻底沉沦。但我隐约感到，在闲云野鹤般的表象下，他内心深处似乎还残存着什么期许。

"留得青山在，不怕没柴烧"。他努力保持好的体魄。"闻鸡起舞"，无论春夏秋冬，父亲风雨无阻，晨昏之际便在中关园内慢跑或散步，晚饭后也要散步一小时；还有一个"奇怪"举动，每天回家，他的德国造倒轮闸自行车的后座上总要驮回十来块旧砖。现在分析，一方面是为保持体力，另一方面是为改善生存空间而"衔泥筑巢"；此外，他突然沉溺于中国象棋，每天雷打不动，手持棋盘，奔向沟东，与东语系老王对弈，以分散注意力并保持脑力；最令人欣慰的是，他尽力排除干扰，淡泊自甘，潜心魏碑汉隶，展纸挥毫，并未彻底脱离文化活动。

父亲就以这种方式，保持了心态平和和身体健康，度过了"凄风苦雨"的22个春秋。噩梦过后，"青山依旧在"，幸然！

几近花甲 枯木逢春（1979—2013）

"1979年，那是一个春天"，确是如此！

正是那一年，父亲的冤屈得以昭雪，一家老小如释重负。两子已通过刻苦拼搏，考入大学；曾任建筑工人的陈端也已进入中华书局做文字工作。1982年，全家从久居三十载的54号迁入新落成的46公寓，小孙女也应景助兴，降临人间。年近花甲的父亲，在原本毫无指望的困顿中，终于迎来春的回归，濒临僵死的心脏重新起搏。他欣喜地回忆道：

> 1979年，当我年近花甲时，枯木逢春，冰封解冻，祖国迎来了春天，迎来了科学、文学和艺术的春天。过去个人所蒙受的不白之冤也得到昭雪。我不由得朗诵李商隐的诗："天意怜幽草，人间重晚情。"庆幸自己的新生。

时不我待,父亲迅即重整旗鼓,抓紧宝贵时光。顿时,他摇身一变,犹如血气方刚的青年;才思和精力恰似压抑日久的熔岩,喷涌而出,一发而不可收。

1978年,《人民日报》发表了父亲的《杰优!英雄的国家和人民!》一文。他感叹道:"本人封笔锁笺二十年后,初试新声,感慨万端。"文章充满激情,文字优美,赞扬了柬埔寨悠久的历史,歌颂了璀璨夺目、独步一时的吴哥文化。本文的发表,标志着他的正式复出。

父亲治学,以史为主。他继续印度支那历史的研究,在越南、柬埔寨、老挝三国的历史和文化以及中越、中柬、中老关系史方面进一步发掘。此后几年中,除带研究生和给本系、历史系和中文系上课外,他用力甚勤,著述甚丰,发表了《中越关系史》和《中国与印度支那三国文化交流》。他的《吴哥古迹》一文受到学术界的重视。父亲还与向达先生的弟子阎文儒先生合作,共同主编《向达先生纪念论文集》,善始善终,勉力成书。后来,他更努力协助季羡林先生主编《东方研究》学术论文集和刊物《东方世界》。

父亲在印支三国历史的研究领域,算是奠基人物之一。我在美留学期间,攻读越南史的中国留学生博士生候选人韩某告诉我:"令尊是本领域的关键人物之一。凡研究东南亚史、特别是中越关系史者,必读他的著作和文章。"

20世纪80年代,父亲的学术视野更加开阔,把研究领域拓展到汉文化研究。在北京大学东方文化研究所编、季羡林、任继愈、常任侠和周一良等合著的《东方文化知识讲座》中,收入了他的《吴哥古迹与中柬文化交流》;周一良先生主编的《中外文化交流史》中,收录了罗荣渠、朱龙华、何芳川、陈炎、张广达、张芝联、杨通方、周珏良、夏应元和父亲的文章。他贡献的是《中国与越南柬埔寨老挝文化交流》一文。

1993年,父亲与杨通方等合著《汉文化论纲》。在序言中,他表达了对汉文化的热爱,强调了汉文化研究的重要性:

> 笔者自幼沐承汉文化的哺育和熏陶,对它一往情深。近十年来,且曾留意于斯、笃志于斯、耕耘于斯。愚者千虑,期有一得……
>
> 须知,文化兴亡,匹夫有责。承先启后,恢宏斯学。古语云:"虽有智慧,不如乘势;虽有镃基,不如待时。"二十世纪转瞬将临。革新汉文化,发扬汉文化,此其时矣。

父亲给汉文化归纳出八大特征，即：博大文化、古老文化、河流文化、农耕文化、和平文化、磁性文化、韧性文化和汉字文化。个人认为，"和平文化"是对汉文化最本质地刻画，是值得外国汉学家甚至是政治家认真体会的：

> 农耕文化自然会带来浓郁的和平色彩。那男耕女织"日出而作，日入而息"按照大自然节奏而作息的田园牧歌式的情调，把人们带入如诗如画如梦般的境界。一派和平、宁静、祥瑞、安康的景象使人向往，使人陶醉。和平稳定是汉文化的重大特色之一……古代贤哲崇尚中庸，强调顺应，对内追求和平安定，对外有防范之意，无扩张之心，只求四夷宾服，万邦协和，天下太平，相安无事。

他把汉字提炼出来，作为汉文化的特征之一，见地独到：

> 汉字是中国人民的独特创造，在世界文字中别具一格，几千个方方正正"八方点画，环拱中心"的方块字，是汉文化的载体，是汉文化的最基本的细胞，是传播汉文化的重要媒介，是"汉文化圈"内享有的文化成果。

面临新世纪，父亲还投身于《东方文化集成》的工作。这是一项迎接21世纪东方文化复兴和再创辉煌的世界性文化工程，由季羡林先生倡导，由中国东方文化研究会和北大东方学研究院联合组建的编委会负责组织撰写出版。

至于中国书法，父亲实际上将其视为"中华文化"的一部分。他以一种"自豪"的心情和远大的抱负，希望将书法艺术弘扬于国内，并传播到全世界。

父亲重视书法理论的探索，发表过多篇论文。1991年，他在专著《中国书法艺术》中总结了自己的书法理论，表达了改革和创新汉文化的宏伟抱负。1996年，在赵宝煦等学者奠定的基础上，已经75岁的他担任了北京大学书画研究会会长，积极推进北大书画艺术活动的开展。

父亲曾应邀赴日本、美国、泰国、新加坡、马来西亚等国和港台等地进行书法交流和推广活动。其作品先后在东京、大阪、新加坡、伦敦、香港和布鲁塞尔等地展览。某些精品还馈赠给韩国总统金大中、泰国公主诗琳通和日本的

季羡林（左2）、陈玉龙（右2）等人合影

池田大作。

2002年春，《北京当代著名学者书法展》在中国美术馆举行，展示了22位中国当代学者的书法作品，计有吴阶平、季羡林、启功、任继愈、周汝昌、张中行、柳倩（诗人和书法家，本人岳父）、沈鹏、欧阳中石、谢冰岩、徐邦达、陈玉龙、史树青、杨辛、冯其庸、罗哲文、金开诚和王岳川等。能跻身于这些学者书法家之列，并在中国最高美术殿堂公开展出作品，算是对他学术和书法水平的认可。

尽管在书法研究上取得了一定成绩，父亲能冷静对待诸多"溢美之词"，客观评价自己：

> 谚语有云："学海无涯，艺无止境。"溯自髫龄学书以来，垂七十年，其间虽笔耕不辍，但因悟性浅，底子薄，功力不足，书艺不精，迄今仍徘徊踯躅于艺术殿堂之外；虽浏览群书，但泛滥无归，浅尝辄止，入焉不深。嗟予书艺未精，书论浅薄，学书学论皆未成，抚今追昔，殊觉愧怩。

陈玉龙书法作品

作为史学工作者，父亲还具有较高的文学素养。在流亡重庆期间，他曾写过五幕历史剧《会稽重光》，歌颂了越王勾践卧薪尝胆精神。1998年，北大出版社为庆祝北大百年校庆，编纂"未名文丛"散文集。第一辑收入了季羡林的《怀旧集》、金克木的《百年投影》、赵萝蕤的《我的读书生涯》、魏荒弩的《渭水集》、乐黛云的《透过历史的烟尘》、金开诚的《燕园岁月》、谢冕的《永远的校园》和父亲的《天地有正气》。能跻身这些北大文学大师之列，是他的幸运，也是北大对他文学造诣的认可。《天地有正气》辑录的文章，文史哲融为一体，文字凝练、清新婉丽、情景交融；旁征博引、信手拈来，游刃有余、立意高远。

充满"大爱"的人生

学界和社会上形容父亲的用语很多，如"江南才子""江南硕学"和"北大几支笔之一",等等,不一而足。无论这些称谓是否准确,我最看重的,还是他心中对中华民族、中华文化、生活和事业所充满的"大爱"和激情。

他对自己的故乡怀有极其深厚的感情:

> 我爱细雨淅沥时那种朦胧、含蓄的美!幼年在故乡镇江,常爱在雨中伫立江岸,凭眺江上烟雨凄迷,水天一色。三山若隐若现,仿佛是一幅淡墨山水画,把我带入童话般的幻境。

他把家乡爱延伸开去,深深热爱自己的祖国。他回想抗日战争爆发时的悲愤感情时,写道:

> 那时候我们读的国文教材着重宣讲杀敌卫国的故事。岳飞的《满江红》壮怀激烈,高唱入云;文天祥的《正气歌》大义凛然,沁人心脾;法国作家都德的《最后一课》,哀婉沉痛,忍泪卒读。慷慨璀璨的文章,悲壮的诗歌,愤怒的声讨,一字一泪,发人深省,大大地激发了人们的爱国心。"遗民泪尽胡尘里,北望王师又一年","国破山河在,城春草木深"。全国同胞敌忾同仇,深信抗战必胜,中国不会亡!"风檐展书读,古道照颜色。"文天祥的《正气歌》唤醒了民族魂,给人们带来勇气、信心和力量,"是气所磅礴,凛烈万古存"。

他对帝国主义侵华势力充满仇恨,只身乘船逃亡西上的途中,英国客轮上发生的一幕幕令他义愤填膺:

> 隆和轮傲然停泊在江心。由于乘客太拥挤,英国人喷射水龙头,阻止人上船。眼看同胞被淋受辱,不由怒火中烧。国弱民贫如此,东洋鬼子欺侮我们,西洋鬼子也欺侮我们。此仇此恨,何时洗雪?最使我气愤不过的是"大英帝国"殖民老爷们盛气凌人、飞扬跋扈的架势。
>
> 此身虽居英国船,心却痛恨英国旗。登岸踏上英租界,马上就想到鸦片战争、《南京条约》和五口通商……住在英国轮船上,飘扬着英国国旗,虽然比较安全,但这份气实在受不了。堂堂中国男子汉怎能托庇于英帝国的垂怜和保护。

他对汉奸和卖国贼恨之入骨：

> 汪逆精卫丧心病狂从重庆出走，直把渝州（重庆）作金陵（南京），投敌叛国，认贼作父……我悲愤填膺，随即赋诗云：嘉陵江上雨潇潇，蒲艾雄酒斩元獠，屈原行吟缘悲时，我当慨歌效班超。

父亲还填了一首《满江红》，其中的两句"蜀山苍翠栖乳燕，吴水汹涌撼仇雠"，抒发了"渴饮倭奴血"的悲愤豪情。

父亲在异国他乡短期访问时，仍时时心系祖国。1989年，他到夏威夷大学进行文化交流时，即是如此：

> 我在书写作品赠送华裔同胞时，惯喜题赠"月是故乡明"，以此来牵动海外游子的故国之思……夏威夷的繁华风流，可以说注进了我海外侨胞的多少血和汗。今天是华人旅居夏威夷二百周年纪念，夏威夷各界将大事庆祝。我出发前特地写了"怀其源 振其道"六字横幅，装裱精美，委托华裔著名学者代为转送以示庆贺。我在一家中餐馆里遇到新近从北京和四川应聘前来掌勺的两位中年厨师……我挥毫疾书："精心烹调，做出成绩，为祖国争光，为中华民族争气！"……

> "锦城虽云乐，不如早还乡"。在夏威夷的七天七夜，我无时不在怀念云天万里外的长城、黄河、长江、西湖，怀念我的亲人、怀念我的老师、朋友和学生……

他深情地热爱祖国的大好河山，年近耄耋之年，仍存壮游江南之志：

> 人生如逆旅，何处是归程？！往事如烟如梦，七十载光阴弹指一挥间，回首前尘，历历在目。青山依旧在，几度夕阳红……我由七岁孩提到年近耄耋，心如止水，无甚奢望，但愿大运河能早日通航，我可以买舟南下，出京津、趋淮扬、经镇常、下苏杭，一路上饱览两岸风光，得窥运河全貌，重温童年旧梦，唤我亲人归来。最后，泊舟西湖，拜谒岳坟，凭吊断桥，信步白堤、苏堤……歌之、咏之，目送夕

阳,伫盼明朝,在人生的旅途上划下完美的句号。

他热爱祖国的历史名城,赞美神州的壮丽山川。游览洛阳和西安时,他浮想联翩,直抒胸臆:

> 我作为一名炎黄子孙和年老的历史教员,能够在两大古都盘桓二十天,能够在祖国的文化摇篮里,访古探胜十天,耳濡目染,浸淫于文化的氛围中,可谓莫大的幸福。我置身八百里秦川,神驰天安门广场。登西安城墙,远眺北京,更从北京,放眼世界,浮想联翩。

总之,祖国,于父亲而言,血脉相连,充满一种宗教般的神圣和景仰。在父亲一生中,有两次机会可以离开祖国大陆出走,但都毅然放弃,义无反顾。即使在作为"右派"、受尽屈辱的二十多年漫长岁月中,他对当初的决定仍然无怨无悔。

由于父亲从小聪颖勤奋,成绩一直名列前茅。他的理工科成绩特别好,因此打算留美,学成归来报效祖国。祖父省吃俭用,为他准备好留学盘缠。但日本全面侵华的炮声打响,父亲决定把自己与国家命运连在一起,不甘在沦陷区当亡国奴,遂放弃留学计划,流亡大西南。南京解放前夕,蒋介石准备好包机,想把整个东方语专撤往台湾(国民党和共产党都深知东方语专在外交上的重要战略意义)。父亲和一些语专同窗等,凝聚在进步校长张礼千先生周围,拒绝了国民党的甘词厚币,留守南京,迎接新中国的黎明。但万万没有料到,张礼千先生在"三反五反"运动中被打成国民党特务。他赴死之意果决,身缚大石,沉入未名湖。1999年父亲访问台湾时,看到那里的昔日同窗,有的成为"考试院院长",有的当上"外交使节",有的享受最优厚的军人待遇时,毫无羡慕之意。虽两袖清风,他一生的爱国情结贯穿始终,甘之如饴;虽然历史与他们这辈人开了一连串大玩笑,他没有因此自怨自艾而沉沦。

父亲对自己的父母充满了感恩和怀念之情。

他把祖父母的优良品格牢记于心:

> 双亲虽然文化程度不高,但很爱国且深明大义。父亲原是粮行店员,敌伪要他出来代为征粮,他宁愿在家赋闲,喝粥度日,也不愿为敌人效力。他认为那样做将对不起流亡在外、不当顺民的儿子。老母

陈玉龙四十寿——全家摄于颐和园排云殿前（1961年冬）

靠女红贴补家用。她看见民族败类认贼作父，向敌寇摇尾乞怜，某些贱骨头的妇女出卖灵魂和肉体，用色相换取敌人的欢心，她憋了一肚子气，痛恨她们，鄙视她们。她坚信：中华大国亡不了，小日本长不了。双亲爱国之心，灼然可见，对我是很好的教育，我深受感动。值得尊敬，值得厚爱的双亲啊！

父亲时常感念祖父，体现出浓浓的孝心：

老父五十寿辰，我特地请画家画了一幅寿星寿桃图，自己还题了一首诗，其中有云"提携文孙扫北燕"。这是浪迹他乡的游子对老父生日良好的祝愿。十年后，我举家北上……老父精神矍铄，须白如银，与著名经济学家赵乃抟教授同为燕园之美髯公也。老人家每天接送孙女孙男上学放学，老小三代享受天伦之乐。当年良好祝愿，幸而言中。金瓯重圆，如愿以偿。

父亲曾用的笔名"吕谷"，就体现了对祖母（吕姓）的深情。每当看到46公寓窗前的玉簪花，他立刻联想到年轻时的祖母。借用赞美"玉簪花"，父亲表达了对祖母的怀念：

  玉簪花含苞待放，跃跃欲试，显得十分饱满。绽开后，清香四溢，格高韵远。它不像牡丹那样富丽、玉兰那样繁缛；也不像玫瑰那样妖娆，芍药那样娇艳。它朴实无华，它默默无闻、淡泊自甘、贞固自持，不邀宠取媚，不争奇斗妍。何其纯朴？！何其馨洁？！

  难怪每当我采摘玉簪花时，我就回忆起童年时代母亲头上戴的那支金灿灿的金簪。慈母端庄贤淑、乐善好施，古道热肠。遇到亲友有急难时，她总觉得"救急如救火"，毫不吝惜地解囊相助。头上的金簪、耳朵上的金耳环、手上的金戒指……她都卸下来借给亲友们去济急……

  今年恰好是她老人家百岁冥寿。我采摘了几朵玉簪花呈放在她的遗像面前，好让她汲取清香。慎终追远、用寄哀思。

  玉簪花、玉簪花、洁白无瑕的玉簪花！

  感谢你给我这小小陋室带来无限生机；感谢你启发我对老母的深切怀念和永恒追思。

父亲对母亲江平的逝去无比悲痛。他特写专文，追忆了自己的结发妻子，表达了深切的哀思：

  从青梅竹马，到白头偕老，六十个春秋，弹指一挥间。老伴新丧不足百日，我噙着热泪，忍住悲痛，写下这篇文章……我的童年同窗、青年佳偶、中年贤妻、晚年老伴。谨备心香一瓣，泪酒一卮，敬献于女士灵前。魂兮归来，鉴此精诚，呜呼哀哉，尚飨！

父亲对子女的爱含而不露。父亲"望子成龙"，高标准要求我们仨的学业。他和母亲要求我们从小学起每天必记日记。60年代，舅舅和舅妈留苏归来，暂住我家。父母充分利用大好时机，促我们学习俄语。所谓笨鸟先飞，我进附中学习俄语时，果真受益不浅。70年代，在英语学习方面，父亲曾托西语系王岷源教授和郑培蒂老师，给我以悉心指导。父母的良苦用心，为我们日后的学业奠定了可贵基础。

小学阶段，父亲有意识地培养我们的文学感悟。他常带我到颐和园漫步，观景赏花，激发文情。记得小学四年级时的一个春日，他在西堤上吟诵了杜甫的《江畔独步寻花》。他经常兴致勃勃地与我们谈论与江南和镇江有关的诗词名句。小学五六年级时，在父亲和傅老师的教导下，我的语文水平显著提升，作文《春游樱桃沟》就受到傅老师的好评。另外，父亲认为"字如颜面"，不可小觑，故自小就要求我们认真临帖习字。后来，陈选隽秀的蝇头小楷竟然受到冯友兰大师的赞赏。

1977年，我和陈选参加高考，均名落孙山。父母倍感失落，家中气氛格外凝重。父亲更觉愧疚，认为是他的"摘帽右派"阴影使然。1978年我们再考。当时规定，作为英语教师，只能报考师范类学校。为毕业后留京，我报了北京师院英语系。父亲为确保成功，特托曾在北大工作过的师院英语系主任杨教授。不错的成绩，加上北大子弟身份和他们两人的情谊，师院决定录取我。

"无心插柳柳成荫"，阴错阳差，后来我被北师大历史系录取，无意中继承了父母的事业。父亲乐观其成，并刻意让我接近他熟识的历史学家，如北大何芳川教授和中西贯通的刘家和先生。我师从罗马史专家、人口学家邬沧萍夫人李雅书教授，获得北师大硕士学位后，到人民教育出版社历史室工作。为使我在专业上更上一层楼，父亲有意让我接近有才华的史学家。家中若有大学者来访，就主动把我介绍给他们，如罗荣渠先生、冯钟芸先生、孙作云先生和阎文儒先生。他更常以陈炎先生为例，鼓励我以他为楷模，刻苦治学。

1989年，父亲到夏威夷大学讲学期间，在未与我商量的情况下，通过正在那里留学的邵东方博士，替我斡旋了留美事宜，为我进入夏威夷大学攻读博士学位开启了方便之门。英语成绩好才是硬道理。我恶补英语，以较高分数通过托福考试，GRE也凑合及格，终获夏威夷大学的助教奖学金。1990年，我以40岁"高龄"，毅然飞向"太平洋天堂"。那是一个敏感时刻，本人又与教育部有牵连，且"年事偏高"，自然引起美国联邦调查局的怀疑。调查局路易斯先生（台湾背景的华人，姓刘）约谈我时，开门见山，劈头盖脸："Do you know the word 'spy'（你知道"间谍"这个词吗）？"我顿时怒火中烧，哭笑不得，心想：我可是"反党反社会主义右派分子"派遣而来，难道还不放心？"为伊消得人憔悴"！我经过7年苦读，终获博士学位，得以顶着"洋博士"的虚幻光环"荣归故里"，向"江东父老"交差了。

父亲对陈选的学业也倍加上心。他利用东语系的关系，为陈选学习日语创造条件。在翁祖雄和林美惠先生的悉心指导下，加上本人的刻苦和聪明，陈选考取了吉林大学日语系。后来，陈选又以优异成绩考入社科院日本研究所，获得了硕士学位。

通过父母的有意培养，并得益于本人的天资和努力，陈端已在香港出版了十几本散文集或小说，算是当地和世界华语圈儿较有名气的作家了。所有这一切，不能不归于父母对她的悉心培养和熏陶。

最让我感动的是，尽管有22年的"燕园梦魇"，父亲依然深爱北大，感恩北大，并以作为北大人而自豪：

> 五十年来，笔者学于斯、教于斯、长于斯、老于斯，长期熏陶培育，惠我独厚，贶我良深。北大哺育了我，可以说，除生母外，祖国是我第一个母亲，北大是我第二个母亲。唐孟郊诗云："谁言寸草心，报得三春晖。"

对北大的深情，更在他的《无题胜有题 未名胜有名》一文中，以文学形式抒发出来：

> 燕园胜景，一一触入眼帘，博雅塔妊立湖畔，巍峨高洁，直耸云表。未名湖一泓碧水，绿波潋滟。小石舫横陈，意态安闲。钟亭与岛亭相望，湖边垂柳婀娜多姿。蜂蝶飞舞，榆梅放香，南阁北阁飞檐雕梁，亭亭玉立。万卉竞秀，娇艳欲滴，好一派旖旎春光，这不是江南胜似江南的春光……
>
> 笔者凭湖遐想：月白风清之夜，皓月当空，万籁俱寂，未名湖就像一面偌大的明镜，俯仰天地，吐纳古今。月光如水，毫无纤尘，不由得吐诉出"良辰美景奈何天"的绝妙好词来。广寒宫里，"寂寞嫦娥舒广袖"，似乎在向人们挥手致意……

父亲热爱和敬重燕园的学术大师们。他写了多篇文章，对蔡元培、马寅初、翦伯赞和向达等的道德文章，给以高度评价，表达了虔诚的崇敬。在回忆北大书法发展史时，他骄傲地写道：

北大教授中或长于书法、或精于书论、怀瑾握瑜者代不乏人。先后有：马叙伦、邓以蛰、魏建功、向达、冯友兰、朱光潜、宗白华、王力、黄子卿、杨周翰、周祖谟、李志敏、罗荣渠。他们以器识为先，以人品、学养（学术品位）领字，他们的作品中那不是书家，胜似书家，蕴藉风流、韵味醇深的浓郁的"书卷气"，迥然不同于流俗的那种"匠气"。

作为一名教师，父亲深深挚爱自己的职业：

至于我自己，从事粉笔生涯五十年。教书育人，不敢懈怠。一隅株守，两袖清风。我曾奋笔书写了"愿为蜡炬，替后进照明；甘当老牛，为大地耕耘"条幅，作为座右铭，用以自励。

父亲更爱自己的学生。在文章《三生论三教》中，他表达了对三位研究生的由衷喜爱和称赞，对他们的成就深感欣慰。李塔娜博士，现为澳大利亚国立大学华裔研究中心主任，是有国际影响的东南亚问题专家；何劲松，中日联合培养的哲学博士，现任世界宗教研究所佛教文化艺术室副主任等职，成就斐然；王彦，毕业后留在东方学系任教，在教研上也取得可观成就。他满意地说，能培养出如此争气的学生，"此生足矣"。

父亲一生充满激情，勤勉治学。中年以后，他痔疮严重，经常流血不止，但仍然坚守在图书馆和书房的冷板凳上，努力求索。他满怀深情，感谢了北大图书馆：

四十多年来，学于斯，读于斯，教于斯，吟诵于斯，沉思于斯，笔耕于斯，砣砣穷年，乐此不疲。多少个朝朝暮暮，我在卡片柜旁，出纳台前，在书库，在阅览室……借书还书，进进出出，抄抄写写，读完一本又一本为书，抄了一张又一张的卡片，解决了一个又一个难题，积累了点点滴滴的知识……

"大馆"（北大图书馆）惠我良深，赐我独厚，实非楮墨所能表达于万一——在浩瀚的书海中，我逡巡，我探索，深感"生也有涯，而知也无涯"，我从髫龄起识字念书，终身致力于学，如今已年逾古稀，回首前尘，无限感奋。学习，给我带来巨大动力。四十多年来，我从未及而立之年，到年逾古稀，攻读其间，徜徉其间，可谓人生莫大幸福。

晚年的父亲，保持了良好心态：

桑榆晚景，欣逢小康，安贫乐道。一管在手，万种情怀。纸墨堪用，温饱无虞，与愿足矣。黄白之物，夺取五一，力争无求，颐养天年，自得其乐。

他在中关园46公寓居住时，精神世界充实，自得其乐：

我的书斋起名"三苑堂"。三苑者，历史、文学、书法也。人，各有追求，各有寄托。托志于诗文，寄情于翰墨，这才是我的"安身立命"之基。"精骛八极，心游万仞"，何其乐也？！年逾古稀，深居简出，视"三苑"如瑰宝，须臾不可或离。古人说："三日不读书，语言无味，面目可憎"，言简意赅，发人深省……生的执著，美的追求，爱的升华，悬此三的，努力以赴，毋懈毋怠。

我的附小同窗、黄枬森教授的长女黄丹，在她《习练书法 身心舒畅——访北京大学教授陈玉龙》一文中，以从容优雅的文笔，精到地概括了父亲的人生态度：恬淡自如、宠辱不惊；锲而不舍、乐在其中。

余 言

父亲的人生，随着国家的命运跌宕起伏，悲喜交加，九死一生。从一介平民子弟，通过自强不息的求索，得以跻身于北大教授之列，算是一段不大不小的传奇。

虽然，他的名声并不如雷贯耳，在群星灿烂的燕园学者中，更无特别耀眼的光芒，但我最看中的是他的"才与情"，尤其是"大爱无疆"的情怀。

他告诉子女，作为一名中国人，要热爱故乡、热爱祖国及其伟大文化；酷爱自己的事业，深爱自己的亲人、朋友和学生；他启示我们，勤奋和执着是成功的关键；他更昭示我们，精神的充实比物质的丰足更可贵。

20世纪八九十年代，"父母在，却远游"，是我们最深的愧疚；慈母未能更多享受春天的复苏而匆匆离去，是我们最大的悲痛与遗憾。如今，父亲在中关村医院的病房里已卧床三载。炯炯有神的双眼失去了光泽，奔腾不息的才情彻底沉寂，曾纵情挥毫的手近乎僵直，只靠鼻饲维持着体内那最后一缕微弱的游丝。但他依然苦苦眷恋着人间，不愿轻易离去……

我们祈祷，在父亲通向天堂的道路上，不再遭受更多苦痛；我们期盼，如果灵魂间果真可以对话，望他百年之后，在巍峨的长城脚下与发妻秋萍女士重聚，永远续说那份始自烟雨江南的情缘……

母亲之歌

陈 端

我的母亲江平女史1922年出生于江苏镇江丹阳，1992年在北京去世，至今已整整20年了。多年来我没有一天不思念母亲，随着岁月的流逝，这种思念并没有淡去，而是化为一条涓涓细流，永不止歇地在心头流淌着。

美 丽

曾经，你是那样的美丽。扬子江的浪花荡涤着你，在江南三月的春风吹拂中，你恍若一朵清新淡雅的白莲。

一帧帧褪色的照片，掩盖不住南国少女的风华。白皙的脸庞线条柔美，细细长长的丹凤眼上，一副无边的银丝眼镜，更衬托出你的俏丽端庄。

从我记事起，就看到书房的墙壁上镜框里镶着的一幅放大的黑白照片。那是1947年5月江苏太湖畔，郁郁葱葱的丛林前。你挽着父亲的手臂，穿一件黑色的绒线衫，亭亭玉立，婀娜多姿。那时你们正在度蜜月，你和父亲的脸上，都荡漾着年轻而灿烂的笑容。

美丽的凤景，美丽的人物，总是令人激赏。来我家做客的亲友，看到这帧照片，无不赞美。我的心灵里，充盈着欣喜，却又伴随着一丝小小的疑虑："为什么我不如妈妈般美丽？"

谁能想到，美丽竟是如此短暂？

忧　患

不知何时，那美丽一分一寸地逝去；而风霜，却毫不容情地，一层层蒙上你的前额，昔日动人的眼角旁，密密地，镌满了细碎的网络。

岁月，总是带给你忧伤。你从小生长在富裕人家，童年时生母不幸早逝，后母沉溺于竹战，花天酒地，很快把外祖父的财产挥霍殆尽，外祖父也郁郁而终。你自小聪颖勤奋，以第一名的优异成绩毕业于南京中央大学附中，考入南京中央大学中文系。但在失去经济来源后，以你这样一个纤弱女子，毅然两度辍学，开始你的编辑生涯，供弟妹们（四个弟妹中三个是同父异母）读书。你拒绝了后母给你安排的嫁入豪门、远赴美国的婚事，甘愿陪伴两袖清风的热血青年；在解放大军渡江的前夕，留守在南京，迎接新中国的诞生。你原以为，在祖国的土地上，可以谱写前程似锦的华章。

怎知道，风起云涌，你走着的，原是一条忧患之旅？

新中国成立后，你随父亲从南京国立东方语专调到北大，住在沙滩红楼。1952年院系调整，全家搬到中关园54号。父亲在北大东语系任职，你考进三联书店，后合并到人民出版社历史组任编辑。生活从这一刻起，充满了憧憬与新生的希望。无奈好景不长，1957年父亲因为响应党的号召（当时是北大团委一位干部动员他给党提意见，他写了一篇文章发表在校刊上），在风华正茂的年代被打成"右派"，连降三级，发配到门头沟去劳改，从此蒙受不白之冤长达二十多年。那时我们都很年幼，小弟弟才3岁，还有祖父母要供养。你不离不弃，承担了政治、经济上的巨大压力（从此你成为家庭主要经济来源），陪伴父亲走过人生最苦难的日子。日前和邻居范伯胜聊天，他说："小时候看到你妈妈白发苍苍，只是以为她是少白头；现在回忆起来，是你爸爸的'右派'帽子令她思虑过度……"

妈妈，我很少看到你流泪，无论是风雨如磐的日子，还是黎明前的黑暗，你永远都是默默地，不发丝毫怨言。我常常感到奇怪，以你如此文静的身躯，如何能抵受一次次沉重的打击？

真的，我从来没见过你开怀地笑过，如此艰难的人生，你的微笑，永远掺杂了隐隐的伤感。

春　晖

尽管生命灰蒙，你对人生依然执着。你决不吝啬爱的付出，也许你不能给

陈玉龙与江平结婚照（1947年）

儿女丰盛的物质，但那无尽的爱，却是金钱所不能比拟的。虽然你如此无私，却从不夸耀你曾为我们做出的一切。母爱里包含了奉献、牺牲、宽容，没有条件、不求回报，这一切不为什么，只因为你是我们的母亲！

记忆中，你总是那样谦和温柔，将所有的痛苦悲伤都藏于心底，不愿儿女的心灵蒙上阴影。无论我和弟弟做了什么错事，你从不大声呵斥或打骂，而是谆谆善诱，讲明道理。我长大后，生活中遇到不如意的事，每当你劝我时，我甚至会发脾气；你并不动怒，待我平静下来时，再与我交换意见。

我常常觉得奇怪，为什么你有那么好的修养，永远文质彬彬，无论是在家里还是在公众场合，是对家人还是外人。当我进入人生的夕阳岁月时，才真正明白了，因为你有一颗敦厚善良的心，事事、处处、时时为他人着想，要带给人间欢乐和真情，而不是丑陋和忧伤。你以身作则，给我们姐弟树立了最好的榜样。我是幸福的，拥有世界上最好的妈妈。

我小时候，因为你在朝内大街上班，只有周末才回中关园。我最盼望星期六晚上了，你每次回来都买来新书。有一次我实在困了睡着了，你回来后把一本《格林童话》放在枕边，让我醒来后感到无比欣喜。你帮我们订了《小朋友》《少年报》《少年文艺》等杂志，买了《唐诗三百首》，全套的《中国历史小丛书》，让我们从小就受到文学艺术的熏陶。我们姐弟后来之所以在文史方面略有寸进，除了历史的原因外，也受到你和父亲的影响。

"文革"中，你开始每天回家。从中关园到南小街，幼时在我心中曾是一条世界上最遥远的路，来回最少3小时。现在想起来，在那个动乱的年月里，生活极不安定，我们三人又都无法上学，你一定是很不放心，每天坚持长途跋涉。

虽然生活不富裕，你也坚持给予我们精神上的食粮。我年纪最大，有时放假你就接我去南小街的出版社住几天。在那儿接触了不少出版界的前辈，如范用、沈昌文伯伯等，从他们的对话中受益匪浅。有时去东四工人俱乐部看文艺节目，记得看过根据普希金的长诗《叶普根尼·奥涅金》改编的电影后，你和杨瑾阿姨讨论这部电影，使我了解到普希金是在讽刺当年社会上的"多余的人"，从此也让我迷恋上了俄罗斯文学。还有一次，你带弟弟去苏联展览馆看苏联芭蕾舞，因为没有票，我没去成，还有点不高兴。现在想起来，其实我在这方面比两个弟弟得益更多。

不能忘记，一次你去北大组稿。那时附小还在旧址，你特意来看我。正在上课，老师叫我出去，你站在院子里和我聊了几句。正值冬天，你怕我着凉，又赶快让我回去了。看起来是件小事，但其中蕴藏了慈母多少的无言关爱啊。这一幕，直到今天还是那么清晰地印在我脑海里。

不能忘记，冬日凄冷的黄昏，刚回到家里，你给我盛上一碗滚烫的粥；夏日炎热的午后，你煮了一大锅绿豆汤，切两片浸在凉水中的西瓜放在桌子上。你是职业女性，本不大擅长做家务，因了生存的艰难，你为我们做衣服、学习裁剪；女孩子长大了，也想买新衣服。你就把你的旧旗袍拆了，给我做短袖衬衫，一件是浅蓝色带白花的；一件也是蓝色泡泡纱的，上面有红色、绿色、黄色的小点点。1967年"割房"后，书房变成了睡房，你就用书房那绿色格呢的窗帘帮我做了一件小外套，可能因为料子不够，袖口、领子、口袋边镶了黑丝绒，时髦得不得了。去"串连"，后来到建筑公司，它都是我的至爱。直到穿旧了你又帮我翻新，前前后后陪伴我10年。你的审美眼光很好，款式做得别致，同学们都挺羡慕。某些家庭用品损坏了，你也尝试修理。

不能忘记，当我的儿子出生时，你送我入院、接我出院。里里外外、前前后后地张罗、奔波。儿子满月后，你终于不支病倒了。至今我的眼前晃动的，仍是离去时你疲惫的身影。

更不能忘记，那个初夏中午的情景。我就要远离生活多年的中关园了，被离愁别绪笼罩着，不愿父母去机场送行，大家就在家门口道别。我登上了汽车，不敢去看你红红的双眼。泪眼蒙眬中，我只看到你举起了手，向我不停地挥着、挥着，只见它愈来愈小，终于消失在我的视野里了……

从此，我就和你两地相隔了，一直到你离开红尘。

奉　献

你在人民出版社工作，所接触的均是一些名人学者。你为他们的稿件东奔西走，为一些不实之处跑图书馆、查资料。你不惧权威，敢于提出不同的观点。为了充实自己，还自修了俄语，并且翻译过一本俄文著作。业余看很多报纸，阅读各种书籍。

你的业务范围是中国历史，编的大部分都是几十万字的专业性书籍。在你手下，出版了一些很有分量的著作，整理了不少古代文化遗产。北大的老一辈学者，经你组稿的有翦伯赞、周一良、张芝联、邓广铭、邵循正、田余庆、张寄谦等先生。你主编的《中国史纲要》《中国通史》等著作，已成为人民出版社保留书目或常备书目。

1985年，你退休了。因新成立的"丛书"编辑室任务重、时间紧、人手新，你又拖着病体协助工作。你组编的黄永年先生的《〈新唐书〉与〈旧唐书〉》、马振芳先生的《〈聊斋志异〉评析》等，内容深入又浅出，文字通俗又高雅，受到好评。被誉为"丛书"中的佼佼者。

小时候，我不理解编辑工作的重要。我觉得，论水平，你满可以去搞些研究工作，甚至自己去写书，如今却为他人作嫁衣裳。辛苦不在话下，还无名无利——编辑的工资远低于教授、学者，而且那时的书籍从来不将编辑的名字列出。有时和你谈到这个问题，你总是心平气和，淡淡一笑："什么工作都要人做啊。"就这样，从青春年少到暮年时光，辛勤耕耘，几十年的岁月就这样无声无息地溜走了。

你的业务水平很强，可是因为父亲是"右派"，不仅长期受到政治上的歧视，工作中更一直得不到提升。直到"四人帮"倒台后，才被升职为副编审。这时，虽然你的黄金岁月已逝，但你热爱编辑工任的热情没有熄灭。你接触的作者从学者大师转到一些无名小卒的身上。他们有的惶恐，有的刚愎，你则循循善诱、细加引导，甚至亲自逐句逐段帮助作者推敲、修改。有些稿子质量不错，但不适合自己所在的出版社，你就会推荐到其他出版社。你的心血没有白费，一些青年作者的书出版后，得到各方好评，有的还得到"全国优秀图书奖"。

在出版社里，为了令出版事业后继有人，你也扶掖后进细心指导，培养出年轻的编辑，得到他们由衷地尊敬。一位后辈这样赞扬你："鸳鸯绣取从人看，要把金针度与人。"你的编辑工作经验和作风，已在下一代的身上发扬光大。

你每天都要接到许多作者的来信，有询问，有要求，也有关怀。每当看到你在灯下细读这些信件时，我就看到你脸上浮起了一缕满足的笑容。是啊，能够献身这种有意义的工作，你感到了无比的幸福。

情　操

1992年，因多年积劳成疾，经历"反右""三年自然灾害""四清""文革""五七干校"等长期心理、生理上的折磨,你身心交瘁,终于病倒了,住进309医院。

由于迁居香港,在你最后的岁月里,没有守在你身边,每忆及此,即心如刀割,而那几年聚少离多的日子,没有好好畅谈,不知你内心有否一丝悲凉?只是你从未流露一句怨言。

6月中,北京天气已很炎热。一出首都机场,叫了一辆出租,直奔西郊而去。

你比上次见面时更瘦了,深陷的双颊、稀疏的白发,仿佛皮包骨的身躯,无不深深刺痛着我的心。然而,当我问你感觉如何时,你只是淡淡地说:"还好。"在发高烧时,问你是否很难受,你总是摇摇头,说:"不。"

我知道你是在安慰我,平时我的体温只要高一点,马上浑身疼痛,何况你久经折磨的病体?但我更知道,你正默默地与病魔搏斗,从你坚毅的嘴角、冷静的眼神里,我看到生命的光华;你坚持每餐多吃一点,生命的火焰并没有因重病而黯淡。

一次,趁你昏睡之际,我替你整理床头小柜,在一堆杂物中,翻出一张揉皱了的纸,展开一看,上面有些歪歪扭扭的字,仔细一看,原来是你写的。你的字体向来端庄秀丽,任我怎么模仿,也没学会。如今,因为心脏极其衰弱、双手颤抖的缘故,你的字体已经变了形。然而,从某些字的笔画中,尚能看到你那早年深受欧阳询遗风熏陶的痕迹,仍留在这短短的几行字里。

原来,这是一封感谢信的底稿。你赞扬了医院的护士长。有一次,做完血透治疗想回病房之际,恰巧电梯坏了,你坐在轮椅上,进退两难。女护士长见义勇为,毅然将你从一楼背上四楼。你的文笔一向清新朴素,病重之中写的这封信,思路清晰,一笔一画,采用竖行书写方式,还恭恭敬敬地在文末签了名字、日期。

一封简单不过的信,其中包含的,却是一种极不平凡的蕴义。可敬爱的你,在信中表达了对人的尊重。在生命垂危的时候,你没有忘记,应当对别人的关怀,报以真挚的感谢、赞美;虽然,谁也不在乎这样一个垂危的病人的表扬,但你坚持这样一种信念,无论何时何地。

还有一次,我拧不开饮品罐上的盖子,看护也拧不开,你听见了,竟说道:"让我来。"

我笑了,这是满含泪水的笑,带着隐隐的痛楚的笑。你一贯助人为乐,听说我们拧不开瓶盖,第一个念头就是不要袖手旁观,但你忘了,你已经连路都走不动了,又如何能打开一个正常人都打不开的瓶子呢?但我在你那瘦弱的身躯里,看到一股折不断的韧力,看到一颗不屈的灵魂。

你就是这样一个人,把帮助人看成是吃饭、喝水一样平常;而一旦得到别人的援手,则滴水之恩,必涌泉以报。这于你,已是一种生活习惯,不论在平常的日子里,或是倒在病床上。在病危的日子里,后期你已全身瘫痪,不能说话。但你的目光,仍如以往般的情深;虽然,有时病体的疼痛,令你不由自主地合上双眼,或是昏迷中变得恍惚,但只要清醒时,你就会默默地凝望我,举起仅能活动的左臂,想要抓住什么似的,我急忙握住你那骨瘦如柴的手,轻轻地摩挲着。我想,你是感觉到女儿的触摸的,虽然脉脉不语,但血缘相连,心有灵犀。你没有留下一句遗言,你的一生,是最好的遗训;你的目光,给予了我坚强生活下去的勇气。

临终前衰弱的身体滴水不进,医生用尽一切办法,也无法将人体最基本的养料输入你的体内,以至油干灯尽,最后在昏迷中离开了风风雨雨的人生。也许那一刻,你终于摆脱了痛苦。永远都是这样,阴暗的日子里,你留在我身边;而当生活中出现了曙光,你却离开了我,留给我无尽的遗憾。

人的生命总有终止消亡的一日,但美丽的情操必将永留人间。你的一生,就是留给我们的最宝贵的珍宝。

回顾你的一生,我深深体会到,外表的美丽是短暂的,心灵的美丽才能永恒。

思 念

寥廓的视野里,烟雨凄迷,一片浮萍被风儿席卷着,在江中随波逐流,无声无息,漂泊着,最后消失在水天一色的尽头。

江,亲切又慈爱。你姓江,却不愿做浮萍[1];此刻,我宁愿变成那片浮萍,在梦里去寻找,永恒的母亲。

江,熟悉又神秘。自从那年春天,正是江水绿如蓝的季节,伴随着浪花,在长江边出生后,就远离了她的怀抱。老祖母的细诉,点点拼合成她清秀的倩影;少女的瞳孔,渐渐流淌起憧憬。川流不息的江水,诱惑着一颗沉醉的心灵,穿过茫茫氤氲,飘来殷殷召唤。

江,遥远又亲近。乘上风的翅膀去拥抱她,情怀蓦然开朗;逝水如年,浪

---

[1] 母亲小时名"慧英",读中学时自己改名为"秋萍"。

花下埋葬着往日的悲欢。你的倒影，晃动在夕阳映照的水波里，似魂灵在飘逸，像岁月在凝止。

江，让我愉悦，令我忧伤。我眷恋你，时刻向往着你的双臂，生死相连的脐带没有褪去，依然系在我的心上。我是你的女儿，是你，让我唱起了生之歌；每一朵浪花絮语，如泣如诉，奏起一曲怀念的旋律，承接岁月的凄凉无语，带来永恒的寂寞。

重　逢

我知道，你在等我倦极归来。

无数个春秋，朝思暮想，万籁俱静的午夜，魂牵梦萦，我终于重回你的怀抱。

江南的如画风光，抚弄着游子的心，青山如黛，隐约朦胧，全在一片若有若无中。水流清澈，雕刻成一个翠绿的水晶宫；那昔日的婴儿，情不自禁，轻声唤出：您好，别来无恙乎？

我最喜欢躺着，躺在波涛上，看天上的浮云，悠然远去；艳阳亲吻着绿波，轻柔起伏，是一个温暖的摇篮，摇着，摇着，在波光中与你相拥了，凝望着人世间最慈爱的面孔，我流连忘返。

江水，洗涤了肌肤，冲刷了尘埃，在黎明前的黑夜，悄悄流入心田，一波又一波……

永　在

我从江中来，带来你的名字，江水没有干涸的一日，母爱不会凋零，你与长江，在生命的画卷中，汇成一片最和谐的背景音乐。

我的悲伤留给你，我的欢乐也留给你。你与江水同在，岸上没有路，江上有航标，从此心心相印。在没有花朵的街道上，在冷漠疏离的城市里，我不再彷徨，浮萍有了自己的轨迹。

江波寄余生，虽只是一个过客，时光也无法抹去那个春天的痕迹，初临人世，就看到你难以忘怀的容颜；江平[1]如镜，永远是你最美丽的时光。在历史长河

---

[1] 从南京北上后，母亲改名为"江平"。从小家碧玉的"慧英"，到浪漫情怀的"秋萍"，到一泻千里的"江平"，展现了母亲一生的心路历程。

的瞬间，我捕捉到了永恒。"忘掉忧伤吧"，一个声音在耳边缭绕："因为有我。"

传　承

记得五六岁时，你一边帮我梳头，一边慈爱地说："我还记得外婆帮我梳头的情景。"

还有一次，晚上躺在床上，不知怎么突然恐惧起来："妈妈，如果我死了，怎么办？"你笑着说："傻孩子，我还没想过死呢。"那时，你不过三十多岁。

成年后，也和你谈过死亡问题，你豁达地说："一个人死了，他所有的一切会在他的下一代人身上体现出来。"

如今，我也过了外婆当年的年纪。尽管有些方面并不能完全达成你的心愿，但可以告慰的是，生命在延续；千秋万代，生生不息，人生，就是如此简单而神圣。

耳旁响起了贝多芬的《生命交响曲》……

2012 年

习练书法　身心舒畅

黄　丹 | 陈玉龙教授介绍详见前文。
作者介绍详见前文。

北京大学东方学系教授、北京大学书法协会会长陈玉龙老先生在历史、文学、书法三方面均有很高建树，这在业内外早已有盛名。他将自己的书斋名曰"三苑堂"，这也有其致力于学术和艺术的心志所在。十年动乱期间，陈老排除干扰，淡泊自甘，潜心魏碑汉隶，展纸挥毫，书论、书艺双管齐下。改革开放以来，陈老更是老当益壮，除教学科研工作之外，还担任了许多社会工作，在追求学问的过程中，不断求得人格的完美。现在，陈老先生虽然八十有一，但仍精神矍铄、谈锋颇健。

恬淡自如　宠辱不惊

记者请陈先生谈一谈他对养生保健的看法和体会。陈老说，养生绝不能脱离现实，因为从来没有纯粹意义上的养生。人要有道德理念和文化修养，要在生活中不断地加以磨砺。一个人生活在社会之中，不可能一辈子一帆风顺，但要像马寅初老先生那样，在困难和磨难面前把个人荣辱置之度外。陈老对记者说："20世纪50年代初，我除担任东语系教学与科研工作之外，还兼任马寅初校长的秘书，在马老身边工作、学习多年。马老是我国著名的经济学家，卓越的人口理论家。他一生虽历经坎坷，大起大落，但仍享百岁高寿。他的人品、文章举世推崇，道德修养堪称楷模。我有幸亲炙教诲，耳濡目染，潜移默化，终身受用不浅。"陈老认为，磨难就是一种修炼，如果能从磨难中悟出一种道理，并且得以升华，也能终身受益。所以他说他的养生观就是八个字"恬淡自如，宠辱不惊"。

锲而不舍　乐在其中

陈老先生对健身有着独到的见解。他认为，健身不仅是跑跑步，打打球。健身就是要动，要动手、动体、动脑，但要因人而异。如果摸索出一种比较适合于自己的方式，就要持之以恒。他说："我的健身方式，一是习字，二是散步。"他经常出去走走，看祖国河山，看域外风光，享受天地之精华，感受文化之熏染。不论在家还是外出，每天他都要写字，写字之前先散步，一般是半小时左右，边散步边酝酿书写的内容，回来后喝水、调息，然后研墨。他只用少量墨汁，再掺点水研墨。他认为自己研墨写的字更好看，同时，研墨的过程也就是平定情绪、构思作品的过程。这样，写字的时候才能挥洒自如，一气呵成。陈老愉快地对记者说："我刚才回来纸一铺，墨一研，精神就来了，整个身心都融进去了，这对身体很有好处。一幅作品写得好，我感觉是身心双畅，情绪愉快。"陈老说他跟朋友开玩笑，说吃西洋参、喝鸡汤都没有这个好，这是金钱都买不来的。陈老说："我确实是得益于书法，从五岁入私塾攻读起，八年间每日书写大楷、小楷各一张，受先生风熏雨泽，获益匪浅。直到现在，七十余年仍临池不辍，利用一切时机写字。心情好的时候写，心情不好时也写。因为一写起来就物我两忘，心情也就好起来了。所以说，练习书法有助于调身、调心、调气，故而有助于健康。我也就锲而不舍，乐在其中。"

书贵创新　守旧无功

陈老先生不仅字写得好，而且对书法理论颇有研究。其所著《中国书法艺术》一书颇受书法界重视，其中《书法五感》一文更是他多年来辛勤探索的结晶。陈老认为，书法有五感，即立体感、节奏感、朦胧感、空间感和时代感，并且"书贵创新，守旧无功。艺术的生命在于创新，没有创造性的艺术是不可思议的"。陈老认为，做人和做学问也是一样的，人要是因循守旧，故步自封，也就没有了活力，还有什么人生价值呢？所以陈老在耄耋之年仍担任着北京大学书画协会会长，致力于培养新人，也致力于对祖国瑰宝、世之奇葩——汉字书法艺术的不断探索和求新。

原载2002年5月31日《中国中医药报》

关于陈玉龙伯伯书法作品的回忆

张晓岚 | 陈玉龙教授介绍详见前文。
作者介绍详见前文。

1977年10月21日中央招生工作会议结束，当天《人民日报》发表了招生制度改革的消息，母亲非常高兴，作了七绝二首送给我：

一

一夜东风送暖来，红颜白发共开怀。
高峰有志能攀上，四害清除广育才。

二

廿五年华莫恨迟，读书正在少年时。
苏洵廿七犹发奋，科技奇葩定满枝。

母亲彭兰是西南联大中文系毕业生，喜欢古诗词，她用诗的语言鼓励我参加高考，她还请北京大学东语系教授、书法家陈玉龙伯伯手书了这两首诗。我是68届初中毕业生，在父母的鼓励下，参加了"文革"后的第一次招生考试，终于在下乡劳动近十年后，进入武汉理工大学学习。

我至今仍把这幅书法挂在书房，鼓舞着我克服一切困难，继续前行。

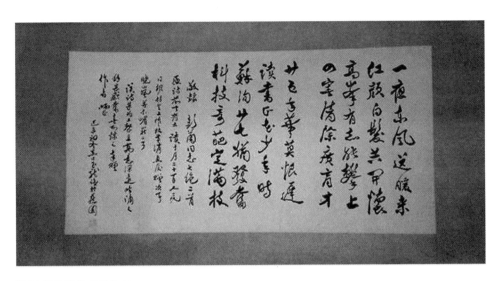

陈玉龙教授的书法作品

中关园童年印象和我的父亲母亲

张晓岚 | 张世英（1921— ），北京大学哲学系教授。彭兰（1918—1988），北京大学中文系教授。从1952年到1982年住中关园平房72号，1982年至今住中关园43公寓。
作者张晓岚，张世英教授之子。

中关园的童年印象

中关园是北大家属宿舍八大园之一，位于校园东边，是北大、清华和科学院之间的一个园子。50年代的中关园内，除了东北角的一公寓和西南角的二、三公寓三幢楼房外，全部是一排排红砖灰瓦的平房，有一百多排。一条并非常年有水的小沟自南向北贯穿整个园子，把中关园分为沟东和沟西。童年印象中的中关园：夏夜，搬一把藤椅给奶奶坐，几个孩子在奶奶身边听故事；有时天黑了，几个孩子捉迷藏，藏在煤屋里是最常有的事；各家串着看小人书，是最大的快乐；向任兆林请教做半导体收音机，也是一大快事……童年的中关园，家家种花，路边有树，林荫大道，知了、麻雀啼鸣，雨后蛙声一片……真比现在的高楼大厦更贴近自然，是记忆中最幸福的时光。

童年印象中我家的院子，春夏月季满院，秋季菊花盛开，院子东边一小片竹林，郁郁葱葱。客人们进到家里，看到满屋的书，常常赞道："真是门前千棵竹，家藏万卷书啊。"

童年印象中家里的客人，哲学系除洪谦、任华、汪子嵩、黄枬森、汤一介、王永江等先生外，印象深刻的是金岳霖爷爷。他眼睛不好，怕见光，总是带着墨镜，把手放在额头上遮光。1950年代，照相机是奢侈品，一般人家没有照相机。记得 1955 年到 1956 年，我家的照片都是金爷爷从国外带回的照相机照的。中文系的客人中，游国恩、季镇淮、乐黛云、袁行霈、曹先擢、陆俭明、吕乃岩等先生是常客，特别是袁行霈叔叔的夫人杨贺松、曹先擢叔叔的夫人谈玉英是北大附中我姐姐的老师，印象更深刻。

童年印象中的父亲，经常在家中给研究生们讲课，他大声地讲着，津津有味，学生们认真地听着，兴趣盎然。讲得最多的好像是黑格尔，什么客观唯心主义、辩证法合理内核，我这个旁听生都快记住了。似乎年轻时的父亲，总在备课、看书、写文章，经常"开夜车"。

童年印象中的母亲，对学生和蔼可亲、循循善诱，经常给他们讲古诗词，特别是讲作古诗词的方法。记得中文系的乐黛云阿姨、袁行霈和曹先擢叔叔经常与妈妈探讨作古诗词的方法，还曾相约组织诗社。

……

一心为学的父亲张世英先生

父亲张世英，1921 年 5 月 20 日出生于武汉市东西湖柏泉老屋湾的一个教师家庭，受爷爷一生清高、不慕荣利的思想影响，父亲也只追求成为一名纯真的学者。

爷爷从小家境贫寒，因为聪明，族长资助他读书，毕业于武汉大学的前身武昌高等师范教育系。毕业后在武汉市担任中小学教员、教务主任、校长等职务。他禀性清高，向往桃花源式的生活，所以一生把 9 口之家安在老家乡下，独自带着父亲在市内教书，每半年回乡一次。每天晚饭后，学生和老师都回家了，爷爷就会带父亲到大街上去散步。当看到警察殴打人力车夫时，当看到大玻璃窗内有钱人歌舞升平，穷人却在外面要饭时……父亲总是忿忿不平，惜弱怜贫。爷爷这时就会告诫父亲要好好读书，不进官场，做学问中人。1938 年秋，日寇占领武汉前夕，爷爷把上高中的父亲送上去鄂西的江华号轮船后（江华号后边的江新号就被进入武汉的日本飞机炸沉），就回到柏泉乡下务农，同时教湾子里的孩子们读书，一家 9 口生活非常艰苦，以至于把最小的孩子送进孤儿院。即便如此，武汉市的伪维持会派人让他担任教育局长，他仍然坚决拒绝。当我的小叔叔饿得哭闹起来时，他说："我们面前有两条路，一条当汉奸，可以吃饱饭；一条在柏泉这个小岛上务农，不当汉奸，生活就会很艰苦。你走哪一条？"小叔叔一听就不哭了。一个知识分子，宁愿饿肚子，在乡间务农8年也不当汉奸的故事，就这样在柏泉乡下传开了。抗日战争的8年间，爷爷给孩子们上课，总是讲岳飞、屈原和文天祥的故事，教孩子们唱岳飞的《满江红》。每当我看到爷爷在当年那破旧的教室里上课的照片，看到照片上爷爷工工整整地书写的"还我河山"几个大字，就仿佛听到照片上的孩子们正在唱着："怒发冲冠，凭栏处，潇潇雨歇。抬望眼，仰天长啸，壮怀激烈……"爷爷就这样在抗日战争中蛰居乡间8年，直到抗战结束，才重回武汉市区，继续他的教学生涯。父亲每次回忆那一段生活，都讲到爷爷爱国、清高的品质影响了他的一生，以至于父亲在一生中的每一次人生道路的选择上都选择了做学问，拒绝走入官场。

　　正是受到爷爷的影响，父亲内心深处始终有着一个学者的良知，违背学者良知的事情他绝对不做，以至我有时觉得他有点"迂腐"。记得70年代初，由汪子嵩伯伯（50年代住中关园60号，是我家邻居）牵头组织编写《欧洲哲学史简编》，他找我父亲和任华伯伯(50年代住中关园84号，是我家邻居)参加。我父亲在审查该书清样的时候，发现封面上编著者的顺序是：张世英—汪子嵩—任华，他知道这是汪伯伯谦让，就立刻打电话给人民出版社，把顺序改成：汪子嵩—张世英—任华，这就是为什么该书封面和扉页上编著者顺序不一

抗日战争期间，爷爷张石渠对乡间的孩子们进行爱国主义教育

1963年底张世英、汪子嵩在中关园72号书房

样的原因,这件小事不仅体现了两人的友谊,更表现了两位学者宽广的胸怀,和当今出现的某些学术造假、争名夺利的浮躁之风相比,这个编著者顺序的不一样,留下了一段值得深思的佳话。

和父亲在一起,常常能感觉到他对学问的执着,不知不觉中他就会聊起学问,让我们三个孩子感到获益匪浅。

记得是2009年春节,全家去港澳旅游,在珠海的宾馆内聊天,父亲聊着聊着就谈起2008年10月的河南南阳之行,聊起了内乡县衙的官文化和对联。没去南阳之前,他对内乡毫无所知,但是,参观了内乡县衙之后,对内乡的文化有了兴趣。据说内乡县衙是全国保存最好的县衙,县衙"三省堂"的抱柱联:"吃百姓之饭,穿百姓之衣,莫道百姓可欺,自己也是百姓;得一官不荣,失一官不辱,勿说一官无用,地方全靠一官。"体现了内乡县衙的官文化和民为贵的思想,很有意思。当看到县衙寅宾馆大门的半幅下联"有朋自远方来不亦乐乎"时,他感到很奇怪,为什么只有下联没有上联?一般都是出上联征下联的,而这里却有下联,没有上联。一问才知道,上联还没有对出来哩!正在征联,要求查出古代名人一句现成的句子作为上联。由于"不亦乐乎"的最后一字"乎"是平声,只能作为下联,所以只好征上联了。回到北京后,他和我叔叔说起此事,两个人就一起凑出了一句上联:"亲民使近者悦可谓仁矣。"我和

1975年2月15日张世英与儿子张晓岚、张晓崧于北大中关园72号门前

弟弟张晓崧都不太懂对联,就开始问各种问题。父亲解释到:对联要求平仄和词性相对,我们的这句上联和下联的平仄,对得不算很工整,但是词性却对得好,"亲民"对"有朋","使近者悦"对"自远方来","可谓仁矣"对"不亦乐乎",应该说还工整。特别是名词"近者"对"远方",虚词"可谓仁矣"对"不亦乐乎",对得好!而"亲民"二字,既是动词,也是名词。宋司马光《论监司守资格任举主札子》:"凡年高资深之人,虽未必尽贤,然累任亲民,历事颇多……"这里的"亲民"是名词,指地方官。"使近者悦"出自《论语·子路》:"叶公问政。子曰:近者悦,远者来。""可谓仁矣"也出自《论语》。所以上联都是有出处的名人名句。另外,这副对联中的上下联意思完整,上联是"近者悦",下联是"远方来",正是孔子"近者悦,远者来"的本意。现在的问题是,这句上联只是名人的集句,而河南内乡征联的要求是一位名人的一句现成的句子!父亲说:即使查到了这样一句现成的句子,也不过是资料性工作,当然很艰苦,也值得赞誉,但并没有什么创造性,用集句的方式似乎更有意义。当我们从港澳回到北京后,对一路的风光印象并不深刻,而这副对联和做对联的方法却深深地留在了脑海中。

2009年8月,我和姐姐张晓峒、姐夫赵誉泳陪父亲去戒台寺和潭柘寺郊游。父亲在戒台寺触景生情,跟我们大讲了一通禅宗的故事,不仅增加了我们很多知识,而且大大地开阔了我们的胸怀。爸爸说:"人活在世上,就有各种竞争，各种诱惑，面对这些，应该有一种态度，禅宗提出了一种旷达的、顺其自然的态度。既要'入世''即世'，不可能脱离现实生活，又要有超越现实的精神境界。通过自己努力，得到了成功，固然可喜，得不到，也要顺其自然，不必怨天尤人，该做什么继续努力去做就可以了。'文革'中，冯友兰挨斗，'坐飞机'，别人问他在想什么，他说背诵'菩提本无树，明镜亦非台，本来无一物，何处惹尘埃'。当然，能做到这一点，是需要一点境界和精神的呀！"爸爸的感叹，似乎不仅是夸他的老师冯友兰，不仅是在说给我们听，也在抒发自己的胸襟和心声。

父亲对于独立完成的著作、论文，从来不申请奖项。两三年前的一天，父亲去系里办事，当时的副系主任胡军教授就主动对父亲说："张先生，你从不申请什么项目、奖金之类的东西，是一心做学问呀！""一心为学"，父亲当之无愧。据我所知，他主编的《黑格尔辞典》，倒是得过两次奖，但那是当时学校社会科学部要他申请的，因为那是集体编写，他需要照顾其他编写者的愿望，只能遵命。还有，他在《北大学报》上发表的文章，绝大部分都得过优秀论文奖，但那都不经个人申请的过程，是由《学报》自己评选的。

父亲就是这样一位一心为学的学者，和他在一起，不论做什么，他经常会

1969年张世英、彭兰夫妇和女儿张晓嵋在中关园72号门前

自然而然地联系到学问。正因为这种执着，在"文革"结束后，已经60岁的他开始了一心一意纯粹为学的归途。对于当前学术界浮躁、堕落的现象，他心无旁骛，绝不羡慕那些为钱、为官、为名所累的学者，独立完成二十多部专著，在自己的哲学天地中找到了为学的快乐，建立了自己的哲学体系。用他自己的话说，他的一生，特别是在"文革"后的三十几年中，在学术上完成了五项工作：

一、在系统研究西方哲学史的基础上，提出西方哲学史是人的个体性和自由本质萌生和发展的历史的新观点。

二、系统研究了黑格尔哲学体系的绝大部分，强调了黑格尔哲学中关于人的主体性和自由本质的思想，突出了黑格尔对他身后西方现当代哲学的影响和先驱意义。

三、在深入研究东西方"天人合一"与"主客二分"的基础上，创立了"新的万物一体"的哲学观——"万有相通的哲学"。在这个哲学体系中，从"世界上的一切都是相通的"这一论断出发，把哲学从"原始的天人合一"，经过"主客二分"，最终走向"高级的天人合一"，描述为一个动态的系统过程。并结合中国社会的发展，提出只有当人的主体性和自由本质得到解放的时候，才可能发挥出无穷的创造力，从而促进社会的大发展。

四、初步奠定了"美在自由"的美学思想基础。

五、以90岁高龄首创完成了中国第一部《中华精神现象学大纲》，这是最能代表父亲晚年哲学思想和人生追求的一部著作，在中国这是第一次从主体性和个体性解放的角度，总结了中国思想文化发展的历史。《北大学报》连载六期发表这本书时，编者的话这样写道："以黑格尔研究著称学界的张世英先生，在望九之年完成了力作《"东方睡狮"自我觉醒的历程——中华精神现象学大纲》，令人感佩！论文首倡中华精神现象学，稽述远古，参伍因革，绾合中西，肇开贤蕴。其现实意义重大，学术价值弥珍。"

父亲终生为学，但他并不是脱离实际的学究。他有发展、弘扬中华传统思想文化的宏愿，他的专业是西方哲学，特别是德国哲学、黑格尔哲学，但他总想把西方哲学与中国传统哲学结合起来，走出一条发展而非简单传承中国传统哲学的新路子，而这里的关键在于延伸、改造中国传统的"自我"观，把"自我"从原始的"天人合一"的浑沌一体中，特别是从封建等级制的社会群体的湮没中解放出来，让"自我"展现其自由本质，发挥其独立精神。一句话，中华思想文化的光辉未来，有待于个体性"自我"的大解放。《中华精神现象学大纲》就是为此而呐喊的一部既有学术性又有现实性的专著。父亲的思想观点是通过独立思考得出的，他从来不做媚俗之事，是一个有创见、有独立自我精神的人。

父亲一生不愿为官、为钱，以陶渊明称赞黔娄的话"不戚戚于贫贱，不汲汲于富贵"为座右铭，虽然不免有艰难，有坎坷，有不理解，但一心为学，像孔子所要求的"为学为己""为仁由己"那样，确实是他最大的快乐和心愿。

与人为善的母亲彭兰先生

离春节还有几天的一个寒冷冬日——1988年1月24日，母亲因患癌症溘然长逝，享年70岁。24年来，我多次在梦中与母亲相会，但每每高兴于能再次见到母亲的时候，醒来却是一梦，不禁潸然泪下。

1918年正月初六，母亲出生于湖北鄂城彭李下村的一个官宦人家，外祖父彭宏大是清末武进士119名。据彭家族谱记载，彭宏大考武进士时，先考文，成绩靠前，再考武时，他舞青龙偃月刀，失手把刀掉落，顺势用脚勾起，考官问道，这是什么动作，他答曰，海底捞月，考官说，武差一些，文不错，就取了119名。后在黎元洪帐下任参事，清兵攻入黎元洪的总统府时，是外祖父把黎元洪背出总统府。1923年，外祖父因病去世，外祖母肖氏带着5岁的母亲回到浠水她的娘家，让母亲的舅舅教母亲读私塾，当她的舅舅说出上联："围炉共话三杯酒"时，时年9岁的母亲立刻答出下联："对局相争一桌棋"，表现出了极高的文学天赋。父亲每次提到母亲的这段佳话，就会对我们说："你们的母亲是西南联大的才女，如果不是解放后30年的政治运动，在文学上、学术上，她会有很高的成就，政治运动把你妈耽误了。"外祖父三十几岁去世，去世时，母亲只有5岁多，是外祖母一人把母亲拉扯大。很难想象，90年前的封建社会，孤儿寡母是如何生活的，母亲又是如何上了西南联大，我不能不佩服外祖母和母亲——两位伟大的女性。

1938年夏季武汉沦陷前夕，考取北京大学中文系的母亲变卖家产后，准备带着她的母亲远赴昆明上学，那年母亲才20岁。从浠水到汉口后，外祖母患痢疾，住在法租界的医院，此时正值日军轰炸武汉，医生、护士都躲进了防空洞，她眼睁睁地看着母亲得不到治疗而去世。接着日本占领武汉，她失去了在武汉沦陷前前往昆明的机会。每谈及此事，母亲对日寇的仇恨都会溢于言表。1938年秋季—1940年夏季的两年，她苦闷地徘徊于武汉狭小的法租界内，直到1940年夏季买到一张通行证，化装成老太太，乘小船离开武汉，历经艰难险阻，辗转到达昆明西南联合大学叙永分校，成为闻一多先生的学生。当闻先生知道母亲来自湖北浠水，是小同乡且父母双亡的悲惨身世后，收母亲为干女儿，从此母亲也把老师的家当作了自己的家。直到今天，我们和闻家还像亲人一样来往。据父亲回忆，1946年7月中旬父母离开昆明回武汉前，闻一多先生嘱咐父母二人，回武汉后，要尽快北上，避免国共分江而治，不能进入解放区。当车从昆明出发走到贵阳时，父母得知闻一多先生遇害，悲痛万分，母亲起草了给闻一多夫人的唁电，电文如下：

干妈：

　　想不到我们就是那样地同干爹永诀了，当我们听到李公朴先生被害的消息，我就担心干爹的安全。十六号我梦见了他，他仍旧像平时一样穿着一件灰长衫，只是表情常沉默。惊醒后，我感到非常恐慌。十七号的清晨，就在报上看到了那不幸的消息。我们的恐慌变成了事实，我的心碎了，肠断了，感到天地陡然变得这样的狭小，我恨不得要到百丈的悬崖上去狂啸。满腔悲愤，何日能伸？！干妈，我们这一群可怜的弱者……何日不在生命的危险中。干爹死了，但是他却永远生存在爱好和平正义者的心灵中，他是为正义而牺牲，为民主而流血，希望你不要过度的悲哀，要很坚决地活下去。小弟小妹要你扶持，使他们能成为一个健全的国民，继以慰在天之灵。我本想乘机返昆，无奈交通阻塞，只有西望昆明，暗挥热泪。大弟不知脱险否？俟其痊愈后，希早日扶柩返汉。经济方面，请奉是否能代为筹划？希速函告，勿视儿等为外人，此后弱弟幼妹情若同胞，当力求略尽姊兄之责。泪与笔俱，言不成章，仅此敬候痊安。大小妹统此。

英、兰儿同上。七，十七。

母亲在西南联合大学昆明校本部读书期间，担任联大湖北同乡会主席。据父亲讲，母亲这时已经显露了诗才，不时在读书报告的末尾附上几句诗，颇得闻一多、罗庸、朱自清、浦江清几位老师的赏识。罗庸老师常常把她的诗抄在黑板上让大家共赏。此时的大部分诗作都是盼望抗战胜利、思念沦陷家乡的内容。

五律日暮感怀

国破家何在，层山涌暮云。
凄风人独立，古木雁中分。
孤塔迎残照，荒烟拥乱坟。
吴钩无觅处，空对夕阳曛。

（1943年于昆明西南联大，载华夏出版社《若兰诗集》）

虞美人

梦回斜照春寒重，笑把双肩耸，小楼闲凭看残红，始觉春将归去恨无穷。

千枝照月玲珑影，惜此良宵永，新词美酒遣愁思，醉卧花荫待晓有谁知。

（1944年暮春于昆明西南联大，载华夏出版社《若兰诗集》）

真像空谷中的幽兰，显得很寂寞，很凄切，却总想为人世间散发出一点清香。母亲念中文系二年级时就曾在昆明的报纸上以"谷兰"为笔名，发表过诗词。她和同班同学或同乡同学来往，也常以诗相酬和。联大不少同学对她以"联大才女"和"诗人"相称。1944年秋季在闻一多教授指导下，完成毕业论文《高适年谱》（此文发表于《文史》杂志1962年第2期）。

父亲是1952年从武汉大学回到母校北大的，母亲随后于1953年从武汉也回到北大中文系，直到1988年去世。从1952年到1982年，我家一直住在北大中关园的平房72号，1966年"文革"开始后，原来并不宽裕的75平方米房子又隔出两大间25平方米给工人住，一家三代六口人挤在50平方米的房子里边，甚是拥挤，直到1982年以后，才搬入现在的中关园43公寓。应该说母亲一生虽然才华横溢，为人谨慎、善良，却没有过什么好日子。她一生只想当一个教师、诗人，做学问中人，却总是被卷在政治运动的漩涡中而耽误了。特别是"文革"中已经五十多岁的母亲，被下放到五七干校劳动改造两年，回北京后，就查出了严重的心脏病。记得1970年，我去鲤鱼洲干校探亲，看到白发苍苍，裤腿高卷，背着锄头下地的母亲，看到每晚劳动后还要开会"清理阶级队伍"，闷闷不乐的母亲，我的心格外难过。正如中文系教授陆俭明在回忆文章中说的：中文系在鲤鱼洲，年龄最大的有三位，包括彭兰先生。今天生活越来越好，就越是常常想念她，就越是对她怀着深深的感激、深深的怀念、深深的愧疚，我常想，如果母亲能活到今天该多好啊。

母亲对我一生的最大影响就是善良，受她的影响，我们家三个孩子也都与人为善。

父亲家里兄弟姐妹 6 人，由于二姑夫有所谓历史问题，家中生活十分困难，父亲每月要寄二姑姑家 20 元钱，一寄就是十年。1964 年，二姑姑的大儿子大学毕业，生活条件改善，可以不寄钱了，又逢小姑夫去世，每月又要给小姑姑家寄 15 元。就这样寄了十几年，母亲一直支持，从没有说过一句话。"文革"中，母亲去江西鲤鱼洲路过武汉，我和母亲相聚于姑姑家。母亲每见到姑姑的一个孙辈，就发 20 元钱，嘴里念叨着"这又是一代人呀！"随即把钱塞在孩子手里。

在中关园，我家后门对着汪子嵩伯伯家前门，是邻居。大约是 1959 年后，汪伯伯因参加中央组织的北大、人大赴河南农村调查组而被打成"右倾"，下放到门头沟斋堂劳动改造，汪妈妈一人带着三个孩子还要去医院上班，异常辛苦。汪伯伯偶尔回家一次，家中也是空无一人，特别是冬天，家里没有生火，就更是凄凉。母亲看到汪家此情此景，就让保姆送一壶开水过去，并嘱咐保姆帮助汪伯伯把火生起来，好让屋子里有点温暖。就是这样一件小事，也受到系领导的批评。母亲回答说："我党政策是政治上划清界限，生活上关心，给出路。"那位领导一时也无话可说。当时一般的老百姓生活都很困难，汪伯伯每次回家，脸上浮肿得很厉害。这样的日子过了大约两年，学校传达中央关于甄别的文件，母亲听了文件的传达，就在第一时间暗示汪伯伯可以甄别了。汪伯伯很快写了甄别申请，冤案终于获得彻底平反。

每当谈到这件事，父亲就要说："汪伯伯为人也是低调、正直、善良的，50 年代初，哲学系的一位老师王××揭发诬陷我，说我要跑香港，总支书记提出必须进行批判，是汪伯伯在会上表示：'张世英没有海外和香港的社会关系，怎么可能跑香港。'从而避免了一个冤案。"

小学四年级暑假，妈妈带我一起参加十三陵会议时，程贤策叔叔常带我去爬北大昌平 200 号的小山。他经常是爬到半山腰就停下了，看着我跑上山顶，他气喘吁吁地说道："我们老了，还是革命接班人厉害呀。"在我的印象中，程

1955年4月3日彭兰教授与女儿张晓嵋、儿子张晓岚于北大中关园72号门前

贤策叔叔是和蔼可亲的一介书生,"文革"中却命运悲惨。"文革"开始后,红卫兵到处打砸抢。一天,中文系的红卫兵气势汹汹地去32楼(当时中文系在32楼办公)揪斗程贤策叔叔,母亲看到后立即让程叔叔躲进32楼的女厕所,自己站在门口掩护,直到红卫兵离开,她才让程叔叔出来,程叔叔躲过一劫。但是,在随后的日子里,程叔叔还是不堪红卫兵的揪斗、侮辱而自杀身亡。1978年,北大为程叔叔平反,母亲作《一剪梅》词悼念:

十二年华逝水流,忆在心头,恨在心头,黄金台上鸟啾啾,生者堪忧,死者堪愁。

突起狂飙四害休,光照燕幽,彩射全球,沉冤昭雪万民讴,业绩长留,妖雾长收。

(载华夏出版社《若兰诗集》)

母亲的诗不仅写出了对程叔叔的悼念之情,更道出了对"文革"的恨,对中国今后发展道路上"妖雾长收"的期待。

从 1949 年新中国成立后到 1978 年改革开放近三十年不断的政治运动中，母亲本着人性的善良，同情弱者，同情受迫害的人，不顾及自己受到牵连，总想对他人的困难施以援手。记得中文系教授乐黛云阿姨在回忆母亲的文章《从不伪饰总想有益于人》中写道：彭兰大姐属于那种正直、真诚、善良，有时善良得让人心碎的人。我觉得乐阿姨说得一点不过，母亲确实是这样一个善良得让人心碎的人。

2012 年

二 难忘的故园

归

陈　端 | 作者介绍详见前文。

　　多少次午夜梦迴，寂寥星空中浮现出你的面影，朦朦胧胧地，间或闪过一抹隽永的光晕，清淡得惹人怜爱；又如一杯浓郁得化不开的红酒，让情怀沉醉。

　　你离我如斯遥远，纵然千山万水，迢迢长路，却时时刻刻在我心中低回。自从那个秋风秋雨的黄昏，我乘船驶离你的港湾，多年的岁月好像没有流动，那不过是发生在昨天的事。

　　我渴望，渴望着这一天，渴望着再见你的那个瞬间。

　　真的，我眷恋北大中关园那条羊肠小道，茸茸的青草，交织着梦幻的碧绿，刻印着孩子们轻盈的足迹；我不能忘怀那两株枝叶繁茂的大枣树，每当金灿灿的季节，满树缀连着一颗颗红通通的枣儿时，微风里飘荡起纯真的笑语。

　　故乡——我的中关园，你是这般令人流连，即使远在天涯，你也用那看不见的红丝线，编成一缕缕千缠百绕的情思，密密麻麻地，爬满游子的胸膛。你的容颜、你的风采，从出生的那一刻起，已融入生命之中，伴随我成长，虽似水流年、沧海桑田，愈历久弥新。

　　家，总是使我魂牵梦萦，温暖的避风港，默默等待着漂泊的船只；大海掀起层层浪涛，翻卷着不尽的希望，一波又一波，永不停息。

　　"归来吧！"沉沦的都市里，响起了你委婉亲切的呼唤。

原载香港作家兰心（陈端笔名）散文集《坐看云起时》

童年记忆二三事

杨 选 | 作者杨选，北京大学西语系教授杨周翰之子。

中关园合作社零食的记忆

20世纪50年代每个孩子总还有几分零花钱，上学路上必经之地是合作社，于是就要进去买点儿零食。五分钱的奶油冰棍属于奢侈品；三分钱的红果冰棍和小豆冰棍孩子们都比较欢迎。还有各种果子干：苹果干、梨干、山楂干、柿饼、黑枣，另外还有酸枣面，属于比较实惠的，三分钱就不少。有时候还会买几分钱的桂皮，含在嘴里，有一股特别的香味，有一点辣，还有一点甜。有时候有卖橄榄的，鲜橄榄，有大人说，那叫"奇怪果"，含在嘴里，好像没什么太大味道，想吐掉不吃了，却好像又有点味儿，能含很久。

60年代开始出方便面了，一毛四一包，二两粮票，白纸，印了浅绿色的商标，油炸的，油渗透过包装袋，纸袋外面油油的。里面是圆柱状的一坨，非常好吃，可以泡，也可以干吃。日本人开始做方便面好像也就在那前后，不知到底是谁学谁。当然，一毛四二两，那时候还是稍微贵一些，所以也不过是打打牙祭。食堂的馒头二两才四分，还是标准的。关东糖也叫糖瓜儿，麦芽做的，好像不常卖，过年的时候才有。麦芽做的还有一种糖稀，像蜂蜜似的，春末夏初，吃扁桃的时候蘸着吃。

小时候的生活虽然艰苦，却是抹不掉的记忆。

70年代中后期，左起：杨选、杨周翰、王还、何炳棣、王佐良夫人、李赋宁、王佐良

养蚕

又到开春时节了，不由想起当年，每当这个时候，中关园的很多孩子都在忙活一件事：找蚕卵。谁去年存下来了，就拿出来分给同学，一般是一张纸上，一片片密密麻麻的、小米粒大小、扁扁的卵。

拿回家来，喷上一点水，放在暖和的地方，折一个纸蚕盒，摆进去。过几天，米白色的卵开始变得发灰，然后颜色逐步变深，最后，卵壳被里面的小蚕宝宝咬开了，黑黑的小蚕爬了出来，只有一粒米长短。这时候就要跑出去采桑叶了。中关园当时有两片主要的桑叶"集中产地"：一片在二、三公寓西面，桃树林和黑枣林之间，说不上是桑树，只是一片细细的枝条。另一片在陈选和范伯胜家西面，树棵稍粗一些。据说这两片都是生物系的。春天树刚发芽，小小的嫩芽不到一厘米长，大概因为养蚕的孩子太多了，这一点点的桑叶很快就被摘光了。有时候都觉得担心：桑树会不会让我们弄死了？桑树却在顽强地萌生新芽，似乎想要给我们的蚕宝宝供应充足的食粮。实在不够，有时候还会跑到北大里面，那里什么地方有大桑树，恐怕中关园小时候养过蚕的孩子都清楚。

难忘的故园

等到盛夏，桑叶长得肥肥大大，满树都是，却也没人摘了，那时候，蚕儿早已结束了一个生命周期。

桑叶采回来，要洗干净，擦干，一时不喂的，要用湿布包起来，以免干枯。小小的桑叶放到蚕盒子里，小小的蚕儿生来就知道桑叶的味道，很快爬过来，攀援在桑叶边上，开口啃起来。吃了就长，眼看着小蚕一天天长大。因为大家互相有交流，上自然课老师也讲过，所以知道有蜕皮这回事，就一天天等着，互相问，是不是该蜕皮了？终于有一天，小蚕不吃桑叶了，趴在那里不动，然后又一伸一缩地蠕动起来，黑色的小蚕变大了一些，颜色也变浅了。蚕越大越能吃，要是养得多，简直都有点忙不过来。撒上一层桑叶，蚕都被遮住了，不过，没多久工夫，就都露脸了，蚕盒里的绿色渐渐变成了白色的一片。

大概是到蜕四次皮之后，蚕就要吐丝了，开始不吃桑叶，肥肥大大的身体变得有些透明的质感。平常我们很多人都怕肉虫子，但是唯独对蚕宝宝一点不怕，还很喜欢，拿在手里，让它在手上爬。要吐丝的蚕，因为有些透明了，常常拿起来对着光看，因为蚕吐的丝有白色的，还有黄色的，对着光看看，就可以看出来。蚕要吐丝了，就找蚕盒子的角落，脑袋左晃右晃，拉扯着，把嘴里吐出的丝挂在盒子上，把自己关在里面。渐渐地，看不见蚕宝宝的身影了，一团丝中渐渐形成了一个椭圆体，那就是蚕茧。再过些天，蚕茧被咬开一个口子，一只蛾子爬出来，扑闪着翅膀，找对象。找到以后，交配，产下一片片的卵。我们又小心翼翼地收起来，留待明年。也有的时候，把蚕放在一个平面上，它实在找不到立体的角落，也就只好在平面上吐丝，丝吐完了，身体收缩，变成了蛹。平面的丝揭下来，包上一些乱丝，可以放在墨盒里，倒上墨汁，用来蘸毛笔写大字。

现在中关园没有桑树，孩子们也不养蚕了，偶尔在什么地方看到桑树，还会想起当年……

中关园的电话

20世纪50年代，中关园很少有电话。记得小时候，沟西小操场南边有一个公用电话亭，正经的小房子，但好像没用多久电话机就撤销了。后来似乎住过在北门拉三轮的师傅，再后来就空了，孩子们在里面玩儿。

二公寓前面西门的门房有公用电话，二、三公寓以及附近平房的人都可以用。门房老张和女儿张淑兰住在里面，负责传呼电话。老张一条腿瘸了，一拐一拐地慢慢走，声音沙哑地喊人接电话。张淑兰的嗓音清脆，放学以后回家，一般就是她出来喊了。有时候，被叫的人没听见，还会上楼到门口敲门。许多后来鼎鼎大名的教授都被这父女二人喊过。记得严家炎住在三公寓，张家父女喊的时候，我们一些孩子会接下茬："严家炎——"（盐加盐）"等于咸——"

再后来，老张死了，门房拆了，那里的公用电话也没了，改到了居委会，管的范围就更大了，传呼一个电话来来回回好长时间。传呼的老者我一直也不知道他叫什么，南方人，传到了，总不忘记说一声"三分钱"，那是传呼费。

直到改革开放之后，电话才在中关园慢慢普及。先是有了一个小总机，因为电话号有限，还很不容易申请到号。电话还要人工转接才能拨外线，有时候值班的不在了，提起电话好半天没人应，让人急得要死。后来又并入北大的电话系统，方便了许多。再后来，北大的电话系统和北京市的电话系统为是否统一归北京市管争执了很长时间，最后达成了一种妥协，就成了目前这个局面。

60年代杨选（左1）与小伙伴们在中关园二公寓前

中关园记事

罗　曙 | 作者介绍详见前文。

说起中关园，有些人会以为是中关村呢，中关村名气要大一些。早先到科学院的都在中关村下车，公交车有一站。"文革"时中关村也是个热闹的地方，我曾带着科学院23楼的几个小孩在中关村路口摆开水摊，给"大串连"的学生解渴。中关园就低调得多了，别说外地人，就是北京人不熟悉这儿的，也要掰开揉碎了说中关村是中关村，中关园是中关园。中科院在中关村，北边就是中关园，是北大的宿舍区，北大有八大园……

我童年时家住在中关村，直到1982年才搬到中关园，可中关园在我童年、少年生活里的位置不可替代。模模糊糊记得搬到中关村以后，在中关园的幼儿园上中班，幼儿园里有两位奶奶级的老师特别慈祥，一天觉得一位奶奶的脸有些不一样，听小朋友说，老师拔牙了，原来拔牙脸会变，这个印象跟了我很多年。没等我升到大班呢，就去上小学了，妈妈爸爸为了让我早点上学，按就近入学的原则先送去保福寺小学（中关村一小的前身）的实验班，班里都是9月1号以后出生的孩子。

到了二年级，爸爸"干部下放"了，妈妈的工作单位在城里，不能天天回家。于是把我转学到了北大附小。北大附小可以住校，在燕东园北面的五公寓里有套单元房，有七八个孩子住校，也由一位奶奶级的田老师管理我们。田老师瘦瘦的，笑起来满脸沟壑，和和气气地对我们说话，今天我还能记起她的模样。住校的孩子里还有父母不在北京的，放学后我们就像一群小鸡回到田老师的翅膀下。到了星期六下午,我回到家里,把炉子搬到楼门口,放上碳饼,塞上废报纸,烟熏火燎中把炉子生着了,等妈妈晚上回来正好可以做饭。小学二年级就会生炉子一直让我无比自豪,时不时地就拎出来跟年轻人吹嘘一番。后来想想,在管道天然气时代还提这些事,也够九斤老太太的。爸爸"下完放"后,我也回到家里,于是上学、放学一天四趟穿行中关园。

中关园的南北共有三排楼房,中间都是平房,很多同学家都住在这里。上学时是约楼上的王兰一起走,一路上说东道西地很快就到了。下午放学回家时,就有路队了,住在科学院的在一个路队。我和王兰都喜欢与沈正华、黄净、魏梅一块玩,后来就有了"魏黄王罗沈,亲密一家人"的话,友谊之深可见一斑。出了校门进了中关园,就自动按友情编队,我们在中关园里各处乱窜、聊天、嬉戏。女孩子们在一起叽叽喳喳得挺热闹的,可不定就把谁惹哭了,记得沈正华的哭与众不同,不出声,就默默地吧嗒、吧嗒地掉眼泪。

北大的一些大学生来到附小任辅导员,我们班的辅导员是个很老实的大学生,姓周。不知道为什么我们没把周辅导员放在眼里,背后叫他密斯特周。放学后,我们几个在中关园的那片树林里嘻嘻哈哈地边走边喊:密斯特周、密斯特周,你的跟屁虫在找你!有时会到中关园的同学家玩一会儿,各家小院子的风景都不一样,记得房前的院子里不是花团锦簇,就是种瓜得瓜,种豆得豆。煤球、煤饼都堆放在屋后,从房前屋后就可以看出主人的兴趣爱好和持家本事。说句实话,那会儿对院子里的花草不是很有兴趣,喜欢进到屋里,没准能受到糖果的招待,再看看有没有新的小人书和课外书。有时放学后直奔北大校园里,五四广场和东操场是我们的最爱。

一天下午,我和沈正华到五四广场沙坑里玩沙子,堆沙子、挖沙坑都玩了一遍,开始互相往沙子里埋对方的鞋,看谁最先找出来自己的鞋。该我找鞋了,我在沙坑里刨来刨去,找出了一只,另一只就刨不出来。沈正华在一旁偷着乐,看我在沙坑里四处扑腾。天色暗了,该回家了,还没找到那只鞋,沈正华也过来一起找,四只小手使劲往沙子的深处挖去,还是没找着,两个人都急了,玩了命地扒拉着沙子,鞋子依然没有踪影,直到天黑,什么都看不见了,还是没找着鞋子。怎么办呀,两个小脸哭丧着面面相觑。我本来就不好好学习,爸妈要是知道我玩得鞋都丢了,肯定是一顿皮肉之苦。还是沈正华够朋友,让我穿她的鞋回家了,她光着一只脚回的家。第二天我们又去沙坑,没费多大工夫就找到鞋了。

虽然童年时不住中关园，可因为爸妈要"干部下放"，要"社教"，要"四清"，小学、中学时都在中关园借住过。上小学时住过谢宁家，他妈妈张寄谦阿姨是爸爸的同事。中学时住过何田阿姨家，她是妈妈的大学同学。我和妹妹还住过王琦家，王琦的爸爸是妈妈的同事。住到别人家，吃饭就去公寓食堂，所以对公寓食堂有深厚的感情。饭票是爸爸买来给我的，虽不限制我对饭票的使用，可粮食是有定量的，菜嘛，没几样，没法大吃大喝。有了选择饭菜的自由乃当年一大快事，每当打饭的时候快到了，就去窗口排队，对着挂出来的黑板上的菜名、菜价，心算好要付的饭票。一阵阵菜香引得鼻孔直放大，饭菜挺好吃的，觉得家里的饭菜，花样还是要少些。早饭有油炸馒头，是把剩馒头切两半炸了，很受欢迎。我不光早上吃，还会多买一片，留着课间吃。"文革"时，还有同学说我吃炸馒头片是资产阶级生活作风呢。

在食堂吃饭还能遇到很多附小的同学和学兄学弟、学姐学妹，遇到最多的还是长辈们。那边一位慈眉善眼的阿姨在和人说话，她的语调特别和气轻柔，边说边笑，引得我多看了好几眼，觉得这个阿姨与众不同。直到"文革"中我去周琥家串门，那个阿姨笑眯眯地看着我，哈哈，原来她就是周琥的妈妈——北大幼儿园的许君佐老师，太有缘了。

另一个童年时也让我魂牵梦绕的是中关园合作社，放学之后老是喜欢到合作社里看看，要是有能力消费一点是多么的爽啊，其实合作社里没有多少好吃的东西，要是想吃得体面、过瘾得去福利楼的中关村茶点部，但茶点部里的咖喱角、苹果派太过奢侈，远远超过我们的经济实力。"三年困难"时期，越是吃不饱，越爱去逛合作社，绝大多数时候就是过过眼瘾。合作社的奶糖和水果糖，都是那么可亲可爱的，实在馋极了，摸摸兜里的钢镚，只够买块桂皮放到嘴里嘬嘬。

要说去中关园同学家串门，最多的是去王应云家，因为直到她家搬到民族大学，还去串呢。我和王应云小学同班，中学同校，插队同公社，关系一直最好。王应云家里有一些老式家具，大理石的桌面，四周是硬木雕花，凳子也是大理石的凳面，夏天坐上去凉凉的。最让我忘不了的是王应云的父母，两位老人家总是特别和蔼地对我们这些小辈说话，而且是认真、绝不敷衍地听我们说话，遇到王应云不在家的时候，王老先生会放下手里的工作，亲自来接待我们，笑着问候我的父母，问我有什么事他可以转达给王应云，完全是在与平辈人聊天的意思。我知道王老先生的分量，这位著名的研究清史的大家，时间该有多宝贵呀。每到这时候，心里都很忐忑，原本一个不学无术之辈还要耽误老先生的时间就是罪过，赶紧撤了。几年前去民族大学宿舍看望老先生，老先生虽然身体很弱，依然是那么和气，亲切。每次想起王钟翰老先生，心底都会涌起感动和敬仰。返城以后为了参加招工考试，到王应云家复习功课，涂阿姨在一边照顾我们，轻声、慢条斯理地说着鼓励的话。也是在她家第一次看到录音机，听到邓丽君的歌声。

小学时，下午放学的路上，看到中关园树林里的空地上，常有一些大人在打太极拳，有时爸爸也在里面认真地一招一式地比划着，当看到爸爸时，很有点欣喜，好像得了彩头似的，不明白当时为啥这么高兴。

上中学以后，还是会穿行中关园，加上寄住在中关园不少日子，所以还是常来常往的。一个炎热的夏天，我骑着自行车从一公寓东边进入中关园往沟西的那条马路冲过去，过了小桥往南一拐，赶紧捏闸跳下了车，目瞪口呆地看着前方。路边两边的柳树上密密地垂下无数绿色的"吊死鬼"，蔚为壮观。虽然头顶火辣辣的日头，身上的汗毛都立起来了。认真琢磨一阵，没有办法不碰虫子从空隙里钻过，于是调转车头原路退回改走大马路。那天看到的层层"虫帘"印象太深了，一直不能忘。

1982年夏天，我家搬到中关园46楼，儿子东东已经一岁了，后来东东上了中关园的幼儿园，再后来也上了北大附小……

今天的中关园早已"现代化"，我和东东已经不住中关园了，但还是经常回到中关园去看望年迈的妈妈，每次走在中关园的树荫下，心里有种无可言喻的宁静，为着这份独一无二的熟悉与眷恋。

中关园情思

陈 其 | 作者介绍详见前文。

上帝眷顾　此生足矣

在几千年的中华文明史中，中关旧园区区几十年的时光短如一道闪电，但其蕴涵的内容却无比丰富和珍贵。每一位中关园的第二代，在上帝、命运、时代和缘分诸因素的合力作用下，被懵懂地安排到若大人类群体中的这座小小聚落，成为邻居、挚友或同窗，共同经历了一段没齿难忘的岁月，铸就了无比深厚的友谊。

1949 年，北京大学东语系成立。父母带着姐姐从南京北上，在沙滩红楼东边的东皇城根北大宿舍安顿下来。1950 年，本人出生在协和医院。1952 年，院系调整，北大迁入西郊燕京大学旧址。我们一家便在中关园 54 号落户了。几近 30 载，直到 1982 年，又搬入沟东新建的 46 楼 202 号。因成家后基本住在城里，虽每周回去看望父母和祖母，本人的中关园居住史宣告结束。2001 年，父亲迁往西二旗北大新宿舍。但是，对故园的旧情仍然缠结于心。幸而有亲朋好友、难忘恩师还住在那里，熟悉的草木仍有残留，故不时刻意找辄重访。开车外出时更是特意绕道，非要一睹中关村北大街、成府和北大附小的现状不可，以了眷恋怀旧之情。至今，"54"仍是我生活中最敏感的数字。无论何时何地，只要一看到它、听到它，首先映入脑海的，便是那 75 平方米（可惜，1968 年被

"工人阶级"割去两间最好的卧室）的红砖灰瓦平房、门前的院落和篱笆墙、院内的葡萄架和花草树木、后门的小煤屋、左邻右舍——53号范家、61号孙家、62号凌家、63号赵家、64号杜家、45号陈家、46号殷家、47号荣家、48号李家、35号程家……无数可爱的发小、绚丽多彩的万物。

须知，中关园不只是中国版图上一个普通的点，它占据得天独厚的地理优势，拥有独一无二的人文内涵。它仰燕山玉泉之地灵，承燕京清华之遗绪，挟传统北大之雄风，吸两洋海归之锐气，纳五湖四海之英才，借国家科学院之气场。中关园的最精妙处，还在于深藏在一排排篱笆墙后、居住在一栋栋平房和几座质朴灰楼中的"贵人"们。他们虽衣着朴素，温文尔雅，表现的却是"内敛的张扬"和"低调的高雅"。这些饱学之士，中西贯通、学富五车、才华横溢，是各自学术领域的领军人物或中坚力量。以外观而言，中关园的老平房若称为"败絮其外"并不过分，但以其内涵而论，说它"金玉其中"绝不夸张。"谈笑有鸿儒，往来无白丁"，中关园实至名归。作为亿万众生中一个短暂生命体，广袤宇宙中一粒细小尘埃，历史长河中的匆匆过客，能得到上苍如此慷慨的眷顾，生长于斯，与这些"贵人"比邻而居，实属万幸。仅凭此点便可释然，慨曰"此生足矣"！

终识"庐山真面目"

懵懂的孩提少年时期，其实每天都与这些人物邂逅。但对他们的来头和成就浑然不知，有时竟放肆地跟着他们的孩子，闯入他们的居室甚至书房玩闹，不知趣地占用了他们宝贵的时间，打断了他们的宝贵思绪。不经意间，当年的顽童已到晚年，久经沧桑、涉世不浅的我们，终于得以静下心来，慢慢回味半个世纪前的中关园，追忆和深入了解曾被我们"忽略"的大师们。"不识庐山真面目，只缘身在此山中"。当中关旧园这座大山渐行渐远时，我们才有可能去更好地认识它、理解它。

近日收拾书柜时，偶得1991年北大出版社出版的《燕园师林：北京大学博士生指导教师简介》，如获至宝，爱不释手。一个个名字、一张张面孔是如此熟悉，他们的孩子们也随之跃然纸上。笔者按本书之顺序，以学术领域划分，把曾在本园居住过的前辈们列举如下：哲学家：黄枬森、汤一介、张世英、洪谦；经济学家：赵靖、厉以宁、闵庆全、张国华；法学家：王铁崖、赵宝煦、张汉清；语言文学家：林焘、朱德熙、王瑶、杨周翰、刘振瀛、季羡林；历史及考古学家：宿白、田余庆、许大龄、张芝联、罗荣渠；数学家：程民德、庄圻泰、丁石孙；物理学家：王竹溪、胡宁、虞福春；化学家：张青莲、徐光宪、苏勉曾、高小霞、唐有祺、张滂；生物学家：张龙翔、曹宗巽、陈阅增、王平、陈德明，等等。此外，书中还有很多名字很熟、似曾相见，但不敢肯定是否住过本园的，如沈宗灵、芮沐、赵理海、张芷芬、杨立铭、谢义炳、胡适宜和王仁，等等。其实，本园还有很多大家并未包括此书中，本书出版前他们要么调离北大、要么辞世了，如半导体物理学家黄昆、哲学家任继愈、任华、齐良骥；化学家傅鹰、数理逻辑学家胡世华、文学家贾芝、孙剑冰、川岛等；还有一些名教授，如敦煌学家阎文儒、文史学家吴小如、日语权威陈信德、图书馆学家陈鸿顺、梁思成之妹梁思庄，等等。此外，还有1957年出事，未能逃过"文革"一劫的西语系才子吴兴华。文学大家钱锺书先生也曾在沟西平房中居住。他们在书中虽"榜上无名"，但确是各自学术领域的权威翘楚。总之，由于北大人才"挤挤"，又是永远处于"风口浪尖"的是非之地，这批中关园的"老运动员"，特别是人文学科的文人们，个个噤若寒蝉，只得"躲进小楼成一统"，锁笔封笺。总之，死的死、伤的伤、逃的逃，失去了获得北大"博导"称号的机会。

还值得一提的是，中关园还有不少是北大家属的校外名人，如有"中国试管婴儿之母"之称的张丽珠和心血管外科专家郭加强，等等。

北大的人文特点在中关园有明显的表现——哪怕是行政干部和一般职员，都有不同凡响的人生经历、高深的文化修养和卓越的行政能力，为北大的发展作出了重要贡献。他们也是值得敬重和回忆的对象。

这批老人中的很大一部分已驾鹤西去，但他们的音容笑貌和儒雅身影仍存活于吾辈之脑海中。其中健在者，也多年届耄耋甚至进入鲐背（90岁）之年。衷心期盼他们健康长寿，跨越期颐之寿。

铅华未洗净　沧桑须梳理

中关旧园的发小们，就是在这非同一般的历史传承和地理位置中，在几十个寒来暑往中，在成千上万个黎明黄昏的轮转里，体味了园子的喜怒哀乐，经历了它的荣辱兴衰。吾辈生不逢时，少年时代的动乱和蹉跎中断了基础教育。然而，受吾园潜移默化的熏陶，受惠于附小独到的启蒙教育，人人具有很高的悟性，保持着不甘沉沦的执着精神。在坎坷动荡的岁月里，他们不但没有荒废，反而经过"集腋成裘"和"滴水穿石"地厚积，加上"超级恶补"后的薄发，很多人在国内外各领域已取得可观成就，如徐冰和赵大陆就是国际性的知名画家；不少人在欧美攻下博士学位，并在世界级名校任教；留在国内的也在科学、文化、教育、体育等领域成绩斐然，贡献巨大；吾辈中更有优秀企业家和纵横捭阖于国内外商界的成功人士。似乎还未醒过神儿来，我们就突然来到"耳顺之年"的当口，有人更开始向"从心所欲"的境界迈进。"时不我待"，现在应当是中关园第二代回忆前辈、总结人生的时候了。此一任务，实为"功德无量"之举，因为它能为北大、甚至为中国的文化教育史留下宝贵的一笔。

谈谈中关园

刘兴衢 | 作者刘兴衢，北京大学西语系教授吴柱存之外甥，20世纪50年代住中关园平房278号。

中关园名称的来由

燕京大学的家属居住区都称为"园"，如蔚秀园、镜春园、朗润园、燕南园、燕东园等。在1952年院系调整时，燕京大学与北京大学合并为北京大学，但它的家属区还是沿用了燕京大学时期的名称。

当时在校园东边新建的这个家属区原址有个村子叫"中官邨"，是清代宦官居住的地方。因为宦官又称"中官"，于是宦官居住的村就叫"中官邨"。北京大学用其谐音，将新建的这个家属居住区定名为"中关园"。

后来科学院在中关园南边建立一些研究所和住宅区，也就沿用了"中关"一词，叫中关村，现在的中关村已经是世界闻名了，而追根溯源，"中关"一词的源头却是从北京大学的"中关园"开始的。

中关园的沟

中关园在建立时，园中有一条天然的沟，从南向北（偏西）将中关园分为东西两半，居民们自然地将其东西两片居住区称为"沟东""沟西"。沟的上沿大约有二十多米宽，漫坡到沟底，上下也有近两米多深。平日里，沟底经常有淅淅的流水。

沟上有三座桥，把沟东沟西连接起来。其中有一座横跨东西水泥砌砖的两孔桥，桥的两边有近一米二高的砖砌的护墙，园内俗称"大桥"，也有人称其"小桥"。儿时我和同学们也曾在桥上爬上爬下地玩。

这条沟原来是下雨时的自然排水沟，它沿着中关园的南面从东过来，到中关园南边的中间突然转向北，穿过中关园，流向成府街。从成府街西边，北大东墙外流过，一直向北流到圆明园南边的"万泉河"，这条河一直向东穿过清华大学。

另外中关园还有一条小一点的沟，它在沟西的76号东边，那是下雨的排水沟，一直向北流出中关园，在园子北边与通向成府街的那条大排水沟汇合。

将中关园分为沟东沟西的这条沟被填的准确时间，不记得了，应该是在80年代初建教授楼时。但原来的老住户有时在谈话中，还会不时提起"沟东""沟西"来。

对那些"文革"以后才搬进中关园的住户来讲，"沟东""沟西"这样的名词是很"虚"的，因为他们根本就不知道，中关园内曾经还有过一条将中关园分割为两个半区的沟，更谈不上什么"沟东""沟西"了。

在被填平的沟上，后来建了教授楼和"服务公司"等单位。只有园子最南端与科学院居民区相邻的地方，有十几米比东西两边住房低一些，还隐隐约约看得出原来"沟"的影子。

儿时的中关园塔院

在中关园沟东的正南端，有一片空地，它的四周都是平房，而空地的西头有一座塔。它是砖砌的，下面四四方方，样子与北海的白塔一样，只是规模小多了。每边大约是五米，高也有五米左右。因为当时中关园的平房是五米高，那个塔大概与平房同高。塔的东边有几棵很高大的柏树，郁郁葱葱。

那座塔是一个"和尚坟"，到底埋的是哪位高僧，不得而知，我们当时就叫它"塔"。"文革"前，并没有塔院一说。"文革"中在这片空地上又盖起了几排平房，而这些平房没法与原来的平房排序，只好另起灶，命名"塔院"。

为了叙述方便，我引用"塔院"一词，而实际上当时并没有塔院的院子。

塔院南边280号是我小学同学周士奇家，他的爸爸叫周祖谟，是中文系的教授。

塔院南边 281 号住的是一个外国老太太，是体育教研组的。她的女儿打篮球，儿子是 50 年代北京青年冰球队的。记得我们那些孩子在北大冰场上，怀着敬慕的心情听他讲代表北京与其他队比赛的情况，她的外孙女后来与我的表妹吴佳柯是同学。

塔院的西边 266 号住的是徐继曾先生，西语系英语教研组教授，他的夫人叫史文霞，是我在清华附中初一的语文老师。

塔院的东面 277 号在我们刚搬来时，住的是一位姓陈的经济系教授，他有个儿子叫陈念慈，因为陈教授那时刚离婚，所以儿子经常一个人坐在门外等爸爸，有时到吃晚饭时，一个人还坐在门口，经常很晚也进不了家门。

塔院的东面 278 号是我家，当时我们一家十口人。

塔院的北面 270 号是同学陈致远家，他爸爸叫陈定民，是西语系法语专业的教授。陈致远的大妹妹叫陈致泰，与我妹妹刘兴琉同班，二妹妹叫陈致和，还有一个小妹妹叫陈致航，是在法国出生的，陈致远的妈妈在科学院上班。

塔院的北面 271 号是徐锡良先生家，徐先生是西语系英语教研组的教授。他家的大儿子叫徐喆明，比我高一班，大女儿叫徐美云，比我低一班，二儿子叫徐喆华，二女儿叫徐美萍，小儿子叫徐小弟。

以上是我对中关园的一点记忆。

曾在中关园居住的体育人才

孙东恢 | 作者孙东恢，北京大学东语系教师孙兴凡之子。

曾经在中关园居住过的除了非文即理的学人，也有不少体育界的名人和教授。

说起在中关园生活过的体育界人物，最有名的毫无疑问当属洪元硕，这位北京球迷无人不晓的足坛名将，这位率领北京国安夺得2010年中超冠军的主帅。中关园人大概也都认识他的夫人，20世纪六七十年代北京女排名将张叔华。因为本人有与洪元硕同在北大附小学习的经历，对他在少年时代表现出来的足球天赋有深刻印象和记忆。

1952年秋天，第一代入住中关园的居民里还有三位新中国成立初期的排球、篮球、足球名将。记得中关园75号的足球先生就是20世纪40年代威震足坛的赫赫名将李凤楼。据说新中国为了发展体育事业，决定学习苏联，建立体育高等院校中央体育学院(后改名北京体育学院)。当时校舍还在建设中，这三位已经被选聘的教授就只得暂时借住在中关园。他们好像在这里住过一两年，因为是客居，与邻里们没什么来往，即使是中关园老住户知道他们的也不多。只记得我大哥说，李凤楼的儿子在十九中学习，足球踢得也很棒，是校队主力。中关园74号篮球先生有一个女儿和一个儿子，总是穿得很漂亮，偶尔地和我们一起玩玩游戏。

大家都知道，曾经有多位北大体育教授居住在中关园，几乎都在沟东。其中有上海篮球明星管玉珊先生和田径专家阎华堂教授。管先生好像曾兼任北大篮球校队的教练，他的夫人是在附小任教的李志英老师，我有一次去看李老师，有机会听管先生聊起篮球。管先生口才极好，他从篮球运动特点到中国人身体素质的短长，总结出一些人才培养、技术训练和战术形成的独到思路，见地相当高深。我也是从他那里第一次听说 NBA，大长了见识。关于阎华堂先生，曾听住中关园 68 号的陈立十讲过一件小事，留下深刻的记忆：有一次陈立十乘坐的 31 路公交车将要驶进蓝旗营站时，只见一位头发雪白的老人从一公寓后身的小门飞奔而来，快速敏捷，身姿矫健，飞身上车后无丝毫喘息，令车上看到这一场景的其他乘客都投去惊讶的目光。陈立十定睛一看，来者正是同学阎卓立的父亲阎华堂教授。

还要提到的一位是教武术（那时又称"国术"）的韩先生，据说是梅花拳的创始人。那时早晨去老清华附中上学时，必经这位韩先生门前，常见他指教学生们伸拳踢脚，十分有趣。他的儿子叫韩建中，前几年任教公安大学，成了专教家传梅花拳的大师。他在清华附中上初三时与我的初一甲班主任王玉田老师关系不错，使我对他也有所了解，知道他爱好体育，但那时没见过他习武，可能他后来潜心苦练，继承了他父亲的独家绝技。

还有几位女体育教师，印象最深的是那位美国女先生，这不仅因为她是外国人且身高体壮，主要是她有一个篮球健将的女儿周懿娴和冰球明星的儿子周乃扬。周懿娴好像是新中国最早的国家女篮队长，在电影《女篮 5 号》里有她的镜头。周乃扬是第一代国家冰球队的主力选手。他身材魁梧、皮肤略黑、面容英俊，每到深冬，在未名湖的冰球场上常能看到他手持球杆风驰电掣的身影。当年北大清华玩冰球的孩子们都把他当作崇拜的偶像。

以上是我对居住在中关园的体育人才的一点了解。

童年中关园那点事

江 凡 | 作者介绍详见前文。

买东西

20世纪50年代，中关园的孩子都有帮家里干活的经历，最初大致都是去中关园合作社换瓶酱油，打点醋，然后一点点地加码，干更加复杂的事情。在买东西的过程中，我最喜欢干的是买芝麻酱。记得那时生活非常困难，芝麻酱是凭购货本定量供应的，每人每月一两。家里装芝麻酱是个大口的瓶子，因为盛麻酱是个大勺，瓶子小了会落得满瓶子都是，每次买完，都有麻酱沾在瓶边上，那就是我的最爱——用小小的指头，小心翼翼地把麻酱刮干净，不管脏不脏地放进嘴里，真好吃啊！一次很偶然地，郭玲告诉我，你傻啊，干吗一次都买了，你一次买一两，加起来会有半斤多呢！啊？！还有这么好的事儿？我赶紧去试一试。在合作社排到我了，比较胆怯地提出只买一两麻酱的要求，售货员阿姨狠狠地瞪了我一眼，不行！一块儿买了！"噌"的一下，在我本上记了个4两。我心里那叫一个泄气啊！哎！小伎俩也没得逞。

但凡买东西，都跟排队有关，合作社要是来了带鱼啊什么的，就跟过节一样，队伍排得要拐几个弯。这还不算，到了冬季买白薯，买大白菜，人就跟开锅煮饺子似的。有一年买白薯，是在科学院的车库外排队，不知道有几百人参与，基本也都是孩子。由于队排得长，男孩子追来打去，女孩子在队外跳皮筋，所谓的队，就是石头或马扎在排着挪动。从一大早排着，一直到太阳落山了才买到，也不觉得累，反正是玩了一整天，理所当然。

说到贮存大白菜，就要说到菜窖，在沟东我们那一大片住家，数郭小威家的菜窖挖得最好：又大，又深，又结实。小威小平哥俩，加上大宝，每年把个菜窖挖得像个大地库，还有一级一级的台阶，我们打着手电下去参观，简直觉得就是神了。估计中关园平房有院子的人家，当然得是有男孩子的人家，也都有挖菜窖的经历，这是颇具创造力的劳动，也是值得骄傲的资本。

我们当年是孩子，但也是有觉悟的小孩。1963年北京发大水，把中关园合作社后面的菜站给淹了，水里漂着西瓜，冬瓜，西红柿，各种的菜。同学们自发地组织起来，坐在小筏子上，帮助售货员在水里打捞公家的东西，我们早出晚归，秩序井然。那个时候，可没有一个孩子往自己家里顺手拿东西的，真的个个都是好孩子。

不知道为什么，我小的时候就对卖东西感兴趣，尤其是用秤来称，觉得特别有意思，还用妈妈的空擦脸油盒自己做玩具小秤。小学四五年级的时候，我代表班里少先队小队，找到北大学生合作社去搞学雷锋做好事的活动，也就是站柜台卖东西。人家有规矩要记账的，卖一笔记一笔，我们光顾卖了，不是没记，就是记乱了，把个学生合作社的账搞得乱七八糟。从此以后，只要见到小李阿姨，她一定得骂我，说惹不起我们这帮小祖宗，再别来捣乱了！我们真是帮倒忙，好心办坏事。我们还去学生食堂帮过厨，去和越南留学生搞过联欢，有成功也有失败，总之经历是非常丰富的。

玩儿

中关园的孩子，学习不在话下，会玩儿是本事。玩儿是孩子的天性，但所幸我们生活的那个年代，教育对学生的玩儿提供了广阔的天地，家长对孩子的玩儿也不横加干涉，严令禁止。

咱们守着北大，冬天滑冰，夏天游泳，这样的条件在北京也没有哪能比得上了。还没放寒假，每个人早就把自己的冰刀开好刃了，就盼着天再冷点儿，就盼着能上冰。未名湖的冰场一开，都不用说，谁不都跟鬼儿似的机灵，一帮一伙的就上了冰场了。早点儿到的帮着体育教研室的叔叔推冰上洒水车，叔叔们也都是同学的爸爸们，熟着呢。洒完水，就已经是一身的汗了，呼呼地哈着白气，把棉猴脱了挂在冰场周围的桩子上，开始分拨儿追跑着玩。有的同学会几个花样，在冰上露两手，大家也跟着学，学不好摔一跤，大家哈哈一笑，什么事也没有。记得中关园的男孩子有支冰球队，好像经常和外校打比赛，我们看得眼也不眨，佩服之极。夏天游泳，先是在红湖，后来迁到五四游泳池，"文革"期间主要在科学院游泳池，基本上中关园的孩子占了很大比例。到现在我一直都坚持游泳，当然一年四季都是在游泳馆，下水游1200米，游完就上班，年轻人看我这老太太觉得还行，我心说这是童子功！

中关园是植物的海洋，家家院子里种的花草都不一样，院子外面有野生的，两条小马路中间有北大为绿化专门种植的。夏天烈日炎炎，中午午休的时候，知了一个劲儿地叫着，这时从家里悄悄地溜出来，去园子里采集标本：那些带着白边的大喇叭花，血红的茑萝，奇形怪状的植物叶子，小心翼翼地把它们夹在准备好的大书里，一边收集，一边脑子里做着将来当个植物学家的浪漫的梦。早些年在什么刊物上看过一篇科普文章，说嗅觉是有记忆的，我太有体会了。中关园里路边的丁香花啊，傍晚开的夜来香，茉莉花啊什么的那些气味，早已深深地留在我的记忆里，无论在什么地方遇到有相同气味的花香飘过来，马上就能联想到中关园那独特芳香的气味，那么令人痴醉神迷。

再说到玩，那是需要团队精神的。无论玩什么，都是成帮结伙，先锤子剪子布，分好拨儿，然后就打配合了。例如攻城，除了力量，那是需要掩护做配合的，必要时有佯攻，声东击西，花样太多了。角色也是不断变换，一方做攻方，结束一局后，再换成守方，胜利时那叫一个得意啊，精神巨爽！有时甚至能把败的一方气哭了，那就更加爽了，哈哈！经常玩的时间是晚上，不能出来的孩子心里痒痒的，只能听到众人胜利的欢呼声。晚上9点到10点钟，各家的家长开始呼唤孩子，带着各自的口音，拉着长长的调，每个人这时都抻长了耳朵，怕听不见挨骂，然后满头大汗地各回各家，园子里终于又寂静了。常常想，那时候比现在的孩子幸福太多了，该学的时候学，该玩的时候玩，大自然也是学校，让我们的心灵放飞得又高又远啊！

养鸡养鸭养兔

60年代，我们正在长身体的时候，赶上了国家三年困难时期。得益于中关园家家户户都有院子，勤劳的人们像变魔术一样，把中关园里一个个的小院儿，霎时间变成了一个个鸡犬之声相闻、瓜果蔬菜飘香的世外桃源，我们这些园里的小主人，又帮助家里承担起一份新的责任。

我特别喜欢家里三只母鸡里的那只"老大"，它是澳洲黑的串种，体格高大，黑嘴黑爪，白色的羽毛中间或有一片黑色，抢吃抢喝，毫不谦让。正是因为它的强悍，身体就格外地好，下蛋的个儿也特别大，曾创下一连下28个蛋才歇一天的记录，所以在我们家它的地位也是最高的。我奶奶偏心眼儿，有时专门把它叫到后门，喂它吃一把米呢，那时的米多金贵啊，每人都有定量的，而且我奶奶是长沙人，一口面都不吃，全家的米基本是供她一个人的。六六家有次闹耗子，用鼠夹逮到一只，我家"老大"一口咬上，愣给生吞了下去。神奇的还在后面，第二天，"老大"下了一个贼大的双黄蛋，这下，它真成了我家的英雄！奶奶喂鸡，我每天都要挖鸡菜，中关园路边，沟边长着草的地方，到处都有小同学挖鸡菜的身影。放学以后，我和同学们三三两两，边挖菜边玩，也就捎带手的工夫，小布袋里就鼓鼓的了。有时候我们也到北大校园里去挖菜，那里有一种野菜圆圆的叶子翠绿翠绿，它的茎断了以后，流出白色的汁，我们都称其为"毒牛奶小白菜"，这种野菜鸡最爱吃，挖菜也是我们去北大玩儿的理由。有时候回家晚了，奶奶一问，我就高举着野菜袋子，奶奶立刻用长沙话心疼地拉着长音说：造孽啰——累死了！

"老大"的死是十分悲壮的，它不知道吃了什么有毒的东西，浑身抽搐着，自己往鸡窝的墙上撞，一下又一下，最后倒地不动了。爸爸把它埋在家里的葡萄架下，那年的葡萄结得又大又甜，让我们现在还想着它……

在中关园，养鸡和养兔都是很普遍的。先是小平家养了一对儿灰色的兔，我也闹着要养，爸爸被我缠不过，给我修了兔笼，后来建了兔窝。我家养的兔是黑色的，眼睛是红颜色，刚到我家的时候，小兔胆子小，吃着东西也是在发抖，三瓣嘴一颤一颤，煞是惹人怜爱。我经常要把它们抱在怀里玩，弄得不好，一泡尿撒在身上，又臊又腥，奶奶忍不住唠叨我"一天到晚总是找麻烦"！小兔很快长大了，大人正在商量什么时候吃肉。一天它们突然消失了，我急得不行，闹着要找，爸爸打了手电查看，说它们刨洞逃跑了，时间一天天过去，慢慢地我也把这事忘记了，突然，意外发生了，两只老兔带着它们的孩子——一窝三只小兔回来了！那种惊奇，那种喜悦，那种骄傲！现在想想，只有亲手养过小动物的人才能体会。

我家还养过鸭子，寿命都不长，被黄鼠狼叼走了。沟东的住户养过羊，那个年代长辈们养它们是出于生活需要,而我们和小动物是建立了深深的感情的。

蛙声一片

许多年以前,见到中关园的园友,我让她们猜我最怀念中关园的什么声音?是青蛙叫。春天下过雨以后,大地润湿了,小河沟里蓄进了水,青蛙的叫声就一直伴着我们,从春到夏进深秋,让我常常想起辛弃疾的诗"稻花香里说丰年,听取蛙声一片"。现在城市里的孩子,哪里享受得到那种纯天然的感觉,大概只有在电影或音乐中才能偶尔听得到。

我家隔两排房子前面不远就是中关园南端的小河沟,上有一块小石桥与科学院的柏油马路相连。小河沟的东端50年代还是个小池塘,60年代初修建科学院化学所大楼的时候,把小池塘填掉了,小河沟就只剩下干瘪的一块细长条。别看是条小小的河沟,到了夏天涨水的时候,水大得都能漫过桥,那时候要过河,走在桥上都要趟水,哗哗的河水打着圈从腿边急急忙忙地赶过去,让你觉得身子都跟着打晃,而河的主人,不计其数的青蛙们,可到了它们最幸福的时光。

青蛙最擅长的工作是捕食昆虫,而留给我印象最深的却是歌唱。入夜,躺在床上,迷迷糊糊还没有睡着前,总是听着青蛙们你争我抢地上演着一台节目:浑厚的合唱,N多声部的重唱,轮唱,最后一定是一位长者总结性地独唱,全体的声音戛然而止,寂静片刻,演员又轮流出场,依次往返,我也就沉沉地进入梦乡了。

每一年,照例我们都要在河沟里捞蝌蚪,家里大人给我们准备好瓶子,放了学,约好伙伴,带上漏斗,趴在沟沿上,随便舀几下,瓶子里就是密密麻麻的蝌蚪了。回到家里,把瓶子放在窗台显眼的位置上,没事就去看两眼,不几天,蝌蚪长出了尾巴,又长出后腿和前腿,一只只英俊的小青蛙就变成了。大家每天都交流蝌蚪的生长状态,又约好伴,一起把它们放回河沟里去。

随着夏季的延长,周末的大清早,也有农民到中关园里来卖田鸡的。一块绿色的荷叶上,用竹签子穿上一串田鸡,一般3~5只,卖1毛钱。这些买卖都是无本之利,一方面能解决园内住民肉食品的匮乏,一方面又能解决农民囊中的羞涩,买卖双方都得利,很是受欢迎。我记得小时候特别喜欢吃妈妈做的田鸡,香喷喷的,味道好极了!

时代发展了，时过境迁。漫说中关园的青蛙已经绝迹，恐怕在整个北大也难寻了。现在晚上躺在床上，满耳灌进的都是汽车发动机的嗡嗡声，从傍晚到清晨，没有汽车声音的地方恐怕是找不到的。如果能回到从前，还是那时候的中关园多好！

冬日中关园

冬日里的中关园，在皑皑白雪的覆盖下，没有了夏日的喧嚣。偶尔一群麻雀从房檐下掠过，呼啦啦落在雪地上，费劲地在雪里觅食能够果腹的草籽。这时候，家家户户的烟囱可都没闲着，一团团地从拐脖儿里往外吐着白气，细心的家长，在拐脖上还吊个小铁皮罐头筒，为的是接住掉下来的烟油，别染脏了衣裳。

那时候的冬天，好像比现在冷多了，雪也比现在下得要厚。家里的花盆炉子，胖胖的肚子里，一天也要吃掉不少的煤块。长长的铁皮烟筒，一节套着一节，从客厅大屋穿到几个小小的卧室，虽然各个房门都是敞开着，温度也依次递减了。为了给屋里制造些湿气，炉子上一天到晚都放着水，蒸汽一个劲地往上冒，闻着湿乎乎的空气，鼻子和嗓子里就不干。花盆炉子的边很宽，上边经常用来烤白薯或是窝头片，焦黄焦黄的，抹上黄油特别香。下雪天在外面趟了雪，晚上湿透的棉鞋也放在边上烤，要是不小心鞋底沾到了炉膛，家里立刻是一股难闻的塑料味。生炉子和封火都是我父亲的专利，弄不好夜里火灭了，家里就像冰窖一样地冷，第二天一早更是狼狈，先要把炉膛掏空了，放上劈柴，点上报纸，又是烟又是呛，暴土扬场的，折腾半天才能让家里有那么一点热乎气儿，所以父亲管理煤火非常精心，尤其要封好火，不能让全家人中了煤气。

话是这么说，中煤气的事还真没跑得了。一天大早上我妈妈去上班，她那时候在中关村坐32路公共汽车，车来了她的脚像灌了铅似的那么沉，怎么抬腿都迈不上台阶去。妈妈突然想到，不好，中煤气了，于是拔腿往家赶。等她到家，我们都还没醒，被她叫起来，只觉得头像要裂开似的疼。家里门窗大敞，爸爸架着奶奶，妈妈拽着我，穿着大棉猴，在院子里来回地走，妈妈救了我们全家一命啊！更危险的是小平家，一次居委会大妈不知为什么事敲他家窗户，没有应答，往里一看，不好，哥儿俩都躺在地上！我父亲闻讯赶了过去，把窗户敲碎钻进去，开开门窗，张姥姥是用床抬出来的，送到了医院，兄弟俩话都说不出来了，真是危险啊。我记得居委会年年冬天都要挨家挨户检查是否安装了风斗，可住平房的人家，或轻或重，大概还都有中过煤气的经历，现在想来也是九死一生呢。

中关园的煤场在一公寓的东头，靠着马路。谁家定煤，在煤场进门办公室的小本上留个条：×××号定××煤(煤饼/煤块，大/小)多少数量即可，到时候就有送煤的工人蹬着板车给送到家里。送煤的工人浑身都是黑煤灰，只露出眼白，到你家从来不喝水，闷头卸煤，一声不吭地码好，收了钱转身推车就走。我们小学学雷锋的时候，最爱碰上送煤的车，呼啦一帮人抢上前去，连喊带推，能跑好远一段路。"文革"中不送煤了，我就学会了蹬板车，一次也能运回200块煤来，稍稍体会出工人的辛苦，社会上最底层的人生活多么艰难啊。

院子

我家的院子在中关园通向科学院小马路的边上，和别家不同的是，本应再建一户的面积成了空地，所以我家的院子让出一部分空地作为公共活动场所后，还比别家的院子大一块。院子的前门封住了，直接进出的是朝向马路的院门，所谓门，不过是个样子，根本就不关的。那个年代，小朋友进出自由，而闲杂人等是不会自行跑到谁家的院子里来，真的是"夜不闭户，路不拾遗"，估计那个时候的派出所没什么营生，只管生了孩子报户口吧。

春天是小院儿活儿最多的日子。竹子扎成的篱笆又要重新修理了，父亲带上棉线的手套，坐个小马扎，手里拿把铁钳，地上摊一圈细铁丝。我按照父亲的吩咐，从他手里接住换掉的腐朽的竹竿，再递上一根黄绿色的新竹棍，父亲把它插在篱笆里，用铁丝一个交点一个交点地捆好，拧紧。扎篱笆虽然并不算复杂，但围在篱笆上的厚厚的刺梅墙却是很大的障碍，搞不好手上刮了刺就要被扎破，因为父亲不许我娇气，所以即使被扎得流了血，也不许叫唤，先拔去刺，自己再用小手使劲捏住扎破的地方，一会儿血就止住了。经历了一个冬天北风的肆虐，院子里有许多的废纸和干草，扎好篱笆，就要清扫这些垃圾，做个大扫除。这种没有技术含量的活儿，当然就是我包了。我用火钳和耙子、笤帚，契里卡拉一通胡噜，小院子一下子就整齐干净多了。收拾了院子，还要把埋在地里过冬的几棵葡萄翻出来。锄去浮土，掀去厚厚的草帘子，一根根又粗又硬又长的葡萄藤被拽了出来。父亲站在椅子上，我在下面举着长藤，顺着葡萄架由父亲把枝条绑结实了。下过了春雨，大地复苏了，进来出去闻到的都是泥土的腥气和小草的清香，这时候，播种的季节又到了。

我奶奶专注的是她的菜地，父亲经营的是他的花草，而我是他们两个共用的"小长工"。

我家总共种过多少种菜，我也说不清了，不过记得最清楚的是苋菜、东瀚菜、豇豆、苦瓜、丝瓜、架豆和刀豆。这些菜的种子大都来自湖南，北京那个时候还没有这些蔬菜。到了收获的时候，丰盛无比，真是吃不完。每到做晚饭的时候，奶奶给我一个笸箩，出去一会就摘满了。顿顿吃新鲜的蔬菜，经济实惠不说，丰收的乐趣也在里面啊！那时候，路过我家的人常常赞美奶奶种的豇豆，结得又粗又长，一对一对挂在藤上，奶奶说一口湖南话，不能顺畅地和人们交流，就由我来翻译，当奶奶搞懂了别人的意思是想要点豇豆种子时，笑得眯起眼睛，一个劲点着头说："要得！要得！"到了秋天，奶奶备着好多种子给那些不认识的人。奶奶还种了不少的向日葵，籽就炒了嗑瓜子，秆拿来当豆秧的架子。这一大抱的向日葵秆，到了冬天就立在墙角，周末陈昭宜来找我玩的时候，我们就摊开来，搭在房檐下，成了我们玩儿"过家家"的小屋子。我们两人钻在里面，一玩儿就是老半天，那是我们的独立小空间。

父亲种的花草很多，春天首先怒放的是刺梅的花墙，粉红色的，白色的，花朵密密实实，有成百上千朵，实在是以多取胜，美都在其次了。蜜蜂和蝴蝶在花丛中追逐，嗡嗡之声不绝于耳。刺梅的花瓣还没有落，家门口的两棵月季就登场了。这两棵月季是父亲的宝贝，一棵是德国月季，一年只表现一次，还必须有大肥伺候；一棵是三季飘香的"贵妃"，花朵美——是那种娇嫩的粉红色，每一片花瓣的边向外翻卷着，香气甜啊，不用对着花心，你就是从旁边一过，带过来的香都够你享受半天的。有的时候我爱数那些还没开的花骨朵，父亲说我，傻丫头，只要不到深秋，花骨朵是不停地长的。果真，这花就跟变魔术一般，从初春一直开到深秋，它也不累，它也不歇气，就那么一直一直地开下去。父亲还种了一大棵（严格讲是一大堆，不知几棵）菊花，这菊花是秋天里才开，有一人多高，比小时候的我高多了，花是黄色的，也是有成百朵，一大抱！菊花虽然没有什么香气，但它皮实，不用怎么精心地管理，一到该它表现的时候，就会把最美好的形象展示出来，毫不做作。另一种难忘的小花是茑萝，俗称红五星。它趴在我家窗台上，一丝一丝的细叶，配着小小血红的五星花，一开就是一片，你不由地就会去关注这小小的可爱的生命，那么蓬蓬勃勃，那么光辉耀眼。许多年过去了，我在韩国的济州岛居然看到了盛开的茑萝，毫不犹豫我就过去采集了它的种子，今年秋天，我就能续上心爱的茑萝梦了！

中关园人都热爱大自然，不经意间你闻到的一种气味，说不定就是你家院子里原来生长的植物，像茉莉花啊，夜来香啊，都是再普通不过的了。夏天在自家的小院子里乘凉，奶奶摇着一把大蒲扇，我仰头看着星星，在奶奶絮絮叨叨地说话间，不知不觉眼皮打架，就睡在奶奶怀里了。中关园里孩子们之间的呼唤，想起来都是那么亲切，那时候出了家门只要一嗓子，顷刻之间就能聚上好几个孩子，多爽啊！中关旧园虽然已经消失了，但儿时的一切都是那么美好，没有什么能替代得了那小小的院子和院子周围的人。

中关园的小桃园

黄惠群 | 作者黄惠群，北京大学地质系副教授黄福生之女，20世纪60年代住中关园塔院9号。

中关园塔院位于沟东的最南端，前边隔一排房，再隔一条小沟就是科学院了。因为是后建的，房屋布局也与以前盖的房子不同，室内没有厨房和厕所，所以不能与其他住房排号，再加上房后正好有一座塔，故取名塔院，塔院住着不到二十户人家，而我家住在9号。

9号房在一排房的最东边，紧挨着一公寓食堂前的那条南北通道，我家在路西，路东有一个水龙头，家里用水都要到那里去打。搬到新家后，妈妈也从天津调到了北大，接着又从上海接来弟弟，没过几年又有了一个妹妹。为了照顾孩子和全家人的生活，爷爷便被请到了北京。

说起爷爷，住在沟东的人可能知道得不少，瘦瘦的，满口上海浦东话，蓄着一把山羊胡。别看他其貌不扬，我们这个家却离不开他，一个男人看孩子做饭，还把房前屋后的地都开垦出来，建立起了一个中关园中的"世外小桃源"。对于这个小桃源，爷爷真是费了不少的力，光是土就换了不少，当然放学后和节假日我也积极参与。为了怕被人破坏，我们还买来了竹子围起了篱笆院，这样既看起来美观又可以挡住一些鸡、鸭等小动物。在这个院子里爷爷种了不少的菜，有西红柿、茄子、豆角、小白菜、黄瓜、苋菜、柿子椒等等，有些我都记不清了。在房后的院里，爷爷种的是玉米，这玉米可不是农民种的那种，而是爷爷托人从上海搞来的粘玉米，而这种玉米最近几年北京人才能吃到。看到我家有这么多好吃的，羡慕坏了街坊邻居，虽然我们也不时地送一些给他们，但毕竟太少了。于是不少户纷纷效仿，但他们永远追不上爷爷的发展水平。

60年代初我国发生了自然灾害，家家粮食不够吃，可我家却丰衣足食。那年爷爷还种了冬瓜和倭瓜，不知为什么那些瓜特别通人性，长得又多又大，爬在架子上还要做一个托托住它，否则它就呆不住要掉到地上了。另外，架子都不够它爬的，它竟然爬到房顶上，害得爷爷挺大岁数还要上房去摘它们。秋天真是大丰收啊，摘下来的瓜一个单人床板都摆不下，最大的那个将近三十斤，我这个10岁的小姑娘根本抱不动。那些瓜吃了一个冬天都吃不完，后来把它们晒成了干，才慢慢解决掉。有人问我三年自然灾害饿肚子了吗，我都很骄傲地说，没有！再后来我们又种了两大架葡萄，那葡萄结得是又多又甜，馋得过往的人们直流口水。到了晚上就会有人悄悄地来偷，没办法，谁能抗得住美食的诱惑呢，何况是在经济那么匮乏的年代。当我家搬到166号后，那两架葡萄也随我们移驾新家。直到再次搬到燕东园住进楼房的情况下，才被喜爱它的人移走了。除了种这些蔬菜水果外，爷爷还养了许多鸡和兔子，鸡蛋和鸡肉兔肉，在我家的餐桌上也是不断。

现在想起来在那样困难的年代里，我家的生活应该是很不错的了，说它是小桃源应该不为过吧！

三　我的同龄人

怀念中关园旧友吴照

廖福园 | *作者廖福园，北京大学无线电系教授廖增祺之女。*

又到4月，又到清明，春风吹绿了杨柳，百花绽放，这是怀念的季节。而4月，更是我和吴照生日的月份，此时，深深地怀念相交60年的知己好友吴照。

吴照是北京大学中文系教授吴小如之女，与我同年同月同日生，是从小一起长大的好朋友，在北大中关园平房的家是前后门邻居，我家94号，她家81号，幼儿园、小学、初中是同学。不但如此，我俩的妈妈也是同月同日（不同年）的生日！还有，家中都是4兄弟姐妹，两人的弟弟又是小学及中学的同学。我们都是有一个女儿，我们都去了香港定居，甚至香港的住家（分别在湾仔和荃湾）楼层都是22层！

因生辰八字不同，我们的性格也很不同。她是女强人型，好胜、能干，我则反之。当然，这不但不影响我们成为好朋友，反而更能互补。在香港时，煲起电话粥一聊就是一个多小时。吴照是个才女，功课非常优秀，还写得一手娟秀好字。同时，她生活能力极强，不但是做饭高手，而且裁剪衣服、织毛活、刺绣以及各种修修补补，甚至登高刷墙……都不在话下。弟弟吴煜下乡去东北兵团，就是吴照亲手给做的军大衣。妹妹吴焜洗澡的一会儿工夫，一条睡裤就连裁带剪缝制好了。而给在美国的外孙女织的各种图案新颖、花色漂亮的小毛衣，更是引起周围邻居朋友的惊叹。

在香港，吴照是教了二十多年普通话的高级专业教师，非常敬业。我去听过她的课，课堂上讲课形式活泼、生动有趣。唱歌、朗诵、故事，一堂课轻轻松松过去，深得学生喜爱。可其实在课前，她下了多少工夫学生可不知道。她不断吸收百家之长，自编讲义，写书，还出版教材给医护和牙医人员，编了两套专业普通话自学教材。

在香港时，几乎每年的生日我俩都一起过。记得一年生日那天，海洋公园正好免费招待过生日的女士，我俩一起玩了一整天，特别尽兴。

在59岁那年，吴照离开香港，去美国跟女儿庄颖秋团聚。女儿特意送给妈妈60岁的生日礼物——也是属猪的外孙女碧文。此事，还被一家当地电视台跟踪报道。

吴照辛苦了大半辈子，把女儿供养成人。女儿很争气，同样学业优异，事业有成。想到吴照终可一享天伦之乐，虽然相隔万里，却真心为她高兴。我们仍然经常煲电话粥。

2007年春节，吴照回京，参加中学同学60岁聚会，谁知，这次竟是最后一次的相聚！

真是天妒英才吗？2008年4月刚过我们的生日后，接到吴照电话，说她查出患癌，真不敢相信自己的耳朵！美国的医疗费用昂贵，不过却有这样的条例：对于如此重病的患者，即使不是美国公民，也由政府负担所有医疗费用。并且，她遇到一个很好的主治医生，治疗方法特别对路，她把资料传给认识的

60年代廖福园和吴照于北大中关园94号门前

香港某医院院长，院长说方案特别好。

在与病魔搏斗的一年三个月时间里，她经受了无数痛苦，反反复复、进进出出医院已成常事，做放疗、化疗，病情时好时坏。但她曾经很乐观地跟我说："没事，天不收我。"这让我满怀希望。

可是，在我满怀信心等她回北京参加北大附中50年校庆聚会时，吴照还是没能迈过这道坎儿，确诊是膀胱癌，到了4期，扩散到了肾脏。在2009年7月20日，我收到颖秋的邮件："妈妈昨天晚上9点走了，她再不用痛苦受罪了，对她来说是一种大解脱。"

心中万分悲痛！相交相知60载的好朋友就此离我而去，感到说不出的哀伤、无奈。做点什么呢，想去看望伯伯、伯母，但还不能去。吴煜特地嘱咐，先不能跟父母讲，因他们都已高龄且有病，一定接受不了。

就通知同学吧，联系到小学中学的四十多个同学，大家都为吴照的突然离去而深感伤痛。在美国的同学积极帮助从网上买了花篮："深深怀念吴照同学，你永远和我们在一起。"

颖秋按照妈妈的意愿，将骨灰安葬在纽约中央公园一个美丽的湖边，面对着古堡的一棵大树，吴照长眠在那碧蓝平静的湖水旁。另外，在纽约华埠一家寺院替她立了灵位，以便友人探访敬礼。

安息吧，吴照，你永远活在我们的心里！

忆中关园生活

商孟可 | 作者商孟可，北京大学中文系教授吕乃岩之长女。

左邻右舍

"文革"前，中关园南北贯通的一条大沟把中关园分成了沟东和沟西。沟上的桥所连接的东西大道又把沟东和沟西各分成了南北两部。沟东还有几条南北的小路把成排的房子又分成了几块，沟东南边被分成四块。我家就在沟东南部最西边的一块，也就是沟东的西南隅，西边靠沟，南边和科学院仅有一墙之隔。

别看这小小的西南隅，仅有四排平房，八户人家，却可称得上是中关园的缩影，因为这是块藏龙卧虎、名家荟萃的风水宝地。第一排住着化学家徐光宪、高小霞夫妇，第三排住着生物学家、原北大校长张龙翔先生，第四排是著名教授任继愈、冯钟芸夫妇以及化学家兼北大副校长傅鹰先生。8户人家的孩子加起来共有20个，"文革"前的中学生有6名，除了任远以外，都在101中学上学，其他都是小学生。但沟东西南隅的孩子们之间的关系和沟西比起来却是迥然不同，主要的区别在于著名学者家的孩子们都很有大家风范，平时不苟言笑，只埋头读书，从不混迹于老百姓。所以大家虽然相距咫尺，却是很少碰面。比如，任远放学回家后就是练琴。每当我们从外面回来，过了大桥往南走，最先路过她家，悦耳的钢琴声叮咚作响，不绝于耳，令人心旷神怡。沟边和房子之间的空地上柳树、槐树成荫。不管是谁，走在这样的路上，一天的疲乏顿时云消雾散，感觉神清气爽，就像进入了世外桃源。

傅鹰先生的女儿傅小波，毫不夸张地说，几乎没见过，从她家的院子路过也没见过。倒是经常能见到她母亲，印象里是一个文雅、漂亮的知识女性，外在形象和宋庆龄有几分相似，可惜在"文革"前因病去世了。我上中学后在学校里经常见到傅小波，那是因为他们班和我们班正对门，但是一回到中关园，就又见不着人影儿了。

张龙翔先生的两位公子可是学究式的人物，偶尔看到他们骑车出去，我们只能望其背影。我那时觉得他们很像古时候进京赶考的书生，因为每当晚上我们玩捉迷藏路过他们家时，总是看到他们家各屋亮着台灯，"苦读寒窗"是我当时最深的印象，感觉也由此而来。

徐光宪、高小霞先生有四个女儿，除了老二徐燕偶尔和我们掺和掺和外，其余三位千金都是"锁在深闺无人识"，基本不出来玩。

这样一来，平时在外面玩耍的就是以我和徐甸为首的女顽童了。我们这群人的主要成员就是徐甸家三姐妹和我家三姐妹。居住在第二排的化学系苏勉曾先生的女儿苏雯由于年龄小，是后来加入的。再后来每当寒暑假时，苏雯的表妹黄英从城里来，也加入了我们这个团体。

20个孩子里也有男孩，却和我们玩不到一块儿。比如苏雯的哥哥苏建，性格像个大姑娘，平时大门不出，二门不迈，整天在家里"闭门造车"，不是拼接无线电，就是组装半导体，是个两耳不闻窗外事的人。我弟弟正相反，从来是天马行空，只在江湖上行走，很少家。任远的弟弟任重只是极偶然地过来打探一下情况，看我们正在玩什么，但从不参与。还有就是住在第三排的段则刚，因为年龄小又没有同年级的同学，和大家都不熟，更不参加了。所以我们这伙人是清一色的娘子军。沟边和我们住房之间除了种有一些柳树和槐树外，还有很大一块空地，我们平时的活动范围就在房前屋后这一亩三分地上。白天跳皮筋，晚上捉迷藏、逮知了等，想起什么玩什么，可谓五花八门，丰富多彩。

有一件有意义的事情至今让我记忆犹新，我和徐甸在学校各门功课都说得过去，唯独体育是弱项，其中跳高又是我俩的最怕，可偏偏小学六年级的体育课考试是测跳高，这下让我俩犯了难。怎么办？那就练吧！我们把皮筋拴在两棵柳树上当做横杆来跳，从放学一直练到吃晚饭。第二天就是体育考试，随着横杆不断升高，人数也在不断减少，当最后升到5分的高度时，班上的女生只

前排左起：黄英、徐勺、吕幼民、苏雯，后排左起：徐甸、吕孟军、商孟可、徐甸，1968年12月16日于北大图书馆

剩下了七八个，而这里面竟然包括了徐甸和我。最后5分的高度竟也顺利拿下，这可真让我们喜出望外，始知练习最是立竿见影。但除了这次临阵磨枪，有目的的练习以外，其他时间仍旧不知练什么好。那时没有课外参考书、习题集之类的补充材料，每天老师留的作业只需花上半个小时，最多40分钟就能做完，做完之后除了玩儿，也就不知该干什么好了。

通常大撒把的时间是在周六下午，学校没课，父母上班，我们可以出外旅游。不外乎三条旅游路线。第一条是出中关园北门，过马路往西走，进北大东门，再往右拐，到未名湖转一圈，石舫上稍作停留，钟亭里敲敲钟，再从小山上下来经五院、六院、哲学楼前返回到北大东门回家。第二、三条路线是走同一个方向，不是去北大五四运动场就是去海淀。中关园的大沟自北向南逐渐收窄，到了最南端，只在沟上搭了块钢筋混凝板作小桥。我们先过小桥，再穿过第一排连房，才算真正到了沟西。由于平时很少涉足沟西，所以每当这时我总觉得就像进入了邻邦。沿着由炉渣铺成的马路往西，直走约二三百米到花房。中间路过十多家，只认识梁思庄家和李大夫家。沿途家家小院被修整得风格各异，一路看着让人赏心悦目。到了花房也就到了中关园的西部边界，从花房往右拐是中关园的西北门，我们一般不去。贴着花房往左拐，走上几十米又到了中关园的西南门，我们也不走。我们一般习惯走歪门邪道，也就是沿着二、三公寓的西边小路往南再走几十米，来到长满白杨树苗的小土包，小土包中间被开了一条小土道，这也是中关园的另一个西南门。从这儿出去，下面是一条贯穿南北的小土沟。三两步下到沟底，又借着惯力三两步冲上路面，就到了大马路上，也就来到了中关园以外的世界。大马路边上有向北方向去的31路和55路公交车。我们小时随家长去北医三院时乘坐过31路。55路从未坐过，因为那车是开往清河那边荒郊野外的，到那边去，我们连想都不敢想。过了马路往西，走到北大南门，进去右拐，到五四运动场是我们的目的地。再一条路线是过了北大继续走到海淀，在海淀大街上逛逛商店，买买文具，看看小人书，就像从村里到了城市里，一路玩得很开心。

到中关园外面的旅游次数并不多，但只要想去随时可去。只是这种日子好景不长，60年代初，国家进入了困难时期，各家开始养鸡养兔。我家和徐甸家各买了一对小白兔，这样一来，我和徐甸虽然只是小学学生，每到周六下午，便不能再放开地玩儿，而是早早地体验上了"提篮打草上清华，穷人孩子早当家"的生活。

毕竟是读书人的孩子，除了玩耍，读书是另一主要活动。读课外书最集中的时间是在寒暑假。平时看得最多的是小人书，小人书是我们从小到大的挚爱。看"字儿书"，在我的记忆里，开始于小学三年级的暑假。那一年的暑假作业是阅读一套关于社会主义先进人物的丛书，每读完一册要写出感想。作为听话的学生，我们自然是认真阅读，比起那一套暑假作业可有趣多了，还不用绞尽脑汁地写"读后感"。后来实在忍无可忍，终于把作业撇到一边，留到临开学时再赶，干脆就手不释卷地抱着童话集看起来了。一开始觉得有很多生字，但并不影响对故事的理解，后来看得多了，生字也变得越来越少。以后随着年龄的增长，看的书越来越厚，部头也越来越大，从国内小说又看到了国外小说，从此开始了读书生涯。

暑假里除了读书，还有一项最令人难忘的文娱活动，那就是到科学院大操场看电影。生活在沟东西南隅，去科学院比去北大大饭厅和东操场看电影要近得多。况且每到月初，在科学院"四不要"礼堂边上的布告栏里，你可以看到当月要演的电影目录。电影票每张五分钱，没有日期限制，隔年再用也可以。我们每月会有一个人去把电影目录抄下来，电影票也是一买很多张。因为电影是有选择地看，并不是每天都看，所以每到看电影的那一天，大家都急不可耐，晚饭都吃不踏实，匆忙吃上几口，大伙儿每人一个小板凳一起去赶场。碰到好电影时，一路上都是延绵不断的看电影大军。

那几年里，"封资修"的好电影，着实看了不少。但由于年龄小，理解力有限，许多电影仅仅是看热闹，比如对《三剑客》《好兵帅克》《偷自行车的人》和《巴格达窃贼》等这一类轻松、滑稽的电影津津乐道，而对于由世界名著改编的电影却充满了疑问，难以理解。记得看《安娜·卡列尼娜》时就看得一头雾水，安娜过着那么富足的生活为什么还要去自杀？《白痴》里的公爵为什么那么穷？那么软弱？还老哭。而在别的电影里，公爵向来都是一人之下万人之上、有钱有势的人物。《静静的顿河》里老打仗，不打仗时在家里也是闹来闹去，真没看头。喜欢看的电影还有反映前苏联集体农庄生活的，画面里阳光灿烂，人人都健康、向上，长得也漂亮。心目中将来的共产主义生活就应该是那样。不管怎么说，看得懂也好，看不懂也罢，那时的书籍和电影不仅丰富了我们的课余生活，增长了知识，也为以后的学习打下了基础。

小学六年级时我对国画有了兴趣，起因源于爸爸和北大总务处长田加林伯伯以及地球物理系总支书记李志高伯伯的交往。田伯伯参加革命前是美专的学生，与国画大师李苦禅先生同窗，曾同时受教于白石老人。后来田伯伯弃笔从戎，直到新中国成立后的和平时期，才又重拾画笔，不过只是作为业余消遣而已。他每有得意之作，便请爸爸给画配诗。李伯伯的字好，每次把诗抄录到画上便是李伯伯的任务。有一次，田伯伯得心应手地画了一只雄鸡，甚为得意。爸爸为画还写了一首长诗，李伯伯把诗腾到画上后，田伯伯便拿去给苦禅大师看，苦禅大师赞不绝口，并把画作留下，说要慢慢欣赏。后来赶上了"文化大革命"，田伯伯没顾上及时取回，画作也就此不知下落。田伯伯每次说起，心中充满无限遗憾。

我曾跟爸爸去田伯伯家，看他作画，也欣赏了他的不少作品，我那时看不出好坏，只觉得很好看。他曾送我四幅随意之作，每幅都有题字。一幅是"雨后蛙声欢"，另一幅是"枇杷对对香"，第三幅是"我助白石成画家"，画得是对虾。第四幅不记得了。我如获至宝，拿回家后用图钉钉在了卧室的墙上，一直保留到我去插队，我家去了鲤鱼洲后。田伯伯还曾送给我家一幅老鹰的画作，是裱好后送来的，挂在了我家外屋。我因每天都看，不免手痒。有一天练完大字后还剩一些墨汁，我加了少许水，就照猫画虎地用墨汁抹了一只老鹰，又给老鹰爪下添了一块高高的岩石，画后颇为得意，自我感觉良好。一时兴起，又想附庸风雅，也在画上题首诗。我那时根本不懂诗，认为念着顺口就是诗，于

商孟可和徐甸合影

是先在一张纸上写下："陡崖之上立雄鹰，姿态威武目光炯。挺立山崖御敌寇，不畏暴雨与狂风。"写完后拿给爸爸看，爸爸看后当然只能鼓励，说道："还不错，只是'目光炯'不好，改一下就行了。"我苦思良久，不得好词，只好向爸爸求助，爸爸说："你改成'气峥嵘'吧！"我也不懂什么是"峥嵘"，就知道肯定比我的好，于是把这四句抄在了画纸上。接下来要做的事情就是去拿给徐甸看。

我家和徐甸家住前后排，恰好我俩又同班，两家孩子熟的像一家人一样。不知从哪年开始，两家开始了"换报"——我家订《光明日报》，徐甸家订《人民日报》，每天看完后交换，这样两家父母都可以各订一份而看两份，这一习惯坚持了数年。换报的工作都是由两家的孩子完成，每天换报时还顺便聊会儿天，交流信息，每家有什么事，听到什么新闻，都能及时沟通。自然，我的"大作"完成后，第一观众就是徐甸了。徐甸看后未作评论，因为第一她也说不上好坏。第二，凡是我和徐甸之间的交流，有来必有往。从习惯上来说，此时对她来讲，重要的是要考虑她该用什么作品来回应。

第二天，徐甸找来了当期的《人民文学》，其中的插页是齐白石老人的国画《菊花灯笼图》，这幅画作色彩鲜艳，煞是好看。徐甸用彩笔临摹下来，接着也开始写诗："菊开芬芳灯笼红"，然后陷入沉思，不知第二句怎么接好。过了一会儿，这情况被徐甸的爸爸徐伯伯注意到，便过来看了看原画和徐甸的画，又读了徐甸的诗句，随后便拿起笔，几乎没怎么思考，就接着第一句写下了"国泰民安笑东风"。徐甸得此佳句如释重负，拿起画纸就往我家跑。徐甸的画我家人都看了，大人小孩交口称赞，觉得她的画好看，两句诗念起来也更像那么回事。尤其是"国泰民安笑东风"，不仅好听，而且非常贴切，真实地反映了当时人们的心情和精神面貌。确实如此，当时的中国人，特别是中国的知识分子，虽然经历了无数次大大小小的运动，三年的自然灾害，他们仍然对社会主义中国，对共产党的领导深信不疑，并且矢志不渝地希冀着更加美好的未来。那时绝对没人会想到，即将到来的，将是一场前所未有的政治大海啸。中关园里无忧无虑的生活也将在这场大海啸中就此画上句号。正是：

中关园里多芳邻，
日逐小友戏黄昏。
十年童稚浑如梦，
一去悠悠何处寻？

小卫

"文革"中的1967年至1968年间，中关园搬来了许多新住户，他们大多是北大的工人阶级以及没有什么政治问题的青年职工家庭。中关园大多数每排两家的住房被割成了每排三家，结果不是这家没厕所，就是那家没厨房，于是这些新住户就在不大的院子里开始了私搭乱建，从此中关园到处显得拥挤和凌乱不堪。

也有个别人家不需自己盖房，比如我家房后，房子未作任何改动就给了一家外国人——西语系的德国人谭玛丽女士一家。当时的谭玛丽已年过七旬，看上去身体硬朗，身材挺拔，虽然上了年纪，五官仍然漂亮，对人也很和善友好。尽管已在中国生活多年，她在各方面还是保持着西方的生活习惯，比如一年四季着裙装，冬天也只是在外面加穿一件呢子长大衣，头上戴着花头巾，一眼看上去就是一个典型的欧洲妇人。和她住在一起的是她小儿子一家,小儿子谭老师,三十多岁,是北大附中的体育老师,也许他每天还忙着上班,我没怎么见过,倒是经常见到小儿媳出出进进。小儿媳好像不工作,每天只在家里忙家务。谭老师夫妇只有一个儿子叫小卫,六岁左右,印象中还没上小学。另外他们家还有一个男孩叫大卫,九岁左右,是谭奶奶大儿子的孩子,因大儿子不在北京,所以大卫和奶奶及叔叔一家生活在一起。小卫和大卫从不和邻居的孩子们玩,大部分时间在家里,甚至院子里也很少见到他们。到1968年时,"文革"经过两年的揭发、批判、清理阶级队伍等没完没了的运动,整来整去,整到最后几乎人人都有问题,所以老住户们各家都关起门来过自己的日子,彼此之间没了来往,对于新来的工人阶级,大家是敬而远之。对外国人,虽说不上唯恐避之不及,但也始终保持着距离。

记得1968年的夏秋之交,雨水丰沛,隔三差五地就要来场雨。这一天,倾盆大雨下了整整一夜,至黎明前,雨势开始转小,到天亮时,仍是蒙蒙细雨下个不停。早晨我到院子里,看到折断的树枝和花草躺在泥水里,一片狼藉。这倒没什么,天晴后整理一下就行了,我所担心的是篱笆外面种的向日葵也被大雨砸倒了,硕大的果盘再有几天就完全成熟了,此时我是把他们重新扶起呢,还是就此摘下葵花?一时拿不定主意,我一边想着一边沿着铺砖的甬路走到院外。绕过南边的篱笆一看,不禁大吃一惊,最大的两个葵花竟然已被人摘走了。一气之下,我决定剩下的就不摘了,让它们躺在那里做诱饵,我这回非要抓个现行。

回到家里把大门打开,我拿了本书坐在纱门里边,隔着纱门,一边看书,一边守株待兔。大约二十多分钟后,"兔子"还真来了。听见外面有动静,我抬头一看,只见两顶草帽沿着我家西边篱笆悄悄向前移动。当移到有向日葵的地方时,他们蹲下身子,开始行动起来。说时迟,那时快,我扔下书,推开纱门,一个箭步冲到院子里,大喝一声:"哎,干什么呢?"随即冲出了院子。

两个孩子惊慌地站了起来,没有跑,等我到跟前一看,真没想到,两个站在那里的孩子竟然是小卫和大卫。这是我第一次清楚地看到他俩的模样,小卫皮肤白嫩,嘴唇红润,像个小女孩,身体显得有些柔弱,身上还套着一件大人的旧中山装。大卫肤色略深,身体明显比小卫健壮,上身只穿一件圆领背心,像个小运动员一样挺着胸脯。两个男孩都很漂亮,特别是眼睛与众不同,似乎四分之一的日耳曼血脉全都体现在了眼睛上。此时他俩一动不动地看着我,长

北大西语系教师谭玛丽一家，左起：小卫、李霁元、谭玛丽、谭时霆、大卫。

长的眼睫毛忽闪忽闪的，已把我的怒气煽掉了一半，但我还是板着面孔指着地上两棵粗壮的向日葵秆问到："那两个向日葵是不是你们摘走的？"大卫听到我的问话，把头转向一边，好像根本没听见。小卫看看地上的葵花秆，又抬眼看了看我，犹豫了一下，终于还是鼓起勇气，略带委屈地争辩说："因为它们倒在地上了。"

"倒在地上就是你的了吗？"我的火又被煽了起来。

小卫见辩解无效，只好垂下眼皮听候发落。于是我冷冷地说道："以后不许再摘我的向日葵，听见没有？"然后又特意补上一句："倒在地上也不许摘！"随后予以放行："走吧！"

话音刚落，大卫转身便跑，小卫跟在后面，甩着两只大袖子一起跑回了家。

回到家没多大工夫，小草帽又回来了。只见小卫一个人穿着大褂子径直跑进了我家院子。两手抱在胸前，分明是在大褂子里放了什么东西。"难不成是回家受到了家长的斥责，给我把向日葵送回来了？"我正在琢磨，小卫已跑到门前，也不敲门，直接拉开纱门，登堂入室，就像进了自己家。来到桌前，由于个子不够高，他两腿跪上桌前的方凳，这才从衣服里掏出一卷东西，哗啦一下摊在了桌子上。我顿觉眼前一亮，原来是那时时兴的，每家都有的，别在塑料泡沫方巾上的毛主席像章，可外国人家里也有这东西还真让我觉得新奇。

"你怎么会有这个？"我问他。

"是欧玛（德语"奶奶"）从友谊宾馆的商店里买的。"他说。

小卫拿来的像章和我们的不太一样，个个精巧、别致。他看我饶有兴趣地仔细审视着每一个，便说："挑一个吧！"我这才明白，他是给我赔不是来了。其实刚才他们是正撞在我火头上，训了他们之后，我的火气也已烟消雾散，过去的事情就过去了。于是我说："交换吧。"便到里屋拿出我的一塑料方巾主席像章让他先挑。他把我的主席像章迅速扫视了一遍，然后指着一个小红旗形状，上面还写着"红小兵"的徽章说："这个。"这真让我有点儿意外，刚才还担心他会挑上我最好的呢，现在竟看上了一个这么不起眼儿的，这落差也太大了。为了进一步确认，我点着小红旗问他："你就是要这个吗？"他肯定地点点头："嗯！"于是我摘下给他。

他把自己的方巾又往我这边推了推说："你挑吧！"于是我挑了一个像报纸照片上中央首长戴的那种长方行的，左边是毛主席像，右边是"为人民服务"五个烫金字的红塑料徽章。

"这个行吗？"我问。

"行！"他二话不说，痛快地摘下给我，随即把小红旗别在了空位上，卷起方巾，很快从凳子上溜下，说了声："我走了！"便高兴满意地回家了。

从那以后，小卫自以为和我成了朋友，虽不上门找我，但凡看到我出现，必然会跑过来和我说话，问这问那。有时我要出去办事，他便百无聊赖地站在原地看着我渐行渐远。我知道小卫很想让我带他玩，可我能带他玩什么呢？再说我也不知在忙些什么，连正经和他说话的工夫都没有。

记得和他说话最多的一次是在1968年的国庆节晚上。以往每年的国庆节只在天安门广场才能看到燃放的礼花，那年国庆节晚上不知为什么在科学院大操场设立了一个礼花燃放点，我家旁边，靠近沟边的空地恰是看礼花的绝佳位置，视野开阔，景无遮拦。每一个礼花升空后直对着我们开放，就好像是专门为我们燃放似的。另外还有一个原因让我对那年的礼花格外有兴趣，随着去东北兵团和内蒙古插队同学的陆续离京，下一拨，也就是我们这一拨，去山西农村插队已成定局，以后前途渺茫，回京无望，这次国庆节的礼花恰好像是给我们饯行，从意义上讲胜过了一顿丰盛的大餐。也许这就是我们最后一次看礼花了，我仰望天空，一个礼花也不愿错过。五彩缤纷的礼花一个接一个的燃放，令人目不暇接。直到第一场放完，我才感觉到脖子的酸痛，低下头来，发现小卫不知从什么时候一直站在我身边，于是我便和他聊了起来。当时都聊了些什么已不记得，只记得小卫显得很高兴。当第二场结束时，人们渐渐散去，小孩们都被父母叫回了家。于是我就催他回去，可是催了几遍他都无动于衷，结果到第三场结束时，空地上只剩下了我和小卫两个人。

很快到了12月中，我们即将出发去山西。临走的前一天晚上，小卫和他的妈妈来到我家。一进门，小卫便向我递上了一个信封，我打开一看，是一张放大四寸，自家相机拍摄的小卫的全身黑白照。照片中的小卫站在花丛前微笑着，很漂亮，照片也照得很清楚。小卫一直没有说话，只是全神贯注地听他妈妈向我了解一些简单的情况，如去什么地方，有多少人同行等等。临出门时，小卫跟我说了声："再见！"小卫的妈妈也客气地说："有空来信！"我也客气地一口应允，但实际上我一个字也没有给他们写过，我觉得他妈妈当时仅仅是出于客气、礼貌，并不是当真，而那是我最后一次见小卫，却是我当时没有想到的。以后最让我感到遗憾的是，由于生活环境的改变，几次处理旧信件时竟把小卫的照片不慎弄丢了。现在随着年龄的增长，越来越认识到老照片的珍贵，再想看着照片回忆当年的情景时，损失已无法弥补了。

大卫

尽管小卫总是主动地与我接近，大卫却从来不理会我。其实我平时也几乎见不着大卫，不知他怎么跟上了我弟弟，整天在外面疯跑疯玩。也不知他们都玩些什么，像是打游击，神出鬼没的，又和打游击不一样，有一阵儿知道他们迷上了"斗鸡"。那时我家养了一只公鸡高大威猛，羽翼丰盈，起名"大公"。大公通身五彩斑斓，走起路来趾高气昂。弟弟每天出门时把大公抱上，饭点时抱回。一开始他们先在中关园塔院找有公鸡的人家斗，没想到刚一开打，我家大公便显得骁勇善战，身手不凡，上来没几下就把对方啄得落花流水，落荒而逃。接着又试了几家，大公更是越战越勇，屡战屡胜。后来又带它在一公寓前的连房一带斗，竟然也是捷报频传。没几天的工夫，弟弟他们便号称"斗遍沟东无敌手"，还把擂台摆到了蓝旗营。数日的鏖战使大卫兴奋异常，或许是被胜利冲昏了头脑，大卫遂产生了自己培养种子选手的想法。谭奶奶本是个极爱干净的人，从不在家里养任何宠物，但经不起孙子的一再央求，还真给大卫买了一只活蹦乱跳的小鸡在家里养了起来。可那大卫只知道斗鸡时的酣畅，凯旋时的豪迈，哪里知道养鸡是需要付出辛劳的。且不说鸡大了要给它摘菜叶、剁鸡食、打扫鸡窝等等。即便是在小的

1986年谭大卫在画室里遇见英女王的时刻被定格，如今他已年过五旬

时候，你也要小心呵护，注意让它少食多餐，每天还要盯着它在院子里散散步，以增强体质，大卫哪是干这的料？他想得很简单——不就是撒把米吗？可想而知，那只小鸡的命运何等悲惨，整天被圈在一个大纸箱子里，吃了上顿没下顿，饥一顿饱一顿地哀鸣。家里人忙得没工夫管它，主人又是千呼万唤地不回来，结果没撑多少日子，别说冠军梦没来得及作，就连翅膀还没长硬就两腿一蹬，一命呜呼了。这倒也好，从此大卫绝口再不提养鸡。没有这次的体验，大卫永远不知道什么叫养鸡，还总以为就是稍带手干的事儿呢？

1968年底我去了山西，1969年底，爸爸带着小妹去了江西鲤鱼洲（妈妈已在那里，她是第一批去的，大妹已去东北兵团）。弟弟一人留在北京等分配，和其他同龄的孩子住进了北大校园内的25楼，由北大派人统一管理，自此我家天各一方，离开了中关园。

时光荏苒，斗转星移，转眼到了1986年。这时的中国和"文革"时期相比可大不一样了，可以说发生了翻天覆地的变化。改革开放让世界瞩目，各国政要纷纷来华访问。1986年10月，英国女王伊丽莎白二世伉俪也登上了位于北京的万里长城。除了北京，女王还参观了上海、西安、昆明等城市。因女王还想顺道访问香港，所以中国政府特意把在华的最后一站定在了广州。在广州的参观项目之一是少年宫。这一天女王来到少年宫,看到活泼可爱的孩子,脸上绽出了开心的笑容,而更让她感到意外和惊喜的是少年宫向她送上了一幅油画作为礼品。油画是少年宫一位二十多岁的美术教师画的,被装嵌在一个高约一米七八、宽约一米三四的画框里。画面是女王的侧身正面坐像。画中的女王身穿紫红色长裙,头戴王冠,身披绶带,显得端庄、美丽、高贵、典雅,不仅形象逼真,而且气质非凡,向前凝视的眼睛更是极具神韵。女王站在画前仔细端详着自己的画像,不禁喃喃自语道:"I'm moved. I'm moved."据说,在女王游览香江时,工作人员还特意把画像挂在游艇外面,引起众多香港人的注目和赞赏。

对于女王这次的中国之行,英国各大媒体的记者们一路步步紧跟,及时报道。电视台的记者们,更是鞍前马后地一路拍摄,女王的举手投足,几乎无一遗漏。当时正在英国的弟弟对女王的在华访问也很关注,每天准时收看新闻。这一天,当播放在广州少年宫的活动时,电视镜头对女王画像进行了自上而下的扫播,不经意间,弟弟突然看到在画布的左下角清楚地出现了"谭大卫"三个字,弟弟几乎惊跳起来。"谭大卫"!会是当年的大卫吗?弟弟的心情不能平静。在其后的几天里,弟弟思前想后,越来越觉得此大卫就是彼大卫——名字相符,年纪相当,而最关键也是最强有力的依据是弟弟想起当年大卫曾说过的一句话。那是当年弟弟最后一次和大卫见面时,大卫告诉弟弟,欧玛已决定把小卫一家送往德国,而在这之前要先把他送回广州的父母身边,他很快就要离

1986年作者弟弟商孟群与画家谭大卫合影

开北京,离开中关园了。弟弟还清楚地记得,当时大卫在跟他说完这件事后,脸上流露出的不舍与无奈。对,就是广州!当年大卫说要去的地方就是广州。既然三点都完全相符,准确的几率应当很大了。弟弟虽然已有九成的把握,但还是想亲自去一探究竟,另外弟弟也太想见见多年杳无音信的大卫了。主意已定,弟弟开始安排归程。几天后,弟弟到达广州,一出机场,即刻打车直奔少年宫。当传达室的人叫来谭大卫时,弟弟看到远处一个身高一米八左右,头发微卷、长脸的年轻人向这边走来。当弟弟还在呆呆地从来人脸上努力找寻大卫小时模样的时候,自己却已被大喜过望奔跑过来的大卫紧紧抱住了。

大卫像见到了久别的亲人,对弟弟热情款待,执意要弟弟住几日再走。因探亲时间有限,弟弟只住了一晚。那一晚俩人几乎彻夜未眠,分别近二十年,俩人有说不完的话题,从这次女王来访,到大卫来广州以后的成长。从大卫的父母到祖父母,又到小卫的一家,无所不谈。大卫满怀深情地回忆起当年在中关园的生活,说他最快乐的一段时光是在中关园度过的。

注:谭大卫,又名谭继霖,广州美术学院教授,60—70年代住北京大学中关园。

中关园的三人缘

范伯玲 | *作者范伯玲，北京大学东语系教授范宏科之女。*

亲密无间　情同手足

在中关园，我、王琦和荣景斯三人是朋友，依次出生于1951、1952、1953年。不知比我小两届，小学和弟弟伯均同班的她俩怎么与我成了好朋友，就连伯均也甚感奇怪。我们不曾红过脸、生过气、吵过架，朝夕相处、心心相印。年龄最大的我，受到她们的恩爱和恩惠最多，真不知怎样才能回报她俩。王琦有两个姐姐，景斯也有两个姐姐，我这个没有姐妹的独生女，却从她们俩的情谊之中感受到了姐妹之间的温暖。我们真情的友谊、善良的心地、美丽的心灵，造就了我们的姐妹之情。

20世纪80年代，我和景斯分别来到美国。景斯在纽约州立大学石溪分校攻读硕士学位，毕业后就一直在纽约市政府任职。她居住在繁华的大都市，过着喧嚣而丰富多彩的生活。我则一直居住在冬季漫长而异常寒冷的明尼苏达州，1992年从明尼苏达大学校园的所在地，有双城之称的明尼阿波利斯圣保罗，搬到密西西比河畔的维诺娜小城，仍然过着世外桃源的生活。王琦则一直坚守在北京闹中取静的寓所里，过着舒适、悠闲的日子，令我和景斯时常羡慕不已。我们三人各自生活在不同的环境里，时常相互传递着个人的生活信息，似姐妹般地相处至今。并未因距离的遥远、岁月的流逝而感到陌生和疏远。

1971年初范伯玲、王琦和荣景斯在江西鲤鱼洲北大干校

1968年，我去内蒙古突泉插队。1969年，景斯去了黑龙江生产建设兵团一师五团。同年，王琦随母亲去了北大在江西鲤鱼洲的五七干校。在那几乎人人都被遣散、自顾不暇的年代，我们之间也曾失去联系。

1971年初，我们意外地在江西鲤鱼洲的北大干校相遇。南方冰冷的冬天中，友情温暖了我们的心，兴奋和高兴冲淡了我们在"军管"之下的不悦，喜悦之情流露在我们三人于鲤鱼洲的合影之中。

在军管下的北大鲤鱼洲干校非久留之地，作为探亲的子女，也必须随父母参加军管下的劳动改造、政治学习及所有的活动。在那个年代和环境里，知识分子的子女，只有舍弃和父母相聚的时间黯然离去。无论是插队的，还是兵团的知青，千里迢迢之外去看望父母，却都得不到应该享有的探亲待遇和休息，实在令人不解。

我和景斯在鲤鱼洲相遇之后，决定一起经杭州和上海回北京，在当年也算是享受了如今盛行的旅游。从杭州到了上海需过夜，找了几家旅馆却都被拒之门外，临到夜间才算有一家破旧的旅馆"收容"了我俩。我们登记之后，踩着发出咚咚作响的破旧木板楼梯，上楼走进一间阴冷漆黑的房间，每挪动一步，那朽木的地板都会发出咯咯吱吱的响声，似乎随时都会被踩塌的感觉。已是夜深人静，一是怕冷，二是怕脏，我们就合衣睡在冰冷的单人床上。不久前，我与景斯在电话里聊起这段往事，她提到了我忘记的一件事："那家旅店免费让咱们住了一夜，不知为什么？"想想真是幸运中的幸运。当时我们经济条件有限，加上既没工作证又没介绍信的知青身份，在哪里都不宜久留，就连回到北京无人的家亦是如此。

1974年春节，我从吉林林校放寒假回京，景斯从黑龙江兵团回京探亲，王琦早已于1972年随北大干校的人员从鲤鱼洲撤回北京，我们又在北京不期而遇。虽是寒冬时节，对于我和景斯从东北回来的人，感觉北京的冬天是温暖的，尤其心里暖融融的，毕竟回到了自己生活过十几年的家，这里有熟悉的环境，有儿时一同长大的朋友，能与家人团聚更是梦寐以求的，与3年前在鲤鱼洲的感觉相比，真是天地之别。

在短暂的假期里，我们进城玩了一天。先是逛前门的大栅栏，又去中山公园看花展，顶着四五级的西北风，路经前门外的邮局时，就进去暖和片刻。从凛冽的寒风中，迈进暖洋洋的大厅，便不约而同地直奔大玻璃窗下的暖气前，摘下手套放在暖气片上，高兴地聊着天。记不清是谁灵机一动，想出个馊主意，到柜台前买了一张明信片，而后坐在桌前，开始预谋我们的一出"恶作剧"。景斯执笔写了明信片："伯希：有要事商谈，请你速来家中相见！法国驴（希希好友孙建国的外号）。"为了不让希希起疑心，草草的字体，简单的内容，贴上邮票，就乐滋滋地投进了信筒。然后，我们直奔中山公园，在中山公园阳光明媚、春意盎然的温室内，欣赏着在严冬里绽放的各色花朵和碧绿的盆景，同时猜测着那刚发出的明信片，会带来什么样的"闹剧"？期待着明天"恶作剧"的发生。

从中山公园出来，我们又去王府井大街，逛完百货大楼、东风市场之后，已是中午时分，我们决定到位于王府井大街的庭院式饭庄萃华楼美餐一顿。饱餐一顿之后，也暖和过来了，便乘上到动物园的无轨电车回家。刚到美术馆站，我怎么也忍不住恶心，话都不敢说，连忙拽她俩下车，脚刚落地，就把已堵到嗓子眼的饭菜全都吐了出来。只听王琦懊丧地说："哎哟，真可惜，都白吃了！"我尽管难受，可也赞同她不由自主道出的真言。那个年代，只有景斯在兵团辛苦挣来32元的月工资，我们三个老实本分的女孩儿能有胆量自作主张地在萃华楼"撮"一顿，真可谓奢侈的享受。

第二天上午，"53号信！"女邮递员一声响亮的喊叫声，送来了我们期待的明信片。我沉住气，默不作声地观察着一切，在我们的意料之中，我哥哥希希接到明信片，既没注意邮戳，也没琢磨字体，随即蹬上自行车，顶着五六级的西北风，奔向北农大去找"法国驴"了，我们仨暗自高兴这出"恶作剧"没有露出半点破绽。可想而知，希希见到法国驴后，两人无从猜出这明信片的来历，只是增添了一份忧心和胡乱的猜测。希希带着疑惑不解，傍晚时分返回家中，我们这才终止了这场"闹剧"，道出了真相。现在想起来还是有愧于希希，那个年代，让他骑着自行车，顶着五六级的西北风，去了荒郊野外的北农

1971年于中山公园

大，的确是件不易之事，而且还为这来历不明的明信片虚惊一场，这玩笑开得着实大了点儿。

历经"文革"的摧残，中关园已面目全非，两家一排，各家75平方米的住宅，被迫将两间各朝南北的卧室腾出，于是四间一样大小的卧室，又另立门户。从此我们两家一排的住房，变为三家一排的住宅，为了这些没有卫生间的，夹在中间的住户，以往夏日晚上乘凉，听54号陈奶奶、63号大姨妈摇着大蒲扇，讲牛郎织女、嫦娥奔月等神话故事的地方，盖起了公共厕所。

我家的住房被隔小了，原来的书房成为父母的卧室，小小的保姆间，只能摆放一张单人床和桌子，也是一个单间的享受，只要我回北京必是我这独女的卧室。既是客厅，又是餐厅的堂屋，两张单人床合拼而成的大床，是我家哥仨的就寝之地，那时哥仨都瘦，可合床而睡，只是屋里空间就甚小了。人少时，拆掉一个单人床，宽敞不少，我也可方便地直接出入我的小屋。后来，我们兄妹四人分别在内蒙古、陕西、黑龙江上山下乡，父母从干校回京后，全家团圆的日子仅有1974年春节一次。

1968年9月，我去插队以后，大家都各奔东西，但回京探亲时总不忘了欢聚一起。我在北京治病和等病退期间，王琦下班顺路常来找我，有时，我们就挤在小屋同床躺下，悄悄密语那时她自己都搞不清的恋爱之情。有时，我们也

同挤在景斯家小屋的床上,她家把单人床加拼出一块木板,这样可挤下我们三人。景斯还把小屋当做暗室冲洗和放大相片。1971年夏,我从协和医院看病出来,就奔中国照相馆为自己20"大寿"留个影。后来,景斯就是在小屋将此照亲手放大,我留存至今。我们三人还在王琦一公寓的家,同睡在一张大双人床上,比起我和景斯家小屋的床,可是上等待遇。我们三人时常形影不离,无话不谈,兴高采烈地度过了无数美好的时光。

1994年夏天回国探亲时去景斯家,正赶上中关园公寓食堂重新开张的第一天,我和景斯有意带9岁的女儿去买饭,体验我们小时的生活。食堂大门一开,只见人们蜂拥而入,那没有秩序而拥挤不堪的现象,让我女儿甚感奇怪,当我看到仍是朝南开着的三个卖饭窗口,不禁想起五六十年代公寓食堂那秩序井然、礼貌让人、排着队买饭的和谐气氛。那时人们的修养、道德及友善,已不见踪影,只能成为美好的回忆了。随后,我们在景斯家吃午饭的一道"黄瓜沾酱",让女儿念念不忘。回到美国无数次地勾起她的食欲,却难为了我,因为无从买到中国黄瓜和黄酱。后来,终于想办法弄到中国黄瓜籽,从此,年年栽种,结出带刺、鲜嫩、长长的中国黄瓜,又在邻近城市的东方店,买到台湾的甜面酱替代黄酱,女儿才算如愿以偿地吃到了喜爱的"黄瓜沾酱"。

2009年,我在北京短暂停留几天,抽出一晚的时间,去看望王琦年迈的母亲。在接我去她家的路上,王琦要我挑选一家餐馆吃晚饭。几天来,应接不暇的餐馆应酬,真让我吃腻了,便不假思索地说:"哪都不想去,到你家和姚阿姨一起吃晚饭吧!"没想到她说:"我妈妈和二姐都已经吃完晚饭了。"我又央求道:"就到你家喝粥、吃咸菜吧。"她只得顺应了我的要求。进了家门,二姐边做边埋怨王琦:"你也不早打个电话回家,要不进门就可以吃了。"我才想到,这要求给她们添了麻烦,心里甚感过意不去。在我上网查看电子邮件的工夫,一桌既清淡又可口的饭菜已上桌,有粥和各种咸菜,还有好吃的饺子。王琦告诉我:"饺子是今天看着人当场包好买回来的,在那里有各种馅儿随你挑选……"我惊讶之余,想到我居住在没有东方食品店的小城,连冻饺子都买不到,如今的北京可真是方便多了。在姚阿姨舒适温暖、干净整齐的家里,吃着这顿既热乎又可口的家常便饭,让我感到一种特有的温馨和幸福。

写到此,想起几十年前,我在一公寓曾品尝过姚阿姨的烹饪,那一碟碟精美而色味淡雅的南方小菜,让人记忆犹新。每想到那些精美可口的饭菜,就如同看见她老人家那清秀的面容、轻盈的动作、秀丽的身影。至今,在电话里时常还可听到她略带上海口音，轻声细语而慢条斯理的谈吐，老人家总是温和而亲切地称呼着我"伯玲儿"！真想念高寿90的慈祥、和蔼、可亲可敬的姚阿姨。

爽朗豪放、心地善良、热情周到的王琦

王琦有条有理、周到细致、慷慨大方。她年年都记得给我打来祝贺生日的电话，别说多年以前，就是现在，自费从中国往美国打电话的也为数不多。在我的家里，随处可见她送的礼品：一双带着牛头的竹筷，是送与属牛的女儿。擀面杖、做月饼的模具、蒸锅等炊具，让我享用至今。还有那一按会报时的台湾钟，更是人见人爱，有朋友走后，甚至打电话来询问哪里可以买到？至爱的中国邮票和年册，醇香的茅台酒，各类礼品在每个房间都能看见。在诸多的礼品之中，难忘的是1994年，王伯伯和姚阿姨两位老人，不顾北京盛夏的炎热，特地到王府井为我女儿和我挑选的两幅京剧脸谱和一版《中华人民共和国成立五十周年——民族大团结》的邮票。王琦的两位姐姐也为帮王琦挑选送我的礼物，而奔波于北京城。她们全家的热心真让我感动。

在这些无数的礼品之中，每每看到那樽拳头大小的弥勒佛硬木雕像，就令我内疚。1994年，我去王琦家，一眼看到了摆放在书桌上那樽开怀大笑的大肚弥勒，不知是何缘故，我和女儿一看也禁不住地开怀大笑，拿起弥勒雕像爱不释手。看着它给我们带来的欢心，我便问："在哪里可以买到？"王琦毫不犹豫地当即送与我们，我也毫不客气地欣然接受了。回到美国，一次在电话里和景斯说起这樽弥勒，才知它是王琦家的镇财之宝。那是有一年，景斯回国和王琦同去海淀，各自买了一樽同样的大肚弥勒，自从那以后，王琦家的财源滚滚而来。我请走了这樽她家的镇财之宝后，王琦马上走街串巷去另寻"财神爷"回家坐镇，只买到了一樽身背钱袋的木雕佛像。我听景斯讲完这段实情，后悔莫及，马上打电话给王琦深表歉意，并示意一定退还给她，当然受到王琦的拒绝。6年之后，我再次回京，她特意让我看了那樽背着钱囊坐镇家中的"财神爷"。幸而，她家的日子一直欣欣向荣、蒸蒸日上，这稍让我感到欣慰。下次去北京，一定将此"镇财之宝"完璧归赵，以了却我心中的不安！

2010年夏，曾任教于北大西语系和中央广播电视大学的郑培蒂老师从美国回京探亲，赠与王琦两本她的著作《花开花落》和《云卷云舒》，王琦当即又买

中关园53号门前，左起：孙建国、范伯希、孙东恢、陈选、范伯均

下两套给我和景斯。因我不常回国，她不顾及比两本书还贵出几倍的邮费，立即寄到美国，就因为书中写了许多北大熟知的人和事。她就是这么周到细致地记挂着我们！

我每次离京怕麻烦别人，从不透露我所乘航班给王琦，可她每次都出乎意料地出现在机场为我送别。2009年，她依旧在机场找到正在候机的我们，硬是塞给我一个装有近万港币的厚信封，嘱我在香港买点喜欢的东西带回美国，她已送我和妈妈好几件礼物了，却还如此周到地牵挂着我，真让我感动。我在机场找到一个合适的机会，把这信封交给为我们送行的表弟黄亮，嘱托在我们走后，交还给王琦。当我们刚过了检票闸口不远，黄亮就把装钱的信封交还到王琦手中，只听到她用洪亮的嗓音一直大声地喊着我。我不敢回头，也不让同行的妈妈和弟弟停住脚步，直到走出很远了，仍听到她不停地在喊我，我们只得停住脚步，回头和她招手示意。我热泪盈眶，心里的滋味难以形容。妈妈说："她恨不得把心都掏给你了！"此时，那清脆的嗓音似乎又在耳边回响，那感动人心的情景又浮现在眼前……

1994年夏，我和景斯相约北京见，这是我们出国后，三人第一次在北京相聚。有一天，从小就有着音乐细胞的景斯和王琦，高兴而欢快地在车中情不自尽地唱起了儿时的歌曲，我看着她们的欢快之情，聆听着她们悦耳的歌声，似乎又看到景斯在附小，挥动双手指挥合唱团时的可爱模样。王琦那嘹亮的歌喉，领唱着"你看那，万里东风浩浩荡荡……"此时也让我想起坐落在王家花园的附小，那时、那景，是多么的美好啊！我陶醉在她俩欢快的歌声中，由衷地感到我们之间真挚的友情是发自内心的，我们之间的友谊是真诚的。那年，王琦在机场送别我时，还把她唱的"小放驴"录音带塞在我手中，她那嘹亮的歌声，随着我到了异国，也永远回响在我耳边，荡漾在我心中。

开朗温和、兴趣广泛、热诚助人的景斯

荣景斯的父亲荣天琳是北大历史系教授，母亲郝素梅是北大附小校长，我们一起在中关园长大。景斯从小就性情温和开朗、刚中有柔、待人宽厚。做事计划周全、有条有理，既有尺度、又有分寸。她兴趣广泛，喜爱音乐、艺术、摄影、旅游等等。她居住在纽约市，在百忙中，相助过许多出差办事和来美旅游的朋友。她也热诚相助过我的女儿和两个弟弟。更是我的好"参谋"和好"姐妹儿"。她的热情让我们每一个受益的人都心存感激之情。

2002年，我的女儿Julia决定去麻省理工学院上大学，因为我们一直住在仅有两万多人的偏远小城，她去波士顿上大学，总感到有些紧张和胆怯。景斯知道后，立即联系了中关园园友李建，她的大女儿Linda同年也被麻省理工学院录取。李建家住波士顿，凡是麻省理工新生的活动她们都参加，Linda热心地解答了所有女儿忧虑的问题。8月下旬，我们送女儿报到之前，先在纽约景斯家小住几天。景斯在百忙之中打电话给多年前从麻省理工学院毕业，正在香港工作的外甥女朱悦，让她与Julia通话，女儿对学校有了更多的了解，也舒缓了她紧张的情绪。在这之前，我们从未去过波士顿，人生地不熟，景斯又联系了李建与我们在麻省理工校园见面，请李建给我们当向导。景斯就是这样一位热诚相助的人。

女儿十分敬佩景斯阿姨，在音乐、艺术上，她们有着许多共同的爱好。女儿上大学期间，假期到景斯阿姨家，共享着音乐和艺术上的爱好，去博物馆看百老汇的演出。许多时候景斯对我女儿比我这个做母亲的还无微不至。女儿大学朋友的母亲曾问我："你是否在纽约有个姐姐，还是妹妹？"我当即愣了一下，想到我没姐妹啊。她接着说："听Julia说她在纽约有个姨。"我马上想到是景斯。可想而知，景斯阿姨在女儿心目中就是我的妹妹。

我的两个弟弟伯均和伯胜，分别在美国的纽约和邻近纽约的公司遇到过生

意上的燃眉之急，景斯鼎力相助，急中生智地用最简单易行的办法，圆满地予以解决，免去了他们徒劳往返和经济损失，令他们感激不尽。

景斯帮我的事就更数不清了，无论是精神上的，还是物质上的，受馈之多，难以言表。每次电话中，我总是滔滔不绝地与她倾诉衷肠、分享喜悦，无话不谈，耽误了她很多宝贵的时间，可她却极少谈及自己。景斯替他人着想的优秀品质，不仅得到家人的赞赏，也得到众多朋友们的认可和赞扬。

2002年的一天，景斯约我们全家下午五点到她在纽约的办公室见面，然后带我们去看百老汇演出。我们早到了片刻，等待之中，听到她接电话时报出的预算数字，让我们甚感震惊。在纽约市政府搞预算，可真非同小可，让我们知道了她工作的重要性，深感她的聪明才智和领导能力。

我们在她家里到处可见各种节目预告，一页页被她勾画出的日程表整齐规范地夹放着，也从中看到她紧张而有节奏的生活乐趣。我们观赏着墙上挂着的芭蕾、舞蹈等优美姿色的剧照，镜框里镶嵌着她自拍的摄影杰作，美轮美奂的室内装饰，令人油然而起一种敬佩之情。她在纽约尽情地享受了世界一流的音乐和艺术，给紧张的工作带来了境界高尚的情操和乐趣。除此之外，每年还有计划地去国外旅游，不知她已游历了多少国家的风土人情、音乐艺术和自然风光。无论是丰富多彩地生活在纽约，还是别有情趣地周游世界，都给她的人生

1994年合影于北京

带来了无穷无尽的快乐。

自从有了中关园网站之后，景斯给我寄软件、硬件支持我写作。每当我把写下的文章存入她邮购给我的储存量 250GB 的红盒子里时，就想到我一定不能愧对她胜似亲人的关爱和帮助。每当我感谢她时，回应我的就是一句简短贴切而又无比温暖的话："咱们是姐妹儿。"

期待着童年一起生活在中关园的三人在花甲之年再相聚。中关园时的欢声笑语和喜悦之情，一定会重现在未来相聚的时刻，盼望着那一天。

蔡明，我对你了解得太晚了

黄 萱 | 作者黄萱，北京大学哲学系教授黄枬森之女。

"我熟悉你，却并不真正了解你。直到今天，我才得到一个完整的你。"——这是我在参加了北大附中老师同学自发举办的蔡明追思会后，写在一张心形小纸片上的给蔡明的寄语。

想一想，我虽然和蔡明同住在中关园，同是北大附小毕业，但只是在初中同班之后，接触才多了起来。那时正值"文革"期间，课是可有可无的，留在心底的记忆片段基本上是说笑打闹，脑子里残留的共同学习的画面仅有一个，就是我返回身趴在她的课桌上（虽然我比她个高，但由于眼睛近视却坐在她的前面），和她一起掰扯一道几何题。这在那个年月算是比较罕见的。这个阶段蔡明留给我的印象，就是一个常常露着一颗翘起来的虎牙笑着并一起叽叽喳喳闹着的好伙伴。

遗憾的是此后有一段很长的记忆的空白，直到我女儿进入中考乃至高考阶段，和蔡明的交往才又多了起来。

最初找到蔡明是希望她帮忙介绍一个能给女儿补补课的数学老师。我的职业是编辑记者，女儿自小就偏文科，数理化学起来总是有些费劲。和蔡明多年不联系，打第一个电话就是开口求助，这让我很不好意思，无奈为了中考，我也就顾不了那么多了。蔡明很痛快，马上就答应了。记得那是个星期天，我带着女儿到北大附中教室一看，等着我们的是一个二十大几小伙子。我当时就有些二乎——这么年轻，有足够的教学经验吗？没想到，这个小老师仅仅教了我女儿两次：第一次全部是提问，并要我那支支吾吾的女儿把这些问题记下来整理成表格；第二次是一周后听我女儿自己一一回答这些问题，他只在一旁略加提点。之后就对我说不用再来了。让我吃惊的是从此我女儿的数学好像就开了窍，成绩跨上了一个台阶。我这才知道，蔡明介绍老师，是非常慎重的，这个年轻老师虽是高中老师，却刚刚从初中班调过来，非常熟悉初中学生学习中的难点。

我女儿高考前，她一向最不成问题的作文忽然出现障碍，原因是她的语文老师在对学生进行论说文训练时，偏好语言铿锵有力、论证旁征博引、行文气势恢弘的类型。而我女儿由于性格柔和，作文一向都是行文款款、语言恬淡，结果总不能达到老师的要求，每每受到批评。一次次摸底考试下来，作文成绩一路下滑，临近高考前竟然哭丧着脸对我说，她不会写作文了！尽管我使尽浑身解数指导女儿，并让女儿不要理睬他们老师的评语，但她仍然无法建立信心。关键时刻，我也顾不得蔡明有多忙了（她也正带着高中毕业班），要她无论如何抽时间为我女儿指点迷津。记得那天我们来到她家，在一个逼仄的门厅里，我们三个围坐在一张小小的饭桌旁，蔡明仔细看了我女儿带去的历次作文，面带笑容说："我看你写得很好啊，其实论说文的风格可以是多种多样的，谁也没规定必须是强势的才行。你完全可以用符合你性格的文笔，层层剥茧，娓娓道来，把理说清，一样可以是好文章。"随后她又针对我女儿作文中的一些问题作了具体指导。

这次辅导之后，我女儿如释重负，高考时语文得到了135分的高分（满分150分）。

我不仅欣赏蔡明的业务水平，更钦佩她的人品。我女儿上初中高中的这些年，曾有3次请她辅导，她从不肯收一分钱辅导费，每一次她都说，帮助老同学的孩子是应该的。然而，我还不知道，她岂止是不收老同学的钱，有许许多多请她辅导的孩子，她都一律不收分文！对此，我是在北大附中追思会上才知道的。

在追思会上，我亲眼目睹了那么多老师学生眼含热泪，回忆起蔡明平时在工作、生活中的点点滴滴，我这才惊讶地发现，我自认为和她是那么熟悉，却原来并不真正了解她。

蔡明在北大附中任教三十多年，不仅许多同事视她为姐妹，更有许多学生视她为楷模。一些20世纪八九十年代毕业的学生，如今已年届中年，也赶来了，一个已为人师的学生哽咽地说，他心目中的榜样，就是蔡明老师。

我们都知道，蔡明性格温和，却不知她也曾拍案而起过。北大附中曾意外发生过一起学生轻生的事件，当时校方很紧张，全校上下对此事都噤若寒蝉。蔡明却在痛惜之余，精心准备了一堂教育学生要尊重生命、珍惜生命的专题课，课堂效果极好，全班学生在课后自发地在学校操场摆放鲜花悼念那个早逝的生命，引得全校学生纷纷加入悼念行列。为此蔡明在很长一段时间承受了校方施加的巨大压力，然而她却始终对自己的做法不怨不悔。

蔡明热爱学生，爱到从不跟学生红脸。学生们回忆说，记得蔡老师最生气的一次也就是摘下眼镜抿紧了嘴唇看着他们。蔡明当了多年的高中语文组组长，送走了一届又一届毕业班，退休前已经不再担任班主任。可是当学校遇到师资调配不开的困难时，她又拖着病弱的身体破例接了一个初中班级，没有任何抱怨；而在她因病情加重无法继续担任班主任后，她反给学生们写了一封依依惜别的致歉信。这封文辞优美、情真意切的长信由她的学生一字一泪地读出来，至今犹响在我的耳边……

蔡明已经离开我们大半年了。每每提起她，我就禁不住想，若不是我参加了那场由老师学生自发举办的追思会，我可能永远不会知道这样一个文采飞扬的蔡明，这样一个敢怒敢爱的蔡明，这样一个生动鲜活的蔡明。我觉得，我过去真的仅仅是熟悉她，如今才找到了一个完整的她。

由此，我又想到，我们这一群老同学、发小们，尽管有着许多共同的记忆，有着深入心底的友谊，可又有谁真正了解谁呢？我是在蔡明永远地离去之后才较为全面地了解了她，却痛感这了解来得太晚了。我真心地希望更多地了解还鲜活地生活在我们身边的老同学们，我也愿意让老同学们更多地了解我自己。

不过还好，我们仍有许多相互了解的机会。

中关园人在莫斯科

陈　端　|　作者介绍详见前文。

　　一进入莫斯科这间"老北京大酒店",不禁心头一热,大厅旁的几个偏厅,分别以"燕东园""燕南园""蔚秀园"等命名,这些都是北京大学教职员工住宅区的名称;其中的"中关园"就是我度过小学和中学的地方。

　　早就听说小学同窗李宗伦在莫斯科从事中俄文化交流的工作,他开的中式餐厅也很有名。胡锦涛主席去年访问俄罗斯时,还在凤凰卫视上看到他畅谈胡主席访俄意义。但多年来故人风流云散,何况在人口一千多万的莫斯科,要找一个人无异于海底捞针,所以这次来莫斯科我也没抱太大希望。然而看到匾额上那些熟悉的名字,我立即在心里百分之百肯定了,这一定是李宗伦开的餐厅了。于是向那位温文的老板娘询问,答案自然是不言而喻了。

　　可惜的是,李宗伦恰好有事去了圣彼得堡,而旅行团行程紧密,我们当晚也要去圣彼得堡,几天后再回莫斯科逗留一两天就要回香港了;欣喜之余也不免有些遗憾,拿了酒店的名片,心想以后再联系吧。

　　谁知重返莫斯科的当晚,去看马戏团表演前又来到了这家餐厅,终于见到了久违多年的邻居、同学。团友们都为我高兴,感叹地说:"世界多么小。"的确,由于科技与文明的进步,天涯海角仿如咫尺之遥,因此才发生了这个充满戏剧化效果的故事。

　　李宗伦在莫斯科开中国餐厅,经商有道,生意不错。实际上他把主要精力放在中俄文化交流上,尽力促进中俄的文艺团体互访。

餐厅的玻璃柜里，陈列着许多文艺界名人访俄时与他的合影，如国际知名导演谢晋、著名演员孙道临等。

李宗伦从小就有表演天分，曾任总政话剧团演员；后来在莫斯科戏剧学院毕业，他把自己的兴趣与事业结合起来，可说是学以致用。从他的名片上得知，他还担任俄罗斯中国和平统一促进会常务副主席一职。对于这个职务，他解释道，在两岸关系上，由于台湾依仗美国势力，而俄罗斯军事力量强大，中俄关系良好，可以制衡美国，对和平统一有利，所以他也致力于这方面的工作。

至于身为北京市海外联谊会理事，那含意自然更是清晰不过了。在申奥过程中，他也出了不少力。

至今他仍持中国护照，"十一"还准备回国参加国庆盛典，这正如诗人所云："人们离故乡愈远，精神的距离反而愈近。"

暌隔多年，李宗伦的外貌当然与年轻时有所不同，但我觉得他没有变，理想、情怀、气质没有变；虽然谈到往事都不免唏嘘，但从他身上，可以看到充满希望和机会的明天。

我为有这样的同学、同乡、同园（中关园）感到与有荣焉，为他的成绩感到高兴，更由衷地佩服他的远见和胆识。

与他重逢，可说是此行最大的收获之一。

原载2004年8月21日香港《大公报》

四　中关园人文景观

司徒雷登与中关园墓地

林　明 | 作者介绍详见前文。

中关园沟西的西南角有一块面积不大的墓地，给中关园的孩子们留下了深刻印象。

我家是1952年9月从蔚秀园搬到中关园的，那一年我才7岁，刚上小学一年级，在我幼小的心灵中，就对这个墓地产生了神秘感和好奇心，很奇怪为什么北大教职工宿舍区会有这样一块墓地。我曾经有几次走进这个荒芜破败的墓地查看和玩耍，看到一些墓碑上雕刻着陌生的外文字母，隐约感到地下可能埋葬着外国人的遗骨，墓地气氛也有些肃杀瘆人。大约在1952年底或1953年初，墓地曾发生一次不太大的火灾，烧焦了墓地一角的几棵柏树，至今我对墓地火灾熄灭以后的缕缕轻烟，以及大人们手提水桶和脸盆灭火以后回家的情景记忆犹新。这个墓地是中关园许多人到中关村车站坐31路或32路公共汽车（今331路和332路）的必经之路。白天，人们为了抄近道，常常穿行于墓地的边缘，日久天长，墓地的西北角就被踩出了一条捷径小道。紧挨小道旁，赫然立着一块刻有粗重外文字母的墓碑，不知是谁的，我经常从它旁边走过，印象尤为深刻。平时我只是在白天才穿行墓地，当偶然在夜晚经过墓地时，我总是怀有一种无名的恐惧心理，从墓地旁绕过而不是走白天的捷径，也不敢朝阴森黑暗的墓地看，生怕看见所谓鬼火。1966年底，我们家从中关园搬到了校内的燕南园，除了偶然去中关园拜访同学朋友外，就很少经过这个墓地了。80—90年代，墓地变成了社区健身场所，但围绕墓地的一排柏树仍然保留下来了。

说到墓地，就不能不谈及墓葬文化。在 1930 年以前，北京郊外没有任何现代意义的公墓，人死了，穷人就是在郊外找个地方埋掉，堆个小土坟头，常常连墓碑也没有。富人会买一块地（或在自家地里）营造家族的墓园，墓园周围通常会种上一圈松树或柏树。按照封建礼制，辈分最高的人葬在中间，坟头也最大，晚辈列于两侧，坟头也小一些。例如 20 世纪 50 年代，中关村加油站后面，原来有一道水湾子延伸到北大附中北面，水湾子两边，就是一片乱葬岗子。1960 年北大附中扩建时，校园附近就迁走了许多这样的孤坟，这种家族墓园或孤坟当时在北京郊外是很常见的。直至 1930 年，北平市政府颁布了创办社会性公墓的文件，北京才开始出现现代性质的公墓，著名的万安公墓就是北京的第一个私人创办的公墓，几十年来这里安葬了许多社会名流或知识精英。

言归正传，虽然中关园墓地也被柏树所围绕，但并不是传统意义的家族墓园，因为它安葬的并不是同一家族的逝者，没有辈分等级之分，甚至还葬有外国人。多数墓是水泥制作的平面墓盖，墓碑立在后面，颇有西方情调，显然不同于中国坟头土包，墓碑立在前面。根据最近查到的资料，这个墓地与原燕京大学有关联，甚至和司徒雷登的夫人有关（详见本文附录）。据记载，燕京大学于 1926 年从城内迁到海淀之时，就在校园东门外预留了一块教职员公墓用地，迁校不久即去世的司徒雷登夫人是第一个安葬在这里。燕京大学公墓的建立，可能与它的教会大学性质有关，因为作为教会大学，聘用了一些外籍教师和传教士，同时许多中国知识分子也接受了西方墓葬观念，不再守旧于传统的族葬形式。因此可以认为燕京大学公墓就是北京现代公墓的雏形和开端，尽管规模很小，且保留了一些中国元素。直到 4 年以后的 1930 年，北平市政府才颁布法令，实行殡葬改革，开始在全市推广社会性的公墓。

由于历史原因，几十年来，中关园墓地一直披着一层神秘的色彩，成为中关园历史上的一个谜案。

首先，这个墓地除了司徒雷登夫人以外，还安葬了哪些人？司徒雷登夫人墓地的准确位置在哪里？

其次，建设中关园时，为什么要把这块墓地保留下来？在居住区里嵌入一块墓地，毕竟是一件使居民感到有些不舒服的事情。

最后，这块墓地最终到哪里去了？是尸骨连同墓碑被就地深埋或抛弃，还是迁往他处。这个问题就是北大原副校长、教育部副部长郝平先生经过调查，也没有能查出个所以然来。

由于时代久远，要弄清以上三个问题比较困难，但并非绝无可能。第一个问题在燕京大学早期档案中或许可能找到一些线索。第二个问题或许在中关园设计施工方案中就能发现某种答案，或许在还健在的中关园长辈口中得知一二。第三个问题或许相对容易解决，70—80年代仍住在中关园大杂院的人们当中，或许有知情者甚至目击者，如墓地对面中关园居委会的大妈们可能知道一些情况。

我个人对第二个问题有一个大胆臆测，这块墓地的保留，恰恰是因为它的公墓性质。1949年以后，这块墓地墓主的家属已经很难找到，何况洋人。在未找到这些家属以前，谁也不敢贸然擅自把整个公墓"一锅端"。此外，这块墓地在1952年以前是燕京大学的地产，院校合并以后，在中关园建设过程中墓地地产如何处置，也成了说不清的问题。以当时的时局，只好以暂时保留为上策。但这一保留就是二三十年，其结局又是不知所终。或许，还是另有原因？我的臆测是否有道理，望有待中关园原住民和各方面人士的考证。北大原副校长、教育部副部长郝平希望"有一天能找到司徒雷登夫人的骨灰"，看来要使这个谜案水落石出，还需要走"群众路线"，需要我们这一代原住民的留意和探索，或许今后能发现一些蛛丝马迹。

无论如何，司徒雷登的骨灰已经安息在他的出生地杭州，尽管没有能够按他的遗愿回到爱妻身旁，但这应当也算是一个不错的结果。现在，司徒雷登的墓地和他的故居，为杭州增添了一处景点。我有时想，如果中关园墓地能作为

中关新园西南角的3号楼墙根及其南侧的一片草坪，就坐落在原中关园墓地上

历史遗迹保留下来，进行园林化管理，司徒雷登也能按他的遗愿安葬在夫人身旁，那北大校园不就多了一个供人游览参观的景点？当然，历史是不能"如果"的。

目前在北大校园里散布着几座名人之墓，如斯诺墓、葛利普墓，但就是没有司徒雷登之墓的立足之地。如果能在临湖轩入口处立一块牌子，说明燕京大学校长司徒雷登从1926年起就住在临湖轩，也不失为一种补救，同样能为北大校园景观增添一个小小亮点。现在司徒雷登生前在校园里的一切生平活动的痕迹都消失了，似乎什么都没有发生过，只有未名湖旁的博雅塔，仍然在默默地见证那段历史。2001年，原燕京大学校区被国务院确立为全国文物保护单位，并在临湖轩北坡下的未名湖畔树立了一块醒目的说明牌。不应当忘记，司徒雷登是燕大校园建设的决策者之一，20年代初期，他请美国著名建筑师墨菲花了数年时间，把燕大校园建设成为国内最美丽的中西风格结合的大学校园。

现在，中关园原址的大部分已被近年建成的"北京大学中关新园"所取代，中关园墓地连同后来改建的健身场地已经荡然无存，连一棵柏树也没留下。中关新园西南角的3号楼墙根及其南侧的一片草坪，就坐落在原中关园墓地上。中关园墓地只能保留在我们对童年时代的记忆中，只有中关园三公寓门前还在苟存的一排柏树，可能还会让我们联想到逝去的中关园墓地。

中关园墓地由于其特殊历史背景，成了中关园历史上不能不提到的一个话题。

附录：

我在写《司徒雷登与中关园墓地》一文之前，曾阅读过一些有关资料，包括原北大副校长郝平的著述和中国近代史学者沈建中的著述，他们的论述表明，司徒雷登夫人确实葬在中关园的原燕大墓地，可惜遗骨连同墓碑都不知所终，成为一个小小历史悬案或遗憾。

在1949年以前，从今天北大图书馆所在位置（原为燕大附小平房）往东，直至蓝旗营、中官屯（中关村旧名）一带的地区，还是一片荒野（那时还没有中关园），在燕大地图上呈现的基本是空白，因此燕大墓地设在燕大东门东南方向2里以外的田野里，是顺理成章的。

现将见到的有关资料抄录在下面，作为对《司徒雷登与中关园墓地》一文的附录，文字有下划线的，为与墓地直接相关的文字。

1. 司徒雷登之最后遗嘱（1955年8月1日）

条文II，我指令将我的遗体火化，如有可能，我的骨灰应安葬于中国北平燕京大学之墓地，与吾妻遗体为邻。我并指令，如果此种安葬证实不可能，则上述骨灰可安葬于其他任何地方，此种决定及变更之选择由我的朋友和同事菲力傅及其妻子做出。

（按：摘录自《司徒雷登与中国时局》，作者林孟熹，1951年毕业于燕京大学政治系，司徒雷登研究学者，退休于加拿大。新华出版社出版。遗嘱中提及的菲力傅即司徒雷登的私人秘书和朋友傅泾波）

2. 传教士的家世背景及与中国的渊源

司徒雷登的妻子艾琳·罗德随司徒雷登在中国生活了22年，因体弱多病于1926年6月在北京病故。她去世那天正是燕京大学新校园搬家的日子。她的灵柩下葬在新落成的燕京大学校园旁的燕大公墓里。她是这个公墓里的第一个安息者。

（按：摘录自《无奈的结局——司徒雷登与中国》，作者郝平，时任北京大学副校长，北京大学出版社出版）

3. 司徒雷登骨灰安葬杭州的前前后后

在意识到自己可能不久于人世时，司徒雷登立下遗嘱，请傅泾波在他去世后，如有可能，将他的骨灰安葬在他妻子的墓地旁。1962年9月19日，司徒雷登因心脏病突发在华盛顿去世，终年86岁。

……

我在撰写《无奈的结局——司徒雷登与中国》一书时，负责北大外事工作，为落实司徒雷登骨灰安葬一事，做了一些调查研究，还多方打听司徒雷登夫人骨灰的下落。据司徒雷登回忆录记载，他的夫人1926年病故后，被安葬在中关园的墓地。为此，我专程前去实地查找。"文革"前北大在中关园建宿舍，把原先的墓地迁出去了。由于当时没有留下任何文字记载，所以现在没有人知道这些墓葬到底被迁往何处。当时，我分析也可能会就近迁到香山脚下的万安公墓，也曾两次前去查过万安公墓的档案，可依然一无所获。听万安公墓管理处主任介绍，北京还有一处专门的外国人墓地，他会帮我留意，继续查找下去。我寄希望于有一天能够找到司徒雷登夫人的骨灰，迁回杭州，让他们伉俪得以在西子湖畔永远相依相伴。

（按：本文原载2008年12月12日《中华读书报》，作者郝平，时任北京外国语大学校长（北京大学原副校长），2008年12月16日《燕大校友通讯（增刊）：司徒雷登归葬杭州专辑》转载了本文）

4. 再读司徒雷登

1926年6月，艾琳卒于北京，她被安葬在燕京大学东门外中关园的燕大公墓内，并且是这座公墓建成以后所安葬的第一位逝者。

司徒雷登与妻子感情很深，妻子卒后，他没有再娶，他已将妻子的形象深深地印在心里。徐英（燕京大学毕业生，国民党元老徐谦之女）回忆说，妻子故世后，"司徒雷登每天早上起身后，必先到夫人墓前静坐，读《圣经》一小时，然后才回去早餐，再到办公室办公"。"回到美国以后，他到南方老家去时，每天早上在他们度过蜜月地方的一条小路上，要漫步半小时。在华盛顿时，也是每早起身后先用半小时读《圣经》，以悼念亡妻。"1955年8月1日，时年七十九岁的司徒雷登写下遗嘱，希望"如有可能我的骨灰应安葬于中国北平燕京大学之墓地，与吾妻遗体为邻"。遗憾的是，岁月如流，几经周折，他的遗愿迄今仍未能实现，妻子的墓地早已不存，先是成了菜地，今天，是入驻燕园的北京大学社区的体育活动场所。

（按：本文原载2008年8月《老照片》第六十辑，作者沈建中为中国近代史和名人传记学者）

5. 司徒雷登艰难的归程

早在 1973 年，傅泾波应周恩来邀请访华时，已向有关方面提出请求将司徒雷登骨灰安葬在燕园。11 年后，在他会见了时任中共中央军委副主席的杨尚昆后，再次向有关方面提出同样的请求，并在同年致信邓小平，提出骨灰安葬，并提出要将解放前周恩来赠送给司徒雷登的花瓶归还中国。1986 年 6 月，中央同意接受花瓶。而北京大学则致公函给傅泾波，同意司徒雷登的骨灰以原燕京大学校长的名义安葬于燕园临湖轩。

1987 年 4 月，傅泾波接到中国驻美大使馆通知，此事暂缓办理，因为有人发起联名上书反对司徒雷登归葬燕园。

及至 1999 年初，北京大学在研究司徒雷登骨灰归葬燕园的事宜后，得出结论，"按人道主义的原则应予同意，但宜低调进行；并同意再次上报中央有关部门"。

然而事情刚有转机，当年 5 月，美国轰炸中国驻南斯拉夫使馆，中美关系骤然紧张，司徒雷登骨灰安葬燕园一事不得不"缓办"。

事实上，燕京大学校友发现，如今的燕园，在司徒雷登曾经工作和生活的临湖轩等地，已经找不到与司徒雷登有关的任何痕迹。他的妻子 1926 年死后所葬的燕园以东的燕大墓地，后来在大建设中也改辟为社区体育活动场地，只有周围的松树林尚存。

但是在杭州……与司徒雷登有关的痕迹还依然可寻。

1996 年，姚林杰和在杭的燕京大学校友一起，拜访了耶稣堂弄里一座昏暗的二层小楼。意外发现楼下挂着一块牌子，写着"司徒雷登故居"六个字，既没有署名，也没有日期。他后来得知牌子是 1985 年悄悄挂上去的，因为文物部门把这里认定为一个文物点。

2001 年 10 月 10 日，（时任杭州市市长仇保兴）一句简短批示，改变了司徒雷登故居的命运。（在他眼里），司徒雷登的房子"哪怕是茅草房"，也是"一个历史事件的标签"。也是在这一年，杭州市文物部门以 240 万元购得司徒雷登故居的房屋产权。

但曲折依然不断。……有人以燕京大学校友和马克思主义党员的身份，致信当时的浙江省委领导，坚决反对复建司徒雷登故居。

……（几经周折，经过多方努力），2005年，复建的司徒雷登故居正式对外免费开放。而在这段时间，司徒雷登骨灰归葬燕园的事情，依旧被告知"暂缓办理"……

（由于司徒雷登故居的重建，加之杭州是司徒雷登的父母和两个弟弟的安息地，为司徒雷登归葬奔走的人们逐渐认识到，将司徒雷登骨灰安葬在杭州，是在目前条件下能做到的最好选择。经过一年多的协商，2008年11月17日，司徒雷登终于实现了他生前的魂归故里的愿望，安葬在杭州半山安贤园，他的墓碑正面刻着"John Leighton Stuart, 1876-1962, 燕京大学首任校长"。美国驻华大使雷德出席了司徒雷登骨灰安葬仪式并发表了感言。）

（按：本文原刊载于《中国青年报》，原题为：《司徒雷登回来了》，作者：王波。2008年12月16日《燕大校友通讯（增刊）：司徒雷登归葬杭州专辑》转载了本文。因原文较长，做了一些删节，或将部分内容缩略改写并括于括号内）

6. 燕京大学公墓遗址照片的文字说明

这张照片拍摄的场景原来就是<u>安葬司徒夫人的海淀新燕大墓地</u>。但今天我们从照片中已经看不到任何墓园的痕迹。据说只有这几棵松树是当年墓地的遗存物。

（按：这段文字原载于《司徒雷登画传》，沈建中著，浙江大学出版社出版。对于照片上的图景，在中关园长大的孩子们是再熟悉不过的了，那时墓地已变成"中南康乐园"。从照片上来看，拍摄时间应为20世纪八九十年代的一个冬天，地面似有一层薄雪）

中关园建设考和中关园平面图

李 钢 | 作者李钢，北京大学原总务处长李今之子，20世纪50年代住中关园平房48号。

近日翻阅北大在百年校庆时编写出版的《北京大学纪事（1898—1997）》一书（以下简称《纪事》），搜寻有关中关园建设和变迁的蛛丝马迹，竟然颇有所得，细读有关记录，感到中关园的建设并非孤立事件，而是与北大校园迁址和高校院系调整有紧密关系。为了理清中关园初期建设前后变化的脉络，故将《纪事》一书中有关记录摘抄如下并作简要的文字串联，以便读起来更加连贯，并试作一肤浅的分析。这种摘编和串联是我个人的认识，是否客观地反映了历史的真实情况，有待研讨。

北大在新中国成立初期的变化

1898年成立的北京大学历经半个世纪的发展，已成为一所文、理、工、农、医等多学科的综合性大学，在新中国建立的初期北大经历了其发展史上的一次重大变化：

《纪事》1949年9月30日　校务委员会举行会议。主席报告：奉高教会令，北大农学院与清华大学农学院、华北大学农学院合并组成农业大学。

《纪事》1949年11月29日　校务委员会举行会议。主席报告：教育部决定将北大医学院的业务改由卫生部领导。

《纪事》1950年2月13日　中央人民政府政务院批准北大医学院移交卫生部领导，移交典礼于是日下午在医学院举行。

北大农学院和医学院的移交，拉开了院系调整的序幕。

北大的迁校、院系调整与高校院系调整

时隔一年以后，北大的迁校和院系调整也紧锣密鼓地开始了。

《纪事》1951年5月14日　校务委员会常委会举行会议。……会议还讨论了城外校址问题。我校原要求在西郊清华大学以南、海淀镇以北地区建立新校址，但因科学院已先行计划在此地区建院，并已取得市计委同意，不能再给我校。嗣经协商，我校新校址可在农研所（今中国农业科学院）以北，铁路以西约3000亩的地区。

《纪事》1951年6月1日　马寅初校长到校就职。

《纪事》1951年7月6日　马寅初校长主持召开新一届校务委员会会议：（一）校长报告北大院系调整初步计划，已报教育部审核。其中理学院仍保留数学、物理、化学、地质、动物、植物6个系及医预科（医学院各系一、二年级学习基础课阶段）。文学院仍保留哲学、史学、中文、东语、西语、俄语6个系。原图书馆专修科改为图书馆学系。……法学院仍保留法律、政治、经济3系不变……工学院将原来的5个系调整为机械制造、动力机械、电力、电信、土木、水利、建筑、化工8个系。（二）……（三）秘书长报告1952年起逐步迁校出城的计划。

从以上记录中可以看出，北大的院系调整完全是自身内在的调整，与随后进行的高校院系调整不是一回事，但实际上未能进行调整。

同样，北大的迁校选址在今农科院北侧（双榆树向东至大钟寺一带），也未实现，原因何在？这与高校院系调整紧密相关。

《纪事》1951年11月3—9日　根据10月30日政务院政务会议批准的高等学校院系调整方案，教育部召开全国工学院院长会议……方案主要内容为：北京大学工学院、燕京大学工科方面各系并入清华大学，清华大学成为多科性的工业高等学校，校名不变。清华大学的文、理、法三学院及燕京大学的文、理、法方面各系并入北京大学，北京大学成为综合性大学。燕京大学校名撤销。

高校院系调整方案将北大工学院并入清华大学，而北大则收编了清华大学、燕京大学的文、理、法专业学科；燕京大学撤销后，北大入主燕园，迁校的地址也就最终确定了。

中关园的由来

在《纪事》里，没有讲到中关园的由来，但在中国科学院初期建设的记载中可以找到有关记录：

科学院曾于1950年向政务院报告申请圈用农科所（今中国农科院）以北至燕京大学（今北京大学）以南为院址，但未得批准。1951年1月20日下午，国务院文教委员会在中南海召开会议，竺可桢代表科学院汇报1951年度工作计划时，明确提出优先考虑在北京修建近代物理所（后来发展为原子能研究所）和地球物理所（后来分化发展出卫星设计院）两座科研大楼，急需落实建楼地址。

院领导于2月1日开会，认为"若科学院不去要地，势将落空"，遂决定致函政务院，再次提出申请用地计划。

两个月后，竺可桢在4月7日日记参加院长会议："据丁瓒（院党组副书记、院办公厅副主任）报告谓文委会与首都计划委员会均已同意科学院在西郊农业科学研究所左近圈地事，且即可进行。新建筑即可设立其上。"具体情况是，批准将大泥湾以北、成府以南的4500亩划为科学院用地。

北京大学，原在城内沙滩一带，教学和生活用地也极为紧张。在科学院得到拨地的同时，北京大学得到批准的新校址是在科学院用地的南面，即大泥湾以南至农科所（今农科院）以北的地段上。到1951年末，政府高层已经内定了院系调整计划，北大将迁至燕园。1951年12月初，由教育部副部长兼高教司司长曾昭抡（北京大学原副校长）出面，要求将北大的用地与科学院用地对调（本年竺日记12月6日）。但此议提出为时已晚，因为科学院的建设规划已经确定，作为优先安排的重点工程——近代物理所大楼，已破土动工一个多月了。

在视察现场之后，由北京市副市长吴晗出面协调。科学院为此召开院长会议，经讨论，决定从原来拨给科学院的4500亩中划出北面1000亩左右给北京大学（本年竺日记12月8日）。

1952年2月，中关村科学城的大规模建设即全面展开。同年，北大、燕大、清华成立三校建筑委员会，确定用科学院的"割地"修建教职员工宿舍。先是第一公寓，后是连片平房，再后是第二、三公寓。这一片地，后来称作"中关园"。

北大在迁至燕园后，面临校舍用地紧张的局面。燕园北依圆明园，南临海淀镇，东偏北有成府村，东偏南与中国科学院规划用地接壤，发展的空间都不大。然而北大并未选择向西偏南处发展，却偏偏向东，硬生生从中国科学院的规划用地中割出1000亩地，作为北大教职员工宿舍所在地，也就有了我们的中关园，不然的话，我们后来的居住地恐怕就会叫"畅春园"或其他什么"园"了。

中关园的建设

建设用地确定以后，建设工作就开始进行了。

《纪事》1952年1月8日清华大学、北京大学、燕京大学三校调整建筑计划委员会主任梁思成（清华大学）、副主任张龙翔（北京大学）将三校调整建筑经费概算及建筑计划上报教育部三校调整组，其中北京大学部分：（一）教室楼一座3000m^2。（二）生物楼一座3500m^2。（三）校医院扩充450m^2。（四）学生宿舍8000m^2。（五）学生饭厅900m^2。（六）住宅6300m^2（70m^2共90所）。（七）住宅4500m^2（50m^2共90所）。（八）住宅3500m^2（35m^2共100所）。（九）住宅600（20m^2共30所）（十）中小学400m^2。（十一）新运动场等

300m²；共计 31450m²。

以上（六）至（九）项住宅建设指的就是中关园平房，但与实际建成的情况并不相符，原因是随后对建设指标进行了调整。

《纪事》1952 年 7 月 10 日　校党委就北大新建校舍问题书面汇报上级领导。其中说，3 月 21 日教育部下达的新校舍建设指标中，学生宿舍每人 4m²，教师住宅 73m²，教室使用率 100%；这个指标过紧，应予调整。……希望领导迅速批准，以便 8 月底动工，11 月底完工，保证迁校任务的完成。

《纪事》1952 年 9 月 16 日　迁校工作正式开始。

《纪事》1952 年 9 月 30 日　城外新建教室楼及家属宿舍基本完工，部分教职工已迁往城外。

《纪事》1952 年 10 月 18 日　学生已全部由城内迁到城外。教师尚有一部分未能搬家。

新校舍建设进展迅速，在国庆三周年前后，已经开始搬迁工作，第一批住户在此时开始搬进了中关园。

《纪事》1952 年 12 月底　北大总务处起草《北京大学校园面积房屋使用情况调查分析》报告，其中："1952 年新建筑面积 48454m²"……"新建教职员工宿舍及住宅 18548m²（中关园），100m² 一套者 20 户，75m² 一套者 96 户，50m² 一套者 64 户，35m² 一套者 72 户，24m² 一套者 30 户，另建公寓楼两幢，可住 43 户，共 325 户。

中关园一期建设至此结束。

我们现在绘制的《中关园全貌图》与北大总务处当年的统计完全一致：

一期建设：325 户。其中，楼房 43 户（一公寓）；平房 282 户，平房分别为：100m² 20 户（沟东），75m² 96 户（沟西），50m² 64 户（沟东）；35m² 72 户（大部分在沟东）；24m² 30 户（沟西）。

中关园人文景观 | 333

中关园的后续建设

在完成一期建设之后,又续建了二、三公寓。二、三公寓是1954年底基本落成,计71户,1955年陆续入住,到秋天就基本住满了,总计396户。其中楼房114户,平房282户。

随后,又陆续在中关园内四角空地处建设了一些面积更小的平房,分别为东北、东南(塔院)、南、西北、西南五处平房区,约五十余户。

至此,中关园居住了四百余户北大的教职员工,成为北大面积最大,住户最多的住宅区。

中关园平面图

1. 中关园全貌图

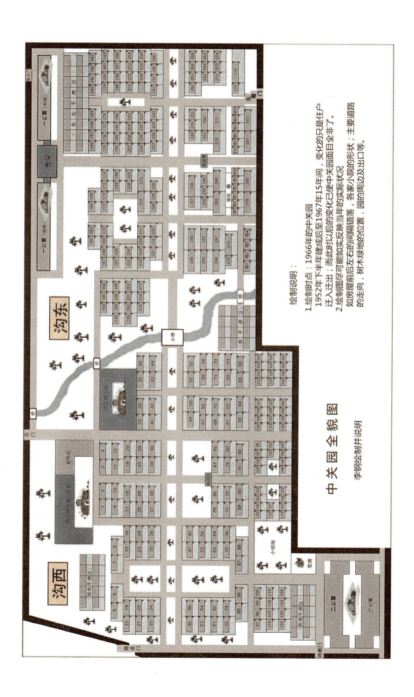

2. 中关园沟西平房部分住户信息图

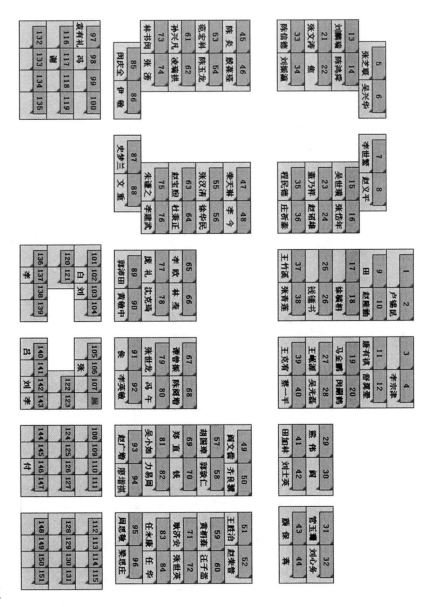

（李钢绘制）

3. 中关园沟东平房部分住户信息图

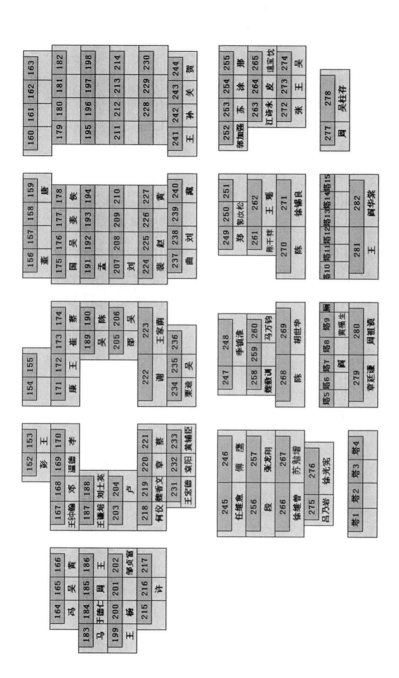

注：266号徐继曾家搬走后，谭玛丽家搬入。（李钢绘制）

4. 中关园一公寓部分住户信息图

（西楼）

门	房号	住户	房号	住户	房号	住户
1门	104	肖树铁	105		106	
	102	陈方芝	103	张寄谋	101	梅祖彦
2门	206	李志远	205	叶	204	郝天和
	202	张友仁	203	聂明宏	201	秦理嘉
		吴文达				
3门	306	孙	305		304	冷生明
	302	尤宝基	303	娄阁	301	霍希扬
4门	406	黄敦	405	孙亦梁	404	陈谟
	402	孟甫文	403		401	锅炉房
		黄启助				

（东楼）

门	房号	住户	房号	住户	房号	住户
食堂	506	杨维生	505	杨	504	周
5门	502	王铁崖	501	王铁崖	503	李麦林
						吴文达
6门	606	王	605	毕金献	604	吴德金
	602	邓郊	601	李克英	603	郝争春
7门	706	李纪尧	705	李启烈	704	王如章
	702	王晋	701	霍宏轩	703	翁祖雄
8门	804	徐振亚	803		802	陈巍团
		孙承谓			801	孙亦鲁

（李钢 绘制）

5. 中关园二公寓部分住户信息图

1门
房号	住户	房号	住户
215	白	216	宋兆宣
213	胡	214	胡国章
211	王	212	

2门
房号	住户	房号	住户
227	甘世福	228	
225	姚学吾	226	倪梦雄
223	何成钧	224	夏自强
221		222	商鸿逵
锅炉房			

3门
房号	住户	房号	住户
237	谭诗庭	238	任
235	杨周翰	236	胡宁
233	严仁赓	234	吴
231	肖永清	232	张

4门
房号	住户	房号	住户
247	徐	248	
245		246	田
243		244	黄昆
241	胡启立	242	龚祥瑞
	郑		

5门
房号	住户	房号	住户
255		256	徐
253	赵琦	254	
251	金德厚	252	张国华

(李钢绘制)

6. 中关园三公寓部分住户信息图

门						
1门	311 申蕴洁	313 柯高	315 梁			
	312 孙	314 尹企卓	316			
2门	321 陈德明	323 刘	325	327 盛		
	322	324 赵	326	328		
3门	331 郭湘贤	333	335 沈	337 汤		
	332 邸循正	334	336	338 朱鲁熙		
4门	341	343	345	347		
	342 周	344	346 魏自强	348		
5门	351	353	355 张			
	352 张	354 周	356			

（李钢绘制）

附录一：1967年的中关园卫星图

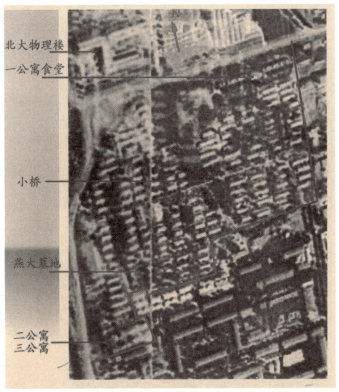

注：1. 本图右下方是中国科学院宿舍区，钱学森、钱三强等著名科学家当年就住在该宿舍区内的13、14、15号楼。

2. 本图东北角马路对面是清华大学。

3. 本图西边马路对面是北大校园。

（陈非亚提供　张晓岚标注）

附录二：中关园老照片

53号范伯希家的小院。中关园一排排的红砖平房，家家都有这样的小院（范伯希提供）

小桥是中关园的标志，这张照片保留了中关园小桥全貌。左起：任兆林、张晓岚、耿端（张晓岚提供）

20世纪五六十年代中关园沟西电话亭附近的空场。图中前左一是二公寓四门胡启立的母亲或岳母，前左三是金凡外婆（金凡提供）

中关园沟西南边偏西的松柏林，曾是燕京大学教职工墓地，据说1926年，司徒雷登夫人就下葬于此

拆迁前的中关园旧貌

2002年拆迁中的中关园

北大法律系教授龚祥瑞和他的学生们在中关园二公寓住所门前合影

2002年2月5日拆迁中的中关园49号（容力提供）

五　诗情画意

诗三首

郭兴业

作者郭兴业（1919—2011），北京大学图书馆编辑，20世纪50—90年代住中关园平房94号。

一

1942—1992，祺兴结褵五十年，回首前尘，感慨良深，写诗抒怀，以示儿辈。

甘苦生涯五十年，
依稀往事话燕园。
少年不意惊苍老，
白发何须叹红颜。
鸾凤和鸣非梦幻，
桑榆晚景是眼前。
绕膝群雏羽丰满，
展翅翱翔天外天。

二

2001夏与老友同游颐和园。

老夫聊发少年狂，
穿小径　绕廻廊，
细雨丝丝拂面倍清凉。
烟色空濛莲叶碧，
倚栏望　满池塘，
兴来触景皆文章。

发全霜 又何妨,
漫步园中往事付流光。
笑对人生襟坦荡,
天地阔 任徜徉。

三

2009 年 10 月 31 日九十岁生日。

福寿双全谢上苍,
一生庸碌本平常。
父母宠爱子孙孝,
鸣儿迎我在天堂。

诗一首

沈正华

作者沈正华,北京大学原副校长、物理系教授沈克琦之女。

附小同窗情意绵,四十七年弹指间,今朝相聚容颜变,笑侃往事忆童年。

指读照片辨认艰,轮流签名插空闲,自由交流续前缘,合影留念高潮现。

"文革"打破书斋梦,上山下乡受锻炼,拨乱反正重奋斗,改变命运意志坚。

孝敬父母无怨言,抚育儿女心甘甜,晚年时光莫虚度,亲情友情常感念。

放下也是潇洒

王建军

作者王建军，北京大学基建处会计师王宏德之子。

灿烂春华，
转眼已是秋日霜花。
美好总是短暂，
急促如计时漏沙。
总想过得风光，活得潇洒，
不负如歌岁月，水样年华。
谁知拿得起，终难放得下，
纵然梦中也痴心牵挂。
无人能解的苦痛挣扎，
梳上朝青暮雪的稀疏鬓发。
旧日天马行空的美丽童话，
不似水中月，便如镜中花。
经历过生活的春秋冬夏，
人的心智总该成熟壮大。
抬望眼，旅途仍无涯，
何不自由驰骋由缰信马。
还有那人生如画，
正当浓墨重彩尽情泼洒。
转身何须华丽，
该放下时就放下。
抛掉的是羁绊，
留下的是亨达。
中关园的园友们啊！

诗一首

关颖颖

作者关颖颖,北京大学环保中心教授关伯仁之女,50—70 年代住中关园平房 243 号。

半个世纪一挥间,
岁月带走旧时颜。
青丝变雪娇容老,
物是人非境已迁。
眼前又现童年景,
耳边似闻闹声喧。
青春韶华随梦去,
相聚感慨心泫然。

鹧鸪天·春雪

赵晴

作者赵晴,北京大学国政系教授赵宝煦之子。

一夜飞花画苍穹,
可惜来去又匆匆。
但能稍解农田旱,
遁逝人间也从容。

叹春雪,看亲朋,

天涯海角各不同。
精英荟萃心常动，
发小论坛喜相逢。

忆中关园（诗二首）

商孟群

作者商孟群，北京大学中文系教授吕乃岩之子。

一

一园花草香醉人，
竹荆各扎小篱门。
儒居亦有陶然乐，
棋罢挑灯再论文。

二

牵牛藤攀小曲栏，
春风又绿故时园。
陌头青青桑正好，
今日几家仍养蚕？

长相思

商孟群

作者介绍见上。

三更天，四更天。梦里依稀还故园。醒来却怅然。
心也牵，魂也牵。百转愁肠落笔端。天边晓月残。

和商孟群

金凡

作者金凡，北京语言大学教授李德津、副教授金德厚之女。

晓月弯弯心怅然，
亲邻发小叙从前，
重相聚，千里远，
唏嘘忆故园。
梦魂牵牵寐难眠，
街坊好友知心缘，
再相遇，亲无间，
感叹真情暖。

老槐树

廖福园

作者介绍详见前文。
中关园的老槐树已有百年历史，就在我家94号旁边，现在还保留在中关新园内。

矗立园中六十载，阅尽苍桑中关园，
往昔柳荫群花伴，今日孤自立楼间。

树干虽空枝叶在，扎根中关年复年，
欲寻儿时居屋地，昂首老树是指南。

魂牵中关园（跋）

陈 端

"你从哪里来，要到哪里去？"这句充满着哲学意味的话，常被宗教领袖用来告诫教徒：重要的不是你从哪里来，而是你要到哪里去。

对于在中关园这片土地上成长、生活的第二代来说，来自中关园，绝不仅仅是来自哪里那么简单，其重要性更不言而喻。中关园是故乡，这是肯定的。古往今来，人们对故乡都是充满深情的，留下了无数脍炙人口的诗篇。然而，在我们心中，中关园并不是一般意义上的故乡，我们对中关园的怀念更具有特别的内涵。

中关园，世界上这一方独一无二的土地，一个既平凡又伟大的名字，不像北大其他住宅园区的称号浪漫而充满诗意，却是我们心中圣洁而永恒的精神家园。1952年，刚刚成立的新中国百废待兴，北大进行院系调整迁至燕园，从而在北大、清华、科学院之间建成一个全新的住宅区——中关园，据说是梁思成指导清华大学毕业生的作品。我们的故乡就这样诞生了。我们美好的童年从这里开始了。

当年的中关园飘荡着泥土芳香，缭绕着一排排围着篱笆小院的红砖平房。春天榆叶梅、迎春花盛开；夏天绿树成荫；秋天紫盈盈的葡萄爬满了藤架；冬天白皑皑的积雪点缀了门前的小路……四季风景如画，流露出天然去雕琢的气质。这都是令我们流连忘返的。

然而，当我们怀念故乡时，不只是回忆她外表上的美丽；我们更着重的，是生活于其中的人——我们的父辈。因为，无论什么地方，都是有了人才变得有价值、有生命力。

谁能想到，这样一个普通的生活小区，藏龙卧虎，居住着不少风云人物。中关园建立时，我们的父辈中有的在事业上已卓有成效；有的是受新生的共和国的感召，放弃了国外优越的生活，万里迢迢地回来报效祖国的，包括哈佛、耶鲁的高材生；有的是拒绝了国民党的甘词厚币，热切地盼望解放军的到来，迎接新中国的诞生。

如此优秀的一个知识分子群体，在祖国的教育事业、科学研究、文学艺术等领域作出了杰出的贡献。他们是当代的思想巨人和大师，铸造了华夏文明，更代表了人类的智慧和良知。他们和多灾多难的国家和民族的兴衰息息相关、患难与共，经历了多次政治运动的冲击，经历了"文革"的风风雨雨。改革开放后，许多人更快马加鞭，为了追回失去的时间，鞠躬尽瘁，无怨无悔。中关园见证了社会的沧桑，浓缩了时代的剪影，展现了当代中国知识分子不屈不挠的命运轨迹，对祖国、对北大无私奉献的高尚情操，留给后人的是一种悲剧式的壮美。

在这里我们不想为父辈们歌功颂德，因为历史的丰碑上已经镌刻下了他们的事迹，人民是不会忘记他们的。我们想说的是，正是由于他们的存在，使得中关园这三个字格外响亮。父辈们的烙印是那样鲜明地融化在我们的血液中，从他们那里，我们奠定了一生的价值观，学会了在纷乱的尘世中如何做一个真正的人；从他们那里，熏陶了浓郁的人文气息，也培育了我们的修养和素质。

因此，尽管岁月匆匆，半个世纪风云流转，两鬓已如霜；尽管我们当中许多人已远离故乡，漂泊在天涯海角；尽管全球经济一体化，有时故园的概念已变得逐渐模糊；尽管今天的中关园面目全非，心中的中关园并没有如烟逝去，她是我们永远的乡愁。只要一闭上眼睛，昔日满目葱茏、繁花似锦的中关园就会飘然入梦，朦胧中浮现出一个个慈祥、和蔼的面孔，音容笑貌，宛若昨日。这一刻，我们又变成了孩子。

近年来，在中关园的二代中掀起了一股强烈的寻根热。中关园在八大园中面积最大，人数最多，二代的年龄跨度大，大部分是20世纪五六十年代出生的，也有1949年前出生的。小时候彼此可能没接触过，如今相见，凭着"中关园人"的标签，在对方那陌生的脸庞上寻找着往日踪迹，立即产生了仿如亲人般的欢喜。中关园如同一条看不见的红丝带，把大家串联起来，我们欢聚，我们畅谈，我们叹息，我们欷歔……所有的喜怒哀乐、悲欢离合，都离不开中关园。它在我们的生活中复活了。这种情景在其他住宅园子是绝无仅有的。

"从哪里来"，这一问题的答案是如此清晰，刻骨铭心，必将追随一生；"到哪里去"还用再问吗？中关园就是一片宁静的港湾，她永远亲切地等待着远方的游子，那里是我们为之心驰神往的心灵的最终归宿。

不会忘记季羡林先生在《梦紫未名湖》这篇文章中，引用《沙恭达罗》里的一首诗，来表达他的怀念之情："你无论走得多远也不会走出我的心，黄昏的树影拖得再长也离不开树根。"再没有其他语言能像这句诗般表达出我们内心深处的情感了。

这本书沉淀了我们多年的心路历程，是我们对故园、对父辈的最诚挚的纪念。谨以此书献给亲爱的中关园。

编后记

看着这本经过两个多月编辑完成的小书，儿时中关园的记忆再次浮上我们的心头。1952 年，在北大、清华和科学院中间的一块空地上，建立了当时北大最大的家属宿舍区中关园。到 2002 年中关园开始拆迁，整整 50 年的历史，见证了北大半个世纪的沧桑。

当年北大的许多知名学者，如钱锺书、季羡林、黄昆、程民德、王竹溪、任继愈、张岱年……都住过中关园。在《燕园师林：北京大学博士生指导教师简介》一书中介绍的著名学者：哲学家黄枬森、汤一介、张世英、洪谦；经济学家赵靖、厉以宁、闵庆全、张国华；法学家王铁崖、赵宝煦、张汉清；语言文学家林焘、朱德熙、王瑶、杨周翰、刘振瀛、季羡林；历史及考古学家宿白、田余庆、许大龄、张芝联、罗荣渠；数学家程民德、庄圻泰、丁石孙；物理学家王竹溪、胡宁、虞福春；化学家张青莲、徐光宪、苏勉曾、高小霞、唐有祺、张滂；生物学家张龙翔、曹宗巽、陈阅增、王平、陈德明等等，都曾居住中关园。此外哲学家任华、汪子嵩、齐良骥；法学家罗豪才；物理学家沈克琦、叶企孙；数学家闵嗣鹤、吴文达；化学家傅鹰；数理逻辑学家胡世华；文学家杨绛、吴兴华、贾芝、孙剑冰、川岛；文史学家吴小如；东南亚史学家陈炎、陈玉龙；历史学家邵循正；日本语言文学家陈信德；敦煌学家阎文儒；图书馆学家陈鸿顺、梁思庄等等，也都是中关园的老住户。还值得一提的是，中关园还有不少北大家属是校外名人，如"中国试管婴儿之母"张丽珠和心血管外科专家郭加强等等。 这些著名学者中，有些还曾担任北大校长或副校长。这一个个闪光的名字，无法尽录。可以说中关园是一个人文荟萃的百花园，中国现当代的学术大家中，许多都曾是中关园的老住户，中关园的历史是中国学术史和北大校史不可或缺的一部分。

在这 50 年的前 25 年，北大和全国一样，经历了一系列政治运动，北大中关园人也经受了一连串考验。后 25 年，北大人以自强不息的精神，努力挽回政治运动耽误的岁月，为中国学术界作出了巨大贡献。随着 2002 年开始的拆迁，中关旧园已经面目全非、渐行渐远。作为出生、成长在中关园的二代，我们是这一切的见证者，我们有责任把中关园的历史记录下来，传承下去。本着这样的宗旨，我们编辑了这本小书。期望从中关园第二代的独特视角和零距离日常观察，展现北大中关园当年的面貌和人文环境，记录中关园半个世纪的风风雨雨，发扬中国一代学术大家的精神和风采。

2008 年，中关园的第二代陈端女士和范伯希先生在香港见面，商定在谷歌网上发起建立"我们的中关园"论坛，一时聚集了中关园原住民近八十人。2009 年底，因谷歌撤出中国，论坛只得在国内关闭。为了保证中关园原住民拥有交流的平台，在中关园的二代张晓崧先生的帮助下，我们在头头网上建立了"我们的中关园"网站，现在网友已经发展到一百一十多人。谷歌论坛上的回忆文章，已经结集上下两册，我们这次录入的是头头网网站上的部分回忆文章。

在此，我们要感谢中关园的作者们，是你们的回忆，记录了一段段中关园的历史，复原了一个个鲜活的人物。更要感谢北京大学原副校长、92 岁高龄的沈克琦教授为本书作序，给我们这些当年中关园的孩子们以极大的鼓励。本书的出版得到了北大出版社乔征胜老师和北大培文公司总经理高秀芹老师的大力支持，在此向他们表示诚挚的谢意。最后，要向北大出版社的责任编辑丁超和黄维政先生表示衷心感谢，是你们的辛勤工作，为本书增添了光彩。

我们深知，由于种种原因的限制，本书并不能反映中关园的全貌。我们期待更多回忆中关园的佳作问世。

张晓岚　陈　其

图书在版编目(CIP)数据

北大老宿舍纪事:中关园/张晓岚等编著. —北京:
北京大学出版社,2014.6
ISBN 978-7-301-24175-2

Ⅰ.①北… Ⅱ.①张… Ⅲ.①回忆录－作品集－中国－当代 Ⅳ.①I251

中国版本图书馆 CIP 数据核字 (2014) 第 082219 号

书　　　　名	北大老宿舍纪事：中关园
著作责任者	张晓岚　陈　其　陈　端　等编著
责任编辑	丁　超　黄维政
标准书号	ISBN 978-7-301-24175-2/K·1044
出版发行	北京大学出版社
地　　　　址	北京市海淀区成府路 205 号 100871
网　　　　址	http://www.pup.cn
新浪官方微博	@北京大学出版社 @培文图书
电子信箱	pw@pup.pku.edu.cn
电　　　　话	邮购部 62752015　　发行部 62750672
	编辑部 62750112　　出版部 62754962
印　刷　者	北京楠萍印刷有限公司
经　销　者	新华书店
	730 毫米×980 毫米　16 开本　23 印张　342 千字
	2014 年 6 月第 1 版　2014 年 6 月第 1 次印刷
定　　　价	48.00 元

未经许可，不得以任何方式复制或抄袭本书之部分或全部内容。
版权所有，侵权必究
举报电话：010-62752024　电子信箱：fd@pup.pku.edu.cn